學術論叢10

柯慶明著

文學美綜論

大安出版社印行

本書簡介：

本書係著者有關中國古典文學研究成果的結集，內容包括：談「文學」、文學美綜論、苦難與敘事詩的兩型－論蔡琰「悲憤詩」與「古詩為焦仲卿妻作」、論項羽本紀的悲劇精神、試論王維詩中的世界等篇，約四十萬言。

著者柯慶明先生，畢業於國立臺灣大學中國文學系美國哈佛大學研究，現任教於台大中國文學系。

學術論叢 10

文學美綜論

著　　者：柯　慶　明
發 行 人：蕭　淑　卿
發 行 所：大 安 出 版 社
電　話：(02)23643327
傳　真：(02)23672499
辦事處：台北市汀州路3段151號2樓
郵撥帳號：10103877 大安出版社

二〇〇〇年 九月 第一版第一刷 0001~0500
行政院 新聞局 登記證 局版第 三四五九 號
定價：新台幣四〇〇元

缺頁或裝訂錯誤請寄回更換
ISBN 957-9233-45-4

謹獻給
我的母親
柯李阿滿女士

沒有奮鬥是白費的；它們都是
啓示

本書各篇多蒙國科會獎助，特此誌謝。

序

進入文學研究的園地，匆匆已近二十年。在近二十年的摸索中，漸漸獲得一些對於文學的基本認識，同時也逐步的形成了一些對於文學研究的根本信念。這本書，就是對於這種認識的釐清，與這些信念的嘗試表白。

文學，就我的認識而言，是該從整個文學活動，亦卽包括作者的創作、作品的結構、以及讀者的欣賞，所同時反映的心靈活動，來加以體認與瞭解的。它是一個以心鑄心，以心傳心，以心感心，以心應心的複雜歷程。它旣是獨立的，那是指它於種種文化的活動中，自有其獨特而不能爲其他活動所化約或取代的意義而言；它也是不自足的，它永遠是人類心靈狀態的一種呈現。而人類的心靈，永遠不是孤立而單獨的生活在所謂「文學」的自足世界中的。因此，文學，遂永遠與人類彌足珍貴，也是一切人文精神之所寄的自覺反觀的精神，是不可分割的。雖然此一精神，還可以哲學、宗教、歷史、藝術……等種種形態出現。文學，遂因其媒介——語文——的特殊，而特別成爲一種以意識，亦卽以生命意識之昇華爲目的，生命意識之呈現爲內容的藝術活動。肯定文學是一種藝術，卽強調了文學活動所具的美感經驗的特質；確認生命意識的呈現爲其內容，卽充分掌握了文學心靈存在於倫理範疇；而當以生命意識之昇華爲其目的，則更自覺到文學活動所成就的，正是一種同時是美感亦是倫理的心靈感悟、轉化、與提昇之精神開展的歷程；也就是一個人類自覺的往文明的方向，掙扎著開拓其人格的過程。

因而，本書的第一篇：「談『文學』」是從文學是藝術的特質入手，而論證其精神意義的終必極於倫理；在文學活動裏，倫理卽是美感的成分，美感亦具倫理的價值。本書的第二篇「文學美綜論」，則從生命意識的呈現與昇華的體認，全面的檢視文學活動——作者創作、作品結構、與讀者欣賞——所可能具有的特質與意義。雖然，爲了討論的方便，該篇所舉的例證大多爲抒情的詩歌，但其實所要傳達的意旨是貫穿著抒情與敍事的整個文學的領域的。是以接著在第三篇「苦難與敍事詩的兩型——論蔡琰『悲憤詩』與『古詩爲焦仲卿妻作』」，就一方面嘗試區分抒情詩與敍事詩，更深一層看則是抒情心態與敍事情態，在心理性質與歷程上的差異；一方面則將注意轉移到了敍事文體以及敍事文體所呈現的特殊經驗型態的觀察上。該篇以蔡琰的兩篇「悲憤詩」與「古詩爲焦仲卿妻作」爲例，試圖闡述它們各自在中國文學史上所具的敍事詩之形成與類型之典範的深遠意義；同時也藉此釐清了，在「文學美綜論」一文中所未及詳細處理的抒情文學與敍事文學的區別。在第四篇「論項羽本紀的悲劇精神」，則更將注意放在敍事文體中所特別重要的悲劇與喜劇的精神與行爲型態的劃分。以「項羽本紀」以及其相關的篇章爲例，從作者、作品、與讀者三方面，探索反映在此一敍事文體中，創作、結構、與欣賞三種心靈活動的如何交互作用，終至達成文學活動的整體意義。所以，雖以「項羽本紀」的本文結構爲其主要的脈絡，但是兼及司馬遷創作「史記」的悲劇意識；並且大量的參酌採用了前哲或今賢的評論與批語，以作爲讀者欣賞反應的例證。由於「項羽本紀」本身的豐富性，這篇討論，遂又使我們觸及荒誕滑稽的喜劇情節，如何被滲和在整體的嚴重凜肅的悲劇情境中，而終於達成了最後的崇高宏偉的悲劇意識；同時，更導引我們走到了文學與歷史的邊際境域，因而深切體認到文學瞭解與歷史瞭解的藤牽蔓引，難分難割。

同時，由於中國抒情詩的發展，亦自原始的「言志」傳統而另外開拓爲另一足與之分庭抗禮的「神韻」傳統。因此經由歷史瞭解與文學瞭解的融會，第五篇的「試論王維詩中的世界」，則是透過一位向來被視爲最具抒情詩的神韻理想，最擅長於所謂「純粹美感經驗」之捕捉與表達的大詩人——王維的全部作品，來呈示「純粹美感經驗」並不那麼純粹。它仍是作者眞實人生抉擇的一種表白；所以它不僅還是一種抒情的心理活動，甚至更是一種倫理抉擇的心理型態。因而指出：山水田園的自然美景、宦遊邊塞的地理景觀、宴飲遊賞的交際活動、閨閣科第的社會現象、仕隱佛道的型態方向，其實在王維詩中全是一種生命的追求與生活的反省之整體表白的部分。所以美感經驗並不曾孤立自外於人生的種種現實的追求；而表層的純粹美感經驗的表現，正亦反映底層的倫理抉擇的價值與意義。因此本書對於文學的基本認識，雖然主要見於第二篇的「文學美綜論」，但是其中所牽涉到的各種問題，卻仍須透過其他諸篇的論述——這些論述自然不純粹是爲解決上述的理論問題，其寫作的重點還是在於這些同時是中國文學史上極具重要性與典型性作品本身的探討——方始得到較爲完整的處理。由於本書的諸篇，綜合而言，仍能對文學的基本性質，以及文學美的諸般型態：抒情、敍事；悲劇、喜劇；言志、神韻；以及苦難的諦視與和諧的感悟等等層相，皆能有所涵蓋，因此仍名本書爲：「文學美綜論」，是爲序。

柯慶明

民國七十二年暮春於

臺灣大學文學院三〇八研究室

文學美綜論　目錄

談「文學」

往往，我們總是習慣於討論：文學「應該」做什麼？文學「應該」是什麼？而不太在意：文學在做什麼？文學是什麼？之類的問題。因此透過了文學「應該」做什麼的問題，我們的文學討論馬上就可以脫離文學，而進入了各人對於現代世界，或者當今的生存情境中，什麼才是最重要的各別「信仰」的表白與爭辯之中。這類表白與爭辯，當然也是重要而具有其獨特的社會、文化上的意義的；但是它們在增進我們對於文學的認識上，其實卻沒有什麼太大的幫助。因爲它們雖然憑藉了文學的名義，所談論的其實並不是文學。

「文學」一語，通常我們意指文學作品。但就以它所涵蓋的活動而言，其實還包括文學作品的創作與欣賞。因爲文學作品是一個目的性的活動——創作——的結果；同時也爲了另一個目的性的活動——欣賞——而存在，而受到價值的衡量。所以只有掌握這種創作與欣賞活動的目的性，我們才能眞正的了解文學。但是不論是文學的寫作或閱讀，都可以具有多重的目的：譬如一個人可以爲了賺取稿費或參加文學獎的角逐而寫作；同樣的一個人亦可以爲了炫耀博聞強記或者純粹爲了應付考試而閱讀：這些都只能算是文學活動的間接目的。只有透過文學作品的構作結構所直接達成的心理效應，才是文學活動的直接目的。同時，亦僅只這文學活動的直接目的，才是「文學」一語的根本義旨所在。

通常我們往往稱文學為一種以語言為媒材的藝術。當我們確認文學為一種藝術時，我們等於承認文學在構作之際，其結構語言的目的，是與繪畫的結構形色、音樂的結構聲響、舞蹈的結構律動等相同。這些藝術，就既存的作品看來，它們結構媒材的目的約可分為三類：一是模擬對象，例如繪畫的寫生、舞蹈的模仿禽鳥等狀；二是表現情感，例如通常所謂的哀歌喜舞、頌曲靈樂等；三是純粹形式美感的追求，例如抽象畫以及表現抽象樂念的音樂等。這三類藝術結構的目的，在文學的語言構作裏自然都是存在的：詩歌或駢文的講求對仗叶律，自然是純粹形式美感之追求的結果；使用意象、比喻或者描寫具體情境，當然是一種模擬對象的努力；文學的抒情性質，更往往是我們據以區分，特別在散文的場合，文學與非文學的根據。所以文學作品之結構語言的目的，有類於其他藝術之結構其媒材之目的，應當是確切不移的事實。也就是說：文學，在本質上確可視為是藝術之一種的。

文學雖然是藝術的一種，但是卻有它的迥異於其他的藝術的特質。就是它的媒材是一種代表性的符號——語言，而不是可以直接訴諸感官加以感受的感覺基料（Sense data）。畫家可以直接把一棵樹的形色根株枝葉提供給你，但詩人在「野曠天低樹」的句子裏所提到的「樹」卻只是一個「觀念」，必須透過你自己的經驗與想像，你才能體會那種「樹」的景象與模樣。同樣的在表現情緒幽微的起伏之際，詩文雖然有所謂的「聲情合一」的理想，但和音樂比較，語言的效用其實還是偏重在「意念」的表達。因此在所有的藝術中，只有文學才有翻譯（由一套符號轉換爲另一套符號）的問題；其他的藝術既無翻譯的必要，也無翻譯的可能。（戲劇、電影好像也有翻譯的現象，但是所翻譯的依然還只是這類作品中的文學成分而已，片上中文字幕可以算是很好的例子；而屬於舞臺或鏡頭前的演出效果，則仍是無法也無需翻譯的。）這種屬於文學作品專有的翻譯的問題，正觸及了文學在其存在形態上所具的兩面性。一方面它與某一套符號系統的特殊質地是不可分割的，這種質地正構成文學作爲藝術的表現效果的重要部分（這正是我們往往認爲文學從嚴格的意義上說是不可能翻譯的理由）；另一方面它卻也在某種程度上可以擺脫它的原始媒材的品質之限制，成爲可以藉用另一套符號系統加以傳達的，超越任何符號系統之質地的純粹「意念」或「意識」的結構（這也就是我們事實上接受文學的翻譯，並且往往借重甚至欣賞翻譯作品的原因）。這種現象正牽涉到語言，在本質上同時具有符號本身與符號之所指的兩面性。這種兩面性對文學的基本性格，尤其是對它的直接目的產生了若干決定性的影響。

首先，文學雖然總是在構作上兼顧或尋求形式的美感，但卻無法像其他的藝術，產生純粹的以追求形式美感爲目的的作品。因爲語言符號的本質是意念或意義的表徵，我們沒有辦法只體認其形聲而不顧念其意義。而所謂語言的形式美感，正是依賴於對語言符號自身的聲形效果的構組之上，聲律說、迴文詩，以及分行等各種圖式的設計，就是掌握這種效果的一些努力。但是這種效果永遠只能居於附屬的地位，並不能夠成爲語言符號傳達的主體。當我們讀到「孤鴻海上來」時，除非特別注意，通常我們首先意識到的並不是它的「平平仄仄平」的韻律結構。（注意語文的形象甚於其意義的藝術不是沒有，但那就成了書法，而不是文學。但是即使在欣賞一件書法作品，大多數人還是會注意它寫的是什麼，而不會只看它的龍飛鳳舞的筆勢的。）文學主要的還是以語文符號的表意特質，也就是以符號的所指，作爲構作的媒材的。這使得文學的直接目的，和其他的藝術比較起來，就只局限於模擬對象或表現情感，也就是陸機文賦中所謂的：「體物」與「緣情」兩類了。

然而，「體物」與「緣情」並不是兩個互相排斥的觀念，雖然這種區分在文學的討論上有其方便。假如藝術上所謂的「模擬」對象，原不是指的對於對象的刻板、機械性的重現（這就是藝術攝影之不同於照相），那麼所謂「模擬」對象，事實上它的意義，就在透過再現對象之際的同時表達出我們對於對象的感受、注意與體會。因此也就是在於我們對於對象所生之情感的表現。「體物」之「體」正是一種「緣情」的表現。同樣的，我們的情感也不可能滋生於眞空之中，它必然總是受到某些事物的激發。因此在藝術上，表現情感也總不免還是得受到某些對象事物的限制，而且得借助於某些對象事物的模擬的。「緣情」的「情」之所「緣」，正是「緣」之於「物」。所以模擬對象與表現情感，容有「興」與「比」之分，「寫實」與「幻設」之別，但是它們只有在構作作品之際：或者以對象爲結構的統一原則；或者以情感爲結構的統一原則之差異，但本質上都在反映對於某些事物的感受，這一點則是一致的。因此我們儘可宣稱這兩類藝術結構媒材的目的，都是在表現對於某些事物的感受；而這種感受自然又是指的是人性，也就是人類的生命性，而非純粹機械性、邏輯性、計算性，或者純粹理性，的反應。這種基於人性反應，或者說人類的生命性反應而生的對於事物的感受，簡而言之，就是通常所謂的：生命的感受。

當我們確認上述兩類的藝術反映我們的生命感受之際，我們其實就同時肯定了文學的直接目的在呈現我們的生命意識。因爲語言作爲一種符號系統的特質，它所代表的正是我們的意識，也就是意義化了的感知。當我們將經驗或感受加以語言化，我們正是將我們的感知意義化，而使它轉化爲一種明顯的意識。就在這一點上，文學呈示了它的迥異於其他藝術的特質：當某些其他的藝術，可以就它所觸及的感覺領域去追尋該領域中的純粹美感形式時，文學卻沒有這種獨具的感覺領域；但是其他的藝術只能反映或表現生命感受之際，文學卻可以將這種生命感受意識化，使它具有意義的體認而成爲一種生命意識的呈露。因此，一個畫家或許亦不難表現「雲淡風輕近午天，傍花隨柳過前川」的情景，但是只有透過語言，才有可能呈示：「時人不識余心樂，將謂偷閒學少年」的意識感受；同樣的，在「琵琶行」中琵琶的音樂或者可以「絃絃掩抑聲聲思，似訴平生不得志；低眉信手續續彈，說盡心中無限事」，甚至足以使「滿座重聞皆掩泣」。但是在她的「輕攏慢撚抹復挑，初爲霓裳後六么，大絃嘈嘈如急雨，小絃切切如私語」之際，卻只能反映情感的品質與動向，而無法眞正闡明自己的生平事蹟，以及她對這些事蹟之意義的領會與體認。琵琶妓的身世際遇，仍然有待於她「沉吟放撥插絃中，整頓衣裳起斂容」的「自言」，更不必提「老大嫁作商人婦，商人重利輕別離」的對於一己命運的認悟，以及白居易所強調的「同是天涯淪落人，相逢何必曾相識」的相惜相憐的生命意識的體認了。正因爲只有語言才能闡明意義，表達意識，所以音樂家們無法寫另一曲音樂來討論這一曲音樂；畫家們亦不能繪另一張畫來闡釋這一張畫。而對於一切藝術作品的討論，事實上還是都得訴諸語言。但是寫一首詩來評賞另一首詩卻是可能的，並且我們還有許多相當現成的例子。因此基於語言的這種特質，文學的構作，往往不只在反映某種生存的感受，同時更在表現對於這種感受之意義的認識與體會。因而使得文學，往往不僅具有美學的價值，常常總是更兼具有一種倫理學上的意義的。所以，對於我們生存經驗所具的倫理意義的關切，正是文學的基本特質。

小朋友們在看戲時，往往會詢問：「那個是好人？那個是壞人？」這樣的問話固然天眞，但卻反映了一個重要的事實。產生倫理的好惡之情，正如喚起美學的好惡之感一樣，都是文學表現的基本素質。這兩種素質，一如語言的符號自身的屬性與符號所指的意旨之無法分割，在文學的表現上也交相溶滲。因而使得原是倫理判斷的事件具有美感觀照的距離；原是美感經驗的歷程呈現倫理判斷的價值。這種美感的距離，正確保了這裏的價值判斷，不是功利性的，而是純粹的倫理性的觀照。這種倫理的判斷，亦使文學所提供的藝術經驗，不只是一種純粹的美感經驗，而同時是一種對生命的沉思，生命意識的高度自覺。並且在這種自覺中使我們的生命意識呈現爲一種美感的豐富與完整、統一與發展，而使我們進入最終的高度的，同時是善亦是美；是美亦是善，而且善卽是美，美卽是善的「價值」之體會的狀態中。這也就是一種生命意識的昇華的狀態；或者藉更習用的字眼來說，一種「境界」的「興」與「觀」的體察中。

文學的這種對於倫理意義的關切，和哲學不同：並不只在於文學必須同時是一種藝術表現；或者文學不討論倫理判斷的一般問題，基本架構，或不尋求發展出一套謹嚴周備的倫理體系；更在於文學所直接表達的永遠就是一種獨特的、實質的倫理判斷。而這種文學所表現的倫理判斷永遠不是懸空的普遍的命題；卻永遠是緣生於某一特殊人生經驗、某些獨特的人格形相，並且呈現爲某些獨異的生命抉擇。因此文學反映的永遠是身歷某種特殊生存情境中的特殊人物的觀點，「斯人也有斯疾」，或斯人也有斯喜，正是文學的倫理判斷的特質。在這種文學的倫理判斷裏，它所燭照與闡明的，正同時是構成人類命運之可能的，特殊的情境與特殊的人格的交會。在這種判斷裏，特殊的情境、人格與抉擇都同時被賦予了美感與倫理的價值，同時亦給交織成一種到達這種價值之體認與感知的心理經驗之歷程。這種經驗的生動與眞切的再現，正亦形成影響我們接受這種價值判斷的說服力量。因此文學不只給我們一種價值判斷的表達，更是一種價值的感染，因而也就是某種情操的潛移默化。所以文學是一種教化。但是這種教化的成敗，端賴它能否透過語言的構組，眞切生動的塑造某種特殊的生存經驗，並且深入恰切的掌握到它的深切的倫理意涵，呈現爲一種生命意識的昇華歷程。

只有深切體認，文學的直接目的，在塑造某種特殊的經驗，同時掌握該一經驗的倫理意義，而呈現爲一種生命意識的昇華歷程，我們才能明白文學作爲一種教化的原始性質與基本功能，我們才能有效的回答柏拉圖對於文學的錯誤的指控。當面對着柏拉圖在「理想國」中藉蘇格拉底之口說：文學只是模擬之模擬；責問荷馬何曾醫治過疾病、擔任過立法者、領導軍隊打過仗，或建立過任何學術的門派之際，我們或許可以回答說：荷馬雖然描寫戰爭，但是他的工作並不在撰寫一部教人如何打仗的「孫子兵法」或討論戰爭之原理原則的克勞塞維兹的「戰爭論」，而是在於展示某一場特殊戰爭中的一些特殊人物所經歷的特殊經驗的倫理意義。這種倫理意義的感知，自然不能使我們在實用或功利性的行動追求中得到必然或明確的助益。但透過對這種覺知的體驗，無形中卻可以使我們更能感受我們的各種特殊的生存經驗，並且更能掌握這些經驗感受的倫理意義，使我們得以對於自己的生存情境與生命方向有更深的認識、更高的自覺，因而更能思索、確認我們自己的生命價值與生存意義。畢竟，生命價值與生存意義，並不是實用或功利性的追求所能完全解答的。在一場競賽中獲勝固然可喜，但我們只獲得勝利就能夠了解那勝利的眞諦，以及追求勝利的畢竟價値嗎？

所以文學觸及人類的各種追求與境況，但是並不能夠亦不負責提供追求成功或改善境況的必然有用的知識。文學只是呈示給我們一種所以去感受這種經驗與思索這類經驗顯現之意義，總結而言是感受生活與沉思人生之最終價值與意義之範例。文學自然不是模擬之模擬，因爲它並不追求所謂初度模擬的實用知識或技術所追求的目標。這種情形，正如我們不能說生物學勢必觸及物理或化學的現象，而說生物學是模擬物理或化學的次等活動。我們也不必如某些熱心過度的人們勉強文學去取代某些實用的知識，以爲它可以憑藉一些業餘的順帶觀察，就可以解決這些專技的問題，例如：經濟問題、政治問題、社會問題。這都是一種沒有正視文學之本質目標的一廂情願的誤解。

文學自有文學的目的與意義。文學，當它的創作成功時，它提供我們一種兼具美感以及倫理啓示性的經驗歷程。並且透過去玩味、體察、經歷這種經驗歷程有可能教示給我們如何深切的去感受我們的生活經驗，察覺我們的眞誠幽微的人性反應，以諦視這些經驗與感受以至我們之生命的倫理意義，因此足以充實而提昇了我們的生命意識，導引我們進入生命意識之昇華的俄頃。當然，透過生命意識之昇華的體驗，我們有可能因此而受到影響，去尋求過一種更具倫理自覺、更有意義的生活。此外，就不是文學所實際直接追求的，因而也就不是眞正文學所能爲力的。世上並沒有解決一切問題的萬應靈丹，自然文學亦不能成爲這種萬應靈丹。我們越能了解文學的種種限制，我們就越能善用文學，以至善待文學。不論責備蝴蝶不釀蜜或者責備蜜蜂無花翅，所求雖然似有不同，其實是一樣的無謂。

文學美綜論

一、界定文學的一種方式：文學美

文學作品不同於其他的藝術，它的媒材並不具有某種專技的性質。這裏所謂的專技性質，一方面是指某種材料只作某種用途的專屬性，例如：五線譜的效用是錄記音樂，小提琴的功能是演奏音樂；另一方面則是指的它的使用往往必須經過特殊的訓練與學習，因此我們往往將這些材料的使用，視之爲一種專門的技能。語言的使用，固然必須經過後天的學習，但是使用語言的能力，卻是任何正常的人類，在經過嬰兒期之後，所必然習得的基本能力。而語言，更是人類賴以思維、溝通的憑藉；其用途之廣泛，幾乎遍及人類生活的各種層面，並不只限於美的創造或傳播。因此，文學始終未能享有其他藝術所具的，可以憑**藉其媒材**而加以區分鑑別的便利。一張畫，就是一張畫；一個雕塑就是一個雕塑；我們通常只有好壞價值的問題，但我們並不必須懷疑它的類屬。因爲我們永遠不會、也無法應用樂譜或鋼琴演奏來討論物質之質量和能量的關係，或者羅馬帝國的與起與衰亡的因果等等。文學，正由於它所用作媒材的語言，原自具有多方用途的特性，因此在它的界義上，往往呈現著某種曖昧隱晦的性格，因而往往總是一種懸而未決的爭論。

對於文學界義的這類爭論，一種解決的辦法是，以立即例舉文學所包涵的基本文體形式的方式來闡明：文學就是：詩歌、小說、戲劇……（有的時候，加上「散文」；有的時候，不加上）等。這種以一個語詞的指謂（denotation）來闡明的辦法，用在文學的界定上，它的好處是比較沒有誤解，並且也容易獲得普遍的贊同。但是在我們清楚明白了詩歌、小說、戲劇……等等文體形式的作品，都是屬於所謂的「文學作品」之後，我們往往並未同樣清楚的了解：在明晰可辨，顯然不同的詩歌、小說、戲劇等文體形式之間，有什麼是我們所可以將它們共同歸諸於「文學」此一名稱之下的因由。也就是說，一個作品，基於它的文體形式的特徵，我們可以很清楚的將它分類到或者詩歌、或者小說、或者戲劇的類屬之下，因而我們稱呼它爲一個文學作品，但是我們仍然並不眞正清楚它爲什麼是一個文學作品。並且，這種方便的解決辦法，通常並不發生在平常我們稱之爲「散文」的這一類文學作品上——假如我們還肯承認「散文」也是文學的一種形式的話。因爲，碰巧從純粹文體形式的觀點上看，所有非文學的作品，都是「散文」。

另一種解決的辦法，是強調「文學」的虛構與想像的特徵，希望藉此能夠將「文學」自其他的語言作品中區分出來①。但是虛構與想像，卻是一種與可經驗的事實對照之後才能成立的概念。除了像「西遊記」、「伊索寓言」之類的描寫神怪或擬人化動物的作品，我們可以很明顯的一望即知是虛構與想像之外，在沒有史實或事實眞相的參照之前，我們往往無法立即確定其是否出於虛構想像，或者只是事實的整理描繪。況且，所有的謊言，莫不都是出於虛構與想像的；但是我們顯然並不是為了渴望沉溺在巧妙編造的謊言之中，因自我欺騙的心理而渴望去接受他人的蓄意欺騙，因此而喜愛文學，閱讀文學的。假如事實是這樣的話，柏拉圖要將詩人驅逐出他的理想國，就眞是理所當然，而且也是任何正常而明智的人所必須採取的步驟了。所以，虛構與想像的性質，雖然或許存在於大量的文學作品之中，但是，恐怕並不是我們所適於確認為文學之所以為文學的特質。也許，這種足以使文學作品自其他的語言作品中區分出來的特質，就是，也應該是，它具有一種美，一種其他的語言作品所不具有的「文學」的美：「文學美」。

二、文學作品的基本「內容」

美，從一般日常的應用上來說，顯然是一個相當複雜而歧義的概念。任何科學或哲學的論文，假如從它的敍述與論證結構的層面看，確也可以如某些人所主張的，往往具有一種：「邏輯嚴謹的美」。幾乎任何不算失敗的語言作品，在整體結構上，多多少少的都遵循著帕克（Dewitt H. Parker）所強調的美的形式的幾種律則：有機整體的原則、主題的原則、主題變化的原則、平衡的原則、層次的原則、發展的原則等等②。所以，王星拱在「科學的起源」中，的確可以名正言順的斷言：「美感」，僅次於「驚奇」與「求眞」，乃是科學所以產生的一種動機③。而諾貝爾文學獎得主羅素，亦理所當然的可以在說明「我如何寫作」

一事中，宣稱他所尋求的寫作理想乃是淵源於數學的：「用最少的文字，把事情說清楚」④。形式的美，確實不是文學和藝術（fine arts）的專利。

因此，使文學能夠成立的美，顯然不能只是「形式」的，而必須具有另外的某些屬性。雖然我們不願用「內容」這種字眼（因爲使文學成爲文學的並不只是一般意義上的「內容」的因素而已），但「文學美」至少必須是一種與「內容」配合了之後的現象或屬性。這種「內容」，在我們不考慮到它是否達成「文學美」的效果，或者它所達到的「文學美」的程度大小，而純粹從現象與描述的觀點來考察時，或許我們可以說使文學不同於其他的語言作品的，正在它是一種生命意識的呈現，而其他的語言作品則否。

當我們說，文學作品的「內容」，從現象描述的觀點而言，基本上是一種「生命意識」的呈現時，我們顯然必須對「生命意識」一語加以重新界定與釐清。因爲從某種觀點說來，一切的「意識」都是「生命意識」。通常「意識」我們總視爲是只有「生命體」，或擁有「生命」者才可能發生的屬性。但是異於上述廣泛的「生命的意識」的界義，有時我們也用「生命意識」來表達另一種較爲狹義的，生命對其自身之存在以及其存在之狀態的知覺。就在這種意義下，「意識」可因其對象而有「生命意識」與「非生命意識」的區分。在這裏，相對於我們用來陳述「文學的內容是生命意識的呈現」時，所謂的「非生命的意識」指陳的就是，例如：$1+1=2$ 等的純粹形式的架構與 $E=MC^2$ 等雖然涉及經驗內容，但卻未關連到意識者本身之存在與生存狀態的意識。

這裏，有一點必須加以說明的是，當我們用生命意識的呈現這一觀念來闡釋文學的「內容」時，基本上，我們是首先確認了文學是一種語言作品。並且一切的語言，在我們進一步注意到其所指涉的任何客體之前，首先我們必須承認，語言基本上是一種「意識」的呈現。語言的實體是意識，而不是其所指涉的「事實」或「並不存在的事物」。因此，「意識」性質的區分，適足於達成我們對於文學「內容」的了解。爲了上述目的，也許我們必須進一步認識「生命意識」所以成立的條件。我們以爲「生命意識」事實上包涵著尚可加以區分的兩種類型的意識。它們各爲生命意識之完整的呈現所不可或缺的條件。其一是時空中的具體情境的意識；其二爲意識者的自身意識。

意識者的自身意識是生命意識的必要條件，基於前述「生命意識」的定義，這一點自然無庸待言。時空中的具體情境的意識之所以爲生命意識的必要條件，則是源於「生命」的特殊性質。生命，不同於永恆的律則或理念，它永遠隸屬於特殊的時空，並且永遠以某種特殊狀態在特殊的具體情境中存在。生命的現象，永遠建立在與某種特殊時空中的具體情境的某種連結之上。欠缺了這種連結，生命不但是不可能的，並且是不可想像的！因此生命的意識，其實就是這種生命自身與時空中具體情境的連結的意識。這樣的連結的意識，就一般的文學現象考察，往往呈現爲兩種連續而性質不盡完全相同的階段：初步發生的階段與充分開展的階段。爲了討論的方便，並試圖對其性質加以描述，我們各別分稱這兩種階段的意識爲：「情境的感受」與「生命的反省」。「情境的感受」與「生命的反省」正是生命意識的兩種根本的型態；事實上也正是一般文學作品的根本「內容」。

由於人類的感覺器官的基本性質，我們的眼睛是用來看視外界的，通常只有依賴鏡子的反光，我們才能看到自己。我們很可以相信，在自然的心理歷程中，我們對於情境的感受是先於對於生命的反省的。在我們所謂的對於情境所發生的感受中，必然也是對於情境狀況的覺知先於自我反應的覺知的。我們總是先看到一朵紅花的模樣，然後我們才有喜歡或不喜歡那朵紅花的感覺。因此在我們對情境發生感受的狀態裏，顯然是包涵了如下的一種心理歷程：首先，我們覺知情境的某種客觀狀況，接著產生對於這些狀況的主觀的反應，然後覺知這種主觀的自我反應。在情境的感受中，我們不但更進一步的認識了我們所遭遇的某一種客觀情境狀況，事實上透過我們對於這一情境狀況的自然的自我反應，以及對於此一自然的自我反應的覺知，我們更且醒悟而知覺到我們自我所潛藏的某種內在本性，因而增加了對於自己的「本來面目」的認識。在「情境感受」的描摹中，文學作爲人類「認識自己」（就這個古希臘銘言的最深奧的意義而言）的一種途徑的意義，似乎比作爲認識世界之工具（雖然詩歌總也讓我們「多識於鳥獸草木之名」）⑤的意義大。因此文學所呈現的情境不妨虛構，內容不妨想像，情境狀況的呈現儘可以不寫實，甚至超現實，而仍無礙其所表現的情感感受的眞實。文學是一面鏡子，在其中我們主要的是照見自己，我們之所以爲我們的個性與人性。

但是一如前述，不跟任何特殊具體情境連結的生命是不可能，也是不可想像的。事實上我們的自我認識永遠是源取自某些特殊的具體情境的衝擊，也是基於我們的渴望能夠對此特殊情境的有一適當的回應。因此我們的自我認識就永遠不可避免的主要是包涵了對於特殊情境所造成的挑戰的意義的認識，以及對於如此情境的應戰之方式的抉擇。因此，「情境的感受」只是生命意識的初步喚醒，它的充分開展則必然是一種「生命的反省」的狀態。所謂的

「生命的反省」，事實上正是一種基於「情境的感受」中對情境狀況與自我反應的同時感知，而發展出來的更進一步的對於自我與世界之適當關係的尋求；這種尋求裏包涵了認識與決定，對於自我與世界之已有或可能關係的認識，以及其適當——亦卽願意成有關係之決定。這種認識，必然是一種存在自覺；這種決定，性質上則是一種倫理抉擇。

所謂「存在自覺」，在這裏指的是不僅意識到我們是生存於與當前的某一特殊情境的連結之中，並且同時意識到我們生存在世界之中的最爲基本的生存境況：我們活著，同時會死。正如洪自誠「菜根譚」所說的：

> 天地有萬古，此身不再得。人生祇百年，此日最易過。幸生其間，不可不知有生之樂，亦不可不懷虛生之憂。

這種生存的基本情境的醒覺，往往使我們的意識提昇到另一更高的觀照點，因而轉變了特殊情境所加諸於我們心理上衝擊的實質意義，而成爲一種象徵。一種對於生命的能或不能有所眞實把握以及充分實現的象徵。也就是說，這些具體的特殊情境，同時在它所給予的直接感受之外，更具有了作爲一種「有生之樂」與「虛生之憂」的深一層的意義，而成爲某種「有生之樂」與「虛生之憂」的具現與體驗。因而，我們對於情境的感受，遂成爲我們認識自己生命存在之現實與可能的一盞探照燈，而煥發著存在意義之深省的光輝。因此，這些情境與其所予的感受，就同時成爲一種啓示。一種在我們正視人生，以尋求更眞實而豐盛的完遂生命之可能與意義之際，所必須面對的種種抉擇中，能夠給予助益的啓示。因此，文學所描繪的，永遠必須是一種啓示性的經驗。

這種啓示性經驗所予的啓發，在文學作品的表現中，有時是隱涵的，有時則是明申的。

前者例如漢武帝的這首「秋風辭」：

> 秋風起兮白雲飛，草木黃落兮雁南飛。蘭有秀兮菊有芳，懷佳人兮不能忘。汎樓船兮濟汾河，橫中流兮揚素波，簫鼓鳴兮發棹歌，歡樂極兮哀情多，少壯幾時兮奈老何！

後者例如漢樂府的這首「長歌行」：

> 青青園中葵，朝露待日晞。陽春布德澤，萬物生光輝。常恐秋節至，焜黃華葉衰。百川東到海，何時復西歸？少壯不努力，老大徒傷悲。

在「秋風辭」裏，詩歌的意識僅止於「歡樂極兮哀情多，少壯幾時兮奈老何！」的對於自我與世界之已有或可能關係的認識；並未曾在這種認識的啓示中，一如「長歌行」發展出明白申言的類似「少壯不努力，老大徒傷悲」等的掌握一己生命的抉擇。因此，這兩首詩，雖然都到達了一種「生命的反省」的境地，但基本上我們可以說，前者主要的是表現了一種「存在自覺」的意識，而後者則更具有了「倫理抉擇」的意義。

但是具有「倫理抉擇」意義的作品，在表現上也仍然可以保持其啓示的隱涵性，並且通常這是許多寫作者，尤其是近代的寫作者所習慣使用的表現方式，因爲他們寧可把那必要的「倫理抉擇」留給讀者自己去作決定。這顯然是他們深切的知覺到：啓示，而不是訓誨，才是藝術家創造一個意象世界的眞正職分。這種情形，例如「古詩十九首」中的這兩首往往令箋釋者必得費詞曲爲解說的詩作：

青青河畔草，鬱鬱園中柳。盈盈樓上女，皎皎當窗牖。娥娥紅粉妝，纖纖出素手。昔為倡家女，今為蕩子婦。蕩子行不歸，空牀難獨守。

今日良宴會，歡樂難具陳。彈箏奮逸響，新聲妙入神。令德唱高言，識曲聽其真。齊心同所願，含意俱未申。人生寄一世，奄忽若飆塵。何不策高足，先據要路津？無為守窮賤，轗軻長苦辛！

王國維先生曾在「人間詞話」討論到它們說：

「昔為倡家女，今為蕩子婦。蕩子行不歸，空牀難獨守。」、「何不策高足，先據要路津？無為久貧賤，轗軻長苦辛」：可謂淫鄙之尤。然無視為淫詞、鄙詞者，以其真也。五代、北宋之大詞人亦然。非無淫詞，讀之者但覺其親切動人；非無鄙詞，但覺其精力彌滿。可知淫詞與鄙詞之病，非淫與鄙之病，而游詞之病也。「豈不爾思，室是遠而。」而子曰：「未之思也！夫何遠之有？」惡其游也。⑥

雖然提出了「以其眞也」、「但覺其親切動人」、「但覺其精力彌滿」來爲它們的，按照他的直接論斷爲：「淫鄙之尤」辯護；事實上顯然並未曾注意到，這兩首詩所眞正呈現的並不是一種「倫理抉擇」的「決定」，而相反的只是提出這樣的一種「倫理抉擇」的困境：「蕩子行不歸，空牀難獨守」，那麼獨守呢？或者不獨守呢？既然「人生寄一世，奄忽若飆塵」，那麼究竟爲什麼要「轗軻長苦辛」的「守窮賤」，而不是「策高足」的「先據要路津」呢？這裏所強調的正是一種面對「虛生之憂」的「倫理抉擇」：在「空牀」的「獨守」與「不獨守」之間；在「守窮賤」與「策高足」之間，我們究竟要如何選擇才不致徒然浪擲生命，虛此一生呢？詩人只向讀者們提出了這種困境，讓讀者自己去面對而自己作抉擇，他們並沒有「教訓」或「規定」讀者必須如何反應。他只是很深切的體會到了就人生的實現而言，這是一種往往不可免，卻是眞正的困「難」而具有人性意義的抉擇。因爲不論「空牀獨守」或者「轗軻長苦辛」都絕對不能說它們不是一種枷鎖着正常人性的眞實困境的！

這種「呈現」而不「明斷」，「啓示」而非「訓誨」的隱涵性，在客觀文學的敍事性作品裏尤爲常見。下面這首樂府古辭「東門行」就是一個很典型的例子：

出東門，不顧歸；來入門，悵欲悲。盎中無斗儲，還視桁上無懸衣。拔劍出門去，兒女牽衣啼。他家但願富貴，賤妾與君共餔糜。共餔糜，上用倉浪天故，下為黃口小

> 兒。今時清廉，難犯教言，君復自愛莫為非。今時清廉，難犯教言，君復自愛莫為非。行，吾去為遲。平慎行，望君歸。

在這首詩裏，作者只是客觀的呈現：詩中的丈夫，在出東門，看到外界的繁華之餘，回到家裏不再能夠忍受自己的貧賤生涯，突然興起了鋌而走險的意念。妻子發覺了就努力勸止，但終於又出門去了。他並沒有作任何的倫理判斷，但事實上他提出了一個倫理抉擇：對於一個男人而言，是不是只要有摯愛的妻子願意與他過着共餔糜的生活就夠了呢？還是他必須與他家一般富貴，然後他才算是一個男子漢，一個有價值的男人？這首詩甚至沒有結局。我們並不知道，這位帶劍出門的丈夫後來做了什麼，是否爲非了。它只結束在妻子的關愛的叮嚀中：「平慎行，望君歸！」；正如它開始在「出東門，不顧歸」，外界繁華的誘惑下。在「出東門」與「來入門」的門裏門外，人性正受着考驗。作者並不想再多寫，正因作者其實了解：文學作品，作爲一種「生命的反省」的呈現，它所提出的「倫理抉擇」，其最終的目的，畢竟是在促醒讀者反觀自己的生命，沉思人我同具的人性潛能，諦念人類共同的命運而有所自覺，因而更能把握生命實踐的種種途徑的眞實意義，而終於能夠開創他自己的充實豐盛的美好人生。

就是基於文學作品中，「倫理抉擇」的提出，其意義原是在促起「生命的反省」的自覺，並不在確立某種倫理信條，或肯定某類倫理判斷，所以許多敍事文學作品的有沒有結局，才可以是不重要的。就是許多似乎已經具有「倫理抉擇」中的「決定」性質的斷言，也往往不是出以一個「問句」形式，如陶淵明「讀山海經」詩的：「俯仰終宇宙，不樂復何如？」；就是只具有一種「假如……則……」的「可能」性的描述性質，一如前面所引「長歌行」中的：「少壯不努力，老大徒傷悲。」，或如曹操「短歌行」的：「周公吐哺，天下歸心。」，以作為面對「虛生之憂」之際的一種可能選擇的提醒！因此，文學作品中所呈現的「倫理抉擇」，卽使是出以「決定」的形態，基本上仍是一種透過「生命的反省」所達到的，對於自我與世界之「可能」關係的「發現」的表現形式。因而，或許我們可以說，對於自我與世界的某種「眞實」的關連方式的深一層的「認識」，才是「生命的反省」中，「存在自覺」與「倫理抉擇」的究竟意義吧！

在以上的討論裏，我們首先從純粹現象與描述的觀點，確認了文學作品所呈現的內容，基本上就是一種「生命意識」。並且進而分辨這種「生命意識」通常可以因為其階段發展的不同，而可區別為「情境的感受」與「生命的反省」兩種形態。在「情境的感受」這一階段的「生命意識」裏，我們又因其意識對象的性質，而辨析為「情境狀況的覺知」與「自我反應的覺知」的兩種不同形態的知覺。在「生命的反省」中，我們則就其與具體行動的關係而更區分為「存在自覺」與「倫理抉擇」的兩種不同層階的省識。這種種的論析，除了企圖對於一般所謂「文學」作品的內容，在理論上提出一種具有描述性質的照明之外；事實上更希望能夠就此論辨，發展出一套有效而足以應用於討論文學作品之內容的概念架構，以作為對具體作品的實際分析與掌握的工具。也許我們接着就應當將這些觀念，全部應用到一個完整作品的討論上來。這樣或許我們將更能發現這些觀念的內在關係，以及它們在應用上所具的實質意義。爲了節省篇幅，我們就以最爲通俗的「千家詩」中的這首七絕爲例吧！

春日偶成　　程顥

雲淡風輕近午天，傍花隨柳過前川。
時人不識余心樂，將謂偷閒學少年。

這首詩，像許多詩作一樣，始於一種「情境狀況的覺知」，在這裏是自然界的氣候狀況：「雲淡風輕近午天」。程顥的興趣顯然不是在作八百餘年前某一日的氣象報告，我們也不是以氣象學研究的心情來讀它的；相反的，他在這首詩中事實上表現的，就像他瞭解的詩歌所應當表現的，乃是由此氣候狀況所引發的「生命意識」的自覺。所以在這裏，這些氣象狀況，並不只是被當作與人無關的外界事實來提起，而是被當作令人產生特殊感受的外在情境來提起。它所代表的事實上已經不是一種「情境」，更是一種「情境的感受」的隱涵的表現。因此，接着就是基於這種情境感受的自我反應：「傍花隨柳過前川」。在這裏，我們看到人與情境的一種自然的連結，透過「感受」而形成的連結。這種連結著外在情境與內在人性的感受，在第三句裏得到了說明：「余心樂」。這裏同時表明的是詩人對於「自我反應」並不只是產生了「反應」而已，更有一種「覺知」。「余心樂」所表明的正是一種「自我反應的覺知」。雖然，在詩中詩人採取了一種更爲複雜而迂曲的表達：「時人不識余心樂」，在明指的語意上，只陳述時人的未能認識到他的「自我反應」，乃是基於特殊的對於「情境的「感受」而已。因此，詩人對於他的「自我反應」是「自覺」的，而時人則由於間隔了一層，並且在注意與胸襟上與詩人不同，因而「不識」。經由這種詩人擁有其「自覺」而「時人」卻「不識」，又形成了詩人所意識到的另一種「情境狀況的覺知」：透過他「自我反應」的行爲，所引起的他與時人的對立。在這裏，他遭遇到了必須面對一種「倫理抉擇」的情境了。他或者因害怕被批評而停止如此的反應；或者繼續這種反應行爲而遭受批評：「將謂偸閒學少年」。經由「將謂」一語中所具有的未來式的含意，詩人讓我們曉得他並沒有因爲憂讒畏譏而改變初衷。在這樣的抉擇之中，其實是包涵了一種「生命的反省」的，雖然在這首詩只是以暗示的方式表出。在這詩中，詩人寧可肯定、遵從他自己內在的眞實感受：「余心樂」，而不願意苟合求容的，在「時人不識」的情況下，改變自己的行爲。這裏，他所肯定的是實現自我本性要比符合他人期望重要的人生選擇。也就是一個人，首先必須對自己的生命負責的人生態度。而在這首詩中，支持着這種人生態度的決定的，其實是一種深刻的「存在自覺」。透過「時人不識」的批評中，詩人在這首詩很精簡而巧妙的暗示了他對自己生存狀況的省察與自覺：「偸閒學少年」，正隱喻着他深切的意識到：一、他已不再「少年」，「少壯幾時兮奈老何！」。二、他往昔的日子，大多在「終日昏昏醉夢間」的忙碌中虛度了。並未經常在「又得浮生半日閒」中體驗到所謂的：「有生之樂」。在「俯仰終宇宙，不樂復何如？」的認識中，在「譬如朝露，去日苦多」的體會下，使他自然選擇了：但使「余心樂」，何愁「人不識」！況且對於他的「傍花隨柳過前川」之心、之樂「不識」的，還只是「時人」而已：「古人秉燭夜遊，良有以也」；「況陽春召我以煙景，大塊假我以文章」……這首詩就結束在對「時人」之於「余心樂」的「不識」的瞭解裏：「將謂偷閒學少年」。因爲是「瞭解」，而不是「對抗」、「憤慨」、「責備」，或「教訓」，所以語氣是詳和的，甚至帶着一點溫煦的幽默。這種幽默正如說：「前言戲之耳」時的孔子，恰如其分的反映了明道先生的獨特的溫暖光明的人格。這等語言正是一種特殊生命的性情光輝的流露；一種眞實而獨特的生命意識的「呈現」。

在前面這首詩裏，我們很清楚的看到其語言意識的內容，如何經由「情況狀況的覺知」開始，而轉入「自我反應」的行爲，而對此「自我反應」的「覺知」，而進入一種包含了「存在自覺」與「倫理抉擇」的「生命的反省」，而終於結束在經過「存在自覺」的「倫理抉擇」裏，從某種角度說，這正是另一新的「情境狀況」的「覺知」。雖然，在理論上我們相信，文學作品所反映的「意識」內容，通常是以近似如此的次序與歷程發生的。但在文學作品的實際表現上卻並不必須完全依照如上的順序，亦不必完全具有以上的各種階段。在它的敍述中，亦可以從「生命的反省」開始，然後才轉入「情境的感受」，而結束在「自我反應」的行動裏，例如李白的「春夜宴桃李園序」：

夫天地者，萬物之逆旅；光陰者，百代之過客。而浮生若夢，為懽幾何？古人秉燭夜遊，良有以也。況陽春召我以煙景；大塊假我以文章。會桃李之芳園，序天倫之樂事。羣季俊秀，皆為惠連；吾人詠歌，獨慚康樂。幽賞未已，高談轉清。開瓊筵以坐花；飛羽觴而醉月。不有佳作，何伸雅懷？如詩不成，罰依金谷酒數！

或者結束在「情境狀況的覺知」中，例如「古詩十九首」的第十四首：

去者日以疏，來者日以親。出郭門直視，但見丘與墳。古墓犁為田，松柏摧為薪。
白楊多悲風，蕭蕭愁殺人。思還故里閭，欲歸道無因。

並且許多的文學作品亦往往只停留在「情境的感受」中，它所具有的「生命的反省」的意義，可以是隱涵的，例如王維的「鳥鳴澗」：

人閑桂花落，夜靜春山空。
月出驚山鳥，時鳴春澗中。

或者尚未明顯形成，例如這首幾乎完全只是以「情境狀況的覺知」所構成的「敕勒歌」：

敕勒川，陰山下，天似穹廬籠蓋四野。
天蒼蒼，野茫茫，風吹草低見牛羊。

但是正如「北齊書」的記載顯示的：

> 神武帝使斛律金作敕勒歌，自和之，哀感流涕。⑦

卽使純粹「情境狀況覺知」的呈現，往往亦孕藏着很豐富的情感意涵——也就是說其中顯然包涵着某種自我反應與其覺知的表現。這通常是藉着情境狀況的呈現中，在覺知景象的取捨與組合上來傳達的。尤其透過對景象的形容，像：「天蒼蒼，野茫茫」，或者譬喻，像：「天似穹廬」，來暗中達成的。因此，它們實際表達的，永遠是「情境的感受」，而不只是「情境狀況的呈現」。這一點在譬喻的使用上尤爲顯明。例如詩經鄭風「有女同車」的前兩句：

> 有女同車，顏如舜華。

「舜華」固然是用來象喻「同車」之「女」的容「顏」，但「舜華」畢竟原非「女顏」，只有透過詩人的「自我反應」，也就是透過二者在詩人心中所喚起的感受的某種近似或相當，它們才可以連結在一起而彼此闡發。因此譬喻永遠是一種「情境狀況的覺知」與「自我反應的覺知」相互疊合的表現形式，也就是「情境的感受」的一種特殊的呈現手法。或許這就是在各種類型的文學作品中，不論詩歌、散文、小說，或戲劇，都充斥着大量的譬喻的使用的原因吧！因此，甚至幾乎就只是一個「譬喻」而已的某些作品，例如桑德堡（Carl Sandburg）的這首「霧」：

跕着小貓的脚，
霧來了。
它一弓腰
坐了下來
瞧着港口和市區
又走開了。⑧

亦往往一樣的能夠滿足我們的文學感興。總之，自純粹現象與描述的觀點，任何的語言作品，只要具有了「情境的感受」爲內容的，就已經具有「生命意識」呈現的意義，因此都可以算是文學性的作品的。

三、文學美的意義：論創作

文學是一種人類繼續在進行之中的活動，而不是一種自然的既成現象。因此，卽使我們對於所謂文學作品的「內容」，從現象與描述的觀點，有一種初步的認識，事實上我們仍然未能算是眞正把握了文學之爲文學的特質。因爲一切人類的活動基本上都是目的性的，只有透過其所以活動的意圖的掌握，否則我們並不能眞正對此活動得到充分的了解。這種情形，正像除非我們事先知曉賽球的規則，否則我們就不能眞正了解一場球賽；雖然從純粹現象與描述的觀察，我們確也能夠看到：「有一羣人繞著一個球，跑過來跑過去……」。所以，純粹現象與描述的觀察，固然是我們了解文學的基礎，但是在這種基礎上，我們更需要從價值與規範的觀點，實際掌握文學活動的根本意圖。這種意圖，我們確信，一如本文起始所述的，乃是在於一種「文學美」的追求。「美文」，因此通常正是文學創作之所以不同於其他寫作活動的指導原則；「欣賞」，因此也正是文學閱讀之所以不同於其他文字閱讀活動的自然態度。

文學，不只是一種物品，當我們了解它的永不可忽略的眞正性質，乃是一種人類繼續在進行中的活動時，那麼擺在我們面前的眞正與文學有關的兩端，就只是文學作品的創作與欣賞了。我們所作的一切對文學作品的討論，其實眞正論述的都只是我們對於文學作品的創作或欣賞的經驗，而不是那作爲媒介客體的文學作品。雖然基於語言的方便省略，我們習慣說某某作品如何如何；但事實上未經創作或欣賞心靈所經驗的文學作品的客體，假如不是不存在，至少是不具任何文學意義的。它們只是一些字行或者加上印著它們的紙張而已。因此，假如我們同意：「美」，與其說是附麗於事物的客觀屬性，毋寧更是人類心靈感受的一種狀態。——這種情形，在文學的例子上似乎尤爲適合。那麼所謂的「文學美」，我們就只有透過對於文學創作與文學欣賞的心靈狀態的把捉與探討，才能達到眞正獲得瞭解的途徑了。

那麼什麼是貫通著文學作品的創作與欣賞的「文學美」的基本意義呢？首先，由於文學的媒介是語言。語言的基本特質，即在於它是一些約定俗成的「意義」的「組合」。因此它不可能供作純粹「形式」的構作與表現之用。因此，文學，不同於音樂或美術能夠追求或完成純粹「形式」的美的表現，而也可以成爲一種純粹形式的藝術。文學因此必須涵具「內容」。因此，「文學美」是一種涵具「內容」，透過「內容」呈現的，「內容」的美！前面我們曾經討論過，文學作品的「內容」，從現象與描述的觀察，基本上是一種「生命意識」的呈現。那麼我們或許可以說：文學美的基本意義乃是：「生命意識」的「昇華」！我們底下將分別從文學創作與文學欣賞兩方面，對於這一簡單的推斷，進一步詳加探討。

在「文學美」的創造過程中，最爲直接可以觀察到的，顯然是文字之美的追求。所謂作家，往往或者自覺的尋求，或者被目爲必須，在「語言」的運用上表現出一種過人的技巧。他必須是一位「語言」的「大師」（master），雖然這並不意謂著：他知道更多的語文，或者就以他所運用的語文而言，更多生僻的辭彙。但深切的掌握該一語文的特質，巧妙的加以運用，使它們更具一種常人所未能經常到達的豐富的表現力，卻是一件衆所公認的要求。這種文字之美，通常意指著語言表達上的精確、豐富，與生動，但在文學創作的實際踐履中，則是一種「美」的語言形構的終於完成。因此，語言「形式」的「美」，雖然不必爲「文學」所獨具，但卻是文學創作過程中的一種重要的追求。並且，這種所追求的「美」的語言形式往往固定而成爲普遍因襲或應用的文體或文類。透過文類或文體的觀念化、規約化，往往人們就在不知不覺中，把文學的基本特質認同於一些固定的語言的美的形式。例如：詩指的是四言、五七言古詩與近體，然後詞是菩薩蠻等等的調式，曲是天淨沙等等的調式。這種現象，無疑的在某種程度上證明了，對語言「形式」的美的特別強調，正是文學所以成立的一種重要特質。這種注意「語言」在自身結構上，例如：句數、字數和語法上的對稱，語音語調在配合上的和諧，韻律效果的講求，譬喻與意象的應用等等，的「形式」「美」的追求，雖然依照文體與文類的性質而有顯著深淺程度的不同。但大體而言，最具這種特色的詩，卻總是經常被舉爲特具文學性表現的文字的代表；並且往往成爲評判文學表現性的一種讚語，例如我們往往也稱讚一段散文或小說等等的文字說：「寫得像『詩』一樣」，或者：「簡直就是『詩』！」云云。這種情形正同時說明了：「美」的語言「形式」，或許並不僅限於某些大家所習見了的規格之內；但是美的「語言」「形式」的創造或達成，正是文學創作的基本尋求，也是一個文學作品的文學表現性——因此也就是它所達成的「文學美」——的判準。這種觀點，或許正是昭明太子編「文選」的強調，不以「立意爲宗」而以「能文爲本」的基本立場吧！我們雖然不必認定文學性表現或文學的表現性，只是建立在美之語言「形式」的達成。因爲語言畢竟是「示意」的，因此，事實上並沒有不「立意」的「能文」。但是卻不能不承認，它們在形成「文學美」效果上的根本的重要性；更不可忽略在這種追求中所涵具的一種基本精神的重要意義。

一般而言，藝術作品的完成，雖然有待於媒材「形式」的完成；藝術作品的表現，亦必須依賴媒材構成的「形式」的表現性，但藝術並不因此而必須視爲，就是「形式」的創造或表現。因爲「形式」正「意示」著「內容」。這種情形，在文學作品的場合，尤爲淸楚。語言構作的「形式」，事實上一如語法的決定了語言構成的意義，正是決定語言「內容」的一種構成因素。「形式」的講求，從上述觀點而言，正是「內容」的更精微奧妙的掌握與呈現。王國維先生「人間詞話」中所謂的：

「紅杏枝頭春意鬧」，著一鬧字而境界全出；「雲破月來花弄影」，著一弄字而境界全出矣⑨。

正是語言「形式」的構作，如何影響、決定了文學「內容」的最好例證。從這種角度觀察，文字之美，其實是一種自由，而且是一種雙重的自由的反映！一方面它反映了作者在駕馭語言上的一種遊刃有餘的自由；另一方面則更顯示了作者將這種駕馭語言的自由，加諸「題材」而處理成爲作品的「內容」之際，作者的超越於「題材」所代表的「情境」的心靈上的自由。因此，將它創作爲具有美的「形式」的作品，正意謂著在自己的心靈上，以美感的玩味將它征服。特別當它是一種痛苦或醜惡時，以一己心靈的自由，將它克服。因此，美的「形式」，正反映著一種在意識上對「現實」的超越，一種心靈的提昇。

這種超越與提昇的性質，從另一個層面看，也正是語言的一種基本的功能。說不出話來（例如嚇住了）；或者雖然有著好多意思，但是說不出來，事實上反映的正是人們陷入爲「情境」所困窘的不自由的狀態。語言的表達，雖然不必代表「情境」的解除，但卻是到達「情境」之解決的第一步。因爲在語言化的同時，人們不但達到了對於「情境」的初步認知，事實上往往也正是面對如此「情境」之際，我將如何「反應」的開始獲得決定。面對「情境」，採取何種「態度」對待，也許在人類的生活中是僅次於「情境」的實際解決的最重要的事情。特別在許多有限的人類所無能爲力解除的困境上，採取一種適當的對待「態度」，有時候就是一種解決，或唯一的解決的方式。

一般而言，語言，除了特殊的以專技性質運用的場合之外，通常總是同時表達了所指陳的「事實」，以及表達者對於此一「事實」的「態度」；自然在接受語言的對象比較確定的情形之下，往往也同時包涵了說寫者對於聽看者的某種預期的「意圖」。一句：「看！夕陽好美！」不但指陳了夕陽此一「事實」的存在以及它存在的狀況，也表達了說者對於夕陽的欣賞的「態度」，更包涵了說者希望聽者也注意因而欣賞分享夕陽之美的「意圖」。語言的表達，通常具有描述「事實」、表明「態度」，以及蘊藏「意圖」等同時並存的現象層次，事實上正涵蘊著三種詮釋「文學」之基本理論的可能：「模擬說」：文學「描述」世界人生；「表現說」：文學「表明」作者情感；「影響說」：文學在「感化」讀者⑩。除了「意圖」，以及影響的成敗，是較比間接隱涵，而不能在語言本身立卽加以觀察外，語言的表達，因此顯然總是經常包涵著：「呈現」與「表現」的兩個明顯不同的層面。它既「呈現」著某些「事實」——也就是前面所說的「情境狀況」；亦同時也「表現」了某種「態度」——也就是前面所說的「自我反應」。正因爲通常除了專技的特殊運用之外，語言並不只是「呈現」，而同時也是一種「表現」，因此卽使是以一種敍述「事實」的面貌出現，語言所表達的仍如尼采所強調的：「並非『事實』，只是『詮釋』」⑪。這種情形，特別以容許，甚或通常多是虛構的「文學」爲然。於是，卽使依照「模擬說」：文學描述世界人生，所描述的也是作者對於世界人生的「詮釋」。尤其這些「事件」既是「虛構」的，卽使我們可以解釋爲「模擬」的是可能的「事件」而非已然的「事件」，因此仍然反映了世界人生的某種「眞實」。但只要仍是未然的，卽使這種「可能性」的「詮釋」是「眞實」的，它所提供給我們的仍然不是外在世界的「現實」或「史實」。透過這種「詮釋」，假如它有所教導或啓迪的話，仍然是一種面對如此世界人生之「可能性」，我們所應採取的「適當」的「態度」的知識。以「表現說」的立場而言，文學作品在抒發感情，而情感正是一種內心最眞實的「態度」的反應，因此其根本乃是作者對於某種事態世相之「態度」的表明，固而待言。即使依據「影響說」，作者的創作若「意圖」感化讀者，所感化的其實仍是一種「態度」的轉變。不論以客觀無我的呈現，或主觀自我的表現，不論是明顯的籲求或隱含的教示，透過文學作品，作者所帶給讀者的，永遠是一種面對情境，面對生活之際，某樣「態度」的闡揚；並且假如他成功了的話，他所導致的，正是讀者的「態度」的轉變，一種接近他所闡揚的「態度」的轉變。文學因此是一種「態度」的客觀化，由「適當態度」的尋索而至形成，由個人自我的決定而至普遍傳揚印可的，逐步實現的歷程。

文字的優美，先於任何作品所想闡揚的，本身就是一種獨特的面對情境，面對生活的「態度」。一種以「美感的玩味」去領會事物與人生的態度。當文字的優美，成爲「文學」的基本要求，無形中就預先決定了「文學」在面對各種人生情境之際，所必然需要持守的一種基本態度。「文學」並不逃避人生的眞相、社會的現實，甚至倫理的抉擇，但卻要求必須以一種「美感觀照」的心靈上的自由來加臨於它們。「文學」永遠不會也不能止於「現實」的反映，反映「現實」是新聞報導的工作；「文學」也永遠不會不能止於「史實」的記載，記載「史實」是史學史家的活動。這種從既定的「現實」世界的限制裏釋放出來，而以自由的心靈，另創一個涵攝了「現實」或「史實」，卻超越了「現實」與「史實」的永恆的想像世界，在這一個創造的世界中呈現出某種圓滿、某種自足、某種完整與美好，才是「文學」的藝術家的眞正工作。或者藉其敏銳的心靈發現世界的美好，而投注其精神於如此美好境地的把握傳揚，這產生了一切優美的藝術；或者藉其雄健的精神超越世界的醜惡，以心靈的自由觀照世界的限制，以「態度」的圓滿，征服「情境」的殘缺，因而引領人類的心靈邁入更高的精神境域，這樣產生了一切滑稽與悲壯的文學。「文學」的藝術家，是為美感觀照所提昇的最為眞實的人類世界——因為它同時包涵了理想與現實，境況的挑戰與精神的應戰，因而是最為眞實的人類生活之境況——的象徵的發現者、知覺者、創造者。因此，絕對寫實主義的「文學」是不存在的。假如它存在，那麼也是虛僞的。因為它逃避人類的精神，無視於人類精神自由的本質。終究，透過人類精神的這種自由，才產生了文學、藝術與一切文明事物的創造的！

運用優美的文字來表現，卽使只是對於語言型構本身之優美諧律的講求，其實就已經是一種人類精神自由的實現，美感觀照的基本態度的持守了。這種情形，例如白居易「琵琶行」中的這一段：

我從去年辭帝京，謫居臥病潯陽城。潯陽地僻無音樂，終歲不聞絲竹聲。住近湓江地低濕，黃蘆苦竹繞宅生。其間旦暮聞何物？杜鵑啼血猿哀鳴！

他的原意，從上下文看自然是在說明自己的「同是天涯淪落人」的「淪落」的不堪。因為不論是貶謫或疾病總是一種生活上的痛苦。但是透過了「我從去年辭帝京，謫居臥病潯陽城」、「住近湓江地低濕，黃蘆苦竹繞宅生」、「其間旦暮聞何物？杜鵑啼血猿哀鳴」等的七言歌行的輕快活潑的節奏，城、聲、生、鳴等庚韻陽聲字的協韻，以及「謫居」「臥病」，「黃蘆」「苦竹」在句內的於相同的部位成對，甚至「杜鵑啼血猿哀鳴」的完全以「句內對」成句等等的語言形式的效果，所傳達給讀者的就不只是語意明指的不堪的境況而已；而其中在「我從去年辭帝京」到「黃蘆苦竹繞宅生」就隱然同時有一種類似枯木竹石的蕭颯的美感；到了「杜鵑啼血猿哀鳴」甚至還有一種呼應且類同於前面「鈿頭銀篦擊節碎，血色羅裙翻酒汚」和「夢啼妝淚紅闌干」等句的濃豔而淒厲，既鮮麗且狼藉的對比之下的強烈美感了。這種情形正如底下接着的：

豈無山歌與村笛？嘔啞嘲哳難為聽。

雖然具有「難爲聽」的語意，但在語句語音本身的配合上卻並不是一種「難爲聽」的狀態一樣，正都是一種「形式」對於「題材」的「征服」，「優美」對於「醜惡」的「融攝」。這種「融攝」與「征服」，往往不只限於語句型構的對稱諧律等等現象的效應，經常同時也是透過比喻象徵等等意象化的效果來達成的，例如李後主的這首「清平樂」：

別來春半，觸目愁腸斷。砌下落梅如雪亂。拂了一身還滿。雁來音信無憑，路遙歸夢難成。離恨恰如春草，更行更遠還生。

這首詞，表面上所要表達的，雖然似乎就是一種不自由的別離的情境：「別來春半」，「雁來音信無憑，路遙歸夢難成」，以及深切的意識到經由這種不自由情境所帶來的痛苦——「別」「愁」、「離恨」——的無法消除，綿綿不絕無窮無盡。但是透過了「離恨恰如春草，更行更遠還生」的譬喻，以及「砌下落梅如雪亂，拂了一身還滿」的象徵的表達，這分無計消除，不絕無盡的別愁離恨，卻轉化成爲一種外在化了的可觀照的客體，並且讓心靈在對這種外在化了的別愁離恨加以觀照之際，自然而然的從這一深陷的不自由的情境中解脫了出來，重新以其自由的本質來體驗。尤其更重要的是，在這種譬喻與象徵裏，所用來象徵消除不絕的「別愁」與譬喻綿綿無盡的「離恨」的，都是一種本身極爲優美的意象：「砌下落梅如雪亂，拂了一身還滿」、「春草，更行更遠還生」，因此使得這一分離恨別愁，因爲與這些優美的景象叠合，而同時成爲某種意義上，可以玩味品賞的美感的經驗對象了。透過了眞切而美麗之意象的這種譬喻與象徵的作用，於是精神的「痛苦」，就給轉化爲情感的「優美」了。文學的美，因此，正是一種「情感」的美！

這種文字運用的優美，不論是藉語言型構的諸律或者譬喻象徵的精妙來達到，基本上所在肯定、呈示的正是一種作者在創作之際所到達的，心靈的自由與感情的優美。因此，作者不但對於自身的痛苦，必須保持自己在情感反應與呈現上的優美，甚至在對某種醜惡的現象加以斥責嘲諷之際，仍然必須保持自身在心靈自由上的開闊與情感品質上的美好。這也就是爲什麼說：「詩人之賦麗以則」⑫，說：「可以怨」⑬，而主張「樂而不淫，怨而不怒，哀而不傷」的理由了。因爲「文學」的優美，正反映着一種人類文明的理想，一種人類在精神的提昇中顯現爲心靈的自由；在心靈的自由中流露爲情感的優美；在情感的優美中達到人格的高貴的終極尋求。孔子說得好：「君子無所爭；……其爭也君子。」⑭所以，「溫柔敦厚」，是謂詩教！就在這一點上，決定了「文學」處理社會現實的基本立場：也許某些社會現實是絕對的醜惡，但「文學」的表現卻不能只是絕對醜惡的暴露。絕對醜惡的暴露，不但只能導致人性的全面墮落，事實上也正反映了作者心靈意識的貧弱與卑下。因此面對罪苦與醜惡之際，仍然堅持人性的尊嚴與眞實，透過創作而將它們轉化爲藝術性的悲壯與滑稽的美感，這在文學上是絕對必要的。在這裏，杜甫的「石壕吏」是一個很好例子：

> 暮投石壕村，有吏夜捉人。老翁踰牆走，老婦出門看。吏呼一何怒，婦啼一何苦。聽婦前致詞，三男鄴城戍。一男附書至，二男新戰死。存者且偷生，死者長已矣。室中更無人，惟有乳下孫。孫有母未去，出入無完裙。老嫗力雖衰，請從吏夜歸。急應河陽役，猶得備晨炊。夜久語聲絕，如聞泣幽咽。天明登前途，獨與老翁別。

這首詩的境況，雖如浦二田云：「丁男俱盡，役及老婦，較他首更慘。」但作品中表現的仍然充滿着人性的暈彩，既有着：「有吏夜捉人，老翁踰牆走，老婦出門看」的滑稽，更有：「老嫗力雖衰，請從吏夜歸，急應河陽役」的悲壯。全詩就結束在既悲壯又滑稽的：「天明登前途，獨與老翁別」的深刻人性流露的描寫中。這正反映了，受到考驗的人性，而不是考驗人性的社會現實，才是這首詩的表現中心。事實上，任何涉及社會現實或史實的文學作品，假如它的表現成功的話，永遠不在於它的反映了社會現實或史實，而是它成功的掌握了受到如此社會現實或史實考驗之中的人性的眞實與光輝。托爾斯泰的「戰爭與和平」，並不是因爲它反映了拿破崙侵俄的史實，所以感動我們；感動我們的是他所成功塑造了的一些面臨拿破崙侵俄史實之考驗的人物，以及這些人物所具現的人性反應。一切「自然主義」、「寫實主義」的文學，假如成功了的話，其實皆可作如是觀的！終究，透過人類精神所反映的人性經驗，才是一切「文學」表現的核心。文學中所描寫的社會現實或史實，其實和一切虛構的情境，譬喻象徵的意象一樣，只是「藉物起興」的賴以「起興」的「藉物」罷了！

但是，這種賴以「起興」的「藉物」，事實上正是我們透過了語言文字自身的型構，所從文學作品中獲得美感的另一層次的經驗對象。因此，「物」或許是世界的眞實現象或經驗，但「藉物」卻是一種適合於美感觀照的「經驗歷程」的塑造。這種「經驗歷程」，基於文學「內容」的基本性質，我們可以說，必然是某種「生存經驗」，蘊涵且具現了某種「生命意識」的「生存性」經驗的歷程。同時，由於我們的「人性」，通常並不在抽象的思維中反應，而總是在面對具體的生存情境之際才自然流露與表現。因此，這種人類的「生存經驗」，也正是我們所謂的「人性經驗」。在文學的創作中，正如我們前面所強調的，文字之美的追求，不論是指其運用的巧妙，或是指的語言型構的效應，事實上都不是獨立或自爲目的的；根本就是一種對於文學作品之「內容」的基本立場及其精微蘊涵的更爲精確周密的掌握。因此，也就是對於這樣的一種深具人性意義的「生存經驗」的「美感經驗化」的塑造，其結果則是一種「經驗歷程」的完成。透過文字語言的組合，從事這種「經驗歷程」的塑造過程，就是平常所謂的文學創作的活動。而這種活動，這種「塑造」過程，基本上就是一種生命意識提昇的昂奮狀態。

在這裏，我們並不必須訴諸繁難的文學創作的心理學的考察。但是顯而易見的，通常我們在日常的生活狀態中，雖然也對情境有一種自然的感受，但是這種感受常因不自覺、不用心而流於浮泛膚淺。並且，由於我們的日常活動，總是趨向於某些或短暫或長期的外在目標的尋求，因此，我們往往因爲這種尋求而忙碌，而全神貫注，而未能深切而周至的去感受我們所生存於其中的眞實情境狀況。在這種爲特殊目標所吸引，並且這些目標與目標之間往往又是雜多而了不相涉的情形下，不但許多的時候，「視而不見，聽而不聞」是可能的，並且正如李涉「題鶴林寺僧舍」一詩：

終日昏昏醉夢間，忽聞春盡強登山。
因過竹院逢僧話，又得浮生半日閒。

其中所謂的：「終日昏昏醉夢間」也往往是常事。創作活動中的表現歷程，正如柯靈烏（R.G. Collingwood）所主張，事實上正是一種對於自己的感受的「發現」與「知覺」的歷程⑮。因此也正是由「情境狀況」的覺知，而轉化爲「自我反應」的覺知的歷程。在這種過程裏，一方面我們對於「情境狀況」的覺知，由瑣碎浮表而轉變爲深切周至。因爲它們不再是與我們不相干的外物，在此刻它們成了我們生命反應的某種表白，某種內在的渴欲與眞實之尋求實現的徵象。這些我們所面對的「情境狀況」，在它們與我們的生命不相關聯時，我們是不可能對於它們有深切的注意的；生命只是引導我們尋求生命的自我實現。並且由於它們在事實上所具現的幾乎就是無可窮盡的繁多，因此，我們卽是有所知覺，也只能是浮表零碎，片斷雜亂的知覺。只有在轉化爲「自我反應」的覺知時，由於它們與我們的生命相關，而且成了我們生命反應的徵象，我們才會深切去注意，並且找到統一它們，使它們呈現出某種完整的內在關係的基點。只有透過我們的生命需求，一切的事物，不管具不具有自然的因果關係，才具備了互相關聯的意義。另一方面，透過如此的「自我反應」的覺知，我們才從「終日昏昏醉夢間」的諸多紛紜的生活之欲的各種迫求之中釋放出來，開始更清楚而眞切的在反觀「自我的反應」中，認識到完整的，具備多方潛能而不失其中心與方向的，眞正的自己——因此也就是我們所內藏深蘊的眞實的人性；認識到這樣的自己與如此情境之間的深切的連結關係——因此也就是人類命運的眞實的可能：這正是一種「生命意識」的昇揚的狀態。

這樣的「生命意識」昇揚的狀況，通常也正是一種心靈充分自由的體驗，也就是李涉詩中所謂的：「又得浮生半日閒」的「閒」的感受。既然，作爲生命存在，我們是無法不具某種生命的意識，而能體驗我們的心靈的自由；那麼自由的體驗，事實上必定是一種生命意識的昇揚，生命感受的充實豐富，開展闊大，深入高明的狀態。這種心靈的自由，生命意識的昇揚的狀態，自然不是只有藝術或文學創作過程才發生的。事實上這一類驟然的開展暢達的經驗，不但在一切的創造活動中都存在，卽使是日常生活中也往往包涵着這類重要的體驗。李涉的「題鶴林寺僧舍」一詩，所想表達的正是這種體驗的一次經歷。在這首詩裏，這種由「終日昏昏醉夢」而至「又得浮生半日閒」的驟然的轉變，李涉很自覺的意識到乃是經由：一、「忽聞春盡強登山」的「登山」，與二、「因過竹院逢僧話」的「僧話」等二種因素而促成的。在這裏「登山」的「強」與「僧話」的「逢」都是頗堪玩味的。假如我們同意這種心靈自由、生命意識昇揚的狀況，雖不是文學創作所獨有的，但卻是一切眞正的文學創作所不可缺少的必要的心靈狀態。那麼這首詩中，對這種心靈經驗過程的描述，正可象徵性的視爲文學創作之心路歷程的絕佳寫照。由日常生活的「昏昏醉夢間」，而進入文學創作所必須的「生命意識的昇揚」的狀態，事實上並不經常只是一種自然發生的自發歷程。通常卽使有這種「自發」的「昇揚」，往往也只是一種對於「生命」的「悟」或「領悟」的狀態，並不等於就是文學的創作。雖然文學的創作，總是在表現某一種對於生命的「悟」的。所以產生文學創作，自然是一種「強登山」的結果。「忽聞春盡強登山」中，「忽聞春盡」而竟要「強登山」，原就包涵一種生活態度與生活價值的驟然轉換：「忽」，並且這種轉換顯然還包括了以下的幾點意思：一、對於生活由現實的態度而轉換爲某種意義上的美感的態度：尋「春」、惜「春」。二、並且在這樣的態度的實踐的過程，還必須包涵對於原有現實功利的態度的暫時隔絕，同時在這種隔絕的過程中，人必須提昇自己的自我，從一更高更遠的角度來觀看生活。「登山」在這裏，正是這種美感距離與觀照高度之取得的努力過程。三、這種與現實態度隔絕，對生活取得美感距離與觀照高度的歷程，雖然是一種生命意識提昇、心靈自由開展的歷程，但往往並不是一種自然產生的狀態，而必須有賴於「意志」的抉擇、堅持，與努力的，通常它必須是一種：「強」。但是只有意志的努力是不夠的。「登山」，對生活暫時採取與現實態度隔絕，保持一種必要的美感距離或觀照的高度，是可以勉強或強力而行的。但是心靈的自由，生命意識的昇揚，卻絕對不是「強」的狀態所可達到的，其實「強」只能決定「態度」與「方向」，卻無法產生「內容」與「體驗」。在這裏需要某種不期然而然的「突破」，某種在情境狀況的覺知中所發生的「喚醒」，也就是需要某種「逢」，某種「踏破鐵鞋無覓處，得來全不費功夫」的「機緣」。這種「機緣」的發生，也就是平常所謂的「靈感」；亦卽是：「文章本天成，妙手偶得之」，這句名言的眞諦。「僧話」從某種觀點而言，正是一種「隔離的智慧」。從種種生活之欲的現實追逐中隔離，所產生的一種更高的「生命意識」，一種生命的智慧。生命智慧的達成，在「生命意識」的昇揚之際，體驗到心靈的眞正開展闊大，也就是一種眞正的「自由」的感受，就是所謂的「閒」。——這正是文學創作所最終要追求、完成的目標。因此「文學」是「閒」的產物。人們也只有在眞具「閒情」之際，才是眞正的能分享「文學」，領會「文學」。當然，這裏所謂的「閒」，指的是一種心靈狀態，和「有閒階級」的「閒」，並沒有必然的關連，也不必發生任何的關連。

文學創作，除了基本上是一種心靈歷程，在這種歷程裏，創作者必然得更深切周至的去感受一己的「生存情境」與「生活經驗」；並在這種深切的感受中，透過「生命意識」的昇揚，心靈自由的擴大，達到一種「生命智慧」的體驗外；更重要的是，還必須透過文字語言的組構，將這樣的感受與體驗，塑造成一種可理解，可以重新再體驗的「經驗歷程」；也就是必須賦予這一切的「生存經驗」與「心靈歷程」以某種適切的「形式」。這種「形式」，並不只是一種語言的結構關係，更重要的是一種「生存經驗」的「秩序」，以我們的心靈昇揚的歷程爲基點，所賦予一切相關的生存經驗的一種「秩序」。透過這種「秩序」，我們的諸多紛雜的生活經驗才彼此連結而成爲一種「生存經驗」的「經驗歷程」，因而具有一種或者增進或者阻礙我們的整體生命的「意義」。賦予「生存經驗」以「形式」，從「生命」的「自覺」上說，根本就是一種賦予我們的「生活」與「生命」以「意義」的行動；也就是一種以「意義」去綜攝我們的「生活」，而凸現出「生命」的整體「意義」來的努力。這裏包涵了賦予我們各別的「生活經驗」以「意義」；以及賦予我們的整體「生存」，也就是我們的「生命」，以「意義」的，兩個相關而不同層次的努力。這裏並不是說，各別的經驗本身，並不具有任何獨自的「意義」。基於我們的人性本能的直接反應，一切的經驗往往也引起一種立即的「如好好色，如惡惡臭」的感覺反應；因而在這一類的感覺反應中，各別的經驗遂呈現出對於我們的某種「意義」來。但是除非我們願意停留在「動物生命」的層次，否則我們必須尋求一種足以統攝這一切經驗，使整個生活呈現出某種追求或前進的目標與方向。基本上也就是必須使我們生活的各種經驗形成某種秩序，獲得某種統一。只有在這種秩序與統一的基礎上，我們對於自己的生活的「理解」，以及因而眞正的去「努力」，才是可能的。因此，「生活」的創造，從某種觀點上說正是，或者至少必須起始於，這種「秩序」的創造。

文學創作的一個主要的工作，正是這種「經驗秩序」的創造，以使我們的生活經驗獲得「整體的意義」。但這種「整體意義」的塑造，並不在否定各別經驗所訴諸我們的感覺反應所產生的「直接意義」。相反的，正確的把握這種經驗的「直接意義」，正是一切「文學」，甚至「藝術」，表現的基礎。文學的創作，正是一種對這種經驗的「直接意義」加以安排組合，以形成一種基於各別經驗的「直接意義」，卻超乎這些「直接意義」之總和的，更高的「整體意義」來的努力。在這種努力的背後，正是一種普遍的「自覺、倫理」之生命實現的尋求。因此，文學美的最終層次，總是涉及生命的倫理意義的發現或提出的。

在這裏，顯然我們可以很清楚的看到，文學作品中所以令我們產生深刻的共鳴與感動，因而可以稱之爲「文學美」的性質，事實上正包涵了彼此相關但並不完全相同的三種層次的素質：首先是文字型構的諧律，造句遣辭的靈巧與優美。這往往正是詩歌或駢體文一類的作品所具的最顯著的效果。其次則是作品所描寫的「經驗歷程」中所蘊涵的經驗的「直接意義」的變化與豐富。這正是一切「有個故事」的文學類型：史詩、小說、戲劇等等的表現基礎。這種融攝在某一「經驗秩序」中，各別經驗的「直接意義」的變化與豐富，正是我們平常所謂的「戲劇性」。事實上有許多作品的引人入勝，主要正是建立在所描寫的「經驗歷程」的「戲劇性」上的。最後則是透過文字型構與「經驗歷程」以表出的觀照生命的「智慧」，一種生命的倫理意義的發現與提出。也許一齣偉大的悲劇，與一部成功的偵探或冒險小說之間的差異，正在於前者具備了最後的這一層特質，後者則否。這種觀照生命的「智慧」，事實上永遠表現在對於「自我與世界的關係」的「發現」與「決定」上。在這種「關係」的「發現」與「決定」之際，反映的正是一種超乎動物生命之上的一種自覺的倫理生命之追求。在這種追求中，個人不以其生物本能的饜飽為滿足，而更尋求其生命的實現具有一種普遍的意義。通常這正是一種對於永恆人性的回歸，而朝向人類全體命運的承擔和締造的努力。在其中不可少的，永遠是對於人性可能的深邃洞察，人類生存的基本情境的充量了解。而涵攝着這同時既是沉潛，又是廣大的兩個向度的「智慧」，正是一種高度開展了的「生命意識」。透過了這樣的「生命意識」，各別的經驗也才能被納入一種「經驗的秩序」中，而顯現為一種具有「全體意義」的「經驗歷程」。這樣的「全體意義」不論是暗含或者明說，不論是蘊藏在「經驗的歷程」中，或者藉着優美的語言直接表出，總之，它永遠取決於作者在創作之際所能到達的「生命意識」的高度。因為高，所以才有深與廣。一個文學作品的感人，正因為它的能夠訴諸我們內在的深刻人性，而它所反映的外在世界廣大豐富。這樣的素質，事實上都必須有賴於創作者的心靈，在創作的過程中能夠充分的實現其精神的自由，而到達一種「生命意識」的高明。因此，文學美，就創作的心靈狀態而言，正是一種「生命意識」的「昇華」。

四、文學美的意義：論欣賞

文學「欣賞」，並不完全等於文學作品的閱讀、觀看，或聆聽；雖然文學欣賞必須透過某種具體的外在途徑去領會文學作品。但是正如文學「創作」並不就是一種文學作品的書寫，基本上它是一種具有特殊性質的心靈活動。在文學作品的閱讀中，往往並不必須都要產生文學「欣賞」的這種心靈活動的，例如我們的注意力是放在本文的校勘，放在作品中歷史事實或時代背景的考證，放在對它的語言作語法或語音的分析……等等。面對一個所謂的文學作品，即使我們加以閱讀，我們也可以只是理解它的「語言」，獲得我們所要蒐尋的有關「資料」，而不必欣賞它作爲「文學」的「精神活動」的紀錄或表現的。這裏就顯示了文學「欣賞」與文學「創作」的類似性：基本上它們都是一種具有美感意義的複雜的心靈活動。事實上我們可以說，文學「欣賞」是一種對於文學「創作」所要透過語言加以捕捉的精神狀態的，透過語言的再捕捉。在這裏，我們並不是強調文學「欣賞」，即是對於作者意圖的瞭解，或者是對於作者的技巧策略的體認。相反的，文學「欣賞」所指向的正是一種與文學「創作」相同的目標。正如作者在「創作」中透過語言的塑造，追求自己的生命意識的提昇；讀者透過語言的領會，在「欣賞」中追求的，其實亦是一種自我生命的醒覺與開展。在這樣的追求中，一種共同的生命意識，透過作品的表現與呈現，聯繫了作者與讀者。在「創作」中，作者藉着語言的塑造，將其生命意識普遍化了。在這種爲了使其他的讀者也能分享的普遍化的努力中，作者改變了他對自己的經驗的體認，因而獲致一種自我意識的提昇。因爲他必須使對於他個人有意義的體驗，轉化成爲一種對於全體人類皆有意義的人性體驗。就在這種轉化的歷程，他的自我擴大了，他的意識開展了，他的生命的深度顯現了。因爲在這裏，他的一切所作所爲所思所感，都得透過與支持着他的存在底奧之普遍人性的關連，來重新觀照，重新體認。這種由個人的生命意識出發，在透過我們的生命與普遍人性之關連的體認中，達到我們一己生命意識的開展的情形，正亦存在於「欣賞」的心靈活動的歷程裏。「欣賞」所在尋求的，正如「創作」所在尋求的，就是一種我們的生命與普遍人性之深切關連的體認，並且透過這種關連的體認，更清晰的認識作爲我們存在之基礎的普遍人性，因而也是我們自己的獨特生命。否則我們大可不必浪費寶貴的生命與時間去領會，通常對於我們的生活並無直接關聯之作者的所感所懷的。因此，整個「文學」的活動，包括文學的「創作」與「欣賞」，其實就是這種透過與普遍人性關聯的人類共同的生命意識的一種恆久的追求。就在這種意義上，「文學」的活動得緜衍；文學作品——只要能夠達到這種追求的某種程度的成功——得以透過被不斷的「欣賞」而生生不息，薪火長傳。

同時，由於文學作品的語言特質，也使文學作品只有透過「欣賞」，它的「內容」才能眞正得到領會與瞭解。在一般的資料性的敍述或推演性的論說中，語言的意義，或者指向語言所指涉的客觀事實，或者闡釋語言之中的由前提到結論的內在的涵蘊關係。因此，我們可以憑恃對語言本身的瞭解，就可以獲得其所指稱的事象的瞭解。這種情形，例如我們要瞭解如下的語句：

現在時刻，早晨七點半。

或者：

凡人皆會死。蘇格拉底是人；所以蘇格拉底會死。

只要我們懂得它所用來表示的語言，我們就可以透過它的語句構造而獲得瞭解。但是對於下列的語句：

誰謂荼苦？其甘如薺！⑯

彼采艾兮，一日不見，如三歲兮！⑰

青青子衿，悠悠我心！縱我不往，子寧不嗣音！⑱

只有瞭解語言是不夠的。我們必須透過我們的人性反應，我們自己的情感經驗，否則我們就無法瞭解它的意指。因爲在前兩例中，它所描寫的狀態，顯然是違反了客觀的事實：「荼」是「苦」的；「薺」是「甘」的，它們的味道並不一樣。但「谷風」的作者卻否定了這種經驗事實。同樣的，「一歲」，在我們的理解中，通常約等於三百六十五又四分之一日；所以「一日」絕對不可能等於「三歲」，但是「采葛」的作者卻以等同視之。這種情形，只有我們充分知覺到我們的生命感受，並不完全取決於情境的外在狀況，主要的更是基於我們內在人性所形成的情意與態度；並且回歸我們自身所具的這種普遍人性的經驗與知覺上，然後我們方才可以瞭解他人的這種「生命感受」的表白。同樣的情形，亦見於第三例中。在「凡人皆會死」一例裏，我們所以可以「理解」它最後的「蘇格拉底會死」的結論，完全是基於「凡人皆會死」與「蘇格拉底是人」前兩句的邏輯蘊涵中卽已包括了如此的結論。所以，它只是一種語句之間所蘊涵的必然的內在關係的明顯化。透過了這種語句之間彼此蘊涵的邏輯關係，只要我們對語句的內涵能夠瞭解，它的結論就是可以「預期」的。但是在「青青子衿」一例中，不但在「青青子衿」與「悠悠我心」之間；在「悠悠我心」與「縱我不往」；在「縱我不往」與「子寧不嗣音」之間，並沒有這種可「預期」性；事實上在語句的內涵裏也不具有這種彼此蘊涵的關係。它們的關係只是基於，這一切的意念正都源生於同一個情感的熱望。我們也只有透過我們自身的人性反應，才能體會這種情感的熱望，而能知覺這些語句之間的彼此關係。因而能夠瞭解這些語句的整體。其實，不只在違反事實的「逆說」，或者表情語句的連續與全體的關係上，我們才需要訴諸我們的人性潛能；卽使是純粹物象的描寫，例如：

大漠孤煙直，長河落日圓。⑲

落日照大旗，馬鳴風蕭蕭。⑳

寒波澹澹起，白鳥悠悠下。㉑

細雨魚兒出，微風燕子斜。㉒

我們也一樣不能只是從語言本身就可得到這些經驗描寫的意義的。因爲它們所提供的信息，顯然和「現在時刻，早晨七點鐘」的例子完全不一樣。「現在時刻，早晨七點鐘」或者「橘子一斤五塊錢」之類的語句所告訴我們的，基本上是一種社會生活中的約定俗成的「關係」訊息。這種「關係」正如語句之間的「邏輯關係」，都是可以直接從語言的構詞和造句的語法關係的認識中得到了解的。在這一類日用的或者推理的語言中，「經驗」的實際內涵往往並不重要，事物與事物之間的「關係」，才是語言傳達的重點。因此我們只要把握語言的「形構關係」，就可以充分的得到所需資訊的瞭解。但在文學作品的情境描寫中，往往負擔着提供一個「美感經驗」的使命。它不但得提供「經驗歷程」中，各別經驗與經驗之間的「關係」，還得傳達經驗本身所具的實質「內涵」。因此這一類的語句並不能在它們的語法關係上，立即「陳示」它們所希望提供的信息。相反的，它們基本上是透過讀者的眞實或類似的生活經驗的「喚起」來傳達。例如在「大漠孤煙直，長河落日圓」的一聯中，王維並不必須在語法上告訴我們「大漠」和「孤煙直」；或者「長河」和「落日圓」的彼此的關係究竟爲何，並且更進一步的說：「大漠孤煙直」和「長河落日圓」的兩句之間的「事實」究竟又有何種關係，也是完全付諸闕如的。——雖然在語法上它們形成了一種對仗。對仗只是提供了語言形式本身的諧律的美感，並未闡明任何事象與事象之間的關聯。——他只把握了「塞上」大漠風光中的一些特殊而引人的景象，將它們透過諧律的語言形式，直接藉着語言的前後次序加以並列出來而已。透過了這種語言的並列，它所「喚起」的卻是整個「大漠」風光的景象。這樣的藉著部分事物的並列，「喚起」的卻是整個「情境」的完整，甚至身臨其境的聯想，也許在馬致遠的那首著名的「天淨沙」「秋思」裏表現得最明顯：

枯藤老樹昏鴉，小橋流水平沙，古道西風瘦馬。夕陽西下，斷腸人在天涯。

在前面所舉的：「落日照大旗，馬鳴風蕭蕭」、「寒波澹澹起，白鳥悠悠下」、「細雨魚兒出，微風燕子斜」等例，雖然所描寫的經驗內容與語句的語法形式都不相同，但都同樣的能夠產生上述的以部分「喚起」全體的「以偏蓋全」的效果。這種效果的達成，主要的固然來自於作者自身的對於「整體情境」的深刻的體驗，並且能夠透過文字的前後次序掌握經驗歷程的整體律動㉓。這種律動，或許像「落日照大旗，馬鳴風蕭蕭」是來自人物的觀感。由「落日」而「大旗」，由「馬鳴」而「風」的連續與變化，正是詩中人物體驗整個「出塞」情境的注意與心理的變化與連續的歷程。這樣的心理歷程的律動，為了比較清晰的加以把握，我們似可簡單的分析如下：即因為塞外的荒曠，所以放眼望去一望無盡之餘，首先注意到的自然就是孤懸在前的「落日」。又因為曠野中是一無所有的一片荒涼，所以覺得「落日」所「照」的彷彿只是自身所在的部隊：「大旗」。因而意識到部隊正在奮力的行進著：「馬鳴」；行進在空無所蔽的漠野：「風蕭蕭」。隨著這樣的由遠而近，由近又遠的注意的變化，整個經驗的基礎事實：部隊在塞外的廣大荒漠中行進的孤寂的悲愴感，就自然而然的流溢了出來。這種形成經驗的整體性質的律動，也可以是來自景象本身所具的自然質性，一如「寒波澹澹起，白鳥悠悠下」或「細雨魚兒出，微風燕子斜」等例所顯示的。在這裏，詩人們忘我的掌握了：「波起」「鳥下」、「雨落」「魚出」、「風漾」「燕翔」等景象所具現的，自然萬物的本性具足、自適自化的，基於萬有本源之中心的「道」所流化出來的，永恆的律動。雖然元好問在透過文字表現時，強調了「寒波起」的「澹澹」與「白鳥下」的「悠悠」等「物態」的「本閒暇」；而杜甫的文字則更近於自然，但是透過了這種景象中的自然律動的把握，他們都有效的創造了一種令人感覺滿意與完整的經驗的整體。事實上這種經驗的整體，總是透過景象之中的有情生命與無生背景的交互動作、交相溶滲而形成一種統一的律動來達成的。只不過在「大漠孤煙直，長河落日圓」與「落日照大旗，馬鳴風蕭蕭」等壯美的詩句中，是以主觀的人來與客觀的無生背景相交感相溶滲；「寒波澹澹起，白鳥悠悠下」與「細雨魚兒出，微風燕子斜」等優美的詩句，是以客體的有情生命與客觀的無生背景，相交溶相滲透罷了㉔！但不論是壯美或優美，這類美感素質並不存在於語言本身的觀念意指裏，而是只存在於語言所「喚起」的特殊經驗的整體內涵與律動之中的。因此，即使詩人能夠非常貞切的將這些素質，透過他自身的深刻體驗，利用人類心理的某種自然形勢，就像我們可以用兩點來暗示一條直線、以三點來暗示折線、數點暗示曲線……，藉語言的部分指示來作整體情境的掌握。但在閱讀之際，這類「語句」的具有意義，完全是透過我們自身的生活經驗，自然而然在我們的想像中加以補足，而形成一種「整體情境」，並且進而掌握到其中所隱藏的特殊的經驗內涵與律動的結果。而這種「情境」的意義，經驗的內涵、律動的感知，則又是來自我們的人性潛能的賦予。我們不但再生了這些「情境」，同時更將我們的「感受」賦予了各別的物象，而使物象具有了「喚起」我們以某種感觸的內涵。同樣的，除了透過我們基於人性的自然渴望——在壯美的情形；或者是透過這種渴望的超越，而達到一種與萬有一體的生命的本然的體驗——在優美的情形；我們根本就無法掌握溶化一切物象以形成一個整體經驗的，蘊涵在物象之間的律動。事實上，只有透過我們的人性的潛能，一切事物的美感體驗方才是可能的。即使是透過語言的表現，也不例外。

我們前面提到過，文學作品往往透過經驗的直接意義——也就是經驗本身的美感意義——的組構，達到一種「經驗歷程」的整體意義——也就是某種生命的醒覺，倫理價值的賦予……。這種情形，正如「西廂記」的「楔子」中崔鶯鶯所唱的「幺篇」：

可正是人值殘春蒲郡東，門掩重關蕭寺中；花落水流紅，閒愁萬種，無語怨東風。

所顯示的；即使我們對於其中物象的美感意義，例如：「花落水流紅」，能夠充分覺知，事實上我們仍然不算是對一切物象或經驗在作品中的意義得到眞正的瞭解。因爲在這支曲中，「花落水流紅」的一片絢爛的景象，並不同於「花落春猶在，鳥鳴山更幽」或「水流心不競，雲在意俱遲」㉕的「花落」「水流」，只是「不以物喜，不以己悲」㉖的洞徹大化流行中的自然景象而已。它同時更進一步的，在曲中成爲崔鶯鶯囚困在「殘春蒲郡東，門掩重關蕭寺中」，所正無端浪擲流逝的絢爛的青春生命與熱情的象徵。因此接下去她所詠唱的才是這種意識到生命與熱情落空的一片無限的春愁、無奈的閨怨的語句：「閒愁萬種，無語怨東風」。所以在「花落水流紅」一句裏反映的，正同時是鶯鶯對於自我生命的內在質性以及當前所陷的生存情境等等的，深切的生命的醒覺，以及倫理價值的賦予。這種文學作品中所表現的生命醒覺的體驗，以及在這種體驗中對生命所賦予之倫理價值的意義，事實上也只有透過我們自身的生命意識的昇揚，或昇揚的經驗，以及在這種經驗中所得致的「世事洞明，人情練達」，才能眞正知覺、眞正體認。因此，不論就那方面說，除了透過我們自身生命投入的「欣賞」，我們並不眞正能夠瞭解「文學」。

但文學「欣賞」並不只是對於文學作品的各種意義的「瞭解」，基本上更是一種「感動」的歷程。這種「欣賞」而「感動」的狀態，陶淵明「五柳先生傳」的這一段：

> 閒靜少言，不慕榮利。好讀書，不求甚解，每有會意，便欣然忘食。

就是一個很好的寫照。「感動」原是一種不期然而然的狀態。但是顯然它的發生還是有其內在與外在的條件。事實上，陶淵明對於「五柳先生」的描述中，已經對於這些條件，有著若干的暗示了。正因爲「感動」是一種不期然而然的眞性的流露，所以首先它必須來自於無所爲而爲的閱讀。「欣賞」因此不能是一種意志的行爲。越運用意志「努力」的結果，往往越離「欣賞」越遠。這種情形正如我們不能「努力」入睡一般。通常它必須來自心情的「輕鬆」。沒有特殊的欲求，沒有特殊的煩憂。也就是必須來自一種心情的「閒靜」。事實上，這種「閒靜」往往來自對於生活的奔競能夠保持一種適當的距離，一種足以產生「美感」的距離。也就是所謂的「不慕榮利」。這裏，自然不是強調，只有像五柳先生那樣隱居的高士，才能夠眞正「欣賞」。而只是說明，至少在「欣賞」的閱讀或觀賞聆聽之際，必須能夠保持目的的純粹，心靈的自由。除了眞心的喜「好」之外，別無任何的意圖。同時，假如文學「創作」基本上是一種「言說」的藝術，一種「表現」的藝術；那麼文學「欣賞」，則必須是一種「聆聽」的藝術，一種「感受」的藝術。因此一個好的「欣賞」者，必須至少在「欣賞」之際，喜歡「聆聽」與「感受」，甚於自己的「言說」與「表現」。所以，不但需要心情的「閒靜」，更且需要「少言」的態度。這種「輕鬆」、「無所爲而爲」、「不求表現」的「欣賞」的態度，基本上是一種近乎道家思想所尋求的：「無爲而無所不爲」㉗的狀態。在其中除了純任本性的一片天機自得自化之外，是不能作意力強的。所以在作者的「未嘗不欲人解，而人卒亦不能解者」㉘的情形，「不求甚解」的保持著「相忘於江湖」㉙的自由心態是必要的。如此才能達到「不蘄言而言，不蘄哭而哭」㉚的「每有會意，便欣然忘食」的眞正的「感動」、「感通」的境界。

「寂然不動，感而遂通」㉛或許正是「欣賞」歷程的最好寫照。而「會意」正是「感而遂通」的一個核心。「會意」正如它的字面所顯示的，就是「意」與「意」的交「會」，讀者之「意」與作者之「意」的交「會」。但是，「意」並不等於作品的「言」，甚至亦不就是作者所蘊蓄於作品，而讀者所觸發於作品的「感」。「意」正是由「言」到「感」的中間過渡所不可或缺的橋樑。在這裏「莊子」「外物篇」所謂的：

荃者所以在魚，得魚而忘荃。蹄者所以在兔，得兔而忘蹄。言者所以在意，得意而忘言。吾安得夫忘言之人而與之言哉！

與「秋水篇」所謂的：

可以言論者，物之粗也。可以意致者，物之精也。言之所不能論，意之所不能察致者，不期精粗焉。

實在是一種極佳的註腳。因爲文學作品所要傳達的原卽是一種不止於「言」，不止於「意」的更爲微妙而深刻的「感動」。正如「詩大序」所謂的：

詩者，志之所之也。在心為志，發言為詩。情動於中而形於言。言之不足，故嗟歎之。嗟歎之不足，故永歌之。永歌之不足，不知手之舞之足之蹈之也。

文學所傳達的，事實上正是一種「形於言」而又爲「言」、「嗟歎」、「永歌」所「不足」，甚至必須進入一種忘我的「不知」才能完全體會的「情動於中」。因此在文學的閱讀與「欣賞」上，作爲一個「知解宗徒」是不夠的。所以孔子說的好：「知之者不如好之者；好之者不如樂之者」㉜。「欣然忘食」正是由「好讀書」的「好之」而轉化爲「樂之」的狀態。在「好之」與「樂之」之間，在「言」與「感」之間，「會意」正是一個轉化的「關鍵」。

在「萬章篇」裏，孟子曾經對咸丘蒙說明過：

故說詩者，不以文害辭，不以辭害志。以意逆志，是為得之。

的一種瞭解文學作品的原則。這個原則中的「不以文害辭，不以辭害志」和「以意逆志，是爲得之」，似可從另外一個角度說明：「不求甚解」與「會意」的某些精神。但是孟子的注意只在文學作品意義的正確「瞭解」，並不能完全窮盡「不求甚解」與「會意」所具有的文學「欣賞」的精神狀態的描述的意義。透過它們的比較對照，或許我們就更可以瞭解，「會意」與「不求甚解」的更豐富與更重要的意涵。所謂：「不以文害辭，不以辭害志」，從孟子對咸丘蒙的解釋：

如以辭而已矣，雲漢之詩曰：「周餘黎民，靡有孑遺」，信斯言也，是周無遺民也。……

看來，似乎主要的是確定了詩的語言與事實的語言的基本性質的不同；因而肯定了對於文學語言的在其情感的「表現」性意義的瞭解上，必須擁有一種超越文字的一一對應的指涉而加以適當調整的自由。「不求甚解」，自然具有從這種「以文害辭，以辭害志」的「甚解」的拘束下解脫出來的自由的意涵。因爲「不求甚解」，並不是「不求解」，只是不求「死於句下」的「甚解」而已。但是「不求甚解」其實還包括一種閱讀之際的精神上的輕鬆，心靈的因無為而呈現為一種無拘無束的自由狀態的暗示。同樣的，「以意逆志」固然也好像具有以讀者之「意」與作者之「意」——用孟子的話，就是「志」——相迎「會」的意思。但是孟子在用「志」來形容作者之「意」時，無形中已經將作者之「意」，加以「對象化」「客體化」了，而只「固定」為表現在「語言」中的「內涵」；不再是所以產生如此語言的活潑潑的作者的精神體驗與生命律動了。因此讀者雖然是以己之「意」去「逆」作者之「志」，它的結果仍然只是「瞭解」，而並不就是「欣賞」。因為在這裏，「志」仍然是一種客觀的對象，在「意」與「志」之間，仍然是一種主客的對立與分離，所以仍有「是為得之」，或者竟未「得之」的問題。而讀者所透過己「意」之「逆」所「得」到的，仍只是作為「之」的作者之「志」。並不同時是讀者自己的內在精神的變化與心靈境界的提昇。與「逆」的分離、對立相反的，「會意」，所在表達的正是讀者之「意」與作者之「意」在相「會」之際的，由各別的生命律動與精神體驗，而刹那間轉化為混同：「遂覺詩人之言，字字為我心中所欲言，而又非我之所能自言」[33]的一種精神合一的體驗。在這種「合一」之中，作者的「意」與讀者的「意」，作者的精神生命與讀者的精神生命，交相灌注、環流迴盪，而進入了一種不知何者是作者、不知何者是讀者的混然一體的永恆的律動中。這種生生不息的作者精神與讀者精神的遙相默契、自然結合，透過作品而同登彼岸，進入永恆的大「一」。正是一切偉大藝術的奧秘，也是一切「欣賞」的永恆的奧秘。

「餘音繞樑，三日不絕」[34]，「三月不知肉味」[35]，「神魂顛倒」，甚至「再世為人」等等，與「欣然忘食」都是這種深刻的「欣賞」體驗的絕佳形容。在讀者的精神和作者的精神經歷過這樣的刹那的「讀」「作」兩忘，結合爲一的體驗之後，自然而然興起的就是一種崇仰愛戴的，「相見恨晚」的「千古知己」之情。袁中郎「徐文長傳」序就是這種「驚遇」的一個絕佳的描述：

余一夕坐陶太史樓。隨意抽架上書，得闕編詩一帙。惡楮毛書，煙煤敗黑，微有字形。稍就燈間讀之。讀未數首，不覺驚躍。急呼周望：「闕編何人作者？今邪？古邪？」周望曰：「此余鄉徐文長先生書也。」兩人躍起，燈影下讀復叫，叫復讀。僮僕睡者皆驚起。蓋不佞生三十年，而始知海內有文長先生。噫！是何相識之晚也！

雖然這種深刻的「欣賞」，事實上並不必須都像袁中郎所描述的那麼具有戲劇性；但是透過了眞正「欣賞」的體驗，讀者通常不能自已的會產生許多變化。這種變化的一部分，正如蘇轍在「追和陶淵明詩引」中，記載蘇東坡信上所說的：

吾於詩人無所甚好，獨好淵明之詩。淵明作詩不多，然其詩質而實綺，癯而實腴。自曹劉鮑謝李杜諸人皆莫及也。……然吾於淵明，豈獨好其詩也哉！如其為人，實有感焉。淵明臨終疏告儼等：吾少而窮苦，每以家弊，東西游走。性剛才拙，與物多忤；自量為己，必貽俗患。使汝等幼而飢寒。淵明此語，蓋實錄也。吾真有此病而不早自知。半生出仕，以犯世患。此所以深愧淵明，欲以晚節師範其萬一也。……

一方面是對於作品的，不能再採取客觀或中立的態度，而會產生一種強烈的喜愛，也就是一種「好之」的態度。但卻不只是「好讀書」之類的一般性的「好之」，而是「吾於詩人無所甚好，獨好淵明之詩」的特殊的偏愛。在這種偏愛下，「自曹劉鮑謝李杜諸人，皆莫及也」的論斷，也就很自然了。這種情形和戀愛的「情有獨鍾」一樣，基本上都是一種「對我爲眞」的生命眞理的體認與表白。通常這種「偏愛」並不必須都得像蘇東坡這樣到達了定於一尊的「獨好」。但是由衷的體驗到一種發自生命深處的喜愛則是自然的。這種喜愛或許是終身的，或許只是階段性的，但是沒有這種「喜愛」，也就算不得具有眞正的「欣賞」。「欣賞」使我們不再把文學作品當作「物」來反應；眞正的「欣賞」總是把我們帶引到以我們的「人性反應」——也就是「情感反應」來對待作品的。另一方面，由於文學作品基本上正是在創作之際，作者最高的生命意義的表白；並且，在「欣賞」中，我們所體驗到的不只是對於這種生命意識（作品）的「瞭解」，而是一己生命與所以產生如此生命意識的作者的獨特生命的相互輝映、交流共鳴。因此，正如蘇東坡所謂的：「然吾於淵明，豈獨好其詩也哉！如其爲人，實有感焉」，必然在喜愛這樣的生命意識之餘，同時也就喜愛所以產生這種意識的獨特的生命存在。這種對於作者的喜愛，一方面有類於貫華堂古本「水滸傳序」所謂的：「快意之事莫若友；快友之快莫若談」，是一種透過「談」：生命意識的交流默契，所產生的「友誼」。是以孟子說：「以友天下之善士爲未足，又尚論古之人。頌其詩，讀其書，不知其人可乎？是以論其世也，是尚友也。」㊱但是「欣賞」通常總是發生在作者的「生命意識」多少終比讀者要來得更高或更清明之際，因此這種「友誼」總是多少包涵著「高舉遠慕」的崇敬景仰之意。這也就是東坡所以要「深愧淵明，欲以晚節師範其萬一也」。這樣的崇仰遠慕，常常成爲讀者面對一己人生困境之際的，一種自我提昇的精神力量。文天祥的「正氣歌」最後結束在：「哲人日已遠，典型在夙昔。風簷展書讀，古道照顏色。」的四句裏，顯然是意味深長的。因此，「欣賞」的眞正重要的意義是來自讀者自身的變化。透過與更高或更清明的作者的「生命意識」的接觸、默契、結合，而達致讀者據以面對人生與生活的自己的「生命意識」的覺醒與昇華，才是「欣賞」的眞正目的。程伊川說得好：

「人而不為周南召南，其猶正牆面」：須是未讀詩時如面牆。到讀了後，便不面牆，方是有驗。大抵讀書只此便是法。如讀論語，舊時未讀，是這箇人；及讀了，後來又只是這箇人，便是不曾讀也。㊲

眞正的「欣賞」的體驗，總是使得「這箇人」沒有辦法再「只是這箇人」。所謂：「曾經滄海難爲水」。透過了在「欣賞」之際所經驗的：眼界的開闊，精神的昇揚，體驗的深入，在在都使讀者無法再自滿於往昔的瑣屑卑小的精神狀態。因而只要這種體驗是眞切的，必然就會導致人格意識的或多或少的更新與轉化。所以，亞理斯多德以爲悲劇的功用在使觀者的心靈「淨化」(Katharsis)；孔子則強調：「詩可以興」㊳，而主張：「興於詩」㊴。畢竟，生命境界的提撕超拔，氣質人格的涵養變化，才是「文學」透過「欣賞」活動，對於一切讀者所具的存在的眞諦！

但是正如老子所說的：「失道而後德，失德而後仁，失仁而後義，失義而後禮」㊵。「欣賞」並不是經常發生的。所以「好讀書」的五柳先生也只是「每有」會意而已。同樣的一部文學作品，正如程伊川所說的：

有讀了後全無事者，有讀了後其中得一兩句喜者，有讀了後知好之者，有讀了後不知手之舞之足之蹈之者。㊶

對於不同的人，甚至相同的一個人，因爲在不同的生命階段，「而亦有得有不得，且得之者亦各有深淺焉」㊷，當我們不能「欣賞」的時候，我們就開始了「批評」。有了「批評」的意識之後，就有了「批評」的需要。有了「批評」的需要，就有了「批評」的制度。有了「批評」的制度之後，就有無數的「批評」蜂起雲湧，以我的「批評」批評你的「批評」，以你的「批評」批評他的「批評」。於是有「批評」的理論興起。於是「批評」的理論又滋生爲許多的派別。許多的派別又黨同伐異。黨同伐異之餘，所有的批評家又異口同聲的堅稱：只有透過「批評」，當然每個批評家都堅信就是他自己所信奉實行的那一種，才能眞正的瞭解「文學」以及「文學作品」。於是不再有任何非博學多識、飽經各種「批評」理論訓練的批評家之外的讀者，膽敢相信自己能夠眞正瞭解「文學」，瞭解「文學作品」。於是除了五柳先生那種與世隔絕的高士之外，再也沒有讀者敢「好讀書」而以「不求甚解」的態度，去尋求閱讀文學作品之際的，「每會有意」的「欣賞」的美妙時刻。文藝史家們，因此宣稱：「這是一個『批評』的時代！」。

在「欣賞」所不能到達之處，就產生了「批評」，這是自然的。「批評」基本上是一種受了挫折的「欣賞」的渴望。這種「挫折」或許來自於作品本身的不值得去「欣賞」；或者來自於讀者的未能在作品引導之下，進入作者精神的堂奧。批評的寫作者，只有透過自己的能夠「欣賞」才能在他的批評中幫助讀者克服他們的未能「欣賞」；只有透過他自己的極高的「欣賞」能力，才能在「欣賞」的經驗之中，發覺作者的創作精神所未能超越或突破的障蔽，而能指明作品的缺失。但是這一切的所作所爲，都應該基於「欣賞」，也爲了「欣賞」。另外，假如我們也同意：文學原來就是爲了讓人「欣賞」而創作的。那麼，或許我們可以說：在文學活動的三種過程：創作、批評、欣賞之中，應以欣賞爲最大。

五、文學活動的意義

「文學」的活動，不論是創作、欣賞，或者批評，總是把我們引導到一種獨特的「文學經驗」裏。在這種「文學經驗」的歷程中，一方面我們與生活的現實經驗形成一種暫時的隔離；同時這種「經驗歷程」卻又在某些方面與我們的現實經驗相關。不論說文學是人生的反映、是人生的表現，或者是人生的批評，所強調的正都是這種相關。但是這種「經驗歷程」無論如何與我們的現實經驗相關，畢竟它們並不就是我們所面對的現實經驗。戲臺上角色的窮苦潦倒，卽使令我們無限同情哀感萬分，我們也不致立卽上前慷慨解囊。這正表示卽使在強調戲劇是現實人生的寫照，強調寫實表現的重要，甚至反過來申論：「人生如戲」之際，我們仍然清楚：戲劇是戲劇，人生是人生；文學經驗並不就是一種現實經驗。這種根本的不同，不只來自文學是一種語言的製作；更重要的是來自「文學經驗」所以成立的，基本上是一種「美感經驗」的性質。這種「文學經驗」的「美感經驗」的性質，或許透過與現實經驗的比較對照，將會顯得更加清晰明確；並且透過這種對比我們也將更能瞭解，所以在現實經驗之外還要尋求一種「文學經驗」：因此也就是從事「文學」活動的究竟意義。

首先，在我們的現實經驗中經常呈現的，就是一種不連續性。這不是說我們的生命是不連貫的；而是說在我們的現實生活中，由於內容的龐雜繁複，並且經常的暴露在各種偶發的外在因素的激擾中，我們所經歷的事件與事件、經驗與經驗之間，經常欠缺一種相關的連貫性。或許我們對生活所做的種種努力與安排之中，所希望達成的就是一種克服這種紛雜混亂狀態的連續性。以我們生命的連續性來征服環境而創造出一種生活的連續性來。但在現實生活中，這種意圖經常並不能總是得到成功，往往在生活的諸般壓力的侵擾下，甚至我們還可能喪失了自己的生命的連續感，而陷入所謂的「迷失」的狀態。所有的藝術都在尋求一種感覺經驗的連續；而文學則是直接以我們的生活經驗爲對象，希望能夠賦予這些生活經驗以某種可能或眞實的連續性。這種可能或眞實的連續性，主要的正是來自於我們生命內在本性所具的連續的基本素質。但是這種素質卻往往會在生活的種種衝擊沖激之下，暫時或者永久隱沒或流失了。這種隱沒與流失：一方面來自我們對於外在刺激的未能保持主體自由的被動反應，誠如「禮記」「樂記」所謂的：

人生而靜，天之性也。感於物而動，性之欲也。物至知知，然後好惡形焉。好惡無節於內，知誘於外；不能反躬，天理滅矣。夫物之感人無窮，而人之好惡無節，則是物至而人化物也。人化物也者，滅天理而窮人欲者也。

我們所經常可能陷入的「人化物也」的狀態；一方面則來自我們生命本質所具的深陷於時空之中的當下性，以及在這種時空的當下之中，我們自身的不斷的變化。也就是王羲之在「蘭亭集序」中所慨乎言之的：

夫人之相與，俯仰一世，或取諸懷抱，晤言一室之內；或因寄所託，放浪形骸之外。雖趣舍萬殊，靜躁不同，當其欣於所遇，暫得於己，快然自足，曾不知老之將至。及其所之既倦，情隨事遷，感慨係之矣。向之所欣，俛仰之間，已為陳跡，猶不能不以之興懷；況修短隨化，終期於盡。古人云：「死生亦大矣！」豈不痛哉！

在這種變化中，不但我們所「遇」的「事」，是在時空中不斷的轉換；就是我們自身所感受反應的「情」，也會因為「倦」，而不斷的遷化。因此，除非我們能夠超越生命在這種時空的當下性的限制，能夠透過記憶與預想的心靈活動不斷的重新觀照自己、重新覺察自己的內在本性，否則我們就無法洞徹我們生命本性之中的這種內在的連貫性，並且因而保持我們對於自己生命的主宰與掌握。文學所提供的，從某方面說，正是這樣的一種「記憶」與「預想」的形式；一種不斷讓我們重新覺察自己內在的，通往自我觀照的途徑。

其次，在現實經驗之中，基本上我們總是不自由的。這種不自由，既來自於我們的深陷於時空之中，更限於我們所遭遇的當前的特殊的生存情境。這種生存情境經常以它的特殊境況壓迫我們，使我們必須去反應、去針對這種境況而行動，對於加臨到我們身上的這種「現實經驗」，通常我們並沒有眞正的選擇的自由。並且在現實經驗中，正因爲我們在行動，在對外在的境況反應，所以我們總是易於陷入一種「感於物而動，性之欲也」，爲某種特殊的欲望所驅使所支配的狀態。因爲在完全沒有欲望的狀態裏，就像一個完全沒有目標的人，一切的行動將成爲不可能。但是只要我們一行動，我們就不能免於爲此一行動的目標，也就是某一種特殊的欲望所拘束所影響。所以在現實經驗裏，不但我們的外在情境是一種無可選擇的「不自由」，即使在採取了行動去反應之餘，我們的精神仍然陷於爲某一特殊欲望所左右的「不自由」。同時在這種「物至知知，然後好惡形焉」的情勢下，我們或許不致「滅天理而窮人欲」，甚或可能勉強達到「喜怒哀樂發而皆中節」的「和」，但是無形中卻已經不可免的要遠離了「喜怒哀樂之未發」的「中」㊸，也就是「人生而靜，天之性也」的完整自足的狀態。因而在我們的現實經驗中，我們通常總是受到切割、受到激擾，而只是以「性之欲」的部分的、殘缺的、甚至分裂的自我，來反應來行動。因此也就是以這樣的部分的、殘缺的、甚至分裂的自我，來感受整個經驗的歷程。在這樣的反應與行動中，我們不但與完整的內在自我經常是疏離的。通常這樣的行動與反應中，我們也經常不由自主的與其他的人或物，陷入一種不能自拔的對立與衝突之中。卽使這種對立與衝突沒有惡化到所謂：「於是有悖逆詐僞之心，有淫泆作亂之事。是故強而脅弱，衆者暴寡，知者詐愚，勇者苦怯，疾病不養，老幼孤獨不得其所，此大亂之道也。」㊹的嚴重狀況；但是這種狀況的潛在的可能與情勢，卻已是足使我們陷入與他人的永恆的對立與衝突之中，而不得眞正的安寧了。因此在我們的現實經驗中，我們常是與其他的生命與其他的存有疏離的。因此，在現實經驗中，我們總是殘破而孤獨的。

但在文學經驗的歷程中，我們的體驗並不具有上述的特質。首先，它是自由的。我們對於它的經驗，並沒有眞正的時空性的限制。我們既可以十六歲讀紅樓夢；也可以六十歲讀紅樓夢。我們既可以三天兩夜一口氣讀完；也可以經年累月陸陸續續讀過。同時對於文學經驗我們更有一種基本的選擇的自由。我們可以隨時掩卷不讀，也可以隨時重新開始。高興的話，甚至可以一讀再讀，百讀不厭。在面對文學經驗中的各種人生情境時，我們並不被迫反應；並且通常總是居於「旁觀者清」的地位，不但不必行動，甚且可以觀照「行動」。就在這種無爲的觀照中，我們所訴諸的並不是「感於物而動，性之欲也」的特殊的欲望；而是我們內在的普遍的基本人性，也就是所謂「人生而靜，天之性也」。我們正是以這種與我們的普遍人性深相結合的完整的自我來反應；並且在這種反應中賦予作品以意義。因此王國維說：「美術之爲物，欲者不觀，觀者不欲。」㊺所以，在文學經驗中，我們不但體驗到的是一種自我意識的擴大與提昇，更重要的還是一種不再疏離、不再殘缺、不再分裂的內在完整。我們終於在現實經驗的諸般紛擾與撕裂之餘，獲得一種暫時的喘息，並且在喘息中重新獲得一種自我完整的體驗。只有以完整的自我，我們才能有效的回應世界，才能有眞正適宜的行動，才能自由創造，才能主動積極。因此文學經驗並不是現實經驗的一種逃避；而是一種整頓、一種心理的準備、一種策略的檢討、一種再武裝、一種汲取力量的泉源。但是更重要的，它改變了我們和其他人類的關係。文學作品所以能夠感動我們的，文學經驗所以能夠薪盡火傳無限的點燃的，不只在它的訴諸我們的普遍共具的永恆人性；更在於它所傳達的，永遠不是見諸表面的特殊事件，而是這些特殊事件所喻示的人類生命的基本情境，人類的永恆的命運。所以王羲之在沉思了：「況修短隨化，終期於盡」的「古人云：『死生亦大矣！』豈不痛哉！」的生命情境之後，在「蘭亭集序」裏提出了，我們所以要寫作文學閱讀文學的主張：

> 每覽昔人興感之由，若合一契；未嘗不臨文嗟悼，不能喻之於懷。……後之視今，亦猶今之視昔。悲夫！故列敍時人，錄其所述。雖世殊事異，所以興懷，其致一也。後之覽者，亦將有感於斯文！

透過了文學，我們不但重新知覺到我們與所有的人類所同時具有的一致的人性：「雖世殊事異，所以興懷，其『致』一也。」並且更深切的體認到我們的基本的生存情境，我們的最終的命運：「每覽昔人興感之『由』，若合一契」，對於全體人類而言，更是如出一轍，毫無兩樣。因而在面對著既不會瞭解我們，更未必關懷我們的存在，但卻又正是我們所生存於其中的永恆沉默的無情宇宙；而醒覺到我們在這樣的宇宙之中的完全無依、朝生暮死：遂深深體驗到一種個人生命與人類生命的交流灌注、息息相關的結合、融會與擴大。就在這樣的結合、融會與擴大中，人與人的疏離給克服了；人找到了彼此溝通、互相交感、一體共鳴的基礎以及途徑了。當我們撇開了繁華的表象，以平實的眼光觀看，也許我們會發現：所謂文化或文明的眞諦，原來尋求的也就是這樣的一種個人生命與人類生命的結合、交流、融會、擴大……。因此，文學是一種文化或者文明的利器。但這種利器，只有在它能喚醒我們的內在人性，提昇擴大我們的生命意識，進入一種遠比我們的現實經驗高遠闊大的文學經驗，它才眞正發生作用。這種作用的能夠達成，我相信，是因爲我們能夠以自己的生命，透過「文學」的活動，參與了「文學經驗」的永恆的「美」。一種在宇宙無盡的黑暗中，生生不息的生命的光與焰。

附註

① René Wellek 與 Austin Warren 在他們合著的 *Theory of Literature* 一書中，即是持的這種看法。請參閱該書第二章 The Nature of Literature, Penguin Books Ltd 版頁二〇—二八，一九七〇年。

② 請參閱其所著的 "The Problem of Aesthetic Form" 一文，選自帕氏所著 *The Analysis of Art* 一書，爲 Morris Weitz 編入 *Problems in Aesthetics* 的選集中，見該選集的雙葉書店版，頁一七五—一八四，民國五十九年。

③ 見王星拱所著「科學概論」，參閱國語日報「古今文選」附刊第四十四期。

④ 這句的原文是："I wished to say everything in the smallest number of words in which it could be said clearly" 見 The Basic Writings of Bertrand Russell 一書中，選自 *Portraits Form Memory* 的 "How I Write" 一文，臺版頁六三。

⑤ 見「論語」「陽貨篇」：「子曰：『小子何莫學夫詩！詩可以興，可以觀，可以羣，可以怨，邇之事父，遠之事君，多識於鳥獸草木之名。』」

⑥ 見臺灣開明書店版「校注人間詞話」頁三九。

⑦ 這句話轉引自戴君仁師「詩選」注，中華文化出版事業委員會，民國四十一年再版，頁一二五。按四部叢編本「北齊書」「帝紀二」作：「是時西魏言神武中弩。神武聞之，乃勉坐見諸貴，使斛律金敕勒歌，神武自和之，哀感流涕。」

⑧ 這裏引用的是邢光祖的中譯，收入林以亮編「美國詩選」，今日世界社出版，頁一九〇，民國五十二年再版。

⑨ 見臺灣開明書店版「校注人間詞話」頁三。

⑩ 這三種說法的分類，請參閱 Sylan Barnet, Morton Berman, William Burto 所合著的 *An Introduction to Literature*，以及 *The Study of Literature* 二書。二書皆爲 Little, Brown and Company 出版，前者爲一九六一年，後者一九六〇年。

⑪ 這句話轉引自 Susan Sontag 所著 *Against Interpretation* 一書中 "Against Interpretation" 一文，文中引作："There are no facts, only interpretations" 見 Dell Publishing Co. 版，頁五，一九六六年。

⑫ 見揚雄「法言」「吾子篇」。

⑬ 見同註⑤。

⑭ 見「論語」「八佾篇」，這句話原作：「子曰：『君子無所爭；必也射乎！揖讓而升，下而飲：

其爭也君子』」這裏只是斷章取義而已。

⑮ R.G. Collingwood 在其 *The Principles of Art* 一書第六章第七節 Expressing Emotion and Betray Emotion 中曾仔細分辨情感表現與情感發洩的不同。見該書頁一二一—一二四。臺北雙葉書店版，民國六十年。

⑯ 見「詩經」「邶」「谷風」。

⑰ 見「詩經」「王」「采葛」。

⑱ 見「詩經」「鄭」「子衿」。

⑲ 見王維「使至塞上」。

⑳ 見杜甫「後出塞」五首之二。

㉑ 見元好問「潁亭留別」。

㉒ 見杜甫「水檻遣心」二首之一。

㉓ 「律動」一詞，在這裏的意義約等於美學討論上的「rhythm」一詞的廣義的用法。rhythm 一詞或譯「韻律」，但譯「韻律」時，似乎不同時包涵「發展」(evolution) 的成分在內，所以以下的討論裏都用「律動」一詞，筆者個人相信「律動」是文學達成「有機統一」的最爲基本的形式與性質。

㉔ 「壯美」和「優美」，這裏應用的是王國維的譯語，其定義亦遵循王氏的用法。王氏在其「紅樓夢評論」中曾說明如下：「美之爲物有二種：一曰優美，一曰壯美。苟一物焉，與吾人無利害之關係，而吾人之觀之也，不觀其關係，而但觀其物；或吾人之心中無絲毫生活之欲存，而其觀物也，不視爲與我有關係之物，而但視爲外物；則今之所觀者，非昔之所觀者也，此時吾心寧靜之狀態，名之曰優美之情，而謂此物曰優美。若此物大不利於吾人，而吾人生活意志爲之破裂，因

之意志遁去，而知力得爲獨立之作用，以深觀其物，吾人謂此物曰壯美，而謂其感情曰壯美之情。」

㉕見杜甫「江亭」。

㉖見范仲淹「岳陽樓記」。

㉗「老子」第四十八章：「爲學日益；爲道日損，損之又損，以至於無爲，無爲而無不爲。」王弼注曰：「有爲則有所失，故無爲乃無所不爲也。」

㉘見貫華堂古本「水滸傳序」，該序疑係金聖歎所作。

㉙「莊子」「大宗師」：「泉涸，魚相與處於陸，相呴以濕，相濡以沫，不如相忘於江湖。與其譽堯而非桀也，不如兩忘而化其道。」

㉚見「莊子」「養生主」：「彼其所以會之，必有不蘄言而言，不蘄哭而哭者。」

㉛見「周易」「繫辭」上。

㉜見「論語」「雍也」篇。

㉝見王國維「清眞先生遺事」「尙論三」。

㉞「列子」「湯問」：「昔韓娥東之齊，匱糧，過雍門，鬻歌假食。既去而餘音繞梁欐，三日不絕。」

㉟見「論語」「述而」篇：「子在齊，聞韶；三月不知肉味。曰：『不圖爲樂之至於斯也。』」

㊱見「孟子」「萬章」下。

㊲見朱熹編「近思錄」卷三。

㊳見同註⑤。

㊴見「論語」「泰伯」篇：「子曰：『興於詩，立於禮，成於樂。』」

㊵ 見「老子」第三十八章。
㊶ 這段話，其上原有「論語」二字。見朱熹編「近思錄」卷三。
㊷ 見王國維「淸眞先生遺事」「尙論三」。
㊸ 「禮記」「中庸」：「喜怒哀樂之未發謂之中，發而皆中節謂之和。」
㊹ 見「禮記」「樂記」，即「人生而靜」一段，承接「滅天理而窮人欲者也」的下文。
㊺ 見王國維「紅樓夢評論」。

附錄一　文學與生命

——訪柯慶明老師——

請問：文學是什麼？文學與我們的生命有什麼關係？

我在「文學美綜論」中根本就是討論這個問題，對文學所下的定義就是從生命意識開始的，文學的內容基本上就是在反映一種生命意識；從生命意識的觀念來說，當然藝術都有可能表達某種生命的感受，但是能不能變成一種意識，就牽涉到能不能語言化的問題，你能不能夠用語言來表達那個感受？這是很重要的！所以，我們可以用語言來討論問題，我們可以用語言來寫一篇文章，評論音樂作品，討論音樂作品如何如何，但是一個音樂家不能使用一部音樂來討論另外一部音樂。所以從某方面來講，所有的藝術都在表現或反映某種生命的感受，但是這些感受必須透過語言化，然後才能夠成爲一種意識，也就是在這一點上面，文學跟其他的藝術就有了基本的區分，那也就是說：她不但能表現、不但能掌握生命的感受，她同時還能夠讓這種感受意識化，因爲她的媒介本身就是語言，所以她使感受意識化，成爲一個可認知、可討論的東西，而不只是可感受的東西，這是第一點。

再反過來說，語言本身就在表達，就是意識而不是實體；語言可以在各種不同的領域，以各種不同的立場加以運用。語言可以做日常的用途，也可做科學方面的用途，在語言的用途上，日常用途中，當然也包含對於生命感受的一種表達，但也可以用來做一種所謂非生命性的意識的表達。怎麼叫做非生命性的意識呢？譬如說：當我們談到生命的感受時，是指生命主體的體驗，那麼，假如語言它只是想表達一種客觀的事實的時候，它純粹把它的注意力放在這個層次上，那有可能在這樣的過程當中，它所表達的就變成是一個非生命的東西；這種非生命性的東西，可以有好多種不同的層次：第一個簡單的層次，是一種純粹形式關係的意識，譬如說——$1+1=2$；或者像——$E=MC^2$，當然它指涉的是一些外在的事實；我甚至覺得即使是討論人類的事實時，它也可以並不是在表現生命的意識；所謂的生命意識，必須包含很具體的生命情境，一個具體的自我跟一個特殊的生命情境之間的一種交互作用之下，才可能產生所謂的生命意識，假如在描述人類事件時，設法讓它非人格化，那麼它亦成爲非生命意識性的表達了。我現在想說明的是：有些歷史家所描述的歷史就可以有不同，譬如像表或書，那樣的篇章和史記裏邊的列傳就很不一樣，因爲在列傳裏，它所想表現的是一個特殊的自我、一個特殊的人格，然後在一個特殊的情境裏面產生作用，所以取消掉這樣的特殊的自我、特殊的人格的特性時，那種意識就轉變爲非生命意識性的了。你不能說它不是一種以人類事件爲對象的意識，但是做爲一種生命意識，它就顯得更爲少、更爲弱了。

有一個問題是只有文學上才會有的問題——觀點！每一首詩、每一篇散文或者每齣戲劇，都有一個不管是明顯表達出來或是隱含表達出來的敘述觀點，這觀點就是那個敘述的我，譬如說詩，它定是從某一個「我」來講這些事情的，或者是小說也是得從某個人物的角度來觀照、來體驗。

我想再說明的是：在我們的日常生活當中，我們使用語言，當然也反映了很豐富的生活意識，但是，在很多的場合，我們一樣是以一個我，以特殊的觀點來對另外一個人講話，所以我們一樣反映出來一種生命的意識。那麼，在這樣的日常語言裏的生命意識，和文學所要表達的生命意識之間的主要區別在那裏？這裏主要的區別在兩件事情上，就是說：他是不是專門以這個爲主要的目標？一個人有很多的感受，他的感受是屬於一種生命的感受，他也可能在他的生活當中，基於傾訴的需要向別人表白出來。我想說明的是：這樣的表白有兩種可能性，一種可能性是——他的主要目標，就是純粹的把這樣的感受、意識當做他主要的關心對象，他要去觀照它，他要去體會它；可是還有許多時刻，我們雖然是在表達我們生命的意識，卻可能要想辦法去獲取別人的同情，想辦法去影響別人，想辦法去改進我們的生活，對不對？譬如說：我覺得你對我不好，我就跟你說：你這樣我很難過……等等，諸如此類的，這樣講的時候，「我」主要的目標並不是在想去體會「我」的意識，而是想透過這樣的感受的表白，去改變或影響「我」的生活。所以從這種觀點來講，我們不能說在日常生活中沒有生命意識的表現，而是說，通常我們不以這個爲主要的目標；所以這就牽涉到所謂的美感與實用之間的區別，這也就是爲什麼廣告畫我們不把它當作藝術的畫來看！雖然它也可能要注意到很多構圖的原則，它也很漂亮，但是廣告畫它顯然有它另外的目的在那裏！它變得不純粹！所以，文學與日常生活上的、情緒上的表現之所以不同，主要的是因爲——文學，它有一個純粹的目標。

那麼，這樣的一個以生命意識的表現——即把自己的感受成爲可以意識的，或者是把我們的感受透過語言表現，讓它變成一種生命的意識的主要的用意和目的究竟何在？事實上就是要進一步去體會、感受，同時觀照我們的生命感受，透過我們生命意識的加深，去更深刻、更眞確、更生動的體驗我們生命的感受，同時更進一步的去體認，在體驗的過程當中去領悟，去瞭解這樣的生命感受的根本意義究竟何在？這是文學在用語言把生命意識化的過程當中所主要想達成的。此外，在讓它意識化的同時，還包含著另外的意思——就是讓它客觀化！所以從這觀點看，文學就是對生命感受的深入認知的一種追求！譬如羅密歐與茱麗葉的戲，我們當然知道跟莎士比亞本身的經歷是相差十萬八千里的，他自己沒去經歷這個，但是他創造了這樣的人物，描寫了那樣的事件，寫人在那樣的條件之下，做了那樣的事情，說了那樣的話，事實上正可以說明他（莎）主要的就是要用這樣的創造歷程，想把各式各樣的愛和恨的交織以及人對愛恨的選擇表達出來，這樣的一種他對於生命感受的體驗、了解，在他的創造過程當中，設法把它變成客觀化的東西，讓它變成一個每人都可以普遍經驗的對象；因爲只有把生命感受客觀化之後，它才成爲一個我們可以去沉思、觀照的對象，而且從這裏我們才眞正能夠把它的意義體會出來。所以，在現實生活當中的生命的感受甚至某種生命的意識，它的主要目的是導引你進入另外一個人生的或生活當中的行動裏去。但是生命意識本身變成一個目的之際，就產生了文學的活動，因此，去沉思生命、去觀照生命本身就成爲文學的主要目的了。這就是從語言的觀點和生命感受意識化的觀點來區別文學與非文學之間的不同。

所以，一封信一樣可以包含很多生命的感受。用語言的觀點區分，也包含相當程度的生命感受的意識化；因此也有可能超越了實用的功能，而可以轉變爲一件文學作品。但是，當我寫這封可以視爲文學的信的時候，我顯然的並不想追求某一個單一問題，即雖然表面上我是用它來觀照我自己，但這時候往往已經不是「觀照我自己」的問題了，而是成爲更深一層的觀照生命本身和它的可能性的問題了；所以從這一點我們可以簡單的區分出來：文學作爲一個生命意識的呈現的主要目的跟特色，除了自我觀照這一層次外，它的目的就在沉思和觀照人生，沉思人生和觀照人生的背後，當然是希望對於人生或生命感受的各種可能性以及最後的意義，有一種更爲深刻的認識和理解；所以，這裏就牽涉到了——怎麼樣讓你的生命意識能夠深化的問題，假如我們可以說這篇作品好一點，這篇作品差一點，「好」跟「差」之間的區別，就在於它所呈現的生命意識的深刻程度以及它對於生命感受的掌握上，因爲你要把感受意識化，你必須對那感受有相當程度的掌握，你的掌握是否生動，是否活潑，是否眞切；這其間還是有很大的程度上的區別。基於有這樣的區別，我們可以用另外的標準——就是說，它所表現出來一種對於生命感受的愈爲自由的掌握。以及這種感受背後的意義更爲深刻的體會而加以衡量，這也就變成文學和非文學意識表現之間的區別！因爲，文學是追求生命意識之意義的瞭解，以及其感受之更爲自由的表達。那麼也可以根據這樣的標準，區分其爲好文學與不好的文學。

文學跟非文學之間目標的不同：對很多人來講，他很生氣、他只要說：「我很生氣！」

就完了，他並不希望對他之所以會生氣的意義做一種深刻的探索，他也不是想更自由自在的把他生氣的感覺更爲靈活而有效生動的表達出來；所以，體會到那種感受的生動跟自由的性質，同時又能夠在感受意識化的時候，體會到感受本身的意義——這個東西，我想就是所謂的「境界」！王國維提供了一個境界說的批評詩歌的理論，很多人常弄不清楚到底是怎麼一回事；從我的觀點來看的話，它就是一種對於生命感受的更爲自由的表達，以及這種感受的深刻意義的掌握；能夠更爲自由的表達出來，同時能夠體會到它更爲深刻的意義時，就稱之爲「有境界」，不能體會到這個，就是所謂的沒有境界。這算不算回答了第一個問題？

第一個問題中還牽涉到文學的呈現內容的問題。最近討論到黃春明的小說，關涉到一些生存問題和人生問題的討論，我們想知道的是：生存問題與人生問題，在文學的描述表達或者說是探討呈現上，到底佔著什麼樣的比例？

我現在講到的是所謂的生命意識——就是把生命的感受意識化的問題，對不對？當我們說：生命感受意識化的時候，我們不但是設法更深刻的把那樣的生命感受表達出來，而且在表達時，還要去體會這樣的一種生命感受，它本身具有怎樣的意義？所以就會牽涉到兩個不同的層次，頭一個層次就是所謂的人生問題或生存問題，它們是一個我們必須加以解決的現實問題。第二個層次是人生感受的問題：人處在某種情境下形成某種生命的感受，然後對這個感受的意義要加以深刻的體會——這時候就是文學的問題。所以，它們之間是相關的，可是不能畫全等號！因此我以爲：對一個人生問題的看法或解決，哲學有可能比文學表達得更爲完整、清楚；而對於生存問題的解決方面，我覺得有很多跟現實有關的學科，譬如經濟學、社會學和政治學，也可以比文學回答得更完整一點。所以說文學的獨特問題是——如何去掌握！如何使生命感受變成客觀化，而且進一步去探討生命感受本身所具有的意義！在這之間是兩個不同層次的問題。

你們現在還修不修邏輯？（沒有！）我是說，很多問題你必須考慮到是屬於不同層次的問題，譬如說：我肚子餓，然後我覺得很難過！好，「我肚子餓！」「餓」這問題是屬於生存的問題；我因爲我的肚子餓而難過的時候，我感覺到難過的意義是什麼，那是文學的問題。很多人會弄錯了層次，當然就會牽涉到很容易令人誤解的問題，我們可以說：看到一個人照一個老太婆，你說：「唉呀！這張照片實在照得很美！」——它不一定等於這個老太婆很美，這個老太婆可能其實很醜，不過他用各種很好的角度，很好的光把它照出來，這，我們常可以在攝影沙龍或展覽會看到，現在很多人是：看到那張照片就只想到那個老太婆，而沒有想到那是一張照片。所以文學跟剛才所謂的人生問題或生存問題是隔著那麼一層，當然是有關係，它——文學——是用它——人生或生存問題——來做它的素材的，可是素材並不等於內容，假如不懂得做這樣的區分的話，結果是一蹋糊塗！也就是說，因爲它在問這樣的生命感受的意義在那裏時，就已經不是在問會產生這樣的生命感受的情境下應該如何解決的問題了。

我想說明的是：差不多從柏拉圖的時候，就藉蘇格拉底的名義指責過荷馬，他的指責裏面包含了一個很重要的觀點，是說：荷馬不懂得打仗，你讓他帶一支軍隊的話，他根本會把它帶得一蹋糊塗！那，他如何來描寫戰爭？你如何從他所寫的特洛伊戰爭裏邊學到好處？荷馬的天才不在如何帶軍隊，如何指揮軍隊，他的天才不在於能寫一部孫子兵法，而是他能夠把經歷戰爭當中他所選擇的人物所經驗的情感，以及那感受之體驗的意義是什麼，眞正的掌握住！譬如像我們詩經裏邊的東山啦、采薇那樣的詩，它當然也寫戰爭，但是它感興趣的，眞正所想表達給我們的，是人在戰爭經歷當中人的情感體驗，他們當時所思所感的意義之深刻的掌握，與生動靈活、眞切巧妙的將這些經驗歷程加以再現而已。這完全是兩回事，現在很多人以爲荷馬既然要寫特洛伊戰爭，荷馬就應該寫一本像克勞塞維茲的戰爭論給我們，或應該提供給我們孫子兵法，我覺得這是一個根本的謬誤！好多作家也以爲他自已是在做這種事情，其實他根本沒有做，因爲，「畫餅並不能充飢」，不管你的餅畫得多像，你終究是不能拿來吃的嘛！

（原載臺大星林）

苦難與敘事詩的兩型

——論蔡琰「悲憤詩」與「古詩為焦仲卿妻作」

蔡琰「悲憤詩」與「古詩爲焦仲卿妻作」無疑是我國五言詩趨於成熟之際所產生的最爲重要的敍事詩作。這種重要性不僅來自它們各別在藝術造詣上的成就，也同時來自它們在敍事詩此一文類上的發展，以及它們所表現的主題：對於苦難之意義的探討。

從我國敍事詩的發展上來說，雖然有人認爲詩經大雅中的「生民」、「公劉」、「緜」、「皇矣」、「靈臺」、「大明」、「文王有聲」等篇無異一部周民族的開國史詩①，但是純就其寫作方式而言，這些詩篇與其說它的表現重點是在刻劃情境、描寫衝突的敍事，毋寧是在抒發追思、表達崇敬的頌讚。因此它們所述及的情節往往是極爲簡單而可以說是原始的，強調得最多的只是血緣譜系的關係，而其敍述的方式則不是直述事件的結果，即是略加形相化的排比，即使是最爲重大的伐商一役，亦僅爲：

有命自天，命此文王，于周于京。纘女維莘，長子維行。篤生武王，保右命爾，變伐大商。

殷商之旅，其會如林。矢于牧野：「維予侯興。上帝臨女，無貳爾心！」

牧野洋洋，檀車煌煌，駟騵彭彭。維師尚父，時維鷹揚；涼彼武王，肆伐大商，會朝清明。

所以我們卽使不必特別否定它們顯然具有的敘事性質，但是它們的敘事性亦可說還是停留在極爲原始素樸的階段。在詩經中比較能夠刻劃人物、展現情節的，或許還得算是衞風的「氓」。但是該詩從第三段起再三的揷入「桑之未落……」、「桑之落矣……」、「淇水湯湯……」、「淇則有岸……」等興體的表現，顯然寫作的重點就漸漸轉移到抒情上來了，也不太能算是完全敘事的作品。因此純粹的敘事詩大約還是等到五言詩成立之後方才出現的。一些漢代早期的樂府，諸如：「陌上桑」、「羽林郎」、「東門行」、「病婦行」、「上山採蘼蕪」等，都顯然能夠塑造情境，作客觀的呈現，在敘事詩的發展上不能不說是向前邁進了一大步。但是這些作品摒棄比興，而採用賦體作戲劇性的呈現之際，其基本精神卻仍然未脫辭賦的特質，雖然它們已經是「詩」，而不再是騷體或者是半散文體。它們顯然仍具有辭賦的兩種基本性質：一則爲所呈現的仍然只是一場對話，雖然對話是在某種特殊的人生情境中產生的，也就是有著某種情節的意義；再則是在對話或描寫的過程中仍然強調賦體的舖陳排比。這種結構的特性是可以追溯到楚辭的「卜居」與「漁父」上的。其中側重對話以表現兩種衝突的選擇或差異的心境，因此結構上近於「漁父」的，有「東門行」、「病婦行」等；注重排比舖敘，以強調對話中眞正關係抉擇的單方心思，結構上如同「卜居」的，爲「陌上桑」、「羽林郎」、「上山採蘼蕪」等。以後者而論，雖然它所採用的是「賦比興」中直述的賦體，但其精神卻往往就是「賦者，舖也」，重在「舖采摛文」以「體物寫志」的賦體②，例如「陌上桑」中對於羅敷與其夫壻的描寫：

秦氏有好女，自名為羅敷。羅敷憙蠶桑，採桑城南隅。青絲為籠係，桂枝為籠鉤。頭上倭墮髻，耳中明月珠；緗綺為下帬，紫綺為上襦。行者見羅敷，下擔捋髭鬚；少年見羅敷，脫帽著帩頭。耕者忘其犂，鋤者忘其鋤，來歸相怒怨，但坐觀羅敷。

東方千餘騎，夫壻居上頭。何用識夫壻？白馬從驪駒。青絲繫馬尾，黃金絡馬頭。腰中鹿盧劍，可直千萬餘。十五府小史，二十朝大夫，三十侍中郎，四十專城居。為人潔白皙，鬑鬑頗有鬚，盈盈公府步，冉冉府中趨。坐中數千人，皆言夫壻殊。

或者「羽林郎」中對於胡姬的刻劃：

胡姬年十五，春日獨當壚。長裾連理帶，廣袖合歡襦。頭上藍田玉，耳後大秦珠。兩鬟何窈窕，一世良所無；一鬟五百萬，兩鬟千萬餘。

雖然其中並未使用任何的比興技巧，但是由於再三的以華麗的細節意象而作繁複的排比描繪，無形中就產生了一種夸飾的效果，因而形成了一種近於「傳奇」而非「寫實」的效果。自然其中的「敍事性」也就跟著減弱了，這類作品的重心也就由「情節」的「敍述」而轉移爲「形相」的「刻劃」了。因此在基本性質上它們與其說是一種重在敍變傳故的「敍事詩」(Narrative Poem)，不如說是一種特殊的重在「體物寫志」的「描寫」(Descriptive Poem)要來得更爲恰當。「上山採蘼蕪」一詩雖然沒有上述的華麗風格，但是表現的中心仍是一如「卜居」所著重的，集中在於一種對比的描繪上，基本上依然是種側重「體物」的「寫志」。所以，在上列詩中，事件裏所隱含的衝突，並未眞正構成嚴重的衝突，當然更未產生任何眞正的轉變。因此這些詩作或許不能說未曾具有基本的情節，但顯然卻是缺乏情節的充分發展與表現的。

同樣的缺乏情節之發展的現象，亦見於結構近似「漁父」的樂府詩中，雖然這類詩作較少「賦」體的鋪陳，而更具寫實的效果，因而更能集中於呈現人物之間的差異與衝突，以及由此差異與衝突所形成的一種情境的戲劇性。但是不論是「東門行」或者是「病婦行」，甚至「漁父」，都仍然只具有基本上是一場對話的形式，僅能呈現一種「戲劇情境」，並未曾更進一步的發展成爲一個完整的「戲劇情節」。這主要的是它們通常只表現一個戲劇性的「場景」，而未曾連接數個「場景」以展示「事件」的發展與變化。其中「病婦行」的「場景」似乎較多，但是它的表現卻轉爲可悲情境的再三強調，因此只呈現爲悲哀之情的加意抒發，並未透過「場景」的連接呈示「事件」的繼續逆轉的變化，反映人物與人物之間衝突的加強與糾葛，並且展現人物在面臨行動之際的重要抉擇，以及這些抉擇與行動如何的構作與影響了人物自身與彼此的命運。由於該詩之中，人物的一切行動並未構成改變其自身與彼此命運的要素，所以它所展現的仍然只是一種深具戲劇性的情境，它呈示了危機，卻不觸及危機的解決，因此並不就是一種同時包涵了開展、演變與終結之歷程的完整的戲劇性情節。用亞理斯多德的術語來說，它仍然是缺乏「動作」(action)的。中國眞正具有完整「動作」的敍事詩作，就我所知似應推溯蔡琰「悲憤詩」與「古詩爲焦仲卿妻作」爲首開其端。無疑的，這也正是上述兩詩在中國敍事詩歌的發展史上所應特別注意的重要性之一。

　　後漢書列女傳載蔡琰「後感傷亂離，追懷悲憤，作詩二章」，一爲五言體，一爲楚歌體；後人因此皆以「悲憤」稱名。其實二詩的文類性質根本不同，其間的差別並不只是五言與騷體的不同而已。從創作的意圖上看，顯然五言體的旨在敍「亂離」，因此著重在述其始末的「敍事」；楚歌體的卻意在抒「悲憤」，所以偏向於觸景興感的「抒情」。雖然二詩皆同時涉及：被擄、居胡、與棄子歸漢等的情境歷程，彷彿如同梁啓超所謂的：「兩詩所寫，同一事實，同一情緒」③，但是它們不但在事實上如同葉慶炳先生所指出的具有：「楚辭體一章寫至離開胡地爲止，五言體一章則多出回國後種種悲慘遭遇一段」的差別，在描寫上亦有「前者於被擄流離情事僅數句帶過，而於胡地生活則多所咒詛；後者則將被擄流離之慘狀和盤托出，而於胡地生活反輕描淡寫」，因爲「逐段細較，可見蔡琰作此二詩之心情迥異」④，更重要的在寫作的手法上亦截然不同。由於楚歌體一首的作意原卽在於「抒情」，所以全詩不但句句有「我」，處處皆從己身之處境與所生的感受寫起，因而顯然可見的忽略了對整個事件的客觀觀照，彷彿被擄一事只是特別發生在她個人身上的單一事件：

嗟薄祜兮遭世患，宗族殄兮門戶單。身執略兮入西關，歷險阻兮之羌蠻。

而且表現的重點更只在一己對於如此處境的心情反應上：

山谷眇兮路曼曼，眷東顧兮但悲歎。冥當寢兮不能安，飢當食兮不能餐。常流涕兮背不乾。薄志節兮念死難，雖苟活兮無形顏。

採取的正是傳統抒情詩的「對景興情」，把個人所面對的處境都視爲不必與之交涉或加以區分的整體的外在「景象」，而在與此外在「景象」的照面之下，只產生並不影響亦不改變該外在「景象」的內在的「心情」，並且集中注意在呈示這一內在「心情」的風貌而深切的體會這一內在「心情」的意義上的創作手法。同樣重要的是這首詩亦採取了傳統抒情詩的另一個在人物面對處境之際，以「設景表情」的方式來呈示此一已然產生的內在「心情」的寫作手法。在居胡的一段中，蔡琰於：

惟彼方兮遠陽精，陰氣凝兮雪夏零。沙漠壅兮塵冥冥，有草木兮春不榮。人似禽兮食臭腥，言兜離兮狀窈停。

等句描寫了「邊荒與華異，人俗少義理。處所多霜雪，胡風春夏起」的處境之後，更刻意的創造了佔全詩約三分之一有餘的「尋尋覓覓冷冷清清悽悽慘慘戚戚」⑤的寂寞追尋的景象：

歲聿暮兮時邁征，夜悠長兮禁門扃。不能寐兮起屏營，登胡殿兮臨廣庭。玄雲合兮翳月星，北風厲兮肅泠泠。胡笳動兮邊馬鳴，孤雁歸兮聲嚶嚶。樂人興兮彈琴箏，音相和兮悲且清。心吐思兮匈憤盈，欲舒氣兮恐彼驚，含哀咽兮涕沾頸。

這一段的寫作方式其實是接近古詩十九首中的「凜凜歲云暮」或「明月何皎皎」一類的詩作的，除了特別加上了一點「胡」地的強調，（這種強調也只是逕以「胡」字來表示而已），因此基本上與曹植「雜詩」「高臺多悲風」、王粲「七哀詩」「荆蠻非我鄉」、阮籍「詠懷詩」「夜中不能寐」，甚至與李白的那首最爲人所熟知的「靜夜思」等作品，在創作的手法上並無二致。所以在這裏所強調的其實不是胡地的生活，而是生活於胡地的「思鄉」的心情。只不過這種「心情」在這首詩裏，一如上述諸詩，或多或少是出於景象的「象徵化」的表現罷了。這種景象運用的「象徵」性質，在「樂人興兮彈琴箏，音相和兮悲且清」兩句中最能顯明見出。它顯然是爲了與「北風」、「胡笳」、「邊馬鳴」、「孤雁聲」等「胡」地、「胡」聲對比，藉此喚起作者的「漢」聲、「漢人」的認同而設的，所以接下去就「心」、「胸」、「哀」、「涕」並出了。同樣的，在全詩第三部分的歸漢棄子的一段：

家既迎兮當歸寧，臨長路兮捐所生。兒呼母兮嚎失聲，我掩耳兮不忍聽，追持我兮走煢煢，頓復起兮毀顏形。還顧之兮破人情，心怛絕兮死復生。

雖然有著類似敘事詩的人物與人物的相互行動（interaction）的描寫，但基本上仍是以「兒呼母兮嚎失聲」、「追持我兮走煢煢，頓復起兮毀顏形」當作所對的「景象」而興起「我掩耳兮不忍聽」、「還顧之兮破人情」的「心情」為主。在手法上則近於王粲「七哀詩」「西亭亂無象」一首中描寫：

復棄中國去，委身適荊蠻。親戚對我悲，朋友相追攀。出門無所見，白骨蔽平原。路有飢婦人，抱子棄草間。顧聞號泣聲，揮涕獨不還。未知身死處，何能兩相完。驅馬棄之去，不忍聽此言。

而結束在：

南登霸陵岸，回首望長安。悟彼下泉人，喟然傷心肝。

的對景傷情的感懷。所以楚歌體的這首「悲憤詩」就在「心怛絕兮死復生」一句戛然而止，並沒有「去去割情戀，遄征日遐邁」之類選擇行動的交代。這正明白的顯示了這首詩的抒情詩的特質。因爲它並不描寫一般敘事詩在描繪人物心情所著重的，人物面臨選擇之際的內心的矛盾與掙扎，相反的它與「西京亂無象」一詩一樣，所強調的終於只是已然選擇之後的，人物的對於此一不得不接受情境的感懷或感傷。在這一點上，五言體的「悲憤詩」就完全是按照敘事詩的寫法來處理這段經驗的：

> 邂逅徼時願，骨肉來迎己。己得自解免，當復棄兒子。天屬綴人心，念別無會期。存亡永乖隔，不忍與之辭。兒前抱我頸，問我欲何之。人言母當去，豈復有還時。「阿母常仁惻，今何更不慈？我尚未成人，奈何不顧思？」見此崩五內，恍惚生狂癡。號泣手撫摩，當發復回疑。兼有同時輩，相送告離別。慕我獨得歸，哀叫聲摧裂。馬為立踟躕，車為不轉轍。觀者皆歔欷，行路亦嗚咽。去去割情戀，遄征日遐邁。悠悠三千里，何時復交會？念我出腹子，胸臆為摧敗。

敘事詩作爲文學之一種，並不就不再抒情或表現人物的內心。因爲展示人物之內心原是一切文學的共同的本質。敘事文學之不同於抒情文學，其間主要的區別之一，亦正在於它所注重的心理類型，乃是人須決定其自我命運之行動的抉擇。因此敘事文學的基本興味正在於：人物在情境中如何選擇其反應之行動，其心理的影響因素與決定動機爲何，以及透過情節之繼續發展，展示其選擇與行動的終究結果爲何，因而能夠透過動機與結果的雙重向度，觀照人類的種種自我抉擇之行動所展現的人性意志與悠渺天命的深遠意義。因此，藉行動抉擇之因果的展示，以導引讀者達到「究天人之際」的「知命」，正是一切敍事文學所以塑造其文類所呈現的心理歷程的特質。五言的這首「悲憤詩」就充分的掌握了這種特質。在這一段裏，文姬的基本抉擇正是要不要棄子歸鄉。五言體的這首詩，因此從「邊荒與華異」描寫居胡的第一句起，就只著重在對於父母與鄉里的懷念：「感時念父母，哀歎無窮已」，「迎問其消息，輒復非鄉里」，而對於居胡的一般生活情景則幾乎全部省略，先行肯定了她的返鄉之願。然後在「邂逅徼時願」之餘，提出「骨肉來迎己」與「當復棄兒子」之間的矛盾與選擇。她的特以「骨肉」來強調「迎已」的關係意義，正是所以凸顯她所面臨之抉擇的基本性質，是在「父母」與「兒子」的兩種「天屬」之間；因此也就是「孝」與「慈」的兩種情感與價值之間。正因在前面的一段裏，她已表明了思念父母的「孝」的感情，所以在接著的這一段裏就只強調對於孩子的「慈」的感情。而以「兒前抱我頸，問我欲何之？人言母當去，豈復有還時？阿母常仁惻，今何更不慈？我尚未成人，奈何不顧思？」藉兒子的依慕動作「前抱我頸」，以及再三的問詢：「欲何之？」「豈復有還時？」「今何更不慈？」「奈何不顧思？」來構成她所眞正面對抉擇的情境。在這種情境下，她不但呈現了她與孩子之間的相互行動（interaction）：「兒前抱我頸」，而「我」則「號泣手撫摩」「兒」；更且在這種反應之際，重新強調了她在面臨抉擇的內心掙扎：「見此崩五內，恍惚生狂癡」，「當發復回疑」。這與楚歌體中「兒呼母兮啼失聲，我掩耳兮不忍聽」，「追持我兮走煢煢」，「還顧之兮破人情」的描寫，顯然是有不同的意義的。在「兒呼啼」，「我掩耳」；「追持我」，「還顧之」的連續中，自然有其相互行動的意義，但是同時也強調了一種並未眞正接觸的距離。因此兒子的動作仍可以呈現爲一種觀照中的「景象」，而「走煢煢」、「頓復起兮毀顏形」的景象，所喚起的就只是「心怛絕兮死復生」的哀感，並未反應爲任何抉擇的掙扎與矛盾。接下去「兼有同時輩，相送告離別，慕我獨得歸，哀叫聲摧裂」，因此也不只是據實寫景而已，因爲這種「哀叫」正與兒子的低聲問詢一樣，同時喚醒的正是她的歸鄉的渴望。

在對於兒子所生的不顧一切的「狂癡」之母性的慈愛；與懷念生身的父母和對自小習慣的有義理之人俗環境等鄉土、文化之認同所形成的「聲摧裂」之「無窮已」的「哀歎」間，蔡琰籍「以我觀物，故物皆著我之色彩」⑥的「客觀投影」(Objective Correlative)的方式，表達了她內心深處的劇烈掙扎，以及這種掙扎所涵帶的深切痛苦：「馬爲立踟躕；車爲不轉轍。觀者皆歔欷；行路亦嗚咽」。同時間接的也暗示了她的掙扎之結果的指向：「車」「馬」固然與「不轉轍」「立踟躕」同時呈示了「去」與「不去」的掙扎，但注意由「手撫摩」的兒子而逐步的轉移到「相送告離別」的「同時輩」，而欲行的「馬」、待發的「車」，而「觀者」，而「行路」，一連串的意象都再三的意示著她的心思的逐步脫離了對於兒子的狂癡的慈愛所形成的恍惚，而投射向回奔故鄉的遙遠的路途，因而終於達到了「去去割情戀，遄征日遐邁」的決定。

這裏特別值得注意的，還不僅是她最後做了這種決定；更是她如何深具說服力的表現了她達成這種決定的「合理性」，使我們順著她的心理注意的轉移而接受了她的這種抉擇。她使我們對於她所做的決定，只覺得悲哀，但是並不責怪。因爲一方面她已藉著兒子低聲的責問：「阿母常仁惻，今何更不慈？我尙未成人，奈何不顧思？」一則對於自己的抉擇預爲責備了；再則也反映了這種「不慈」的抉擇，並非她的「常仁惻」的本性；同時更重要的是它的間接暗示著：孩子對她的需要，畢竟只是一時性的：「我尙未成人」，但返鄉或居胡卻是終身性的決定，並且從「同時輩」的「慕我獨得歸，哀叫聲摧裂」中反映這正是千載難再的幸運。在五言的這首詩中，描寫同時輩的「哀叫聲摧裂」而完全隱匿了楚歌體中「兒呼母兮號失聲」「追持我兮走煢煢，頓復起兮毀顏形」的事實，顯然是具有創作意圖上的深意的。同時她一再的使用：「去去割情戀」的難捨，（這令我們想到所謂蘇武詩「結髮爲夫妻」中「去去從此辭」的不情願與不得已）；「遄征日遐邁」的難分，（其中的情緒亦近似古詩十九首中「行行重行行」「相去日已遠」的懸念），來表達她的最後的決定，並且終於以「悠悠三千里，何時復交會，念我出腹子，胸臆爲摧敗！」的沉痛與深悲來體認整個抉擇的「哀傷而未喜」的意義，無疑是使得我們更能接受她的這種關鍵性抉擇的合宜性的。這種抉擇的合宜性，在抒情詩中往往並不是關注的重點，所以讀王粲「七哀詩」「驅馬棄之去，不忍聽此言」，讀者不可因此怪責王粲的不仁，缺乏救助的同情；讀楚歌體「悲憤詩」的「心怛絕兮死復生」亦不可責其「何不留下？」而疑其矯作。因爲抉擇並不是抒情詩的表現的重心！但是敍事文學的基本表現，卻在抉擇與行動。抉擇與行動的合宜與否，正是決定讀者對於作品中，人物的態度與反應，能夠認同（identify）與否的關鍵，並且也正是作品所要給予讀者的啓示之所在。就以這點而論，五言體的「悲憤詩」，顯然也是充分的實現了敍事詩此一文類的基本需求的。

中國的敘事詩要到五言體的「悲憤詩」與「古詩為焦仲卿妻作」才眞正的成立，就因為它們不僅具有某些「情節」，而且更重要的是能夠自覺的呈現為一個統一而完整的「動作」。這種「動作」通常都是以一種主要人物所遭遇的「危機」為中心，而作品表現的注意完全集中在此一「危機」的產生、人物面對「危機」的反應、態度與抉擇，以及因此而形成的彼此的矛盾與糾葛，經由這些糾葛如何導致「危機」的逐步發展，以致到達「危機」的最後解決。在五言體的「悲憤詩」中，這個「危機」是蔡琰的遭亂被擄。因此五言體的「悲憤詩」一開始就描寫「危機」所以產生的因緣：

漢季失權柄，董卓亂天常。志欲圖篡弒，先害諸賢良。逼迫遷舊邦，擁主以自強。海內興義師，欲共討不祥。卓衆來東下，金甲耀日光。平土人脆弱，來兵皆胡羌。獵野圍城邑，所向悉破亡。

並且強調在這種「危機」中，人與人的衝突：

失意幾微間，輒言斃降虜：「要當以亭刃，我曹不活汝！」

因而導致人物的面對「危機」的抉擇：

豈敢惜性命？不堪其詈罵。或便加棰杖，毒痛參幷下。旦則號泣行，夜則悲吟坐。
欲死不能得，欲生無一可。

但是「遭亂被擄」只是這個「危機」所呈現的外貌，從心理的意義上說，它所代表的則是被拋入了一個同時兼具：受辱、離家、與無依的生存情境，因而必須面對上述每一項生活上同時也是心理上的「危機情境」重作自我安頓之抉擇的狀況。而「受辱」，則是其中最爲根本的首要困境。在這裏蔡琰意識到兩種人性上也是文化上的自然的可能反應：一是「士可殺不可辱」，以死免辱；一是「衆庶馮生」，忍辱求生。在「彼蒼者何辜？乃遭此戹禍！」的委婉的表達中，蔡琰顯然的放棄了她的出自「士」人之門的文化立場，而認同於「衆庶」，選擇了「好死不如賴活」的「馮生」。在人物面對「抉擇」之際，事實上正是人物眞正的處於「存在先於本質」的狀態，必須透過在情境中摸索前進的，藉著「抉擇」，不但解決自己的困境，並且最重要的同時「發現」、「決定」自己終究是「何許人也」！蔡琰的見識於後代，正因這些後代的評論者，就是站在蔡琰所放棄的「士」人立場上發言的。但是這裏有一吊詭的事實是：假如蔡琰當時採取了「士」人立場，以死來解決這一困境，那麼顯然的蔡琰就不可能有這種深具開創性的敍事的「悲憤詩」之寫作，當然更無需後世的論者來藉此月旦雌黃了！這種矛盾的情境或許多少可以反映敍事詩在中國文學中所以稀少的部分原因吧！在「士」人的嚴苛的「道德」要求下，卽使是置身於動亂之際，顯然仍是幾乎沒有讓人物可以有使情節得以發展之選擇的餘地。情節的得以繼續發展，事件的更形糾葛，正有賴於人物的不動輒以「死」的快刀來斬絕「困境」的亂麻。因此才可能有「且待下回分解」的，讀者所期待「欲知」的「後事」。「士」人的這種過度理想性與僵固性的道德標準，同樣的也影響人物可以有發現「自己」與做「自己」的選擇自由；而使得豐富的「寫實」的敘事文學之寫作成爲不可能。「士」人的敘事之作終必假託鬼怪神狐，而出以「傳奇」、「志異」的形態；中國文學的敘事傳統主要還是發展於民間，而「士」人的貢獻終是偏於抒情傳統方面，都是有其階層的文化背景的。蔡琰的兩首「悲憤詩」顯然就有類似的階層文化的分歧：在抒情的楚辭體中，她顯然是站在「士」人立場上，對自己的「求生」加以批判：「薄志節兮念死難，雖苟活兮無形顏」；在敘事的五言體中，她顯然不但沒有自責，而且透過旁觀的角度憫人而自憫，其間的差異正在這種道德要求的「高標準」與「低標準」！但是這也正是她後來終要自覺「流離成鄙賤」，雖然「託命於新人」卻得「常恐復捐廢」的原因了。畢竟從「士」人的高標準的道德要求看來，這種忍辱求生的低標準的生活態度，終究是一種必須「捐廢」的庶民之「鄙賤」的反映。

蔡琰面對「受辱」之情境而選擇了忍辱求生的結果，就是事實上的被擄「離家」與心理上的徬徨「無依」。這種「離家」而「無依」的危機情境，不但不是求生忍辱的選擇所能解決，更且是由於此一選擇因而滋生。因此遂使蔡琰在心理上更有面對再一次選擇的需要與可能。事實上在一切敘事的文學中，情節的發展，皆有賴於選擇行動的不能一勞永逸的完全解決危機，以及危機情境的在選擇與行動過程中的變化與逆轉。透過情境的這種變化與逆轉，危機的性質遂在解決的過程中逐步改變，而抉擇與行動的眞義亦漸次顯現，終於達至危機作爲人類生存情境的根本意義以及人物在抉擇中所追求之價值的完全大白。因此危機所蘊涵的可能意義，以及抉擇所追求的畢竟價值的完全彰顯，正是情節塑造的取捨依據與宗旨所在。回應蔡琰的「離家」與「無依」的心理危機，「邂逅徼時願，骨肉來迎己」提供了一種解決。但在這種情境的變化中，危機卻逆轉爲「己得自解免，當復棄兒子」而並沒有完全解決。這一衍生的危機，終於經由蔡琰的「去去割情戀，遄征日遐邁」的選擇而得到解決。而在此一滋生危機的解決過程中，蔡琰的終於選擇棄子歸家，正反映出「離家」的「無依」之感，對於蔡琰所構成的危機之重要與根本；同時回歸「家」之「依託」亦正是蔡琰在遭亂被擄的危機中之最終渴望。十二年的時間與二子的生育並未改變遭亂被擄一事對於她所具有的危機的原始意義。畢竟在她的忍辱求生的抉擇之中，原始的危機只是改換了面貌而已，並沒有得到眞正的解決。只有回「家」，重新回到「家」的「依託」中，這一危機才算眞正得到了解決。但是「既至家人盡，又復無中外」的情境的逆轉，卻讓她體認到了遭亂被擄的終極意義。被擄的危機，可以透過歸回而解決；但是遭亂的眞義，卻是「家」的永遠喪失。她所面對的正是連根拔起的獨自生存於遍地死亡之上：

> 城郭為山林，庭宇生荆艾。白骨不知誰，縱横莫覆蓋。出門無人聲，豺狼號且吠。
> 煢煢對孤景，怛咤糜肝肺。登高遠眺望，魂神忽飛逝。

因而體認到一己生存之畢竟「無依」：「雖生何聊賴？」這種家人已盡的絕望情境，這種絕對的「無依」之感，使她情無所寄，痛不欲生：「魂神忽飛逝，奄若壽命盡」。被擄固然是可悲的，但是「家」的依然存在，卻給人一線希望；因爲尚可「感時念父母」，頻加懸念而情思遙託，甚至「有客從外來」，亦得「聞之常歡喜」的「迎問其消息」，抱持著某種若斷若續的連繫。但是歸「家」的結果則是再無「家」人的絕望。在這裏，蔡琰的「以家人爲託」的生存信念遭受到最嚴重的考驗。她體驗了一己所信持的生命意義的破滅。在這裏她所面對的遭亂被擄的危機，歷經了「受辱」、「離家」的危機的克服，而在最後的「無依」之慟中，呈現出它的終究義諦，正是一種生命意義的危機。這種危機雖然在「旁人相寬大」的救助中，得到緩和：「爲復彊視息」；而在「託命於新人，竭心自勗厲」的抉擇中得到實際的解決，但卻仍使身歷其境的蔡琰終於達到了全詩之終結的生命之悲劇性觀照：「人生幾何時？懷憂終年歲！」因而詮釋了整個危機與動作對於她本人，也是對於人類生存之可能性所涵具的意義與眞諦。

在這種生命意義之危機的解決中，她顯然由「旁人相寬大」的事實中得到啓示。她仍然肯定了「託命」：人與人的連繫，生命對生命的關切、交付與依託，是人之所以生存的義諦，只是他們不再是限於「天屬綴人心」的「骨肉」之間的無條件的關連，而是擴及於相逢而未必相干的「旁人」，以及因此而相干的「新人」；而這種依託亦是一種有條件的，必須「竭心自勗厲」，同時在「流離成鄙賤」的情形下，也是「常恐復捐廢」的不穩定的關係，因此並不是就可「無憂」的付託。因而終於體認到生命的本質原來就是與憂患共始終的：「懷憂終年歲！」這個體悟，雖然近似孟子所謂：「生於憂患」⑦，但孟子是樂觀的，煥發著哲人先見之智慧的光燦；蔡琰卻充滿著悲慨，因爲這是她幾度經歷了「死復生」的痛苦掙扎方始得到的領悟。唉，「人生幾何時？懷憂終年歲！」就在這兩句裏，蔡琰的心靈達到了「悲劇」意識的高度，顯現出無限的莊嚴與崇高。她的名字也因此而永遠成爲中國文學中一個偉大的悲劇形相的稱謂了。

五言體的悲憤詩，雖然標示了敍事詩在中國文學中的眞正成立，但基本上仍然是第一人稱的自敍之作。所以雖然已經具有完整的動作，有了再三面對的抉擇與行動，甚至也有相當程度的代言體的對話的運用，但是抉擇與掙扎的表現，主要的還是集中在第一人稱的人物內心，因此並不能完全顯現爲外在事件的糾葛，也不能充分的反映出人與人的交互行動與互相影響。所以雖然已經具有複雜的情境，而具體的組構爲發展的情節；但是這種情節基本上仍是簡化的單線敍述，並未曾發展爲戲劇場景的立體呈現。眞正具有戲劇性之情節表現的中國敍事詩，還得要到沈德潛所謂的「古今第一首長詩」的「古詩爲焦仲卿妻作」才算發展完成。而沈德潛對於這首詩所具有的戲劇呈現的特質與意義，顯然在上述的推崇中是有著相當的認識與體會的，所以他在「古詩源」的評論裏，接著就強調：「淋淋漓漓，反反覆覆，雜述十數人口中語，而各肖其聲音面目，豈非化工之筆！」他所謂的「化工之筆」事實上正是強調著敍事文學的「模擬」之特質。當然，他可能尚未具有很清晰的「情節」與「動作」的理念，雖然他也已經注意到了一些情節安排的現象：「作詩貴剪裁，入手若敍兩家家世，末段若敍兩家如何悲慟，豈不冗漫拖沓，故竟以一二語了之，極長詩中具有剪裁也」。但是這首詩的創作者卻是非常清楚的瞭解他想表現的「動作」爲何，並且顯然能夠因此而有效的安排他所敘述的「情節」的。他在題目上已經非常明白的表示了，這首詩是「爲焦仲卿妻作」的，因此眞正想呈現的「危機」是發生在做爲焦仲卿妻的劉蘭芝身上的，而並不在焦仲卿身上⑧。自然焦仲卿也陷入了此一「危機」，並且也參與且影響了對「危機」的反應與結果。但是這首詩所呈現之「動作」的基本「危機」，卻在劉蘭芝成爲「焦仲卿妻」所帶來的自我形相的認同的危機：一方面劉蘭芝是重視對於焦仲卿的「守節情不移」的情感的投注與認同的；但是另一方面卻是不能捨棄對於自己從「十三能織素，十四學裁衣，十五彈箜篌，十六誦詩書」的良好教養與紀錄所形成的自愛自重的自尊。但是不幸這兩種肯定與追求，卻在「三日斷五匹，大人故嫌遲」的情形下，成爲不可得兼的尋求。整首詩的情節的發展，正都維繫在「相愛」與「自尊」的矛盾所形成的危機上。因此這首詩，一開始就以「孔雀東南飛，五里一徘徊」來象徵「相愛」的纏綿之情；緊接著就以「十三能織素，……」等四句來強調蘭芝所念念不忘的經由良好的教養與出身所形成的強烈的「自尊」之心；而在「十七爲君婦，心中常苦悲」指出這種兩難的困境。這已經不是爲了避免「冗漫拖沓」而作的「剪裁」，而根本就是基本「危機」的呈示了。

這一「危機」的基本性質，顯然是與「悲憤詩」中，蔡琰所面對的「遭亂被擄」的情境，是大相逕庭的。在「悲憤詩」中，蔡琰所遭受的危機是一種幾乎毫無選擇餘地的外加的狀況，她只能被動的反應，而並不同時就是共同參與的「危機」的締造者。但在「古詩爲焦仲卿妻作」裏所呈現的危機，卻並不完全來自「大人故嫌遲」的不公平，更重要的卻是蘭芝的對於這種不公平、不合理的心理反應。是這種心理反應，才締造了該詩的整個悲劇經歷。

這種心理反應，我們從表面看是一種一己尊嚴不容汚蔑的「自尊」心理，但它的內裏卻是一種對於人與人之間理應公平合理的互相對待的信念與尋求。它同時是一種追求合理因而合禮的「義」的觀念，也是一種對於不容扭曲或侮蔑的作爲人之人格尊嚴的堅持。整首詩中所以戲劇呈現的形態來表現的，正是參與於此一悲劇歷程中，每一個人物的對於此一合理性以及畢竟的人格尊嚴的不同的態度，以及不同的作爲。而同時也就是從這一個特殊的角度，每一個人物的價值，得到了各得其所的度量與評定。從某方面說，這一特殊的角度，正是蔡琰在五言體的「悲憤詩」中所要加以迴避，因而在表現上有意無意加以省略的。因爲正與蔡琰五言體「悲憤詩」所要肯定的是一種無論如何情境下皆要的對於生命的堅持不同；「古詩爲焦仲卿妻作」所要肯定的卻是一種對於生命理想以及人格尊嚴的堅持。

但是這種對於生命理想以及人格尊嚴的堅持，並不是一種對於生命的價值缺少珍視。相反的，正是對於生命的價值的極度的珍惜使然。在這裏，人所要求的正是生命價值的充量實現，因而表現爲對於超出動物性生存之上的自我人格之完整的維護，對於自我爲一己生命之主宰的堅持，以及更重要的，對於徒具形式，未具實質的空虛生活的抵拒。整個「古詩爲焦仲卿妻作」的悲劇歷程，正是肇始於蘭芝對於一己生活的空虛，在「相愛」上是「賤妾守空房，相見常日稀」，在「自尊」上是「三日斷五匹，大人故嫌遲」，而其實際卻只有「雞鳴入機織，夜夜不得息」的「驅使」與「不堪」的深切自覺與膽敢抗議。顯然在這裏，蘭芝對仲卿的愛，並沒有使她，無條件的接受任何苦難，只求維持結合的生活。在這種「相愛」與「自尊」衝突的情境中，蘭芝毋寧是更偏向於「自尊」的堅持的。她甚至不惜以「便可白公姥，及時相遣歸」的決裂來抗議「妾不堪驅使，徒留無所施」的身心皆困的空虛生活。形成蘭芝的苦難命運，以及她的人格光輝的正是她的不隨便屈從，對於情境不肯逆來順受、任人擺佈的性格。在她的決裂性的表白中，她顯然對於只有「驅使」而尚要「故嫌遲」的「大人」有某種直覺性的認識：像這樣的不受理性約束的權威性格，恐怕是不會輕易改變其根本的對待態度的；因此面對如此「絕望」的「情境」，唯一的抉擇只有「屈從」或「決裂」二端，而蘭芝相當自覺的做了「決裂」的考慮。這兩句從某方面說，也正是蘭芝在性行上是否，眞如焦母所謂的「此婦無禮節」的可爭議的關鍵。這種爭議，正在於專制的權威倫理與相對的自由倫理之間的對立，以及由此所衍生的對於「禮節」的不同的看法。它們正是「天下無不是的父母」、「天王聖明，臣罪當誅」、「君要臣死，臣不敢不死；父要子死，子不敢不亡」等等的觀念；與「君君，臣臣；父父，子子」[9]，「臣子之不孝君父，所謂亂也。……雖父之不慈子，兄之不慈弟，君之不慈臣，此亦天下之所謂亂也」[10]，「君之視臣如手足，則臣視君如腹心；君之視臣如犬馬，則臣視君如國人；君之視臣如土芥，則臣視君如寇讎」[11]等等思想的對立。這種對立，透過「禮節」、「自專由」、「自專」、「自由」，以及「情義」、「義郎」、「理」等辭語的表達，正是這首詩的基本衝突之所在，也是這首詩所要著力表現的一個重心——與「自尊」的主題有關的重心。

和蘭芝所具現的這種「自尊」的主題相對的，是仲卿所具現的「相愛」的主題。焦仲卿在性格上以及在行爲上的一個重要的特徵，正是一種不顧尊嚴、不講分寸的，對於「相愛」之「情」的一廂情願的投注與陷溺。因此就表現爲一種對於這份情感的無條件、無止境的尋求與堅持的立場：「結髮同枕席，黃泉共爲友」。正因這是一種一廂情願的投注與陷溺，所以仲卿所一再反映或是表達的，總是以自己爲中心的主觀的願望，而不能達到一種設身處地的對於情勢的客觀的瞭解，以及基於這種客觀的瞭解而發爲因機制宜的言行。在他的「堂上啓阿母」中，他所強調的始終是一己之所願，他自己的感覺與立場：「兒已薄祿相，幸復得此婦」，但卻一直未能認識也就未曾顧及焦母，基於其一己之尊嚴與信念所具的心情與立場。所以他在抒發完了他對蘭芝的熱愛：「共事二三年，始爾未爲久」之餘，而提出以一己之熱愛爲背景的對焦母的責問：「女行無偏斜，何意致不厚？」只是激起了焦母對於他的這種陷溺的不滿：「何乃太區區！」。他的陷溺於自己的情感之中，不但未能化解焦母與蘭芝之間的衝突，事實上正是使它惡化的關鍵——焦母因此提出遣送蘭芝的主意：「便可速遣之，遣之愼莫留！」。相同的陷溺一再的出現於他對逐步發生之困境的反應，對於母親他是：「府吏長跪告：『伏惟啓阿母，今若遣此婦，終老不復取。』」；在未能抗拒母親的遣返的決定時，他對妻子是：「舉言謂新婦，哽咽不能語：『我自不驅卿，逼迫有阿母！』」；在知道了蘭芝將要改嫁之際，「因求假暫歸」，「悵然遙相望」，而「府吏謂新婦」的卻是：「賀卿得高遷！」，「卿當日勝貴，吾獨向黃泉！」：眞是其情可憫，而其事可歎！這種陷溺，使得他既不能眞正維護自己的尊嚴，因而使他在全詩中處處顯得進失據，極爲狼狽，極爲可憐；同時亦不能反應爲對於他人之尊嚴的顧惜，在母親面前終是不孝，對於妻子亦顯不義。所以蘭芝在他「卿但暫還家」，「還必相迎取」：「以此下心意，愼勿違吾語」的表白之餘，當下的自然反應就是：「勿復重紛紜！」。「何乃太區區」與「勿復重紛紜」，正是一針見血的道盡了焦仲卿這份不能出以尊嚴，勒以理性的陷溺式的感情的挫敗與缺失！

仲卿與蘭芝的這份「相愛」之情，終於使他們走向毀滅之路的基本關鍵，其實就在仲卿的無法貞實的認清：蘭芝若一旦「仍更被驅遣」，其意義就決不只是如他所一廂情願設想的「卿但暫還家」而已，那就是在情、在理上都與他斬絕了所有的關係！也就是他對於這份「相愛」之情，除了割捨，所再無能爲力、再有作爲的情境！因此他的不在藕尚未斷之際，據理力爭，設法保全；而竟妄想於藕斷之餘，欲保絲連，眞是「皮之不存，毛將焉附！」的顚倒；也是「舍其所以參，而願其所參，則惑矣！」⑫的糊塗。在「阿母得聞之，搥牀便大怒」的淫威之下，「府吏默無聲，再拜還入戶」屈服之際，他們的「相愛」之情的命運就已經進入了無可挽回的轉捩點（turning point）。但是深深陷溺於情感之中，卻又缺少「尊嚴」之覺識的仲卿，卻始終無法自覺的認清，整個驅遣行動，對於蘭芝以及蘭芝一家的基於「自尊」的心理所造成的傷害之深鉅：

> 入門上家堂，進退無顏儀。阿母大拊掌：「不圖子自歸！十三教汝織，十四能裁衣，十五彈箜篌，十六知禮儀，十七遣汝嫁，謂言無誓違。汝今何罪過？不迎而自歸！」蘭芝慚阿母：「兒實無罪過！」阿母大悲摧。

而在這種傷害之下，仍然希圖保持這份情感的完整，其實是一種不敢面對現實的自欺與欺人。但是這種自欺欺人之談，卻在蘭芝返至家門之前，暫時形成了一種引人錯覺的假象：

府吏馬在前，新婦車在後。隱隱何甸甸，俱會大道口。下馬入車中，低頭共耳語：「誓不相隔卿，且暫還家去。吾今且赴府，不久當還歸。誓天不相負！」新婦謂府吏：「感君區區懷，君旣若見錄，不久望君來！……」舉手長勞勞，二情同依依。

這種假象除了掩蔽了仲卿對於一已之懦弱與不義的自覺之外，更使他不必注視情況之嚴重與處境之危急，而不能積極的採取他所希望的補救行動。在「舉手長勞勞，二情同依依」之餘，他甚至不曾陪伴蘭芝返家，表明心意，解釋一切。

因此，客觀而論，我們固然不能說，仲卿不是深愛蘭芝。但他的深愛，卻是以自己爲中心的，而缺少對於蘭芝的眞正的顧惜與體貼，基本上只是孩童式的「需要」，而不能是成人式的「護持」。這種出以幼稚人格的愛情形態，正與「紅樓夢」中假借「失玉瘋顚」與「發覺無心」來象喻的寶玉之愛黛玉相同，基本上都是一種對於情感的過度陷溺，因此不但未能因爲這份情感的激勵而導致欲望的昇華，開展爲人格的成長⑬，反而因爲「關心者亂」，「當局者迷」，在「患得患失」之餘，反應爲一種心理上的退化（Regression）的現象。這幾乎是中國古典文學中一切愛情悲劇裏男主角的共同典型。所以在「紅樓夢」中進入情感的「眞如福地」的終是黛玉而非寶玉；而「古詩」畢竟是要「爲焦仲卿妻」而不爲焦仲卿而作了。因爲在這一切愛情奮鬥中，他們都沒有女主角來得深摯而成熟！卽使在此詩中，蘭芝所追求的不只是「相愛」，還有「自尊」，但眞正在爲他們的愛情做孤獨的奮鬥的還都是蘭芝，而不是仲卿。

與仲卿的「自欺」相反的是，蘭芝在整個過程中，心理上所保持的「自覺」：一種同時是對於現實情勢的客觀認識，也是對於一己之抉擇追求的主觀心志的清明覺知。首先，她完全明瞭在「謂言無罪過」的情形下，「仍更被驅遣」，則在眞實的情勢上，必然是「於今會無因」、「何言復來還？」：重返焦府畢竟是種一廂情願的想望而已。所以他們的「相愛」之情的唯一可能有的著落只是人去物在：「時時爲安慰，久久莫相忘」而已。但在仲卿一再的「誓天不相負」，她雖然爲他的眞情所動而興起一線希望：「感君區區懷」，而願意二人共同去爲重新結合奮鬥：「君當作磐石，妾當作蒲葦。蒲葦紉如絲，磐石無轉移」，但在「君既若見錄，不久望君來」的期盼中，她卻完全清楚：「我有親父兄，性行暴如雷。恐不任我意，逆以煎我懷」，所面臨的客觀情勢上的困難與艱鉅；並不像仲卿的完全沉溺在自己的如意打算中。只是她的對於客觀現實的認知，並未使她完全壓抑或否定了她內心深處的至眞的情愫，而成爲一個純粹理性的化身。她透過對客觀現實的瞭解，對仲卿毫無怨怪；透過內在的「相愛」深情，表現爲一種爲愛情奮鬥的志意，卽使在所有的努力皆告徒然之際，她所顯現的仍是一種「君須憐我我憐君」的深摯的因「相愛」而「互諒」的眞情：「同是被逼迫，君爾妾亦然」，並未因外在情勢的逆轉，而先行自我離心的淪入相怨互責之中。畢竟怨怪、責備對方，本身卽已是一種對於「相愛」之情的離棄！在她的「何意出此言？」中，她實在表現了比焦仲卿更深的對於彼此「相愛」而「相知」的信心，也因此在仲卿深陷於相信「卿當日勝貴，吾獨向黃泉」之必然分離背馳的絕望痛苦之際，她表白了「黃泉下相見，勿違今日言」的深摯希望。她的從容與自信，完全是來自於她的始終「自覺」的接納內外的情勢，並且眞實的在內心爲它們的衝突而自行掙扎，而自承痛苦，而自力抉擇。這種掙扎與抉擇，不只是外在情境與內在情志之間的衝突與矛盾，更是「自尊」與「相愛」之間的相反相成的抉擇與掙扎。在此詩中，蘭芝的這種由混亂而清明，由分裂而統一，由猶疑而堅定的內心的掙扎歷程，正以：

阿母謂阿女：「適得府君書，明日來迎汝。何不作衣裳，莫令事不舉。」阿女默無聲，手巾掩口啼，淚落便如瀉。移我琉璃榻，出置前牕下。左手持刀尺，右手執綾羅。朝成繡袂裙，晚成單羅衫。

悲痛下裁衣而終於完「成」袂裙與羅衫的動作來象徵、表現。因而在「晻晻日欲暝，愁思出門啼」之際，當仲卿「摧藏馬悲哀」而「新婦識馬聲，躡履相逢迎，悵然遙相望，知是故人來」，蘭芝所呈露的就是「舉手拍馬鞍，嗟歎使心傷」的無限溫柔的依慕與畢竟寧靜的憂傷。卽使在陳述降臨的噩運之際：「自君別我後，人事不可量。果不如先願，又非君所詳。我有親父母，逼迫兼弟兄。以我應他人，君還何所望？」也還是心平氣和的安詳。這與焦仲卿的「府吏聞此變，因求假暫歸。未至二三里，摧藏馬悲哀」的惶急迷亂的心路歷程，自是不可同日而語。馬的「摧藏」「悲哀」，正是仲卿的「摧藏」「悲哀」；蘭芝以「新婦」而「識馬聲」，以「躡履」而「相逢迎」，而終於以無限柔情而「舉手拍馬鞍」，正是以她掙扎過了的內心的和平來撫慰仲卿的迷亂與激昂。在這裏，我們正看到蘭芝的「自覺」人格的充分長成，與其所表現的一種知止而能定、能靜、能安的眞實的精神力量。因而她接著表現的就是：「同是被逼迫，君爾妾亦然」的能慮與有得：「黃泉下相見，勿違今日言」。蘭芝最後的死得從容：

> 其日馬牛嘶，新婦入青廬。奄奄黃昏後，寂寂人定初。「我命絕今日，魂去尸長留！」攬裙脫絲履，舉身赴清池。

以及仲卿之死，終於不免顯得徬徨與慌亂：

> 府吏還家去，上堂拜阿母：「今日大風寒，寒風吹樹木，嚴霜結庭蘭。兒今日冥冥，令母在後單，故作不良計，勿復怨鬼神。命如南山石，四體康且直！」……府吏再拜還，長歎空房中，作計乃爾立。轉頭向戶裏，漸見愁煎迫。……府吏聞此事，心知長別離。徘徊庭樹下，自掛東南枝。

都不是偶然的。正有著各人的人格與情感的成長歷程做背景。因此在此詩中：一開始就提到的「十三能織素，十四學裁衣」；在焦府的「雞鳴入機織，夜夜不得息」的「晝夜勤作息，伶俜縈苦辛」；以及前述的「左手持刀尺，右手執綾羅。朝成繡裌裙，晚成單羅衫」等的織作裁衣的活動歷程，正亦或多或少的象徵著蘭芝一己的由「十六」而「誦詩書」，「知禮儀」的明理自重的「自尊」人格，與因「十七」即「遣汝嫁」「爲君婦」所滋生的「相愛」之情的逐步開展與完成。其中在焦府的「三日斷五匹」的「斷」，正與此處「朝成繡裌裙，晚成單羅衫」的「成」一樣，原來都是代表著一種「完成」與「成就」的意思，但在「大人故嫌遲」接連的敍述下，這種三五之不偶，以及布匹由織機上所續連的絲紗之截「斷」，就或多或少的反映了蘭芝的不惜「相愛」之情的「斷」裂，而求伸張一己「自尊」之志的一種抉擇的完成。同樣的，在娘家爲了「明日來迎汝」「莫令事不舉」而著手「作衣裳」，卻在「朝成繡裌裙」之餘，「晚成單羅衫」：這裏的「裌」與「單」正若有若無的又是蘭芝基於與「府吏」的「相愛」，而拒絕與「郎君」成雙之心情的一種象徵，而這裏的「朝」「晚」之所「成」，也就是以這份「相愛」之情爲其終身抉擇的畢竟完成。因而蘭芝「舉身赴清池」自盡之際的「攬裙脫絲履」，不但正與她的絕命辭：「我命絕今日，魂去尸長留」的「魂去尸長留」有一種對比的平行關係，事實上這裏的「攬裙」就更有一種執著於、把握住他們的這一份「相愛」之情的情感意涵。而這裏的「攬裙」「脫絲履」所象徵的「魂去」「尸長留」，正又與蘭芝被遣之際所特別強調的人去物留遙相映照，一方面是「留待作遺施」以爲「時時爲安慰，久久莫相忘」的憑藉；一方面則正是一種對於生存於此世的身不由己，然而心終屬己之命運與自由的體認與堅持。因此全詩中一再出現的紡織裁縫甚至衣飾裝扮的意象都不是隨意的裝飾或偶然的附筆，事實上正都象徵著蘭芝對於一己命運，同時也是一己人格的主動掌握與塑造。是以蘭芝在體認到：「謂言無罪過，供養卒大恩；仍更被驅遣，何言復來還？」命運之際，接著強調的，就是：「妾有繡腰襦，葳蕤自生光」；在表白了「留待作遺施，於今會無因：時時爲安慰，久久莫相忘」，雖斷猶連的情愫之餘，接著「雞鳴外欲曙，新婦起嚴妝」，就特別的強調：「著我繡裌裙，事事四五通」與「足下躡絲履」。因而在「新婦識馬聲」之際，就強調她「躡履」而「相逢迎」；而終於「攬裙脫絲履，舉身赴清池」。

同樣的具有象徵的示意作用的是遺留或聘贈的物品：蘭芝在強調了「妾有繡腰襦，葳蕤自生光」，就接著提到：「紅羅複斗帳，四角垂香囊。箱簾六七十，綠碧青絲繩。物物各自異，種種在其中」，這些顯然是她從娘家帶來的妝奩；但透過「人賤物亦鄙，不足迎後人，留待作遺施」的交待，它們顯然就具有蘭芝的「自尊」之肯定的情感意涵；而在接著「於今會無因，時時爲安慰，久久莫相忘」的叮囑中，它們亦同時成爲一種「相愛」之情的表徵了。畢竟羅帳、香囊都是屬於親密隱私性質的物品，況且強調了「複」的重疊與「四角」的成雙成對。而青絲繩的纏結續連當然更是一種常見的情感象徵。蘭芝的「自尊」的心態，多少和她的出身「承籍有宦官」的家庭背景有關；而仲卿在全詩中，始終被稱以「府吏」，他在「上堂啓阿母」也自承「兒已薄祿相」，所以這裏的「人賤物亦鄙」正與「物物各自異，種種在其中」嫁妝本身的豐美：「葳蕤自生光」，形成了一種令人感歎的對比與反諷。蘭芝的能有再婚的機會，顯然和她的「承籍有宦官」的家庭背景大有關係，這只要看媒人的說詞即可知道。而仲卿的續盟之願的終究無望，亦正與他只是「府吏」，只是一個「吏人」，自與「郎君」不可相提並論，所謂：「否泰如天地」有關。再加上兩家對待的態度全然不同：太守方面是「既欲結大義」，「遣丞爲媒人，主簿通語言」，迎娶之際則更出以：

青雀白鵠舫，四角龍子幡，婀娜隨風轉：金車玉作輪，躑躅青驄馬，流蘇金縷鞍；齎錢三百萬，皆用青絲穿；雜綵三百疋，交廣市鮭珍；從人四五百，鬱鬱登郡門。

不但極盡舖張奢華之能事，更完全表現一種「足以榮汝身」的尊重與禮遇的心情。而其中聘禮的豐厚：「齎錢三百萬，皆用青絲穿；雜綵三百疋，交廣市鮭珍」，正與蘭芝辭別焦母所說的：「受母錢帛多，不堪母驅使」形成強烈的對照。因爲這兩句話背後的事實是聘禮的微薄，而卻急於翻本的日夜「驅使」織作，因而呈現爲令人「不堪」的虐待。這裏的「受母錢帛多」，正與前面的「人賤物亦鄙」一樣，都是出於蘭芝對於焦母之主觀意識的設身體認而發的「語言」，它們的空口說白話的空泛性，正與蘭芝的具體列的嫁妝的內容，以及太守家的一一指陳的聘禮：形成一種主觀的空言與客觀的「事實」之間的眞與假的對照。所以這裏關於蘭芝妝奩、整妝以及太守聘禮的種種描寫，就不只是如謝榛「四溟詩話」：

「孔雀東南飛」一句興起，餘皆賴也。其古朴無文，使不用妝奩服飾等物，但直敍到底，殊非樂府本色。如云：「妾有繡腰襦，……種種在其中」。又云：「雞鳴外欲曙，……精妙世無雙」。又云：「交語速裝束，……交廣市鮭珍」。此皆似不緊要。有則方見古人作手，所謂沒緊要處便是緊要處也。⑭

或沈德潛「古詩源」所謂：

> 長篇詩若平平敘去，恐無色澤；中間須點染華褥，五色陸離，使讀者心目俱炫：如篇中新婦出門時：「妾有繡羅襦……」一段；太守擇日後：「青雀白鵠舫……」一段是也。

只是基於樂府的創作習慣，或者作爲詩歌的美化或裝飾之用而已。其實它們正呈示著情節上不可或缺的事實而表現了作者所要強調的意圖。

同樣的作者亦以空泛的「語言」論斷與具體的「事實」呈現之對比，來解決他在立體呈示的客觀表現形式中所不便直接討論的：蘭芝人格上最具關鍵性的是否：「此婦無禮節，舉動自專由！」與「奉事循公姥，進止敢自專？」的爭議。蘭芝雖然明白對仲卿抱怨：「君家婦難爲，妾不堪驅使！」，但她的抱怨是有可以客觀評斷的事實：「三日斷五匹，大人故嫌遲」作依據的。焦母對蘭芝的指責，則除了「吾意久懷忿，汝豈得自由！」的主觀心態之外，並沒有提到任何可資參驗的具體事實。而作者曲意的描寫：「阿母得聞之，搥牀便大怒」，正與她所自言的：「吾已失恩義」一樣的，暗示了這終究只是一種主觀的厭憎與專制的加罪；除了個人的情緒表現之外，並無客觀的事實意義。對於蘭芝的「知禮儀」，深明「禮也者理也」⑮的極爲自尊自重的性格，作者亦藉兩個具體事實的呈現來強調，一是次日的「新婦起嚴妝」：

> 雞鳴外欲曙，新婦起嚴妝。着我繡裌裙，事事四五通。足下躡絲履，頭上瑇瑁光。

腰若流紈素，耳着明月璫。指如削葱根，口如含硃丹。纖纖作細步，精妙世無雙。

雖然有人認爲：「按理說，蘭芝那天心情惡劣萬分，不可能『事事四五通』的把自身刻意打扮一番。」⑯；也有人以爲「事事四五通」是「指穿而復脫，脫而復穿四五次。以挨延時間。」⑰但是他們都忽略了詩中所塑造的蘭芝的性格，基本上作者正有意無意的強調蘭芝是個極具尊嚴感，自尊得跡近驕傲的個性。這樣的人物往往會重視自己的尊嚴與禮儀甚於生死的。最好的例子是子路的結纓而死；曾參的易簀而沒。詩經的「相鼠」：

相鼠有皮，人而無儀。人而無儀，不死何為！

或「邶風」的「柏舟」，在「憂心悄悄，慍于羣小。覯閔既多，受侮不少」的情形下，仍要強調：

我心匪石，不可轉也！我心匪席，不可卷也！威儀棣棣，不可選也！

都是這種心態的表現。而把這種心態，透過服飾裝扮來呈示的，除了子路的結纓，最明顯的莫過於屈原的「涉江」上所謂的：

余幼好此奇服兮，年既老而不衰。帶長鋏之陸離兮，冠切雲之崔嵬；披明月兮佩寶璐。世溷濁而莫余知兮，吾方高馳而不顧。

古今少有大志，或胸懷塊壘的人，往往在服飾上有所表現更是屢見不鮮：

高祖為亭長，乃以竹皮為冠，令求盜之薛治之，時時冠之。及貴常冠，所謂劉氏冠乃是也。（「史記」「高祖本紀」）

父老爭看烏角巾，應緣曾現宰官身。溪邊古路三叉口，獨立斜陽數過人。

（蘇軾「縱筆」）

漢高祖劉邦的「劉氏冠」與蘇軾的「東坡巾」都是有名的例子。蘭芝的「雞鳴外欲曙」一早即起「嚴妝」，而「著『我』繡裌裙」，「事事四五通」，事實上正是壓抑滿腔委曲，修復一己尊嚴，而對自我價值努力重作肯定的一種內心掙扎的歷程。事實上，蘭芝越在不具善意與同情的人們面前，越表現得重視「禮儀」，而越發肯定一己之尊嚴，也就因此越發不表露自己的眞情，而越是顯現爲一絲不苟的講理，寧可忍受厄運與痛苦，也不願顯露任何示弱或祈求的可憐相。這正是她的積極、自尊、驕傲、堅強，甚至因而具有某種戰鬥性的人格的表徵。這種個性的特質，最明顯的反映於她在娘家許婚的過程。在深具同情與體諒的母親面前，她對於「阿母謂阿女：汝可去應之」的建議，是眞情流露的「阿女含淚答」：

「蘭芝初還時，府吏見丁寧：結誓不別離！今日違情義，恐此事非奇。自可斷來信，徐徐更謂之。」

雖然在這樣的回答中，她仍然顧及一己之尊嚴與體面，她所強調的是府吏的「結誓不別離」，而不是自己對於仲卿的依依；她所藉以表明自己的態度的，也是比較客觀化與被動性的：「今日違情義，恐此事非奇」，因而在語言上表明的也不是完全的決絕：「自可斷來信，徐徐更謂之」；但是她的「含淚」而答，卻已無聲勝有聲，無言勝有言的表明了她內心的不便明言的眞感情與眞感受，所以第二次媒人來臨時，眞正疼愛而憐惜蘭芝的「阿母」就很明白的「謝媒人」：「女子先有誓，老姥豈敢言！」。但在「性行暴如雷」，重視驕傲甚於情懷的「阿兄得聞之，悵然心中煩」，而「舉言謂阿妹」：

「作計何不量？先嫁得府吏，後嫁得郎君，否泰如天地，足以榮汝身。不嫁義郎體，其往欲何云？」

以「理」相責之際，蘭芝就不但不再「含淚」，因眞情流露而顯得悒抑委曲楚楚可憐；相反的卻是完全壓制了內心的痛苦，而在言行上反應爲絕對的「明理」、「合禮」；堅強而驕傲，一改以往「含淚」的低姿態而爲「仰頭」的高姿勢：

蘭芝仰頭答：「理實如兄言。謝家事夫壻，中道還兄門：處分適兄意，那得自任專？雖與府吏要，渠會永無緣！登卽相許和，便可作婚姻！」

全詩之中，蘭芝或者稱爲「新婦」、或者稱爲「阿女」及「阿妹」，大都是以她與仲卿、母親、或兄長的關係相對爲稱；除了婉拒母親：「汝可去應之」的再婚的建議，而自言：「蘭芝」一次外，只有此處的「仰頭答」與前面母親詢問：「汝今何罪過，不迎而自歸？」時，提到「蘭芝慚阿母」而回答：「兒實無罪過」兩處，在敍述時突然稱她爲「蘭芝」。這裏的稱名而不稱關係，不但拉近了讀者與蘭芝的感覺距離，而且或多或少正都強調了蘭芝在面臨否定之際的孤懸獨立的自我意識；而這種自我意識出現的否定情境，總是與她作爲一個生命存在的畢竟價值，她究竟爲何許人也的最終形相，也就是她內心深處所自然體驗的個人的尊嚴與人格的完整密切相關的。因此，正是她的面臨危機與威脅的自我形相的深切意識。而不論在前面陳述自己的「實無罪過」的「慚」或此處的「仰頭」，甚至在「含淚」訴說「府吏見丁寧，結誓不別離」時，她所切切強調「恐此事非奇」的仍是「今日違情義」的道義觀念，正都反映出這種跡近「招魂」的以蘭芝之本名稱呼，畢竟表現的仍是蘭芝作爲自我之根柢的知禮自重的自尊意識。沈德潛在「古詩源」中針對阿兄謂阿妹的一段說辭，評論道：

「否泰如天地」一語：小人但慕富貴，不顧禮義，實有此口吻。

其實是忽略了焦府無禮不義休妻在先的事實。因此對於劉家而言，太守家於蘭芝被休之後，仍「旣欲卽大義」，其「嬌逸未有婚」的郎君之眞爲「義郎」，（相形之下，仲卿就格外顯得是個無情不義郎），是顯然的。因此若以禮義，以及客觀的事「理」而言，正是仲卿再求蘭芝的毫無立場；而蘭芝之再盼仲卿，則爲全無尊嚴的自甘受辱的態勢。因而蘭芝的要約結誓，乃是出於曲意體諒的「感君區區懷」的感情的曲私，彼此之間若有「義」的約束，亦只是出於個人的私情而生的主觀的「情義」，並不就是「禮也者理之不可易者也」⑱的「禮義」。這正是自尊而知禮的蘭芝，在阿兄以客觀的形勢衡「量」來「作計」時，只能驕傲的屈服的原因。一句：「理實如兄言」，就把兩人的與客觀形勢牴牾矛盾的私情，撞擊得片片粉碎。對於信守「禮，人之幹也；無禮，無以立！」⑲的蘭芝，除了「雖與府吏要」而無可奈何的任其「渠會永無緣」之外，復能何言？在「謝家事夫壻，中道還家門，處分適兄意，那得自任專？」的表白中，我們又看到「往昔初陽歲，謝家來貴門，奉事循公姥，進止敢自專？」的蘭芝的知禮重儀的性行的迴響。因此蘭芝的於被遣之晨「嚴妝」；謝別焦母而「合儀」：

上堂謝阿母，母聽去不止。「昔作女兒時，生小出野里。本自無教訓，兼愧貴家子。受母錢帛多，不堪母驅使。今日還家去，念母勞家裏。」

有近於「古之君子，交絕不出惡聲；忠臣去國，不絜其名」⑳；或者「禮人不答反其敬」的

「行有不得」、「反求諸己」㉑的精神：這種種的描寫，正深切的掌握了蘭芝的極具尊嚴感的自尊自重性格的內在統一，以及隨著歷程轉變的心理變化。透過「事事四五通」，對於一己激動的情緒的平抑的努力，所辛苦達成的「禮也者猶體也」㉒：「嚴妝」的莊重與體面，終於在「卻與小姑別」之際崩潰了：

> 卻與小姑別，淚落連珠子：「新婦初來時，小姑始扶牀；今日被驅遣，小姑如我長。勤心養公姥，好自相扶將。初七及下九，嬉戲莫相忘！」

蘭芝在謝辭焦母時顯得端莊穩重，落落大方；卻在小姑之前「淚落連珠子」情不自勝。這種變化與對比，正與她返家後的重議婚姻，對於阿母的出以「含淚答」的求情；而對於「悵然心中煩」的阿兄，則出以「仰頭答」的謝理，如出一轍：一方面反映了蘭芝的不示人以弱的堅強性格；一方面也呈示了蘭芝心情上的根本矛盾，她的自尊意識與相愛情感之間的矛盾。

這種矛盾的周始反覆，亦正是本詩的基本衝突的糾葛開展。當府吏「哽咽不能語」的告訴她被休的消息與不變的情意時，她的以「勿復重紛紜」拒絕，正是出以受了傷害的自尊意識；所以既不悲哀也不傷感，主要的情緒是據理力爭的驕傲。但在「卻與小姑別」時，面對一個「嬉戲莫相忘」的天眞孩童，她對仲卿的畢竟依依的眞情，終於在無需壓抑的情況下，給完全引發而自然而然的流露無遺了。當然這裏的「淚落連珠子」也包涵了無過被休的委屈，以及人事滄桑的感慨：「新婦初來時，小姑始扶牀；今日被驅遣，小姑如我長」。小姑的成長變化之鉅之速，不但象徵著由存懷「供養卒大恩」的心情而「謝家來貴門」，到「仍更被驅遣」的「人事不可量」的變化之鉅之速，多多少少亦可象徵仲卿與蘭芝的燕爾之情的具體成長，由「始扶牀」的搖擺萌芽，而到「如我長」的充滿堅強。所以雖爲「共事二三年，始爾未爲久」，但在情分上已然達到「結髮同枕席，黃泉共爲友」的生死不捨的深情大愛。正因情感的糾結繫連已然如此深刻，如此巨大，所以「仍更被驅遣」才是沉哀深痛之所在。沈德潛謂：「別小姑一段，悲愴之中復極溫厚」。這裏的情懷眞的只有「悲愴」二字足以盡之；而其中的「復極溫厚」是自然的。因爲不論是此處的「悲愴」或「溫厚」，原都是出於一種深愛之情的內在醒覺。浸淫在深愛的相感之情當中的人，事實上是不可能尖酸刻薄的，他可以是沉悲深痛，但卻不可能是譏誚諷刺㉓。面臨類似死生之際的心底眞情，一如「人之將死，其言也善」㉔，人是不能不嚴肅，不能不深刻而不呈現爲「溫厚」。畢竟譏刺刻薄都是出於一種與人隔絕，復又自我疏離的分裂意識，一種自暴自棄的自陷於心靈浮表的狀態。也就是在這種的心理準備之下，蘭芝遂於「淚落連珠子」眞情流露之餘，不復憤懣怨尤，而只是一片相感，一片通靈。所以在仲卿「下馬入車中」，「誓不相隔卿」時，她沒有了「勿復重紛紜」的批判與拒絕，而自然而然的因爲能夠體會而眞正體諒。因而在「感君區區懷」中，甚至不顧屈辱的，「不久望君來」，充滿了盼望之情；而竟爲這分盼望之達成「逆以煎我懷」的焦慮起來。正因同時交織著這種盼望與焦慮的感情，所以蘭芝才提出了「君當作磐石，妾當作蒲葦；蒲葦紉如絲，磐石無轉移」的互相期勉的誓約，而在「舉手長勞勞，二情同依依」中分手。

但是這種「情到深處無怨尤」的體諒相愛的情緒㉕，卻在「入門上家堂，進退無顏儀」的極爲不堪的現實情境，以及「阿母大拊掌」：「不圖子自歸！」的憤怒，和「汝今何罪過？不迎而自歸！」的質問之下，給完全打斷；在「兒實無罪過！」的回答，與「阿母大悲摧」的反應中，蘭芝在自尊上所受的委屈，又完全翻冒上來了。畢竟不論仲卿如何信誓旦旦，但是他的未能保護他們的愛情，護惜她的體面與尊嚴，是一個不可否認與無可迴避的客觀現實！所以雖然在母親的初度議婚時，蘭芝還可以委委屈屈的站在他們的相愛之情上「含淚答」：「府吏見丁寧，結誓不別離。今日違情義，恐此事非奇」。但表現在這裏，情緒上已經無法像「舉手長勞勞，二情同依依」或以「磐石」「蒲葦」爲誓時，那麼忘我無別，那麼陶醉沉浸，那麼完全貫注於這份相愛之中。因爲這份相愛之情，已經多少又受到了現實上自尊受挫的傷害了。所以，這番話，基本上是反映著一種相愛的深情與自尊的意識交織參半的心情。因爲畢竟，從「阿母大悲摧」的反應，我們也就可以瞭解，蘭芝的自尊意識，並不只是她對個人之價值與尊嚴的維護而已。它正同時也是另外一份情感的維繫，也就是對於母親，或者說娘家相互愛惜的親情。在蘭芝的被休之中，仲卿並未因爲相愛而一起體驗到蘭芝所切膚深受的公然羞辱。但是她的母親、娘家的所有的家人卻與她一起承擔分任了這份無可投訴的羞辱！因而在羞辱的傷害之深切體驗中，她在情感上是越發與家人親近與密切結合，而與仲卿則是逐漸疏遠的。因而當阿兄以客觀的事理相責，指出仲卿的不義，太守郎君的義：「否泰如天地，足以榮汝身」時，她就完全爲對於娘家的責任感所充據，而仰頭答以「理實如兄言」，而表現爲：「雖與府吏要，渠會永無緣！」，對於仲卿的一種決絕斷念的態度。這裏正是一種「愛情」與「親情」的無法兼顧，但在「謝家事夫婿，中道還兄門」的情勢下，「處分適兄意，那得自任專？」，無論就道義或事理都必須以「親情」為重的體認。此處蘭芝完全知覺到，她或許可以因為與仲卿的相愛，而對焦府所予的一切傷害與羞辱，棄置不顧；但是她的母兄卻沒有理由，也無必要，因為對於她的愛，而恆久的停留在焦府與仲卿所予的傷害與羞辱中。她對這份受傷的親情無法不顧惜，無法不回報。雖然結果對於她自己也是一種傷害。但畢竟傷害的起因，並不在娘家的母兄，所以過咎亦不在娘家的母兄。相反的，他們只是想要擺脫傷害之繼續的被害者而已。所以基於「親情」的顧惜，她自然必須立即中止他們所無辜且無償而承受的傷害與羞辱：「登卽相許和，便可作婚姻」。這正是她所不能不對「無辜」的「親情」所做的交代；而讓「有過」的「愛情」承受它自身過失的傷害與報應了。在這種抉擇裏，正反映出蘭芝的能夠超越一己之願望與眞正的情感感受，而就客觀的事實作合理公平判斷的知禮守義的性格。

但是這種超越自己的「講理」的態度，並沒有使她成為一個「無情」的「純粹理性」的化身㉖。她在奉母之命，為成婚事而作衣裳之際，再度的由「默無聲」而「手巾掩口啼，淚落便如瀉」為無望而絕決的愛情悲泣。而終於展開了一場繫乎生死而關連愛情、親情、眞我與自尊之權衡的內心掙扎：「左手持刀尺，右手執綾羅」。這裏的左手右手的分別執持刀尺與綾羅的強調，顯然不是偶然無義的。尤其是「左手持刀尺」一句，除非是想強調蘭芝是個左撇子，否則更是大違常情。因此這裏顯然是藉「左右」常具的「高下」、「向背」的引伸義，而作權衡抉擇之掙扎的象徵。而在這面臨抉擇與割捨的時刻，她正必須在完整的綾羅中，藉尺的丈量，刀的割棄，在完整的向一切對象、一切關係開放而皆能交感、皆予對應的自我情感中，權衡而切割出最終的畢竟眞我與絕對認同來。也就是在面臨陷於無法面面俱全的情境中，抉選出她所最終絕對投注、絕對專顧的生死與之的至眞的情感投向，而毅然的割捨其他的次要感情的終極眞我的擇尋。這一擇尋在詩中正以「合身」之衣裳的裁縫來象徵：「朝成繡裌裙，晚成單羅衫」。這種抉擇本身卽是一種痛苦，因爲它正是對於自我的原始的完整的破壞，雖然它也是在尋找另一種完整。這種人而求仁的歷程，猶如剝去果皮果肉，而見出作爲核心的果仁的更堅實的完整一般，不但在皮肉還未去除殆盡之前，仍不免黏滯沾帶而呈現爲不成形狀的殘破。卽使是剔除盡淨之餘，堅實的果核也仍然可以是迥異於果肉的甜美，而竟是苦澀的。特別在事與願違，了無補救之道的情境。喜劇正是在求得這種核心之餘，情勢仍有可爲，因而得以獲致積極實現之喜悅的一種人生處境與情節設計。而一切的悲劇，則終不免於錯已鑄成而爲時已晚之歎。所能執持的終於只有一片落空的存心，永恆的憾恨：「晻晻日欲暝，愁思出門啼」。雖然落空而終於存心不改；雖爲憾恨而終於我志不悔，於是才有「求仁得仁，又何怨乎?」的「不怨」；才有「天荒地變心雖折，若比傷春意未多」[27]的悲壯。因而在同樣的知禮合儀，顧慮客觀情境的性格下，蘭芝終於實現了千年之後，襲人所僅敢夢想，而未能眞正下決心付諸執行的抉擇。當然，其間的不同也在寶玉的絕情與仲卿的肯在「卿當日勝貴」的情形下，「吾獨向黃泉」的專情。由於仲卿的專情，也由於蘭芝的自我發現——他們的相愛才是她的生命的終極關懷（ultimate concern[28]）——而敢於在絕望中實現眞我：「黃泉下相見，勿違今日言」，愛情終於完全戰勝了，儘管是可悲而悽慘的勝利：「生人作死別，恨恨那可論」。在「自尊」的「理」與「相愛」的「情」之間反覆掙扎，蘭芝終於體認到：自尊之理直只能使一己的生命像是一個自我封閉的圓球，固然可以免除痛苦破裂，但是在這個擾攘紛紜而不免於罪惡錯謬的塵世裏，畢竟只能隨著外在的拍擊碰撞而浮沉跳躍，並不能眞正提供一個足以安身立命，所以貞定心靈，站穩腳步的立足點。只有沒有機心，沒有計較，沒有條件的眞誠的相愛之情，才是眞正足以充實生命，賦予意義，而繫結心魂，給予恆久的安慰，使人體驗內外相通的完整與豐盈甜美之無憾的偉大力量。在「自尊」的終於不免空虛的有缺，與「相愛」的畢竟充實而無憾之間，蘭芝與仲卿終於選擇了「愛」，也實現了「愛」，雖然僅能出以「明知無益事，故作有情癡」㉙的殉死的方式，而達到它的極致與眞諦。除了死生與之，九死而不悔，還有什麼能是一份感情與追求的極致！因此在他們的「無益」的死亡中，正自有著這份情感的無限莊嚴與無限光輝在——特別這種黃泉之下永相見，人世之間長別離：「念與世間辭，千萬不復全」的殉死，是出以「執手分道去，各各還家門」的獨自面對一己的死亡的方式，而非相偕赴死，更有一種發乎情，止乎禮的尊嚴與從容，一種眞正內在自我的不假激勵的自然實現，因而方爲「求仁得仁」的眞實完成的意義。內心裏眞正感到有著永遠不去的伊人之際，是並不需要特別依賴伊人的隨緣陪伴的。就在這份心中的愛之光輝的照輝中，他們各別而獨自的走上了愛與生命的完成的道路，走完了人生旅程的最後一段。

蘭芝的死得從容，已如前述。仲卿雖然不免相形失色，但是正如困而知之雖然有異於生而知之，但及其爲知卻無不同。因此仲卿的「徘徊庭樹下，自掛東南枝」又何遽不若蘭芝的

「攬裙脫絲履，舉身赴清池」。「鳶飛戾天，魚躍于淵」㉚，二人各別的死法，正自有「高舉繫結」於此情的專注提昇；與在此情中「沈潛化去」的相得自在之不同的相愛心理形態的象徵意義。因此，仲卿雖然在「世事洞明，人情練達」上，不免顯露許多不切實際，一廂情願的缺點，與蘭芝的成熟自持不可同日而語。但一如王國維「人間詞話」所謂：

> 詞人者，不失其赤子之心者也。故生於深宮之中，長於婦人之手，是後主為人君所短處，亦即為詞人所長處。
>
> 主觀之詩人不必多閱世，閱世愈淺則性情愈真；李後主是也。

仲卿的人情缺練達處，亦正是仲卿的性情之深厚眞摯處。「其辭脫口而出，無矯揉妝束之態」㉛，其智雖或似不足，而其愚亦眞不可及。特別在古代男尊女卑的社會裏，他能一再的表示：「結髮同枕席，黃泉共爲友」，「今若遣此婦，終老不復娶」，「卿當日貴勝，吾獨向黃泉」，終於以「仕宦於台閣」的「大家子」而成就「爲婦死」的專情，比起寶玉的以絕情求解脫；陸游的雖念念而再婚，就以相愛的情癡而言，終是尤爲深刻而更加難能可貴的。他的「徘徊庭樹下，自掛東南枝」，正與詩首起興的「孔雀東南飛，五里一徘徊」呼應；十字之中，正有最具關鍵性的「東南」「徘徊」四字重複，並且上下顚倒，正有曹操「短歌行」：

月明星稀，烏鵲南飛。繞樹三匝，何枝可依？

的傍徨追尋，而終於在「胡馬依北風，越鳥巢南枝」㉜的順其本性與眞情的抉擇下，反映爲「鷦鷯巢於深林，不過一枝」㉝的「知止」，在「因值孤生松，斂翮遙來歸」㉞的「幸復得此婦」中，達到「託身已得所，千載永不移」的「有定」的意趣。同時「孔雀東南飛，五里一徘徊」，不論它所取用的原詩，是近於「玉臺新詠」古樂府中的「雙白鵠」：

飛來雙白鵠，乃從西北來。十十將五五，羅列行不齊。忽然卒疲病，不能飛相隨。五里一反顧，六里一徘徊。吾欲銜汝去，口噤不能開。吾欲負汝去，羽毛日摧頹。樂哉新相知，憂來生別離。峙躕顧羣侶，淚落縱橫垂。今日樂相樂，延年萬歲期。

或者近於「樂府詩集」的「豔歌何嘗行」：

飛來雙白鵠，乃從西北來，十十五五，羅列成行。妻卒被病，行不能相隨。五里一反顧，六里一徘徊。吾欲銜汝去，口噤不能開。吾欲負汝去，毛羽何摧頹。樂哉新相知，憂來生別離。躊躇顧羣侶，淚下不自知。念與君離別，氣結不能言。各各重自愛，遠道歸還難。妾當守空房，閉門下重關。若生當相見，亡者會黃泉。今日樂相樂，延年萬歲期。

甚至魏文帝的「臨高臺」：

> 臨臺行高高以軒：下有水，清且寒；中有黃鵠往且翻。行為臣，當盡忠。願今皇帝陛下，三千歲宜居此宮。鵠欲南遊，雌不能隨。我欲躬銜汝，口噤不能開。欲負之，毛衣摧頹。五里一顧，六里徘徊。

它的寓意都誠如「樂府解題」所謂：

> 古辭云：「飛來雙白鵠，乃從西北來」，言雌病雄不能負之而去。「五里一反顧，六里一徘徊」，雖遇新相知，終傷生別離也。㉟

不但在象喻著一種中道分離的「生別離」的情境，而且更在強調著一種雄對於雌的無力銜負，空有反顧的徘徊徬徨之情。因此用在此詩，就更有象徵仲卿對於蘭芝的雖不能護，又終不能捨之矛盾感情的意義。而置諸全詩之首，亦正以仲卿的無力而不捨的深情，作爲全詩之最終主題，亦即蘭芝之所終究必須反應，因而即是在抉擇之際所唯一眞正關切的基本情境，而使全詩的整個「動作」呈現爲這種情感形態所具之內在矛盾的充量發展。當「豔歌何嘗行」在詩末增添了女方的反應：「妾當守空房，閉門下重關。若生當相見，亡者會黃泉」時，事實上已經暗示了面對這種矛盾情境，女方若欲充分回應且顧全這份情感的唯一可能的抉擇了。因此在蘭芝肯定了「相愛」之情，甚於「自尊」之理，爲其衷心所望之時，其結果必爲「黃泉下相見」的「攬裙脫絲履，舉身赴清池」。而全詩由「孔雀東南飛，五里一徘徊」所象徵的矛盾情境，亦在仲卿的「徘徊庭樹下，自掛東南枝」而得以完全解決。始於「東南飛」，而止於「東南枝」；由「徘徊」之起，而至「徘徊」之終，正是一個完整的周圓，充滿了環迴呼應之妙。此外，仲卿的「自掛庭樹」與蘭芝的「赴身清池」，正有著仲卿的畢竟有「家」，必須在家而爲孝子；與蘭芝之終究無「家」，唯有「質本潔來還潔去」，但留一身之清白而已的情雖一契，而命實不同的寓意在。類似於此，全詩亦充滿了弦外餘音，嫋嫋不絕，所以格外豐富耐人尋味。

透過「孔雀東南飛，五里一徘徊」的起與作用，以及全詩的結束在一段補充的神話情節：

> 兩家求合葬，合葬華山傍。東西植松柏，左右種梧桐，枝枝相覆蓋，葉葉相交通。中有雙飛鳥，自名為鴛鴦，仰頭相向鳴，夜夜達五更。行人駐足聽，寡婦起彷徨。

所形成的安裝在全詩前後以確定其意旨的框架；尤其透過其間意象的由「孔雀」而「鴛鴦」[36]，由「五里一徘徊」遠隔的「東南飛」而「松柏梧桐中」親近的「相向鳴」，甚至而同爲「仰頭」以相鳴，（其意旨正略近前述蘭芝之「仰頭答」），相鳴而「夜夜達五更」等等的轉化：作者顯然所要肯定強調的，正是那份強烈的「不捨」而依依相求的「徘徊」之情，而非那種「口噤」「毛摧」而無能「銜負」的無力之感。形成這份「口噤不能開」（這讓我們想到「府吏默無聲」、「哽咽不能語」）；「毛衣摧頹」（也讓我們思及「新婦起嚴妝」、持執刀尺「作衣裳」）的無能爲力，因而雖然熱烈相求而終於不免於「五里」分隔，僅只一再「徘徊」之命運的，其中正有著社會禮教的不可逾越的因素在，亦卽是母、兄對於子、妹的上對下、長對幼的絕對權威。在這種社會所賦予的權威，以及整個禮教制度的重大壓力之下，除非「拚卻一死」遨遊於墳墓的「松柏」「梧桐」中，男女「同是被逼迫」，事實上皆無所逃於天地之間，而能眞正的追求實現他們基於自由意志所形成產生的相愛之情。所以蘭芝、仲卿只能求個「黃泉下相見」，而必須「生人作死別，恨恨那可論？念與世間辭，千萬不復全！」飲恨而終，皆因在這種社會制度與禮教觀念之下，非如此無以保全彼此之人格與愛情的完整。當「府吏還家去，上堂拜阿母」，闡述一己殉情之志時，「阿母」終於「得聞之，零淚應聲落」，而不復「搥牀便大怒」，責其「小子無所畏」「汝豈得自由」。正因「民不畏死，奈何以死懼之」[37]，死正是專制權威的最後的解毒劑。而當人們情深至極，甚愛而甘大費之際，往往雖死亦「無所畏」，何況其他！因此專制而出於暴虐之心，固是人間的絕對邪惡；卽使出於獨佔之愛，或者求榮之念，亦往往更是自食苦澀惡果，「故作不良計，勿復怨鬼神！」的悲劇。「想人心不可欺，冤枉事天地知」[38]，人的意志與自由，畢竟與愛情一樣是屬於與生俱來的天性之眞實與交感之自然。那是無法抹煞亦不可抹煞的人性現實。水能載舟，亦能覆舟，「多謝後世人，戒之愼忽忘！」：在蘭芝與仲卿愛情的超越死亡的勝利，行人的駐足，寡婦的徬徨中，這就是「時傷之，爲詩云爾」的詩人的最後的微言大義嗎？爲什麼「時傷之」，而「多謝」的卻是「後世人」？這是不是就是詩人自己也有的屬於「時代」的「苦悶」？因此只能寄望於「後世人」的「戒之愼勿忘」，而能夠在「後世」有所改進？正如蘭芝仲卿的終於只能成就他們的愛情於死後：「兩家求合葬」，雖然「合葬」的是永恆的「華山傍」，因而顯出它的莊嚴與不可輕侮的勝利。但是這種勝利畢竟也是一種悽慘的勝利，一種絕望之中的慰情。而事實上是，在他們步向各自愛情的完成，也是生命的終結之際，所眞正體驗的「我命絕今日，魂去尸長留」或「心知長別離，徘徊庭樹下」，豈不亦如寡婦一樣，正已是「他生未卜此生休」的無限悲愴，無限痛楚？詩人不願我們迷失在經由「詩之正義」所應許的神話情節中死後結合的圓滿。終究「黃泉下相見」只是一種空茫的希望，一種無可奈何之中所勉強攀緣操持的存心。因此詩人雖然透過「松柏」的「長青」，「梧桐」的「高潔」，以及「鴛鴦」的「精誠親愛」來略誌他們的愛情之光輝長存；但是透過這個「夜夜達五更」的類似夜鶯之歌唱的永恆的同命「鴛鴦」的故事，詩人所寄望於「駐足」而「聽」，暫時停止了自己目標之追求的「行人」的，其實卻是一種類似「寡婦」之「徬徨」的，絕望惻愴的「吾生行休」之悲情的興「起」，以正確體認蘭芝與仲卿之愛情遭遇的眞諦。以「哀矜而勿喜」之心，在他們的愛情的光輝與圓滿中，「雖得其情」而感奮之餘，更能深觀沉思構成他們之苦難命運的社會與人性的缺失。因而在他突然親自現身說法的「多謝後世人」聲中，這句最後出現而類似全詩總結的「寡婦起徬徨」，除了以敍述的第三者表達了對於蘭芝與仲卿遭遇的深切同情之外，是不是多少也是詩人對於自己今生今世所生存的時代的一種絕望的表示？在神話情節的「滿紙荒唐言」之後，是不是也有詩人對於時代省察的「一把辛酸淚」？不同於蔡琰的自敘悲憤，而以身居局外的無干閒人只爲「傷之」遂敷衍成篇，竟然就是「共一千七百八十五字，古今第一首長詩也」㊴：「都云作者癡，誰解其中味㊵？」就在他的「戒之愼勿忘」的諄諄告誡下，類似的悲劇，在傳統的中國，一千七八百年來，甚至在號稱「開放」的現代社會，依然層出不窮，頗有無了無盡之勢，眞是「後人哀之而不鑑之，亦使後人而復哀後人也」㊶。「哀」而「不鑑」自然殊違作者用心；但「哀」而望「鑑」亦正是作者之所以爲千古「癡」人，而難得其「解」之處。「戒」什麼？「忘」什麼？作者不言，而但拈花；誰是迦葉，終能微笑？

因此，從純粹藝術表現的觀點看來，彷如並非必須之蛇足的「多謝後世人，戒之愼勿忘」的結語，（蔡琰就無此等言語），正自有作者的一片癡心、癡情，以及由此癡心癡情所孕的奧義蘊存。這一片癡心癡情，略加深思，是不是也正是出於一種對於人性的矛盾的體認：若眞相信「後世人」，必當進化而較更文明，遂能免於當今之錯誤，而可爲其希望之所寄，則似亦不必如此切切「多謝」，不必如此再三諄言「戒愼」；若後世之人性，畢竟守恆，終於不變，則苦口婆心，忠耳逆言，雖加告誡，究竟何用？明知無用，知其不可而竟爲之，是亦於無可奈何之日而欲奈何之的作者癡心使然；而此癡心又正出於對於人性弱點的深切體會，以及作者自身於此體會之際，終不能自已的向善望治而欲成人之美的人性衝動。因此這首「古詩無名人爲焦仲卿妻作」，在這位「無名人」作者的這份癡心之下，就呈現爲一種永恆的啓示，永恆的教誨。這種教誨與啓示，勉強言之，則誠如由生命情調略近於仲卿的「鄘風」的「柏舟」：

汎彼柏舟，在彼中河。髧彼兩髦，實維我儀。之死矢靡它！母也天只，不諒人只！

我們會很自然的聯想到基本精神略近於蘭芝，「邶風」「柏舟」的：

我心匪鑒，不可以茹。亦有兄弟，不可以據。薄言往愬，逢彼之怒。

我心匪石，不可轉也。我心匪席，不可卷也。威儀棣棣，不可選也！

「古詩爲焦仲卿妻作」一詩，經由它的匠心巧運之表現所永恆闡揚的，其實不只是愛情的映照死生的光輝；更在於人們的體認內心的志意，堅持其眞我之實現與保全的，最終的人性「尊嚴」的意識上。因此這首詩就在「相愛」與「自尊」交織的主題中，不但歌頌了愛情的畢竟偉大，也彰顯了人類至終的堅持其眞我之抉擇的莊嚴與光輝。畢竟，僅屬男女兩人之事的「愛情」，而可呈現爲精神之宏壯與偉大，正因其中所顯現的，雖三軍可奪其帥，而匹婦、匹夫之終不可奪的堅貞之志！愛情或許不能賜與情人們「知人」之「智」與「勝人」之「有力」，卻激發了他們的「自知」之「明」與「自勝」之「強」的最終的人性與自我的醒覺與實現㊷。而這種醒覺與實現，或許正是人類追求文明的終究意義吧！一如伯夷與叔齊的首陽、西山成爲倫理之聖；在蘭芝與仲卿的於西嶽華山之傍成爲愛情之聖的神話設計中，「古詩爲焦仲卿妻作」豈不亦透過匹夫匹婦的愛情，而昭示了人們一條永恆的通往文明之路？「多謝後世人，戒之愼勿忘！」或許不只是一句反面告誡的話吧！

經由上述簡略的分析，我們多少可以看出不論是蔡琰的「悲憤詩」，或者是「古詩爲焦仲卿妻作」都能眞正基於一種表現一個完整的「動作」的自覺，而充分的實現了「敍事」文學的需求，因此達到了中國敍事詩歌的確實成立；而且都透過其完整「動作」的表現，各自展示了一種對於人間苦難的深觀諦視，而充分的發掘出這一苦難所蘊藏的人類命運的本質，與生命意義之追尋的深遠涵意。不但各自在其本身的文學成就上已然臻及輝耀千古的經典之境，而且在中國的敍事詩史上都投下了長遠而深邃的影響。雖然從純粹理論的層次而言，「古詩爲焦仲卿妻作」反映了超越蔡琰「悲憤詩」的自敍性質，而往戲劇性情節表現的更進一步發展；但在中國文學發展的歷史事實上，卻是呈現爲敍事詩的分庭抗禮的兩途發展：或者走蔡琰「悲憤詩」的自敍之路；或者走「古詩爲焦仲卿妻作」的戲劇呈現之路。其中最爲切近，（仍是五言的敍事詩），最爲著名的例子是杜甫，他的「北征」基本上是採取蔡琰「悲憤詩」的表現方式，而其「石壕吏」則大體上遵照「古詩爲焦仲卿妻作」的表現方式。此外，雖然已經不再是五言而是七言，並且在自敍與旁敍的作品性質方面正好相反，但是在白居易的兩篇敍事長詩：「長恨歌」與「琵琶行」中，我們亦可仍然見到「情境敍述」與「戲劇呈現」的創作手法上的區別。雖然「長恨歌」是出於旁敍，但寫作的方式，大體上還是較爲接近蔡琰「悲憤詩」的「情境敍述」，全詩的抒情詩的意味較濃，彷彿只是數首宮體、宮怨或者如所謂漢武帝的「落葉哀蟬曲」之類作品的擴大與續連，因此情意深重而性格模糊。「琵琶行」雖然是有著自傳的「自敍」意涵，但是表現方式上卻完全是具體的「戲劇呈現」，不但令讀者恍惚置身江上，參預宴飲，而且不論是「老大嫁作商人婦」的琵琶名伎，或「泣下最多」的「江州司馬」都表現得個性鮮明，面目清晰，栩栩如生，其實是走的「古詩爲焦仲卿妻作」的路子。同樣的對立，亦可見於吳偉業的「圓圓曲」與韋莊的「秦婦吟」，前者仍以「情境敍述」爲主；後者則爲「戲劇呈現」的傑作。這種對立，自然不能驟竟說就是直接受的蔡琰「悲憤詩」或「古詩爲焦仲卿妻作」的影響。因爲這些敍事詩作彼此之間的陳陳相因、踵事增華而逐步演進、迴旋融滲的跡象，亦是昭然若揭的。但溯本追源，亦可使我們見到這兩篇作品在敍事手法之差別對立上所具的重要意義。

這兩首詩，由於都是五言詩，因此在語言上都不免較後世的七言詩，要來得樸質；即使是「古詩爲焦仲卿妻作」亦爲謝榛評爲「古朴無文」。因此在杜甫的「石壕吏」中即因「不用妝奩服飾等物，但直敍到底」，而充分的呈現爲一種樸實平白的語言風格，雖然有著接近口語的自然，卻是毫無色澤的點潤。至於蔡琰的「悲憤詩」，除了一句「金甲耀日光」，以形容「卓衆來東下」的聲勢之外，更是有意的發展爲一種近乎古文的莊重文體，而表現出一種近乎史書的嚴肅性。這種莊重文體與史書的嚴肅性，亦見於杜甫的「北征」與「自京赴奉先縣詠懷五百字」，特別是「自京赴奉先縣詠懷五百字」更超越了蔡琰「悲憤詩」：「漢季失權柄，董卓亂天常，志欲圖篡弒，先害諸賢良……」之類的簡約的春秋之筆，而發展爲一種議論性質的表現，遂開啓了偏重議論的宋詩。雖然其間自有繁簡之別，但在文字風格上的接近古文，則是並無二致。因此，「古詩爲焦仲卿妻作」與蔡琰的「悲憤詩」，應合著它們的「戲劇呈現」與「情境敍述」的敍事結構，在文字的風格上，遂亦各有偏重：前者是近於口語的、樂府的；後者是近於古文的、史傳的。其中蔡琰的「悲憤詩」全用賦體，而「古詩

「為焦仲卿妻作」則兼用比興象徵，並且保持了「樂府本色」，除了活潑口語的大量用以模情擬態之外，更是間雜「點染華褥，五色陸離」的力求華美與夸飾的表現。尤其值得注意的，是它所顯然承襲「陌上桑」的痕跡，不但羅敷兩度在詩中被提起，而且在「十三能織素……十七為君婦」中我們可以看到模擬「十五府小吏……四十專城居」的跡象，甚至「新婦起嚴妝」後，不但「頭上玳瑁光，……耳著明月璫」是直接承襲「頭上倭墮髻，耳中明月珠」，而且最後的「纖纖作細步，精妙世無雙」亦有「盈盈公府步，冉冉府中趨。坐中數千人，皆言夫壻殊」的蛻影。而聘娶的「躑躅青驄馬，流蘇金鏤鞍。齎錢三百萬，皆用青絲穿」亦與「白馬從驪駒，青絲繫馬尾，黃金絡馬頭；腰中鹿盧劍，可直千萬餘」有著近似的表達方式。這皆在在反映了兩詩在樂府的夸飾與傳奇風格的承襲關係。而「古詩為焦仲卿妻作」的透過文字的夸飾，以表現為基本精神上的傳奇性質，亦見於全詩以「孔雀東南飛」起興，與詩末神話情節的運用。這些特質大抵皆為後來的七言敍事詩，如白居易的「長恨歌」、「琵琶行」，韋莊的「秦婦吟」所承襲。其中「長恨歌」裏臨邛道士海上仙山之行的神話情節而終於「在天願作比翼鳥，在地願為連理枝。天長地久有時盡，此恨緜緜無絕期」，固然可明顯見出由「松柏」「梧桐」的「枝枝相覆蓋，葉葉相交通」與「鴛鴦」的「仰頭相向鳴，夜夜達五更」所蛻化的痕跡；即使「秦婦吟」的「路旁試問金天神」，「神在山中猶避難」的一段對答，亦可反映這篇作品的已非嚴肅寫實，而是刻意渲染的傳奇性格。「秦婦吟」全詩的出以問答，而其中更夾敍與金天神、與新安翁、與金陵客等等的對話，以及文字風格的舖陳華麗等等，皆反映這首詩的題材雖然近於蔡琰「悲憤詩」，其寫作之手法、態度卻是更近於「古詩爲焦仲卿妻作」的。此外「秦婦吟」在開頭的「中和癸卯春三月」之後，緊接的「洛陽城外花如雪」，與「琵琶行」開頭的「潯陽江頭夜送客」之後，緊接的「楓葉荻花秋瑟瑟」，雖然已與「孔雀東南飛」性質略有差異，但是其間的以感覺性的意象起與，而形成某種象徵作用的效果，卻是一致。這些七言敍事詩的偏重感覺性的具體意象，由寫實而轉趨象徵，並且不論所描繪的情境如何悽慘黯淡，荒涼恐怖，皆力求所以表現的文字意象的華美之創作精神，正可由「雙白鵠」的「飛來雙白鵠，乃從西北來」而轉化爲「古詩爲焦仲卿妻作」的「孔雀東南飛，五里一徘徊」裏見出，孔雀的華美，句法的凝鍊，意旨的濃縮，兼具寫實而純爲象徵等等的轉變，正都是這種精神的先導。這些七言敍事詩在創作風格上的接近「古詩爲焦仲卿妻作」的傳奇美飾，而遠離蔡琰「悲憤詩」的寫實質重；原因自然很多，除了七言詩在語言構造上原卽接近樂府歌行外，而由漢轉唐原也是文學風格的由樸質平實而趨向華美高卓之發展的時代，敍事詩亦不能自外於歷史演變的時代動向。但是純就敍事詩本身的發展來看，則「古詩爲焦仲卿妻作」在蔡琰「悲憤詩」之後的出現，亦不能說全無典範與啓示的意義。因此，就以作品的形態精神與文字風格而論，蔡琰的「悲憤詩」與「古詩爲焦仲卿妻作」，亦各自在中國的敍事詩史上有其獨特的影響。眞的令人有非墨則楊，非楊則墨的感覺。

但是這兩首詩，在中國敍事詩史，最具重大意義的影響，卻是在於對後世敍事詩之題材範疇的規範上。在蔡琰「悲憤詩」以親情之喪斷流失，來極寫亂離對於生命之自然情況的破壞，其實堪傷；以及「古詩爲焦仲卿妻作」的透過愛情之中絕不繼，來刻劃生命理想在現實制限下的落空，令人怵惕之後：中國的敍事詩作，幾乎不是敍述亂離之下，自然人性，往往卽藉親情爲象徵，所遭受的破壞扭曲；卽是描寫愛情，人類情感的理想性追求之挫折失落；或者就是融合兩者而略有偏重，並且在基本精神皆呈示爲一種對於生命之「苦難」的沉思與觀照。杜甫「自京赴奉先縣詠懷五百字」的由「朱門酒肉臭，路有凍死骨」的普遍的亂象，而終收結於「幼子餓已卒」、「所愧爲人父」一事；「北征」的從「蒼茫問家室」、「生還對童稚」，而細寫「平生所嬌兒，顏色白勝雪」與「癡女頭自櫛，學母無不爲」，藉以映襯「仰觀天色改，坐覺妖氛豁」、「胡命其能久？皇綱宜未絕！」的期盼，其構思的方向都如蔡琰「悲憤詩」，正皆以親情之絕續悲欣，來深切體驗亂離之哀傷，而具體形象悲憤之情懷。白居易「長恨歌」的「天長地久有時盡，此恨緜緜無絕期」，則正是寫的由「一朝選在君王側」，「三千寵愛在一身」而「宛轉蛾眉馬前死」，「君王掩面救不得」之「恩情中道絕」㊸的堪傷；同樣的吳偉業「圓圓曲」的表現重心亦在「相約思深相見難」之離合追尋，而於「有人夫婿擅侯王」的「無邊春色來天地」之下，竟以「全家白骨成灰土，一代紅妝照汗青」作結，實亦所以映照「美志不遂，良可痛惜」㊹的好夢成空之悲，因而都如「古詩爲焦仲卿妻作」的結束在偶斷思連的「千載有餘情」裏：「漢水東南日夜流！」。此外，韋莊「秦婦吟」的寫戰亂，杜甫「石壕吏」的寫征戍，前者以假借少婦口吻敍述，因此略於「嬰兒稚女皆生棄」，而詳於充滿愛情與婚姻之渴望的「東鄰」、「西鄰」、「南鄰」、「北鄰」與「妾身」的諸女性的遭遇，事實上亦是強調了蔡琰「悲憤詩」前半的「馬邊懸男頭，馬後載婦女」，但是對於受難者的女性柔麗特質的刻意強調與表現，就多少沾染了近於「古詩爲焦仲卿妻作」的浪漫色彩了；後者則不但強調了「三男鄴城戍，一男附書至，二男新戰死」的屬於親情的哀傷；在開頭的「老翁踰牆走，老婦出門看」與老嫗的「力雖衰」而「請從吏夜歸」，終於結束在「天明登前途，獨與老翁別」，雖然全無浪漫情調，卻自有眞摯深厚的愛情光輝洋溢。雖然風格已經不像蔡琰「悲憤詩」或「古詩爲焦仲卿妻作」那麼單純，但是仍然不出兩詩所界劃的範疇。白居易「琵琶行」初看似乎是在表現一種「同是天涯淪落人，相逢何必曾相識！」的萍水相逢，同病相憐的友情。但是全詩的旨趣，仍在藉琵琶妓的「天生麗質難自棄」而終「老大嫁作商人婦，商人重利輕別離」，「去來江口守空船」；以愛情生活的空虛來象徵生命理想的落空，「夜深忽夢少年事，夢啼粧淚紅闌干」，而喚起白居易的「是夕始覺有遷謫意」的相同的理想在現實裏失落的自覺：「座中泣下誰最多，江州司馬青衫溼」。因此內容自然已經更行擴大而豐富，但是愛情與理想的追求，在平常的現實所遭受到的挫傷，仍是這首詩的表現基礎。另外，比較長篇而重要的敍事詩中，如金和的「蘭陵女兒行」，雖然它所直接模擬的典範，可能是左延年以降的「秦女休行」，以及「陌上桑」、「羽林郎」之類的詩作，但是詩中戰亂的背景，一再出現的對於家庭親情的強調，當然還有拒抗高門豪貴的婚姻，以及迎娶的繁華場面，也都依稀仍有兩詩淡淡的影子。戰亂與婚姻，因此自從兩詩確定了中國敍事詩的成立之後，就成爲中國敍事詩所一再反覆歌詠，歷久而彌盛的基本主題。而其中所強調的，所刻意去表現的，也總是人的苦難，而非人的雄豪。遂使中國傳統的敍事詩，遠異於歐洲印度的史詩，基本上表現爲一種對於現實人間之苦難的沉思諦視，而非神話傳奇世界之英雄冒險的摹寫與讚頌。這不能不說是，中國敍事詩在這兩篇作品的引導下，所開啓的一個値得注意的方向，這不但是一個文學表現的方向，也是一個文化價值所關注的方向——一個重視人間性的生存與生活的方向。只有在這種人間性的生存與生活的極度重視與關切之下，苦難（而非超凡英雄的神奇冒險事蹟），方能凸顯出它的意義來，方才眞正成爲一個值得諦觀深思的嚴重問題。

從這兩首詩開始，中國的敍事詩幾乎一成不變的總是表現爲一種對於「天涯淪落人」以及「天下有情人」的深切悲憫與自然同情。而其中所表現的親情摧折的傷痛，愛情失落的憾恨，更是人同此心，心同此理的人之常情。就是這種人之常情，貫穿了所有的傳統敍事詩的「情節」與「動作」。在這裏沒有兩性的區別，面臨子女喪失之際，男性的杜甫與女性的蔡琰，流露的是一種相同的親情之悲愴與哀傷；也沒有地位角色的差異，於婚姻的成就與失落中，府吏、帝王、將軍都表現了一樣的對於愛情的渴望、沉溺、與痛傷。重要的始終不是個別特異的人格形態，因此去掉了他們在身分地位上的差異，在人格的品質上他們往往不曾特別在文學表現中具有什麼殊異的個性；眞正在這些作品裏起作用的卻永遠是普遍的人性反應與客觀的「天不從人願」的生存情境。因此處處呈映爲一種近似「平常心是道」的對於平常心的歸趨。而在這種平常心的歸趨之中，其所呈露締構的苦難，遂更有一種永恆而普遍的典型的意義。

這種苦難的觀照，蔡琰「悲憤詩」原爲女性的自敍姑且不論；自「古詩爲焦仲卿妻作」有意的透過蘭芝的女性形相來作主要的呈現之後，就一再的爲後世的敍事詩作所承襲。因而女性形相，往往成爲這些詩作的主意象，而與詩中的苦難主題密不可分。除了杜甫自敍之作「自京赴奉先縣詠懷五百字」與「北征」是明顯的例外，其他如：「石壕吏」、「秦婦吟」，都是以女性爲苦難的敍述者，近於蔡琰「悲憤詩」；而如：「長恨歌」、「琵琶行」、「圓圓曲」、「蘭陵女兒行」等兼具男女兩性角色，通常由作者充當敍述者的作品，則亦皆如「古詩爲焦仲卿妻作」，總是側重在女性形相的刻劃，並且總是積極的肯定女性角色的，特別是情感、德行、或者是心靈覺識上的，優越地位。以「長恨歌」爲例：馬嵬兵變，楊妃「宛轉蛾眉馬前死」之後，所再加意鋪敍幻設海外仙山一段，正是想強調「昭陽殿裏恩愛絕」，死生阻隔的憾恨，並沒有使得太眞改變了她對明皇的永恆情愛：「惟將舊物表深情」，「但敎心似金鈿堅」，因而反襯出明皇「君王掩面救不得，回看血淚相和流」的在維護一己愛情上的無能與悲哀。「琵琶行」中琵琶伎的技藝固然令人歎服，但透過琵琶的「似訴平生不得意」，「說盡心中無限事」，以及自敍中的「夜深忽夢少年事，夢啼妝淚紅闌干」等，處處顯現琵琶伎對自己的「老大嫁作商人婦」之年華老去、懷才不遇的命運的高度自覺。反觀白居易則「出官二年，恬然自安」顯得對於自己命運的確實情況，只有一種防衛性的痲木，而缺乏眞正的自覺。眞到「感斯人言，是夕始覺有遷謫意」㊺，因而經由「今夜聞君琵琶語，如聽仙樂耳暫明」，才終於達到「座中泣下誰最多，江州司馬青衫溼」的，對自己的畢竟爲「同是天涯淪落人」的眞實命運之客觀意義的高度覺知。同樣的「圓圓曲」中，亦對吳三桂甚有微詞，而對陳圓圓則頗多同情。結語的「全家白骨成灰土，一代紅妝照汗青」，更是出於這種價值偏向明顯的最後論斷。這種女性中心的創作手法，在於人間苦難的表現上，顯然不是沒有意義的。首先，誠如莎士比亞在「哈姆雷特」一劇所說的：「弱者，你的名字是女人」㊻女性的柔弱使她們比起我們所期待爲必須剛強，因此可承受較大苦難的男性，更能反襯出苦難的猙獰，以及傷害的慘重，而益發使人油然生出不忍的同情。所以，浦二田評「石壕吏」遂云：「丁男俱盡，役及老婦，較他首更慘」㊼，其次，由於古代婦女有三從之教，往往其命運皆不能自己做主，所以苦難的降臨往往更爲無辜。杜甫在「自京赴奉先縣詠懷五百字」中對玄宗的專寵楊家幾近指斥：「況聞內金盤，盡在衞霍室」；而在「哀江頭」中對楊妃之死：「明眸皓齒今何在？血汚遊魂歸不得！」，則深致悲憫：「人生有情淚沾臆，江水江花豈終極！」，亦多少是出以過不在不能做主之女性的心理。所以白居易「長恨歌」雖然對玄宗有「漢皇重色思傾國」的指斥，於楊妃則只有「天生麗質難自棄」的說詞。無辜而蒙受重大的苦難，適足以激發我們深刻的恐怖與強烈的哀憐。誠如亞里斯多德所謂的：「蓋哀憐起於不應得之不幸，而恐懼則由於劇中人與吾人相似」㊽。苦難之所以爲苦難，正因它並非「惡有惡報」的自取之咎，在基本的處境上，實與女性在傳統社會的命運往往近似——無法作主，卻必須身受其苦；因此也正與一種「趙孟之所貴，趙孟能賤之」㊾的禍福操諸他人的普遍的對於命運的體驗相當，而且格外顯得淸晰明確。透過女性形相來呈現，因此就有一種象喻的方便與加強的效果。

此外，這種苦難透過女性形相來呈現的形式，往往能夠經由女性本身所自然予人的美麗印象的融滲於作品的整體情調之中，而使作品不致淪爲醜惡的完全充斥。因爲那不但有違藝術爲美之創造的宗旨；更有背於「溫柔敦厚」的詩教精神。韋莊應舉入長安，値黃巢之亂，身陷重圍，後出洛陽而託秦婦口述亂事，除了前段所述原因，與方便作東鄰、西鄰、南鄰、北鄰、妾身等諸女性之命運的敘述外，實亦更有藉「路旁忽見如花人」，「鳳側鸞欹鬢腳斜，紅攢翠斂眉心折」，「東鄰有女眉新畫」，「迴首香閨淚盈帊」，「西鄰有女眞仙子，一寸橫波剪秋水，粧成只對鏡中春」，「南鄰有女不記姓」，「翡翠簾前空見影」，「北鄰少婦行相促，旋拆雲鬟拭眉綠」等等女性的嫵媚鮮麗的形象，來塑造出全詩的一種淒婉哀豔的情調，而表現爲一種以美麗征服哀愁，藉人間的苦難以締造藝術的光輝，之化腐朽爲神奇的精神昇華與藝術創造。因而於沉痛深悲之際，仍然能夠保持對於宇宙的全面觀照——這個世界並不是只有黑暗與醜惡，而是黑暗與光明混雜，醜惡與美麗交織，雖然有的時候世相似乎呈現爲黑暗與醜惡的突然制勝。因而反映爲一種痛苦而不絕望，哀怨而不叫囂的「溫柔敦厚」的詩教精神。這亦是「古詩爲焦仲卿妻作」所以必須極寫「新婦起嚴妝」一段的意趣所在。在蔡琰的「悲憤詩」與杜甫的「石壕吏」中，女性的嫵媚形相雖未出現，但相對於暴亂與征戍，詩中所表現蔡琰對於父母兒子的深情，與老嫗的對於老翁、子孫、甚至「吏呼一何怒」的役吏的一皆加以承擔的母性柔情，亦成爲一股救贖的力量，不僅悽慘更顯悲壯，在一團漆黑的冰冷宇宙中，畢竟綻放著倫理親情的光輝與溫暖，實有以「天下之至柔，馳騁天下之堅」⑩的意態。在這裏女性的溫柔就更呈現爲「蒲葦紉如絲」的一種摧而不折的堅靱的對抗邪惡，維護人性的力量。而在苦難漫長的黑夜中，乍現一線人道之曙光。這正是所謂溫柔敦厚精神的最佳體現，也是最好註腳。因此，透過女性形相，以女性的天賦柔情，母道的包容敦厚之心諦觀苦難，而在苦難之中彰顯正常人性的無限溫柔，正是傳統敍事詩的常見形態，也是中國敍事詩的特殊精神。

此外，即使在蔡琰「悲憤詩」與「古詩爲焦仲卿妻作」這兩首詩裏，我們亦可以看到表現在中國敘事詩裏的苦難的一般結構。在蔡琰的「悲憤詩」中很自然的因爲時空的轉移而區分爲被擄離家與棄子返家兩個歷程。但這兩個截然相反的歷程，正又呈現著蔡琰所遭遇的兩種不同形態的苦難。她的被擄，是發生在她的能夠有所選擇之前，選擇只能在事件發生了之後，這種外來的，突加的苦難，或許我們可以稱之爲「外加的苦難」；但是她的棄子返家的無限痛苦，卻是出於她自己的自我抉擇的結果，爲了討論的方便我們亦可以稱之爲「選擇的苦難」。這兩種苦難的同時並存，使得蔡琰的「悲憤詩」超越了一般的抒情詩，而具有了敘事詩的廣度與深度。同樣的，在「古詩爲焦仲卿妻作」中，蘭芝的被遣還家，事實上亦是在她眞正能有所選擇之前，所以近於「外加的苦難」；而她與仲卿的雙雙殉情自盡，則是一種明顯的「選擇的苦難」。在「外加的苦難」之中，苦難的降臨，往往不反映任何自我的意志，因此有關自我意志的表現，往往側重在對於此一「外加的苦難」的如何反應。但是眞正嚴重的「外加的苦難」，例如「斬截無孑遺，尸骸相撐拒」的殺戮，往往是毫無反應的餘地。這也是爲什麼蔡琰要發出：「彼蒼者何辜，乃遭此戹禍」的悲歎的原因。因此「外加的苦難」往往表現爲對於一個人的生命、自由與尊嚴等等生存之必要條件的剝奪。杜甫「自京赴奉先縣詠懷五百字」的「入門聞號咷，幼子餓已卒」，或韋莊「秦婦吟」中有關東西南北鄰諸女性的描寫，亦是這種嚴重的「外加的苦難」的典型。但是所謂「選擇的苦難」，往往亦是面對某種「外加的苦難」所生的反應。因爲人物所以必須去選擇某種苦難來自己承擔，正有著他所遭遇的必須面臨抉擇的困境。只有這一困境是除了選擇苦難，他即無法實現自我或保全自我人格的完整，人物才會自動選擇苦難。因此「外加的苦難」往往正是「選擇的苦難」的必要條件。但是「選擇的苦難」之所以爲「選擇的苦難」，正因這種「苦難」並不是完全必須的，因爲另有選擇的餘地，所以終於選擇了此一特殊「苦難」的締造，正是爲了實現自我的意志。因此在「外加的苦難」中，我們所主要看到的是「命運」，而在「選擇的苦難」中，我們所主要見到的卻是「意志」。

或許是「敍事詩」的興味，原卽建立在人與人的衝突上吧！在這些傳統的敍事詩作，造成「外加的苦難」的「命運」，往往呈現爲一種他人的過度膨脹的意志。這種意志的膨脹，或許來自一個暴力集團對於其中份子的邪惡意志的支持與推動，例如蔡琰「悲憤詩」中的「卓衆來東下，金甲耀日光」；或許來自社會建制所提供的身居某種地位的人物的特殊權力，例如「古詩爲焦仲卿妻作」中焦母對仲卿所謂的：「吾意久懷忿，汝豈得自由！」或蘭芝對兄長所謂的：「中道還兄門，處分適兄意」。因此這些「外加的苦難」往往就呈現爲一種集團或集體力量對於個體生命或個體意志的迫害。韋莊的「秦婦吟」，杜甫的「石壕吏」，甚至「自京赴奉先縣詠懷」亦是如此。但「選擇的苦難」卻不必然必須是如此的，例如：「琵琶行」中琵琶伎的「老大嫁作商人婦」。並且就在這種集團或集體力量所構成的「外加的苦難」中，我們正看到了人類生存處境的兩難。「古詩爲焦仲卿妻作」所呈現的固然是社會建制所形成的對於個人意志的壓迫；但是「悲憤詩」中「獵野圍城邑，所向悉破亡」集團暴力的橫行，卻是來自於「漢季失權柄，董卓亂天常」，社會建制的遭受破壞！同樣的杜甫「自京赴奉先縣詠懷五百字」的「朱門酒肉臭，路有凍死骨」與「石壕吏」的役及老婦，固然都是來自社會建制的迫害；而韋莊「秦婦吟」所要描寫的則是「內庫燒爲錦繡灰，天街踏盡公卿骨」的社會建制的崩潰。人類的苦難，往往正是來自荀子所謂的「人祅」[51]。社會建制及其運作的缺陷，或者竟然就是社會建制的潰壞，都是人間苦難的外加原因。因此我們或許不必如沙特所主張的相信：「地獄，就是他人！」[52]，但從中國傳統的表現苦難的敘事詩中，我們所得到的啓示，卻是：命運，就是他人！他人的意志！面對著他人的意志，「選擇的苦難」正是一種對於一己意志的不計代價的追求：「衣霑不足惜，但使願無違」[53]，是不爲他人意志所直接驅迫下的自我意志的實現；但是「生人作死別，恨恨那可論」，則是在他人意志的無可擺脫的重壓下，所尋求的「苦難」的自我實現。這種無論在何種情況之下，繼續保全自我的完整，使它不淪爲他人意志的手段或工具，雖犧牲或痛苦而在所不惜，所反映的正是凡人卽是意志之主體，皆有其一己之意志，亦唯有在以其自我之意志而生存時，才是眞正的「人」的人性堅持。所以在「選擇的苦難」中，我們看到的正是人性尊嚴的不容剝奪與輕侮。而這種尊嚴的堅持，正是人類超越苦難，征服苦難的心靈裏的一線曙光。這種尊嚴意識，正是人類所以能夠以擁抱苦難來對抗苦難，在主動的擁抱苦難之際，超越了苦難的挾持的自由精神的表現。而這些敘事詩的描寫苦難、表現苦難，原也就是一種所以超越苦難、征服苦難，而彰顯人類最終本具的自由精神之光輝的動作與努力。因此，苦難之面對，自由之發揚，正是中國傳統敘事詩歌一體兩面的基本精神。

同時這種「外加的苦難」與「選擇的苦難」雖然常常在詩中同存並具，但是每個作品往往仍有它表現的偏重。以這兩首詩爲例：蔡琰的「悲憤詩」終以「外加的苦難」之描述爲主，卽使她的棄子返家，她到底有多少選擇的自由亦是一個疑問，至於抵家的親人俱亡，更是外加苦難的極致，所以全詩終於結束在「人生幾何時，懷憂終年歲」的悲劇覺知裏；而「古詩爲焦仲卿妻作」則主要在強調一種「選擇的苦難」，即使在貌似「外加的苦難」的被遣還家，亦已先有蘭芝的抗議在先，仍然具有抉擇的成分在其中，因此表現的始終仍以蘭芝的尊嚴意識爲主，而結束在神話情節的自我意志的勝利裏。因此前者基本上爲一種反映苦難，觀照命運的作品；後者則呈現爲一種強調意志，征服苦難的作品。在苦難的沉思諦視上，它們亦正自代表兩種基本不同的型相，而同時涵括了後世敍事詩的可能發展。

總結以上所論，蔡琰的「悲憤詩」與無名氏的「古詩爲焦仲卿妻作」，這兩篇作品不但事實上確立了中國的敍事詩之成立，而且在精神、內容、表現形式、創作手法上等等各方面，都對中國敍事詩的傳統發展投下了鉅大而深遠的影響，因此在中國文學史上，具有遠超乎其他敍事詩作的重要地位。這是我們在作品本身的性質與價值的考慮之外，所必須另外加以關注的承啓開繼的意義。雖然這兩篇作品，僅只其自身所表現的深刻的人性體驗與高超的文學造詣，即已足以不朽！

附註

① 見葉慶炳先生「中國文學史」第八講，「敍事詩之發展」一節云：「就詩經而論，其中大雅之生民、篤公劉、緜、皇矣、靈臺、大明、文王有聲七篇依次而觀，無異一本周民族開國史詩，自可作敍事詩看……」，頁八四，民國六十九年新一版，弘道文化事業有限公司。劉大杰亦有類似意見，惟所舉作品僅「生民」、「公劉」、「綿綿瓜瓞」、「皇矣」、「大明」五篇，而稱爲「民族史詩的代表作」。見「中國文學發展史」，頁二六，民國四十六年臺二版，臺灣中華書局。

②「文心雕龍」「詮賦篇」：「賦者，鋪也，鋪采摛文，體物寫志也。」

③見梁啓超「中國之美文及其歷史」，頁一二八，民國四十五年臺一版，臺灣中華書局。

④以上諸引句，俱見「中國文學史」，頁九一，同註①。

⑤見李清照詞「聲聲慢」。

⑥見王國維「人間詞話」。

⑦見「孟子」「告子」篇下。

⑧這個題目也可能是在編入「玉臺新詠」時加的，但至少也表示了徐陵或命題者對於這首詩的深刻認識。

⑨見「論語」「顏淵」篇。

⑩見「墨子」「兼愛」篇上。

⑪見「孟子」「離婁」篇下。

⑫見「荀子」「天論」篇。

⑬這種因情感的激勵而導致欲望的昇華，開展爲人格的成長的最好例子是「賣油郎獨佔花魁」裏的秦重。

⑭見謝榛「四溟詩話」卷二，頁一三—一四。「續歷代詩話」，民國六十年初版，藝文印書館。

⑮見「禮記」「檀弓」篇。

⑯見葉慶炳先生「『孔雀東南飛』的悲劇成因與詩歌原型探討」，「文學評論」第二集，頁一五七，民國六十四年初版，書評書目出版社。

⑰見方祖燊、謝冰瑩選註「古今文選」第二一三期，頁四（總頁一〇一二）。民國四十四年，國語日報副刊。

⑱ 見「禮記」「樂記」篇。

⑲ 見「左傳」「昭公七年」。

⑳ 見「史記」「樂毅列傳」。

㉑ 見「孟子」「離婁」篇上。

㉒ 見「禮記」「禮器」篇。

㉓ 沈德潛「古詩源」卷四，論此詩及「別小姑一段」，續云：「唐人作棄婦篇，直用其語，云『憶我初來時，小姑始扶牀；今別小姑去，小姑如我長』，下忽接二語云：『回頭語小姑，莫嫁如兄夫』，輕薄無餘味矣！」按此指李白「去婦詞」，詞末云：「憶者初嫁君，小姑纔倚牀；今日妾辭君，小姑如妾長。回頭語小姑，莫嫁如兄夫。」李詩的重點原在強調去婦的「自妾爲君妻，君東妾在西」的別離，而「君歸妾已老」，復因「物華惡衰賤，新寵方妍好」終於被棄。因此「悔傾連理杯」而強調對方的不足「相依投」，故有詩末的結語。由全詩看來，二人本少情分，去婦所怨亦在「以此顦顇顏」，「餘生欲何寄」的無依無靠，因此李詩自有其內在的統一，與輕薄原不相關，但是雙方缺乏情感的眞摯交感則是屬實，因而遂有此語，情況自與本詩不同。

㉔ 見「論語」「泰伯」篇。

㉕ 最能說明這種情緒的，或許是「新約」「哥林多前書」中：「愛是恆久忍耐，又有恩慈。愛是不嫉妒，愛是不自誇，不張狂……凡事包容，凡事相信，凡事盼望，凡事忍耐：愛是永不止息」的這一段話，雖然這裏的「愛」原不是指的男女之情。

㉖ 「紅樓夢」中的薛寶釵卽可視爲此種「無情」的「純粹理性」的化身，自然這也只是就她所全力追求的理想而言。

㉗ 見李商隱詩「曲江」。

㉘ 此處借用的是 Paul Tillich 的觀念，指一個人以其全生命投注，終不可放棄的價值選擇。

㉙ 見李商隱詩。

㉚ 參閱「禮記」「中庸」：「詩云：『鳶飛戾天，魚躍于淵』，言其上下察也，君子之道，造端乎夫婦，及其至也，察乎天地。」

㉛ 見王國維「人間詞話」。

㉜ 見「古詩十九首」「行行重行行」。

㉝ 見「莊子」「逍遙遊」篇。

㉞ 此兩句與下兩句，俱見陶淵明「飲酒」詩「栖栖失羣鳥」。

㉟ 見郭茂倩「樂府詩集」卷三十九，中華書局，四部備要。

㊱ 此處鳥的意象自然有其象喻之意，「鴛鴦」爲男女親愛之情的象徵，自是不必贅言；「孔雀」的華美而不善飛，亦與善翔而純素的「白鵠」有別，疑其正有蘭芝等「重禮儀」與「終分離」的性格與命運的暗示與強調。

㊲ 見「老子」七十四章。

㊳ 見關漢卿「竇娥寃」第二折。

㊴ 見沈德潛「古詩源」卷四。

㊵ 見「紅樓夢」第一回。

㊶ 見杜牧「阿房宮賦」。

㊷ 參見「老子」三十三章：「知人者智，自知者明；勝人者有力，自勝者強」。

㊸ 見班婕妤「怨歌行」。

㊹ 見曹丕「與吳質書」。

㊺ 以上引句，俱見「琵琶行」敍。

㊻ 原文爲："Frailty, thy name is woman." 見該劇第一幕第二場。

㊼ 見「杜詩鏡詮」卷五引。

㊽ 見亞理斯多德「詩學」第十三章，引自姚一葦「詩學箋注」頁一〇八，民國五十八年二版，臺灣中華書局。

㊾ 見「孟子」「告子」篇上。

㊿ 見「老子」四十三章。

51 參閱「荀子」「天論」篇。

52 "Hell is—other people!" 見沙特劇作「無路可出」(*No Exit*)。英譯引自 *No Exit and Three Other Plays* by Jean-Paul Sartre，頁四七，民國五十三年第一版，狀元出版社。

53 見陶淵明「歸園田居」第三首。

論項羽本紀的悲劇精神

一、司馬遷撰寫史記的悲劇意識

司馬遷或許是中國最具悲劇知覺的一位著作家，他經由自己的不幸遭遇，甚至發展爲一種普遍的悲劇性的著作理論：

> 七年，而太史公遭李陵之禍，幽於縲紲，乃喟然而歎曰：是余之罪也夫！是余之罪也夫！身毀不用矣！退而深惟曰：夫詩書隱約者，欲遂其志之思也。昔西伯拘羑里，演周易；孔子戹陳蔡，作春秋；屈原放逐，著離騷；左丘失明，厥有國語；孫子臏腳，而論兵法；不違遷蜀，世傳呂覽；韓非囚秦，說難孤憤；詩三百篇，大抵賢聖發憤之所為作也。此人皆意有所鬱結，不得通其道也，故述往事，思來者。

因此在他的「卒述陶唐以來，至於麟止」①，所謂「僕竊不遜，近自託於無能之辭，網羅天下放失舊聞，考之行事，稽其成敗興壞之理，凡百三十篇，亦欲以究天人之際，通古今之變，成一家之言」的史記，就同時具有了「及如左丘明無目，孫子斷足，終不可用，退論書策，以舒其憤，思垂空文以自見」的個人意義。這裏正有著他所深具的「古者富貴而名摩滅，不可勝記，唯俶儻非常之人稱焉」的不朽的信念，當然更有他個人的「恨私心有所不盡，鄙沒世而文采不表於後世」的寄託，所謂「則僕償前辱之責，雖萬被戮，豈有悔哉！」的「可爲智者道，難爲俗人言」的心意。這種志意自然表現爲「僕誠已著此書」，而求「藏之名山，傳之其人通邑大都」的願望②；但是更重要的則是影響到史記本身的寫作內涵。這一點，自班彪論司馬遷史記以爲：

> 其論術學，則貴黃老而薄五經；序貨殖，則輕仁義而羞貧窮；道遊俠，則賤守節而貴俗功；此其大蔽傷道，所以遇極刑之咎也。③

與漢明帝詔曰：

> 司馬遷著書，成一家言，揚名後世；至以身陷刑之故，反微文刺譏，貶損當世，非誼士也。④

以至班固「漢書」「司馬遷傳贊」所謂：「其是非頗繆於聖人」，「迹其所以自傷悼，小雅巷伯之倫」，甚至王允的「昔武帝不殺司馬遷，使作謗書，流於後世」的說法⑤，都已或多或少有所見及。雖然其是非是否謬於聖人，以及如何「微文刺譏，貶損當世」，甚至是否爲一「謗書」，在今天看來都已並不絕對緊要。但是司馬遷自身的悲劇經驗如何影響了史記的寫作內涵，遂使史記不僅是一部世襲史官的載記，更是一部充滿了內心的呼號，人性的掙扎，因而成爲一種人文精神之彰顯與發揚的偉大著作，卻是迄今依然值得注意的課題。這方面，在司馬遷的「退論書策，以舒其憤」的抉擇中，顯然有明確影響的是：前面所提到的「古者富貴而名摩滅，不可勝記，唯俶儻非常之人稱焉」的價值信念，以及所謂「亦欲以究天人之際」，「考之行事，稽其成敗興壞之理」的對於人類命運之神秘的格外迫切的探詢。前者使得史記，雖然大體上還是具有「通古今之變」意義的歷史著作，但事實上卻更是一部以一羣「俶儻非常之人」爲中心的傳記集。這一方面固然開啓了以紀傳體爲主的史書傳統，更重要的是它決定了司馬遷的立傳的原則：不以「富貴」，因此也就不以「成敗」論人，但凡所述，雖然或臧或否，卻未有不具「俶儻非常」的人格特性的。從這種作意好奇⑥的以性格之特質爲中心的寫作態度，則不但仲尼弟子、儒林、循吏可以立傳，酷吏、佞幸、刺客、滑稽、日者，亦一如貨殖、遊俠一般的可以入傳。因爲重要的並不在其人的身份、職位、與功業所據有的客觀的社會地位；而在其人的才能、性情、與言行所展露的主體的生命情調。於是司馬遷的寫作立場，就不只是歷史家的，而更是文學家的；因此也就造就了史記的不只是史學經典而同時更是文學經典的特質。至於後者，若據史記太史公自序：

> 故司馬氏世主天官，至於余乎？欽念哉！欽念哉！罔羅天下放失舊聞。王迹所興，原始察終，見盛觀衰，論考之行事。略推三代，錄秦漢，上記軒轅，下至于茲：著十二本紀。旣科條之矣，並時異世，年差不明：作十表。禮樂損益、律曆改易，兵權、山川、鬼神、天人之際，承敝通變：作八書。二十八宿環北辰，三十輻共一轂，運行無窮，輔拂股肱之臣配焉；忠信行道，以奉主人：作三十世家。扶義俶儻，不令己失時，立功名於天下：作七十列傳。

則似乎「稽其成敗興壞之理」，乃就十二本紀而言；而「究天人之際」，則專指八書或八書中的「天官書」而說⑦，正如「俶儻非常之人稱焉」，亦有針對七十列傳而發的意思。雖然「天官書」中亦曾言及：

> 夫天運三十歲一小變，百年中變，五百載大變。三大變一紀。三紀而大備，此其大數也。為國者必貴三五。上下各千歲，然后天人之際續備。

似乎所謂「究天人之際」原卽意指觀察「天變」的占星術，這也正是司馬氏世主天官，所謂「僕之先人，非有剖符丹書之功，文史、星歷，近乎卜祝之閒」⑧的祖業。但是若參照自序中序「天官書」以爲「星氣之書，多雜禨祥，不經」，以及「天官書」論贊中所謂：「所見天變，皆國殊窟穴，家占物怪，以合時應，其文圖籍禨祥不法。是以孔子論六經，紀異而說不書。至天道命不傳。」，則作爲司馬遷撰述史記目標的「亦欲以究天人之際」，似乎更當是一種「天道命」的深切意識。這一點我們只要看他在自序中記載父親司馬談「發憤且卒」的感慨：「今天子接千歲之統，封泰山，而余不得從行：是命也夫！命也夫！」以及對於自己「遭李陵之禍，幽於縲紲」的「喟然而歎」：「是余之罪也夫！是余之罪也夫！」都一再的流露著一種強烈的莫可奈何的命運感，就可約略窺知。因此，他在「后妃世家」敍論中慨言：

> 人能弘道，無如命何！甚哉妃匹之愛，君不能得之於臣，父不能得之於子，況卑下乎！旣驩合矣，或不能成子姓；能成子姓，或不能要其終，豈非命也哉！孔子罕稱命，蓋難言之也。非通幽明之變，惡能識性命哉！

而這種命運感更發而爲「伯夷列傳」中對於「天道」的質問：

> 或曰：「天道無親，常與善人。」若伯夷叔齊，可謂善人者非邪？積仁絜行如此而餓死！且七十子之徒，仲尼獨薦顏淵為好學。然「回也屢空」。糟糠不厭，而卒蚤夭。天之報施善人，其何如哉？盜蹠日殺不辜，肝人之肉，暴戾恣睢，聚黨數千人，橫行天下，竟以壽終。是遵何德哉？此其尤大彰明較著者也。若至近世，操行不軌，專犯忌諱，而終身逸樂，富厚累世不絕；或擇地而蹈之，時然後出言，行不由徑，非公正不發

憤，而遇禍災者：不可勝數也。余甚惑焉！儻所謂「天道」，是邪非邪？

這種對於「獎善罰惡」的「天道」之存在的質疑，出現在七十列傳首篇而具有「序論」意義的「伯夷列傳」，不但有著「余悲伯夷」兼且自傷的哀「怨」之意⑨，無形中更使得以下的每篇傳記。甚至「史記」的每一篇記事，都得承負起這個偉大的詢問的回答。影響所及，就使得「史記」的記事，特別著重於反映兩種殊異而相成的生命情調：一是接近司馬遷在「余甚惑焉！儻所謂『天道』，是邪非邪？」的「天問」之後，自己所陳示的道路：

子曰：「道不同，不相為謀。」亦各從其志也。故曰：「富貴如可求，雖執鞭之士，吾亦為之；如不可求，從吾所好。」「歲寒，然後知松柏之後凋。」舉世混濁，清士乃見。豈以其重若彼其輕若此哉！

甚至「雖萬被戮，豈有悔哉！」的，可以以「刺客列傳」爲例，所謂：「自曹沫至荊軻五人，此其義或成或不成，然其立意較然，不欺其志」⑩的，面對惡運，勇敢行動的悲劇精神。另一則是所謂：「天道恢恢，豈不大哉！談言微中，亦可以解紛」⑪，可以以「滑稽列傳」爲例的，「不流世俗，不爭勢利，上下無所凝滯，人莫之害，以道之用」⑫的，上乘的喜劇意識。前者正以報施無常，惡運之終不可避，故而伸志取義，雖犯難而不止；後者則以神變無方，視天下沈濁，不可與莊語，故而出以「謬悠之說，荒唐之言，无端崖之辭」，而

「以卮言爲曼衍，以寓言爲廣」，雖「時恣縱而不儻」，終歸「不以觭見之」，「不譴是非，以與世俗處」⑬。因此，前者表現爲不懼的勇者；後者歸終於不惑的智者。而在這兩種生命型態的背後，其實正都有著一種基於對宇宙正義之存疑，而產生的近乎伊凡、卡拉馬助夫：「假如上帝不存在，一切皆允許」⑭的悲愴心情。當獎善罰惡的神或天道不存在或不確定時，人類只有成爲自己的立法者。於是，悲劇英雄英勇的爲自己立法，以果敢的行動來實現這些自訂的律令與原則，爲了成就自己爲一有所持守有所執著的人格，甚至不惜付出犧牲性命的代價；喜劇人物則以明哲保身的態度，表面上接受基於人類之墮落與偏私所成立的現實權威與其規範節度，但是在內心深處卻對這種權威與規範節度未存眞正的敬意，於是表現爲「世人皆濁，何不淈其泥而揚其波？衆人皆醉，何不餔其糟而歠其釃？」的「不凝滯於物，而能與世推移」的滑稽⑮。這兩種行爲作風與其反映出來的生命情調，初看似乎是截然相反的，但是卻都不是一種未加反省的直覺反應，它們其實都共同具有著一種深切的對於這個「墮落」了的世界本質，與一種芻狗萬物，變異有若「時」，形成一如「勢」之悠渺莫測的「天命」的知覺。在司馬遷一再的聲言「稽其成敗興壞之理」之際，他所肯定的正不再是「親與善人」的具有倫理意志的有情「天道」，而正是自在自是近乎物理定律的「不仁」天命⑯。這種對於「成敗興壞」命運的冷酷無情之「理」，亦卽命運的客觀的「必然性」的尋求，正是古典希臘悲劇的基本精神之一。因此懷海德（A.N. Whitehead）說：

> 我想提醒一句，悲劇的本質並非不幸，而是事物無情活動的嚴肅性。但是命運的這

種必然性，只有透過人生中真實的不幸遭遇才能說明。因為只有透過這些劇情才能說明逃避是無用的。這種無情的必然性充滿了科學思想。物理的定律卽是命運的律令⑰。

正如懷海德所同時指出的：「希臘悲劇中的命運，變成了近代思想中的自然秩序」⑱，這種「事物無情活動的嚴肅性」，這種近於物理定律的命運的必然性，轉換爲中國的傳統思想，就是司馬遷所謂的：「夫春生夏長，秋收冬藏，此天道之大經也。弗順，則無以爲天下綱紀。故曰：四時之大順，不可失也」⑲，由季節的變化所形成的「時」與「勢」的觀念，也就是由「天時」所代表的「自然秩序」而擴展爲「人事」所具的「形勢」變化的原理。⑳這也正是「天人之際」的占星圖識之外的另一種可能的詮釋。因此司馬遷的「究天人之際」，「稽其成敗興亡之理」的態度，所反映的正是一種近於希臘悲劇的，深切的超乎個人愛憎之上的，普遍的人類命運意識的尋求。從個人的「意有所鬱結，不得通其道」的自我榮辱的命運意識，而達到了「述往事，思來者」的體認普遍人性情境之必然的命運意識，正是司馬遷與其他「發憤」有「所爲作」的賢聖，所共有的承受苦難的超越精神。正由於這種承受苦難而能從自憐自怨的困局中脫穎而出的超越精神，司馬遷方能在許多的篇章中，或者透過悲劇形相或者經由滑稽言行而締造了「史記」一書的高卓的悲劇意識；而這種嚴肅的命運意識，透過「我欲載之空言，不如見之於行事之深切著明也」㉑的「論考之行事」，無疑的使得「史記」一書的寫作，更近於悲劇文學而不只是歷史或其他論著的寫作。尤其它的寫作方式是意在「王迹所興」的，出以「原始察終，見盛觀衰」的深具因果秩序的情節敍述來呈現，所以達成的不只是「其文直，其事核，不虛美，不隱惡，故謂之實錄」，而是自劉向揚雄所推服的「善序事理」㉒的「一家之言」。這種情形，正如亞理士多德一方面主張文學比歷史記載更具普遍性，以爲：

> 自吾人所述，當可知詩人所描述者，不是已發生之事，而是一種可能發生之事，亦卽一種蓋然的或必然的可能性。歷史家與詩人間之區別，並非一寫散文，一用韻文；你可以將希羅多塔斯之作改為韻文，它仍然為一種歷史，與韻律之有無無關。二者真正之區別為：歷史家所描述者為已發生之事，而詩人所描述者為可能發生之事，故詩比歷史更哲學與更莊重；蓋詩所陳述者毋寧為具普遍性質者，而歷史所陳述者則為特殊的。所謂普遍的陳述，我所指的為某一性質之人將蓋然的或必然的說或做某種之事；詩雖假託個人之名以行，卻以此為目的。所謂特殊之陳述，則正如描述阿爾西必阿得斯之所為或所經歷之遭遇。

卻接著說明，雖然「喜劇由一些蓋然的事件組合而成」，但是：

> 悲劇則仍附著於歷史的人名，其理由為可能使人信服。蓋未曾發生過之事，對其可能性未必相信：已經發生過之事則其可能性係屬顯然，否則便不會發生。

因而另一方面則強調：

如果一個詩人要自真實的歷史中取材，仍無礙他成為一個真正的詩人，因為歷史上發生之事件亦可以構成蓋然的和可能的美好的秩序；憑這一點，他便是一個詩人。

因此，我們或許不能說司馬遷是一位情動言形，中國傳統意義下的「詩人」，但是他的撰寫「史記」的態度，卻是相當近於亞理士多德所謂的：

作為一個詩人，其故事或情節之重要實過於韻文，蓋詩人之所以為詩人乃基於其作品中模擬特質之功能，而其所模擬者為動作。

兼具「製作者」之義的「詩人」。特別在他的「究天人之際」，「稽其成敗興壞之理」的企圖在特殊的歷史事件中發現命運的普遍必然性，以「原始察終，見盛觀衰」的眼光，呈現「王迹所興」的「成」至「敗」，始「興」而終「壞」之情節的寫作手法，更是不謀而合的達到了亞理士多德所肯定的，悲劇寫作的理想：

總之，悲劇不僅模擬一個完整的動作，而且模擬引起哀憐與恐懼之事件。如果這些事件之發生係屬意外，而同時又彼此因果相關，則對於人們心靈的影響當產生最大效

果。蓋因果相關的事件比自發的或純屬偶發的事件更為奇妙。卽使偶發的事件如能看得出有一種設計在其中，當十分使人驚異。㉓

「史記」因此不僅是中國正史著述的開山之作，傳統敍事文體的典範，更是一個悲劇文學的豐富的大寶藏。

二、史記篇章的主題原則與情調統一

「項羽本紀」無疑的，不論就其藝術成就或其悲劇精神，都是「史記」的顚峯之作。這一方面來自項羽本人的性情事業的絕無僅有的獨特性；一方面也來自司馬遷以其寫作手法所作的特殊詮釋。這一點我們不但可以自項羽的形相在「高祖本紀」、「淮陰侯列傳」、「陳丞相世家」等篇的不同，略見端倪。而且可以自司馬遷的另一篇「得意」之作「魏公子列傳」㉔，得到充分的對照。信陵君與項羽，兩人在事業上其實有很多的類似之處：他們都是貴族世家，平生最重要的事功都在殺將奪軍，救趙卻秦，也因此而成為國際性的領導人物，而都在率領合縱諸侯的聯軍打敗秦軍叩關之際，達到他們平生功業的極致，並且這兩人大概也都精善於兵法，為人也都有仁愛之稱。但在「魏公子列傳」中，信陵君的平生兩件大事業卻僅以：

公子遂行，至鄴。矯魏王令代晉鄙，晉鄙合符疑之，舉手視公子曰：「今吾擁十萬之衆屯於境上。國之重任。今單車來代之，何如哉？」欲無聽。朱亥袖四十斤鐵椎，椎殺晉鄙。公子遂將晉鄙軍。勒兵，下令軍中曰：「父子俱在軍中，父歸；兄弟俱在軍中，兄歸；獨子無兄弟，歸養。」得選兵八萬人，進擊秦軍。秦軍解去，遂救邯鄲存趙。

與：

魏安釐王三十年，公子使使遍告諸侯。諸侯聞公子將，各遣將將兵救魏。公子率五國之兵破秦軍於河外，走蒙驁，遂乘勝逐秦軍，至函谷關，抑秦兵。秦兵不敢出。

寥寥數筆帶過。全篇之重點反而放在「能以富貴下貧賤，賢能詘不肖，唯信陵君爲能行之」㉕。而且透過「以富貴下貧賤」中，雖爲「仁而下士」「謙而禮交之」，卻不免於彼此佯裝矯作的滑稽；在「賢能詘於不肖」中，雖亦流露種種人性的自然弱點，卻都能及時知改，而未釀成大錯的幸運，表現爲一種洋溢全篇的喜劇情調。前者如迎侯嬴爲上客，「不宜有所過，今公子故過之」的刻意表演與侯嬴的種種「欲以觀公子」的故意試探：

公子於是乃置酒大會賓客。坐定，公子從車騎虛左，自迎夷門侯生。侯生攝敝衣冠，直上載公子上坐，不讓：欲以觀公子。公子執轡愈恭。侯生又謂公子曰：「臣有客在市屠中，願枉車騎過之。」公子引車入市。侯生下見其客朱亥；俾倪，故久立與其客語，微察公子。公子顏色愈和。當是時，魏將相宗室賓客滿堂，待公子舉酒；市人皆觀公子執轡；從騎皆竊罵侯生。侯生視公子色終不變，乃謝客就車。至家，公子引侯生坐上坐，徧贊賓客；賓客皆驚。

以及信陵君「欲以客往赴秦軍」與侯嬴的獻計：

公子自度終不能得之於王。計不獨生而令趙亡。乃請賓客，約車騎百餘乘，欲以客往赴秦軍，與趙俱死。行過夷門，見侯生，具告所以欲死秦軍狀；辭決而行。侯生曰：「公子勉之矣！老臣不能從。」公子行數里，心不快，曰：「吾所以待侯生者備矣！天下莫不聞。今吾且死，而侯生曾無一言半辭送我！我豈有所失哉？」復引車還問侯生。侯生笑曰：「臣固知公子之還也！」曰：「公子喜士，名聞天下。今有難，無他端，而欲赴秦軍：譬若以肉投餒虎，何功之有哉！尚安事客！然公子遇臣厚；公子往臣不送：以是知公子恨之復返也。」公子再拜因問。

後者如信陵君救趙，「意驕矜而有自功之色」：

趙孝成王德公子之矯奪晉鄙兵而存趙，乃與平原君計以五城封公子。公子聞之，意驕矜而有自功之色。客有說公子曰：「物有不可忘；或有不可不忘：夫人有德於公子，公子不可忘也；公子有德於人，願公子忘之也！且矯魏王令，奪晉鄙兵以救趙，於趙則有功矣；於魏則未為忠臣也。公子乃自驕而功之，竊為公子不取也。」於是公子立自責，似若無所容者。趙王埽除自迎，執主人之禮，引公子就西階；公子側行辭讓，從東階上，自言辠過：以負於魏，無功於趙。趙王侍酒至暮，口不忍獻五城，以公子退讓也。公子竟留趙。趙王以鄗為公子湯沐邑。魏亦以信陵奉公子。

以及信陵君不歸救魏：

公子留趙，十年不歸。秦聞公子在趙，日夜出兵東伐魏。魏王患之；使使往請公子。公子恐其怒之，乃誡門下：有敢為魏王使通者死。賓客皆背魏之趙，莫敢勸公子歸。毛公薛公兩人往見公子曰：「公子所以重於趙，名聞諸侯者，徒以有魏也。今秦攻魏；魏急而公子不恤。使秦破大梁而夷先王之宗廟，公子當何面目立天下乎？」語未及卒，公子立變色，告車趣駕，歸救魏。魏王見公子，相與泣，而以上將軍印授公子；公子遂將。

以上四段只是充滿在「魏公子列傳」中的喜劇意味之表現的犖犖大者，此外如「北境傳舉烽」，信陵君的堅持要魏王「復博如故」；平原君「使者冠蓋相屬於魏」，「讓魏公子」的卻先是：「勝所以自附爲婚姻者，以公子之高義，爲能急人之困」；救邯鄲存趙之後，「平原君負韊矢爲公子先引」，「當此之時，平原君不敢自比於人」，但卻終於忍不住藉信陵君與毛公薛公遊之事，「謂其夫人曰：「始吾聞夫人弟公子，天下無雙；今吾聞之，乃妄從博徒賣漿者游。公子妄人耳！」」，「夫人以告公子」，而公子的「乃裝爲去」，以致「夫人具以語平原君」，「平原君乃免冠謝，固留公子」，終於「公子傾平原君客」等等，都是喜劇興味的刻意表現。這種種喜劇感皆來自結果是無害的種種乖謬，一種過度到顯得誇張的行爲表現，在這種誇大的作態中，人性的弱點畢露無疑，但是卻又因爲能夠及時改過，並未釀成禍害，所以就給人一種如釋重負，但見其情急之荒唐的喜感。在「是時范雎亡魏相秦，以怨魏齊故，秦兵圍大梁，破魏華陽下軍，走芒卯。魏王及公子患之」，以至「秦聞公子死，使蒙驁攻魏，拔二十城，初置東郡；其後秦稍蠶食魏，十八歲而虜魏王，屠大梁」的憂患交迫、兵荒馬亂的歲月裏，司馬遷一方面在「魏世家」中嚴肅的表現信陵君一身雖繫魏國安危㉖，但卻在論贊中強調：「說者皆曰：魏以不用信陵君，故國削弱至於亡。余以爲不然。天方令秦平海內，其業未成；魏雖得阿衡之佐，曷益乎！」不可更易的命運的悲劇意識，但是他卻更加有意的以喜劇的場景凸現了「魏公子列傳」的文學世界。所以，「公子自度終不能得之於王，計不獨生而令趙亡」原是極悲壯的抉擇，卻只得到了侯嬴相當於「肉包子打狗」的「譬若以肉投餒虎」的嘲弄；「晉鄙嚄唶宿將，往，恐不聽；必當殺之」的考慮，原是「殺一無辜，以得天下不爲」的極爲嚴肅的存心，卻出以「於是公子泣」，莫名其妙的一場哭，就顯得滑稽了。因此，由此滋生的侯嬴的「始作俑者」的道德自覺與「一命償一命」的「北鄉自剄以送公子」，在「夷門歌」中：

七雄雄雌猶未分，攻城殺將何紛紛。秦兵益圍邯鄲急，魏王不救平原君。公子為嬴停駟馬，執轡逾恭意逾下。亥為屠肆鼓刀人，嬴乃夷門抱關者。非但慷慨獻良謀，意氣兼將身命酬。向風刎頸送公子，七十老翁何所求！

爲王維所深切把握的慷慨悲壯的情調與情節，在「魏公子列傳」就只有在信陵君達到平生最高榮耀：

遂救邯鄲存趙。趙王及平原君自迎公子於界；平原君負韊矢為公子先引。趙王再拜曰：「自古賢人，未有及公子者也！」當此之時，平原君不敢自比於人。

之下的附筆性敍近：「公子與侯生決，至軍，侯生果北鄉自剄」。甚至對信陵君之死的敍述：

公子自知再以毀廢，乃謝病不朝，與賓客為長夜飲；飲醇酒，多近婦女，日夜為樂飲者四歲，竟病酒而卒。其歲，魏安釐王亦薨。

亦頗有喜劇意味，尤其是在「病酒而卒」之上加個「竟」字，就有點滑稽與嘲弄的意思了，再強調魏安釐王的同年而卒，就更令人生一種眞是「難兄難弟」的巧合之喜感了。

由以上約略的討論，我們就可以窺見，司馬遷在「史記」的撰述中，如何的在每篇每章裏以其特殊的主題來駕馭事件。因此「史記」的寫作，遂不復只是單純的對於事實加以記載的「實錄」，更重要的是在記載事件中造成一種對於事件的詮釋。而這種詮釋更不只是對事件作「稽其成敗興壞之理」的史家出於史識的詮釋；而同時卻是文學家對於其所構設的文學世界之統一的生命情調的創造，並且透過這種特殊的生命情調的統一性，詮釋了他所記載的人物的品質與事件的意義。因此，信陵君、項羽、淮陰侯這三個擅長兵法的人物，不但在各自傳記中對於他們的擅長兵法的事實，在敍述上有輕重之不同：在「魏公子列傳」中只以「當是時，公子威振天下。諸侯之客進兵法，公子皆名之；故世俗稱魏公子兵法」一語，提醒我們原來信陵君是擅長兵法的；在「項羽本紀」中則記載項羽少時「學萬人敵」，「於是項梁乃教藉兵法。籍大喜，略知其意，又不肯竟學」，但是在其「吾起兵至今八歲矣，身七十餘戰，所當者破，所擊者服，未嘗敗北，遂霸有天下」的軍旅生活中，全篇文字卻又無一語及於兵法的運用，顯然並不重視他在這方面的才能；在「淮陰侯列傳」中則自韓信拜大將始定劉邦爭權項羽的戰略起，全篇幾乎不是兵法的討論，就是兵法的表演，尤其背水一陣勝利後與諸將的討論：「此在兵法，顧諸君不察耳。兵法不曰：陷之死地而後生，置之亡地而後存」云云，更是充分的闡明韓信的充滿了創意的用兵的根由，正來自對於兵法的精通與活用：而且這種輕重之別，正是在不掩蓋他們平生事業的客觀意義，亦即仍然確認他們都是因爲擅於用兵而威振天下的人物之餘，而有意的詮釋他們各爲：謙禮下士的「仁」者；敢於行動，視死若生的「勇」者；與兵不厭詐，善於出奇制勝的「智」者，所導致的敍述方式的調整。正因如此，司馬遷特地在這三人面臨生平首次重要決戰，因此必須對士卒要求「必死無還」的戰鬥決心之際，記載了各人的迥然不同而又合於上述人格品質的手法：

項羽乃悉引兵渡河，皆沉船、破釜甑、燒廬舍，持三日糧，以示士卒必死，無一還心。

在「諸侯軍救鉅鹿下者十餘壁，莫敢縱兵」的情形下，充分的表現了項羽勇於行動的果敢。而信陵君則藉對俱在軍中的父、兄，與獨子的放歸，不但表現了相同的決心，而且更表現出他爲人的寬厚仁慈。而韓信則在表面上出以「令其裨將傳飱曰：今日破趙會食」的漫不經心的大言，其實卻在背水爲陣中完全考慮到了：「且信非得素拊循士大夫也；此所謂驅市人而戰之。其勢非置之死地，使人人自爲戰，——今予之生地，皆走，寧尚可得而用之乎！」的人性因素，因而智謀過人的在軍隊調度中，製造形勢令「軍皆殊死戰；不可敗」。因此司馬遷不但在三人的傳記中，刻意的強調了每個人的人格特質，事實上更就其所具有的人格特質擴展爲整篇的生命情調。亦卽透過這種人物的性格特質，再加上事件的變化，以及刻意選擇的場景，就構成了史記每篇紀傳所特別具有的文學情調的統一——一種同時是倫理性質，也是美感性質的生命情調的統一。所以正如「魏公子列傳」基本上是高貴的倫理喜劇，每個人物皆具潛在的高貴性，都是能夠臨危授命，知過能改的性情中人，但皆不免於人性的種種的弱點而流露爲表面的滑稽；「淮陰侯列傳」則由於着重機智而間接的就表現爲諷刺的文學情調。在這篇當中，每個出場或被提及的人物，不是剛愎自用，缺乏機智的愚蠢或保守，就是雖然時時能夠隨機應變，但卻也因爲機智作爲一種行爲特質，原來就有「一時方便」的性質，因此在機智之後往往就顯現出行爲者本身的不能堅持原則，明示態度而站穩立場的缺陷來。從下鄉南昌亭長妻的「乃晨炊蓐食，食時信往，不爲具食」的妙法逐客開始，在「淮陰侯列傳」中，不但韓信本人之於已說下齊的酈食其，或者素與善而亡歸的鍾離眛，可以藉鍾離眛罵信的：「公非長者！」來形容；卽使是喜得韓信爲大將，卻往往輒使人收其精兵，甚至「自稱漢使，馳入趙壁」，「卽其臥內上奪其印符以麾召諸將易置之」而奪其軍，終以雲夢之遊械繫信的劉邦；或者曾經「不及以聞，自追之」爲韓信求得大將，卻竟紿信入賀，導致「呂后使武士縛信，斬之長樂鍾室」的蕭何，都可以當得韓信對下鄉南亭長賜百錢之際的評語：「公，小人也，爲德不卒！」雖然他們都因爲一時方便的機智，而達到他們所追求的目的，而成爲一時的勝利者或成功者，但同時顯現的卻也正是人品的不夠高貴，終究只能算得是個「小人」罷了！

但是不同於「魏公子列傳」的過而能改的喜劇，因此所呈現的行動並不眞正反映人物的品質或決定其命運；亦不同於「淮陰侯列傳」的機智的諷刺，因此行動的重要性就由謀略與議論所取代了；「項羽本紀」在基本上爲雄偉的行動悲劇，全篇以項羽爲中心，其中幾乎沒有一個人物不是生龍活虎的行動者，而這些行動不論外表形態是悲壯甚或是滑稽，但全都涵具間不容髮的「成者侯王，敗者滅亡」的性命交關的嚴重性。因此就呈現爲一殺機四伏，人人皆作生死鬥爭的殘暴世界；但是也在這種生死之際的殘暴中，人物達到諦視生命本質，邁向眞正肯定一己價值的精神的高卓性與行動的悲壯情調。殘暴、行動與醒覺，於是成爲「項羽本紀」的悲劇統一。

三、「項羽本紀」——史記中唯一的純粹悲劇作品

「刺客列傳」、「李將軍列傳」與「項羽本紀」或許是「史記」中最具悲壯情調的三篇。但是就其悲劇性質而論，「刺客列傳」與「李將軍列傳」卻有相當的不純粹之處。「刺客列傳」中曹沫刼持齊桓公而以喜劇收場固不待言；「李將軍列傳」中亦有許多筆墨敍述其平素生活，重在描寫性格而不在表現行動㉗，無形中使得情致疏緩，近於抒情的意味，而略減其戲劇的緊張，所以司馬遷甚至以「桃李不言，下自成蹊」來作該篇的贊語，正因「李將軍列傳」基本上並不是一個行動的悲劇，頂多只在其性格上涵具着悲劇性質而已。但是使這兩篇具有悲壯情調的作品，未能達到純粹的悲劇境地的，主要的還是在於人物所存在的世界背景。「刺客列傳」中主要的在表現「士爲知己者死」，因此這些刺客與他們所要刺殺的對象往往並無直接的衝突。他們原都在自己的小世界中過着相當自得自在的生活，只因偶然岔出的機緣才使他們步入了一個血腥暴戾的世界。這一點在荊軻的描寫上最爲淸楚，構成他的生活世界的，畢竟還是與蓋聶、魯勾踐、狗屠、高漸離、田光等處士的交遊。而李廣做爲一

個武將，也只有在戰亂征伐之際，才有用命表現的機會。所以「李將軍列傳」一開始就是文帝的歎賞：「惜乎，子不遇時！如令子當高帝時，萬戶侯豈足道哉！」，表現的也只是「李廣無功緣數奇」㉘的命運感。但是「報知己」「難封侯」都只是個人的願望與認同，並無關於所生存的世界的本質與其時代特殊的宏旨，於是他們不惜以熱血與死亡投注的作爲，就失去了足可作爲時代之見證的必要性，也許表達了個人的苦悶，但卻並不反應了處境上的必然與應當。因此在他們的犧牲中，就不免由於具有較大的意氣性質，而減弱了倫理意義上的眞正的崇高。並且不論如何英勇敢死，作爲一個受命出擊的將軍與一名爲人報仇的刺客，在他們的行動中，他們自身卻仍只是一種工具性的存在，而並不就是目的性的存在。基本形態上，他們仍是被動的、被用的身份，而並不純然是主動而自我實現的奮鬥者。因此這裏的英勇，自然也就減損了包涵在其中的自我意志的崇高性。當這兩種崇高性都受到折損之際，整個作品的悲劇性格就不免頓然失色。同時正因爲全篇之中，悲壯的行動時刻與安詳的日常生活相銜接，而且以安詳的日常生活爲基調，透過了被動的情感轉折，人物才進入了悲壯的行動時刻，這種轉變以及轉變前的等待、遲滯，就使得全篇的情調，在悲壯之餘夾雜着淡淡的哀愁，甚至流於感傷了。「風蕭蕭兮易水寒，壯士一去兮不復還」的纏綿低迴，「士皆垂淚涕泣」就是這種文體的特徵，精神的寫照。

但是「項羽本紀」卻是一個純粹行動的世界。一方面它所呈現的是個六國方滅，不及一紀的初經鉅變的時代，一方面它也正是天下苦秦久，人人持鋒銳精逐鹿中原的時代，其中並無安詳可言，有的只是苦難與對苦難的反抗。陳勝吳廣的：「今亡亦死，舉大計死；等死，死國可乎！」㉙最能反映這種由對苦難的反抗而發展爲權力意志之追求的時代精神。因此不論是基於對暴政的反抗或者是基於權力意志，由陳勝吳廣的揭竿而起，一直到漢高祖剷平天下爲止；這始終是一段複雜混亂的互相殺伐，變生叵測，「先卽制人，後則爲人所制」㉚的動蕩歲月。特別項羽的興起滅亡，誠如太史公所論：「夫秦失其政，陳涉首難，豪傑蠭起，相與並爭，不可勝數。然羽非有尺寸，乘勢起隴畝之中，三年，遂將五諸侯滅秦，分裂天下而封王侯。政由羽出，號爲霸王」，「欲以力征經營天下，五年，卒亡其國，身死東城」，不但是「何興之暴也！」而且是「何亡之暴也！」。㉛「項羽本紀」筆墨所至，其實只是興亡之間的八年中事。誠如曾國藩所云：「如此長篇祇記一事，古今所罕」㉜。當時世事變化之倉促，情勢之複雜莫測，高潮迭起，波濤不已，使得太史公甚至必須爲這段兵荒馬亂，羣雄競起，乍興卽亡的年月，創造了空前絕後的「秦楚之際月表」，對於世事變化的計量單位已由年而轉爲月，確如太史公讀秦楚之際，所謂：「初作難，發於陳涉。虐戾滅秦，自項氏。撥亂誅暴，平定海內，卒踐帝祚，成於漢家，五年之間，號令三嬗。自生民以來，未始有受命若斯之亟也！」㉝。因此「項羽本紀」幾乎沒有遲滯延緩的片斷，除了早年略述項梁的殺人避仇，陰以兵法部勒賓客之外，整篇都是行動的敍述，征伐的描寫，並且就在這些行動中無數的英雄人物驟起驟亡，而全篇的結構則以項羽的「成敗興壞之理」，「王迹所興，原始察終，見盛觀衰」爲其主線，表現爲反映其間因果的情節安排。因此「項羽本紀」中所呈現的事件與事件之間，就不同於「刺客列傳」的事出多人但以性質的類似聚合；或者如「李將軍列傳」雖然所敍皆爲李廣之事，但前後之間只能見性格的一貫，而未能呈現爲因果的相關與必然，基本上是「插曲」(episode）性質的表現；而能夠眞正的達到所謂「情節」(plot）的因果關連的完整性。就以這一點而論，我們可以說「項羽本紀」是表現了「一個」複雜而完整的悲劇「行動」(action)，而「刺客列傳」與「李將軍列傳」則否。它們或者顯得過爲單純而雜多，或者未能呈現爲完整，因此就以所模擬的「行動」及「行動」所呈現的內在必然性而言，它們都未能達到「項羽本紀」的悲劇的嚴肅性，其悲劇的效果自然減弱而偏離。

同時，正由於對苦難的反抗終於發展爲權力意志的伸張與追求，而這種意志更進而達到非爲「天下宰」不可的絕對權力意志的追求與保有，所以「項羽本紀」中的主要人物項羽、劉邦固不待言，卽使是次要人物如：范增、張良、項伯、陳餘、田榮、韓信、彭越、樊噲、侯公等皆充分的反映出一種爭天下爲最終目標的自覺以及不完全爲人所支配的自我主張的主動性。因此不論成敗，不論其行動中所反映的倫理品質如何，「項羽本紀」中的人物終不失其自具目的，主動伸張一己意志的崇高性。由於深切的掌握人物意志的絕對主動，配以成敗的因果必然，透過二者的相激相蕩，英雄意志交織着窈冥天命，司馬遷終於締造了「項羽本紀」，使它成爲「史記」中唯一純正的嚴肅而崇高的悲劇作品。

四、項羽的基本性格與繼承的悲劇情境

雖然「秦失其道，豪傑並擾」，對暴政的反抗原是「項羽本紀」的時代背景，但司馬遷對「項梁業之，子羽接之」的全篇之行動的詮釋卻是一個權力意志的悲劇[34]。而其中的關鍵

有二：一是「初起時，年二十四。」，項羽太年輕，缺乏掌握權力與運用權力的老練。另一則是項羽的家世背景：

其季父項梁；梁父，卽楚將項燕，為秦將王翦所戮者也。項氏世世為楚將。封於項，故姓項氏。

關於項羽的祖父項燕，「秦始皇本紀」有以下的記載：

二十三年，秦王復召王翦，彊起之，使將擊荊。取陳以南至平輿，虜荊王，秦王游至郢陳。荊將項燕立昌平君為荊王，反秦於淮南。

二十四年，王翦蒙武攻荊，破荊軍，昌平君死，項燕遂自殺。

在「陳涉世家」中，陳勝吳廣決定了「死國可乎！」之際，陳勝亦將項燕與扶蘇相提並論，以爲是可以利用的政治資本：

陳勝曰：「天下苦秦久矣！吾聞二世少子也，不當立。當立者乃公子扶蘇。扶蘇以數諫故，上使外將兵。今或聞無罪，二世殺之。百姓多聞其賢，未知其死也。項燕為楚將，數有功，愛士卒。楚人憐之。或以為死，或以為亡。今誠以吾衆詐自稱公子扶蘇、項燕，為天下唱，宜多應者。」吳廣以為然。

這正解釋了項梁立楚懷王孫心的客觀形勢。但是其季父項梁，其祖父項燕，也正是導致項羽自權力的顛峯墜落的「誅嬰背懷，天下非之」㉟的主因。司馬遷不提項燕自殺，而言爲秦將王翦所戮，正是強調項氏，至少是項羽對這件事情的主觀的詮釋與認識，正所以爲「誅嬰」一事留下心情上的註腳，同樣的「項氏世世爲楚將」，亦說明了項梁之無法如陳涉，雖然號爲「張楚」，但卻可以自然而然的在三老、豪桀皆曰：「將軍身被堅執銳，伐無道，誅暴秦，復立楚國之社稷，功宜爲王」中自立爲王㊱；亦使項羽在「政由羽出」之際，只能「號爲霸王」，而無法像劉邦那麼順理成章的自立爲帝。因此也導致項羽爲了達到他的權力的顛峯，不得不走上悲劇性的一步；而這也正是，至少是司馬遷所認爲的，項羽的由盛變衰，由成而敗的轉捩點：「及羽背關懷楚，放逐義帝而自立，怨王侯叛己：難矣！」㊲。

司馬遷在敍述了項羽的兩個悲劇的關鍵性背景之後，很精確的掌握了項羽與項梁的「乘勢起隴畝之中」行動本質，其動機既非出於「天下苦秦久矣」是對於暴政與苦難的反抗；更非如張良「以大父、父五世相韓故」，「悉以家財求客刺秦王，爲韓報仇」㊳的，以「項氏世世爲楚將」因求爲楚報仇，而是出以單純的權力意志。因此司馬遷首先敍述：

項籍少時，學書不成，去，學劍，又不成。項梁怒之。籍曰：「書，足以記名姓而已；劍，一人敵，不足學——學萬人敵！」於是項梁乃教籍兵法。籍大喜，略知其意，又不肯竟學。

這一段小故事相當具有啓示性，一方面表現了項羽豪放不羈的性格外觀，一方面則不但點破了項羽性格核心的權力意志，以及他的表現權力意志的基本型態：「敵」。這一點不但透過底下：

秦始皇帝游會稽，渡浙江，梁與籍俱觀。籍曰：「彼可取而代也！」梁掩其口：「毋妄言！族矣！」梁以此奇籍。

的一段得到更進一步的確證。同時只要參照「高祖本紀」中關於劉邦的類似的記載：

高祖常繇咸陽，縱觀，觀秦皇帝，喟然太息曰：「嗟乎！大丈夫當如此也！」

其中的意趣就格外明顯。雖然二人所表現的都是不達「天下宰」不肯罷休的絕對的權力意志，但是劉邦的「大丈夫當如此也」所反映的就是一種自我期許的認同；而項羽的「彼可取而代也」，正如「一人敵」、「萬人敵」的「敵」所呈現的就是一種人我對立的征服意識。任從這種與人對立的征服意志的結果，就是司馬遷所以批評他「奮其私智而不師古，謂霸王之業，欲以力征經營天下」㊴的畢生大錯。而在上述的對比中，多少也說明了劉邦的終於能夠在罵完了：「迺公居馬上而得之，安事詩書！」之餘，因陸賈：「居馬上得之，寧可以馬上治之乎？且湯、武逆取而以順守之，文武並用長久之術也。昔者吳王夫差、智伯極武而亡；秦任刑法不變，卒滅趙氏。鄉使秦已幷天下，行仁義法先聖，陛下安得而有之！」的一番話，雖然「不懌而有慙色」的醒悟㊵；但項羽終於只是視「書，足以記名姓」㊶，「不足學」，而僅能居馬上治天下了。這種性格與胸襟的差異，正是所以造成了一個爲開國之君；一個終於只是亡國之將的主要原因。因爲人我對立的征服意識，永遠只導引人走向「勝人者有力」的向外馳逐，甚至無法開發出雖然同爲外傾的「知人者智」，畢竟知人的智原也是一種涵容而自我擴充的心靈。而唯有自我期許的認同，乃能導致「自知者明」、「自勝者強」、「強行者有志」的明、強、有志，亦卽人格的能夠隨着環境的需要而逐步開展成長㊷。項羽的「勝人者有力」的本性，事實上已在接續的敘述中更清楚的暗示了出來：

籍長八尺餘，力能扛鼎，才氣過人。雖吳中子弟，皆已憚籍矣！

雖然我們不必如姚祖恩以爲：「才氣過人」：「史公一生得意此四字，其列籍本紀亦坐此。」㊸，然而誠如「淮陰侯列傳」中韓信在拜爲大將後所言：「項王之爲人也，項王喑噁叱咤，千人皆廢」，項羽確實可以稱爲「才氣過人」的。但是他的「才氣過人」終不免於因爲他的對立、征服的意志而成爲一種「盛氣凌人」：「雖吳中子弟，皆已憚籍矣！」，才是這段敘述的眞正意旨之所在。司馬遷在「項羽本紀」中絕口不提：「項王見人，恭敬慈愛，言語嘔嘔，人有疾病，涕泣分食飮」㊸、「項王爲人恭敬愛人，士之廉節好禮者，多歸之」㊹的「勇」、「悍」、「強」之外的「仁」性格㊺，其實是有深意的。因爲項羽的恭敬慈愛的一面，對於他的成敗興壞而言，並沒有構成眞正決定性的影響。相反的，在「陳涉等起大澤中」，「江西皆反，此亦天亡秦之時也」的混亂歲月裏，眞正具有關鍵性的決定因素，反而是會稽守通所謂的：「吾聞：先卽制人，後則爲人所制」的行動原則，項羽的成功以此，項羽的失敗也因有背於此。而「先卽制人，後則爲人所制」正是一種權力意志的最爲赤裸裸的表現，涉及的正是性格的強悍與暴力的有效應用：

梁乃出誡籍，持劍居外待。梁復入與守坐，曰：「請召籍，使受命召桓楚。」守曰：「諾。」梁召籍入。須臾，梁眴籍，曰：「可行矣！」於是籍遂拔劍斬守頭，項梁持守頭，佩其印綬。門下大驚，擾亂。籍所擊殺數十百人；一府中皆慴伏，莫敢起。梁乃召故所知豪吏，諭以所為起大事。遂舉吳中兵，使人收下縣，得精兵八千人。

會稽守通謂項梁曰：「吾欲發兵使公及桓楚將」而羔來的竟是殺身之禍，這不但是由於「後則爲人所制」的盡失機先，亦由於他的缺乏知人之明，完全不能瞭解項梁的性格中所具有的權力意志的本質，正如范增後來在劉邦身上所發現的：「沛公居山東時，貪於財貨，好美姬；今入關，財物無所取，婦女無所幸：此其志不在小」。司馬遷早在先前的：

> 項梁殺人，與籍避仇於吳中。吳中賢士大夫，皆出項梁下。每吳中有大繇役及喪，項梁常為主辦；陰以兵法部勒賓客及子弟，以是知其能。

之敍述中，暗示了項梁項羽叔姪決不是輕易甘於屈居人下而爲人將兵的角色，所以接着就敍述了項羽的「彼可取而代也」的狂言與「梁以此奇籍」。但是這種高度的權力意志，卻可以因爲時機的不成熟或者基於一時的權宜與方便而採取受人節制的形態潛藏。因此，項梁起先接受了廣梁人召平矯陳王命所拜的楚王上柱國；後來則更因范增的建議立了楚懷王孫心。

項梁的立楚懷王孫一事，對於自認可取秦始皇而代之的項羽來說，不能不算是他的權力意志所遭遇到的一種波折與逆轉。這一方面牽涉到項梁的格局的有限：

> 項梁起東阿，西，比至定陶，再破秦軍，項羽等又斬李由，益輕秦，有驕色。宋義乃諫項梁曰：「戰勝而將驕卒惰者敗。今卒少惰矣；秦兵日益：臣為君畏之。」項梁弗聽。

戰勝而驕正所以顯示項梁的器小易盈，志氣不高。另一方面則因項梁受到了「今君起江東，楚蠭起之將皆爭附君」此一事實的蠱惑。這件事實所牽涉到的其實只是權力意志的大小與有無而已，但是項梁卻因陳涉之死而爲范增所誤引。司馬遷因此特地詳細的敍述了陳嬰的「以兵屬項梁」的始末：

> 陳嬰者，故東陽令史。居縣中，素信謹，稱為長者。東陽少年殺其令，相聚數千人，欲置長，無適用，乃請陳嬰；嬰謝不能，遂彊立嬰為長。縣中從者得二萬人。少年欲立嬰便為王。異軍蒼頭特起。陳嬰母謂嬰曰：「自我為汝家婦，未嘗聞汝先古之有貴者。今暴得大名，不祥。不如有所屬。事成，猶得封侯；事敗，易以亡，非世所指名也。」嬰乃不敢為王。謂其軍吏曰：「項氏世世將家，有名於楚。今欲舉大事，將非其人不可。我倚名族，亡秦必矣。」於是衆從其言，以兵屬項梁。項梁渡淮，黥布蒲將軍亦以兵屬焉；凡六七萬人，軍下邳。

陳嬰的願以二萬人之衆而自屬僅有八千精兵的項梁，主要的只是「素信謹」的性格本來就缺乏強烈的權力意志，再加以「事成，猶得封侯；事敗，易以亡，非世所指名也」先慮自保後求成功的慈訓，不敢自立爲王而已，原本就是出於「所謂因人成事者」的碌碌之輩的一種自然反應。他的自附於項梁，其實只是看上了「項氏世世將家，有名於楚」，不但「名族」原就有其號召力如陳涉的利用項燕之名；更重要的在戰亂征伐之際，是否知兵習兵實爲存亡成敗的關鍵。例如陳涉因「周文，陳之賢人也，嘗爲項燕軍視日，事春申君，自言習兵」，就「與之將軍印，西擊，行收兵至關，車千乘，卒數十萬」，成爲陳涉伐秦的主力；而周文的戰敗自剄，事實上也直接影響到假王吳叔的因「驕，不知兵權，不可與計，非誅之，事恐敗」而被殺與陳涉的終於滅亡。因此依附於「世世將家」具有淵源家學的知兵者，原就遠比投靠驟立爲王初次用兵的人要更爲穩妥。並且：

吳中賢士大夫，皆出項梁下。每吳中有大繇役及喪，項梁常為主辦；陰以兵法部勒賓客及子弟，以是知其能。

梁部署吳中豪傑為校尉，候，司馬。有一人不得用，自言於梁。梁曰、「前時某喪。使公主某事，不能辦。以此不任用公。」衆乃皆伏。

項梁不但嫻熟兵法而且早有部署，不僅其能可知而且賞罰任用分明足爲衆伏，於是由陳嬰開始，黥布、蒲將軍等亦紛紛歸附。項梁被軍力由於歸附自八千人而驟然增加爲六七萬人的不勞而穫所惑，又因「章邯軍至栗，項梁使別將朱雞石餘樊君與戰。餘樊君死；朱雞石軍敗，亡走胡陵。項梁乃引兵入薛，誅雞石」，顯然又要陷入「陳王先首事。戰不利，未聞所在」，以至於「聞陳王定死」的覆轍。一則因利而惑；一則因害而懼，遂爲范增的一番說詞所動：

居鄛人范增，年七十，素居家，好奇計；往說項梁曰：「陳勝敗固當。夫秦滅六國，楚最無罪。自懷王入秦不反，楚人憐之至今。故楚南公曰：『楚雖三戶，亡秦必楚』也。今陳勝首事，不立楚後而自立，其勢不長。今君起江東，楚蠭起之將皆爭附君者，以君世世楚將，為能復立楚之後也。」於是項梁然其言，乃求楚懷王孫心，民間為人牧羊，立以為楚懷王，從民所望也。

對照陳嬰與范增的說辭，所同者皆爲「世世將家」，所異者陳嬰強調項氏的只是「世世『將』家」，亦卽在於「知兵」，因此由情勢的需要而言是「今欲舉大事，將非其人不可」，所關心的只是「我倚名族，亡秦必矣」，所謂憂在亡秦而已；但范增卻強調了「世世『楚』將」，因而推引出「爲能復立楚之後也」。陳勝之立原以張楚爲王，因此在諸侯之國紛紛立王之際，陳王卽是楚王而已。而楚既已有王，此所以項梁無法復自立，而寧願接受召平所矯陳王命拜爲楚王上柱國。因此，「當是時，秦嘉已立景駒爲楚王，軍彭城東，欲距項梁」時，項梁的反應就格外的激昂慷慨：

項梁謂軍吏曰：「陳王先首事。戰不利，未聞所在。今秦嘉倍陳王而立景駒，大逆無道。」乃進兵擊秦嘉。秦嘉軍敗走，追之；至胡陵，嘉還戰，一日，嘉死，軍降。景駒走死梁地。項梁已幷秦嘉軍。

在項梁幷秦嘉軍，景駒與陳涉皆死之餘，楚遂無王，正是項梁自立的大好時機。因此，「項梁聞陳王定死，召諸別將會薛計事。此時沛公亦起沛，往焉」，所要商量的原是復立楚王一事。當時項梁顯然頗有自立爲楚王之意，但以陳王的前車之鑑，以及陳嬰等人的歸附之實，終於在范增的游說下立楚懷王孫爲楚懷王。由「從民所望也」一語，加上使「陳嬰爲楚上柱國，封五縣，與懷王都盱台」，而項梁則「自號爲武信君，居數月，引兵攻亢父」等事看來，顯然立楚後並非項梁的本心，范增言陳勝首事，「其勢不長」，所諫的正是項梁的打算

「不立楚後而自立」，因此立懷王原即是藉以作爲號召的傀儡；而國勢未定即先封陳嬰，亦正所以勸勉以兵來屬的歸附者。蘇東坡「志林」論范增以爲：

項氏之興也，以立楚懷王孫心；而諸侯叛之也，以弑義帝。且義帝之立，增為謀主矣；義帝之存亡，豈獨為楚之盛衰，亦增之所與同禍福也。未有義帝亡，而增獨能久存者也。

故「增之去，當於羽殺卿子冠軍時也」，因爲「方羽殺卿子冠軍，增與羽比肩而事義帝，君臣之分未定也。爲增計者，力能誅羽則誅之，不能則去之。豈不毅然大丈夫也。」洪邁亦批評范增以爲：「增始勸項氏立懷王，及羽奪王之地已而殺之，增不能引君臣大誼爭之以死」：其實都未能眞正掌握范增說項梁的本質。范增原非有愛於楚後，必欲立而效其忠誠。這不過是好奇計者范增爲了一時方便，所替項梁構設的權宜之計罷了。只是范增雖然「年七十，好奇計」，但其識見終究只與酈食其爲撓楚權，而在項羽急圍劉邦滎陽之時所設想的復立六國後世的計策相彷彿而已，都是只求一時方便而終未能如張良的識得大體，眞正深謀遠慮。因此其結果正如張良諫劉邦所謂：「誰爲陛下畫此計者，陛下事去矣！」，而劉邦在開悟之餘，亦忍不住要「輟食吐哺，罵曰：『豎儒幾敗而公事！』」了㊻。范增此謀之害，誠如凌稚隆所言：

按增勸項氏第一事，惟立楚懷王心，不知項世楚將，懷王立，則項當終其身為驅馳，增謂羽能堪之乎？必不能堪，將置懷王於何地？卒之羽弒懷王；而漢之滅羽，因始終以懷王為說。是懷王之立，反為漢地耳。蓋懷王立，則羽不能不弒逆，羽弒逆則羽不容不滅，然則項之所以失天下，非增勸立懷王一事悞之耶？㊼

因此范增的缺失並不如洪邁所言：「增蓋戰國從橫之餘，見利而不知義者也」㊽，相反的，正在於其識見不遠，未足言智！

因而在項梁兵敗身死之際，項梁所留給項羽的並不是一份豐厚的資產，而是一大堆難題。立懷王的結果，使得懷王終於能趁項梁軍破方死士卒恐懼之便襲奪了項羽原可繼承的一切兵權：

沛公項羽去外黃，攻陳留；陳留堅守，不能下。沛公項羽相與謀曰：「今項梁軍破，士卒恐。」乃與呂臣軍俱引兵而東。呂臣軍彭城東，項羽軍彭城西，沛公軍碭。

楚兵已破於定陶，懷王恐，從盱台之彭城，并項羽呂臣軍自將之。以呂臣為司徒，以其父呂青為令尹，以沛公為碭郡長，封為武安侯，將碭郡兵。

懷王「并項羽呂臣軍自將之」其實只是表面文章，正因「首立楚者，將軍家也」，所以懷王必須襲奪項羽手中的兵權，方才可以突破傀儡的身分，因此并軍自將而「以呂臣爲司徒，以其父呂青爲令尹」正是所以拉攏呂臣父子，藉以挾制項羽，而「以沛公爲碭郡長，封爲武安侯，將碭郡兵」則一方面自有拉攏之意，一方面亦正顯示，懷王除了針對項羽之外，對於其餘諸將則不具防範之心，因而順理成章的取代了項羽的位置，繼承了項梁原有的政治資本。在「高祖本紀」中更記載：

> 令沛公西略地入關，與諸將約，先入定關中者王之。當是時秦兵彊，常乘勝逐北，諸將莫利先入關。獨項羽怨秦破項梁軍，奮願與沛公西入關。懷王諸老將皆曰：「項羽為人慓悍猾賊。項羽嘗攻襄城，襄無遺類，皆阬之；諸所過無不殘滅。且楚數進取，前陳王、項梁皆敗，不如更遣長者，扶義而西，告諭秦父兄矣。秦父兄苦其主久矣，今誠得長者往毋侵暴，宜可下。今項羽慓悍，今不可遣。獨沛公素寬大長者，可遣。卒不許項羽，而遣沛公西略地，收陳王、項梁散卒，乃道碭至成陽……。

關於項羽爲人慓悍猾賊而劉邦素寬大長者，因而決定捨項羽遣劉邦一事，我們不能說完全沒有客觀的事實作依據。但是朱自清在「史記菁華錄讀法指導大概」中的意見，顯然也是非常值得我們考慮的：

> 「互見」的體例，又常用來掩護作者，以免觸犯忌諱。事實上是這樣，而在作者所處的地位，卻不容不說那樣，否則便觸犯忌諱；於是也用「互見」的辦法，使讀者參互

求之，自得其真相。例如遷對於高祖項羽兩人，他的同情似乎完全在項羽方面，但他是漢朝的臣子，不容不稱讚高祖；因此，他寫兩人就運用「互見」的體例，大概從正面寫時，高祖是一個長者，而項羽是一個暴君，從側面寫時，便恰正相反。「高祖本紀」開頭說高祖「仁而愛人」，這是正面。在其他篇章裏，便常有相反的記載。「張丞相傳」裏記載周昌對高祖說：「陛下卽桀紂之主也」；「佞倖列傳」裏直說「高祖至暴抗也」；此外見於「張耳陳餘列傳」「魏豹彭越列傳」「淮陰侯列傳」「酈生傳」裏的，不一而足。從這許多記載，讀者可以見到高祖怎樣的暴而無禮，恰正是「仁而愛人」的反面。「蕭相國世家」裏記載蕭何請把上林中空地，讓人民進來耕種，高祖大怒，教廷尉論蕭何的罪，其後對蕭何說：「相國休矣！相國為民請苑，吾不許，我不過為桀紂主，而相國為賢相；吾故繫相國，欲令百姓聞吾過也。」「桀紂主」的話，高祖自己也說出來了，可見高祖連假裝「仁而愛人」的心思也並不存的。「高祖本紀」裏說：「懷王諸老將皆曰：『項羽為人僄悍滑賊』」，這是正面。在其他篇章裏，便也常有相反的記載。「陳丞相世家」裏記載陳平對高祖說：「項羽為人，恭敬愛人，士之廉節好禮者多歸之」，「淮陰侯列傳」裏記載韓信對高祖說：「項羽見人，恭敬慈愛，言語嘔嘔，人有疾病，涕泣分食飲」，便在「高祖本紀」裏，也留着王陵的「項羽仁而愛人」一句話。陳平韓信都是棄楚歸漢的人，王陵的母親在楚死於非命，他們三個人對於項羽，當然不會有過分的好評；把他們的話合起來看，項羽「恭敬愛人」該是真的，恰正是「僄悍滑賊」的反面。讀者若不把各篇參看，對於高祖項羽兩人，就得不到真切的認識。

至於「項羽別攻襄城，襄城堅守不下；已拔，皆阬之」誠然屬實，但是劉邦的記錄也不好：起於沛之時，書帛射城上謂沛父老，即屢言：「今屠沛」、「不然父子俱屠」，而項羽、高祖兩紀俱載：「使沛公、項羽別攻城陽，屠之」，再看「高祖本紀」中：周市略地謂雍齒：「守豐不下，且屠豐」，與「是時秦將章邯、從陳別將司馬卬，將兵北定楚地，屠相至碭」等的記載，可見這是當時流行的作爲，並不完全由於項羽的性格。但所謂懷王諸老將的一番說詞，雖然不必如同瀧川資言所謂：

> 愚按懷王之立也，楚亡臣來歸者必衆，所謂諸老將是也。使懷王并呂臣項羽軍，以宋義為上將軍，遣沛公入關者，概皆此等老將所為。

但是以上三事，顯然其目的都在防止項羽領兵而獨自擁有兵權。尤其故意在「與諸將約，先入定關中者王之」的條件下，甚至不許項羽「與沛公西入關」，更是有意剝奪項羽王關中的機會。所以，以爲「今項羽僄悍，今不可遣」，不遣項羽獨自西入關是可以說有關大局的考慮，不可厚非；但連項羽的「奮願與沛公西入關」的請求亦皆不許，則懷王君臣的敵意或至少是防範之心就很顯明了。而其中原因，由先言項羽爲人「僄悍猾賊」而終言「項羽僄悍」，可見眞正顧忌的就是項羽的僄悍。司馬貞「索隱」曰：「說文云：僄，疾也，悍，勇也。」並是項羽的善戰本色，原來並無壞意，其義一如淮陰侯韓信所謂的「勇悍仁強」的「勇悍」。但是「猾賊」二字，正如瀧川資言「考證」引：「王念孫曰：猾，黠惡也，酷吏傳：寧成猾賊任威是也」則充分反映了懷王君臣由顧忌提防而生的對於項羽的敵視與惡意了。這種敵意正種下了後來項羽「使使徙義帝長沙郴縣，趣義帝行。其羣臣稍稍背叛之。乃陰令衡山臨江王擊殺之江中。」的悲劇成因。畢竟，項羽原是個極具權力意志的人，而項梁死時留給他的資產，竟是一個後來被他奉爲亞父的范增，一個雖然年老而仍然性情急燥，雖然好奇計而其實不識大體，專走偏鋒的二流策士，以及一個虎視眈眈，既不友善，又不便公然反抗的名分上的大包袱：懷王及其羣臣。這些矛盾終於鑄成了項羽的悲劇情境。

五、項羽的崛起與其權力意志的缺失

項羽雖然「才氣過人」，但是除非他能號召羣衆，組織羣衆，他仍然只是一個孤獨的個人，無法伸張一己的權力意志。在政治資本旁落的時日，他只有靜以待變，等待時機。懷王的一個缺乏經驗的錯誤，給了他眞正崛起的機會：

初宋義所遇齊使者高陵君顯在楚軍，見楚王曰：「宋義論武信君之軍必敗，居數日，軍果敗。兵未戰而先見敗徵，此可謂知兵矣。」王召宋義與計事而大說之，因置以為上將軍；項羽為魯公，為次將，范增為末將，救趙。諸別將皆屬宋義，號為卿子冠軍。

懷王任用宋義的輕易倉卒以及錯誤，前人早有所論，如楊愼曰：

> 將驕必敗，亦不待宋義能知。高陵以書生張皇口語，何謂知兵！義帝之不振，高陵為之也。

如鍾惺曰：

> 宋義實無所能，止以一語偶中，遂授之重任，古今倉卒中用人，往往如此。

如穆文熙曰：

> 楚王拜義為大將，亦甚輕易。羽於此時必有不平之意。故于救趙時竟斬之也，豈獨以其遲留哉！[49]

因此姚祖恩「史記菁華錄」卽評爲：「懷王殊非妮妮下人者，然此眞孟浪之舉」。這種錯誤正與陳涉任武平君如出一轍：

> 陳王初立時，陵人秦嘉、銍人董緤、符離人朱雞石、取慮人鄭布、徐人丁疾等皆特

起，將兵圍東海守慶於郯。陳王聞，乃使武平君畔爲將軍，監郯下軍。秦嘉不受命，嘉自立爲大司馬，惡屬武平君，告軍吏曰：「武平君年少，不知兵事，勿聽。」因矯以王命，殺武平君畔。

這裏一方面牽涉到倉卒立王，「知兵」之將一時難覓；因此能見敗徵，卽算「知兵」；另一方面則是雖然名號爲王，甚至拜將，其實王與將皆無眞正的羣衆基礎。而當時的情勢，誠如劉邦所謂：「天下方擾，諸侯竝起。今置將不善，壹敗塗地。」，對於士卒羣衆而言，所以歸附，正因「以應諸侯，則家室完，不然父子俱屠」，因此他們對於將領的要求正「恐能薄不能完父兄子弟」㊿，必須眞正能夠被堅執銳，佈陣用兵方才可以算是「知兵」「習兵」。但是懷王因爲忌憚項羽「僄悍」，故意不用「知兵」「習兵」的項羽，而將大軍專屬於宋義，更增項羽的不平之意，亦給項羽製造了崛起的機會：

行至安陽，留四十六日，不進。項羽曰：「吾聞秦軍圍趙王鉅鹿。疾引兵渡河；楚擊其外，趙應其內，破秦軍必矣。」宋義曰：「不然，夫搏牛之蝱，不可以破蟣蝨。今秦攻趙，戰勝，則兵罷，我承其敝；不勝，則我引兵鼓行而西，必舉秦矣。故不如先鬥秦趙。夫被堅執銳，義不如公；坐而運策，公不如義。」因下令軍中曰：「猛如虎，狠如羊，貪如狼，彊不可使者，皆斬之。」乃遣其子宋襄相齊。身送之至無鹽，飲酒高會。

宋義的留安陽四十六日不進，雖然自有一番說辭51。但其「搏牛之蝱不可以破蟣蝨」一語，卽使誠如司馬貞「索隱」所云：「言蝱之搏牛，本不擬破其上之蟣蝨，以言其志在大不在小也」，而「不可以破」四字，卻已充分表明了心中不敢與章邯軍戰的怯意；「被堅執銳，義不如公」等語，更是充分的顯露了宋義的自知不能作戰的缺陷，明白的意識到自己的解說並不能眞正服人，因此只好以「坐而運策，公不如義」勉強搪塞。甚至因爲項羽建議：「吾聞秦軍圍趙王鉅鹿。疾引兵渡河；楚擊其外，趙應其內，破秦軍必矣」卽下令軍中：「猛如虎，狠如羊，貪如狼，彊不可使者，皆斬之」，不但是是非不分，賞罰不明，更是完全反映了宋義的被項羽無意中刺痛了心病的惱羞成怒，以及他的其實極端缺乏自信，自知無法駕御的色厲內荏。這種不具實際內涵的虛聲恫嚇，不但顯示了宋義根本不知軍令爲何物，更且簡直不知軍隊如何指揮。尤其「猛如虎、狠如羊、貪如狼」數語，旣侮辱項羽爲野獸，更在無意中流露出他內心對於項羽的忌憚與恐懼；等於在激惹鼓勵項羽來攻擊他，並且更天眞的是，他竟然相信就憑這樣的一句「皆斬之」，卽可以嚇住「猛如虎、狠如羊、貪如狼」的項羽，而能令他「彊」且「可使」。甚至在衝突之後，毫無戒心的以統帥之身，輕易的離開部隊，使部隊脫離了自己的掌握：「身送之無鹽，飲酒高會」，終於給了項羽可乘之機：

天寒大雨，士卒凍饑。項羽曰：「將戮力而攻秦，久留不行。今歲饑民貧，士卒食芋菽，軍無見糧，乃飲酒高會，不引兵渡河，因趙食，與趙并力攻秦，乃曰『承其敝』。夫以秦之彊，攻新造之趙，其勢必舉趙。趙舉而秦彊，何敝之承！且國兵新破，王坐不

> 安席，埽境內而專屬於將軍。國家安危，在此一舉。今不恤士卒而徇其私，非社稷之臣。」項羽晨朝上將軍宋義，即其帳中斬宋義頭。

宋義不但不知用兵，而且顯然犯了帶兵者的大忌，即所謂「不恤士卒而徇其私」。古今名將所以成功，能與士卒同甘共苦，如吳起之爲將，「與士卒最下者同衣食，臥不設席，行不騎乘，親裹贏糧，與士卒分勞苦。卒有病疽者，起爲吮之」[52]；如魏尚爲雲中守，「其軍市租，盡以饗士卒，私養錢，五日一椎牛，饗賓客軍吏舍人，是以匈奴遠避」[53]；如李廣「廉，得賞賜輒分其麾下，飲食與士共之」，「廣之將兵：乏絕之處，見水，士卒不盡飲，廣不近水；士卒不盡食，廣不嘗食」[54]，所謂「廉平盡能得士心」[55]，往往與號令嚴明，賞罰公平，同爲善於用兵之外的必要條件。因此飲食雖爲小事，卻往往是軍心所繫。所以，「士卒食芋菽，軍無見糧」而自身卻「飲酒高會」，正是宋義所以失部屬之擁護，雖然被斬而「諸將皆慴服，莫敢枝梧」。在這一點上，淮陰侯韓信所謂：「項王見人，恭敬慈愛，言語嘔嘔，人有疾病，涕泣分食飲」，正可以略見項羽平素恤士卒之一斑。再加上號令嚴明：「項羽乃悉引兵渡河，皆沉船破釜甑燒廬舍，持三日糧，以示士卒必死無一還心」，用兵得當：「於是至則圍王離。與秦軍遇，九戰，絕其甬道，大破之」，因此不但能夠得到軍隊的擁護，而且更能充分的發揮士卒的內在潛力：「及楚擊秦」，「楚戰士無不一以當十。楚兵呼聲動天，諸侯軍無不人人惴恐」，終於達成其輝煌超凡的功業：

於是已破秦軍，項羽召見諸侯將。入轅門，無不膝行而前，莫敢仰視。項羽由是始為諸侯上將軍，諸侯皆屬焉。

項羽晨朝上將軍宋義，卽其帳中斬其頭一事，初看似與拔劍斬會稽守頭，擊殺數十百人，一府中皆慴伏，莫敢起相類，其實意義並不相同，雖然司馬遷仍然強調了項羽的威勢：「當是時，諸將皆慴服，莫敢枝梧」，但是底下的：「皆曰：『首立楚者，將軍家也，今將軍誅亂！』」正間接的反映出，經由前面項羽的一大段說詞之後，項羽已經得到了士卒的擁護。在那人人揭竿而起的混亂時日，誰能得到士卒羣衆的擁護，誰就可以爲將稱王。項梁在會稽守府起事，不免憑恃項羽的善擊能殺，純是權力意志的表現與武力的懾服。但在項羽的「彼可取而代也」，斬殺宋義之際，卻更包涵了足以使羣衆悅服的理性見識。它首先重申了羣衆起義的宗旨：「將戮力而攻秦」，卽所謂：「天下初發難也，俊雄豪桀，建號壹呼，天下之士，雲合霧集，魚鱗襍遝，熛至風起。當此之時，憂在亡秦而已。」[56]，原與羣雄個人的建功立業、爭逐富貴的權力意志、野心無涉。而「歲饑民貧，士卒食芋菽，軍無見糧」的困境，唯有引兵渡河因趙食方爲解決之道；並且以國兵新破的慘痛經驗來闡釋：諸侯唯有合作，方可免於爲章邯所各個擊破——項梁兵敗之前，曾有「齊遂不肯發兵助楚」之事，這層意思雖然沒有明說，但卻可由再三提到：「楚擊其外，趙應其內，破秦軍必矣」、「將戮力而攻秦」、「國兵新破、王坐不安席」、與「國家安危在此一舉」裏見出——這些闡析皆一一切合情勢，足以號召羣衆，喚起士卒內心的共鳴，所以董份曰：

項羽學書無成，今所見若此，雖學士大夫之論，亦不過是。其卒能誅暴秦、霸諸侯，橫行天下，豈獨以力哉！然由此專事殺戮，其亡也固宜。㊼

劉劭「人物志」「英雄」篇亦以爲：

必聰能謀始，明能見機，膽能決之，然後可以為英，……氣力過人，勇能行之，智足斷事，乃可以為雄，……若一人之身兼有英、雄，則能長世，高祖、項羽是也。

因此正如劉劭在同篇中所謂：「力能過人，勇能行之，而智不能斷事，可以爲先登，未足以爲將帥」，項羽在項梁誠眴之下斬會稽守頭時，其格局器宇自是不能與斬宋義頭時相提並論，同日而語。這裏不但反映了項羽的成長，更是項羽的內在本色的脫穎而出、眞正呈現。在這初次崛起的獨立行動中，項羽不但反映了他性格中所具有的特別明顯的力與勇的一面；更且顯示了他所同時具有的智與仁的一面。司馬遷就在這一事件的敍述中，恰如其份的導引我們透過這種兩面性來掌握所謂「殺慶救趙」與「誅嬰背懷」的本質，以瞭解「鴻門之宴」與「垓下之圍」的意義。也就在這一點上，項羽的悲劇才不僅只是「權力意志」的悲劇而同時是「人性掙扎」的悲劇。項梁之死引不起我們多大的同情，而項羽之死卻令我們深爲感動。這不但是出於司馬遷的刻意表現與否，更重要的正是兩人性情本質的差異。項梁除了格局有限的權力意志之外，其人格中實在缺乏值得讓人同情共感的人性品質。但項羽卻是遠非如此，雖然權力意志仍然是性格的主線，但他的其他的人性傾向卻一樣的強烈，因此透過它們彼此之間的掙扎與衝突，遂形構了項羽的功敗垂成，位雖不終，然卻臨難不苟，自甘滅亡而從容就死的悲劇形相。

因此在殺慶救趙的過程，非常值得我們注意的是項羽最初的進言：「吾聞秦軍圍趙王鉅鹿。疾引兵渡河；楚擊其外，趙應其內，破秦軍必矣。」當時雖然項梁軍新破，士卒振恐，但是由項羽的「破秦軍必矣」的口吻看來，顯然他並不因此而對章邯的大軍有所畏懼，這裏一方面顯示他的勇略過人；一方面也反映出項羽的獨怨秦破項梁軍奮願與秦軍戰的心理。同時在這之前，項梁已有「與齊田榮司馬龍且軍救東阿」並且有過田假亡走楚，而項梁以「田假爲與國之王，窮來從我，不忍殺之」，因此不肯殺之以市於齊的事件與經驗，顯然項氏亦有對於同時起義者的同仇敵愾的一種道義感。而「項梁乃以八千人渡江而西」，原卽是應召平「江東已定，急引兵西擊秦」之命。而渡江後的第一項行動亦卽是「聞陳嬰已下東陽，使使與連和俱西」。因此連和起義的諸侯西擊秦，原本是項氏的基本態度；而對於所連和之諸侯的馳援往救，亦正是項氏之仁而足以作爲號召的精神表現。一句「吾聞秦軍圍趙王鉅鹿」正可見出對於趙王作爲盟友的關切，與宋義的「不如先鬥秦趙」的冷漠疏離，正是大相逕庭。救趙一戰，終於使項羽擢升爲諸侯上將軍，諸侯皆屬焉，不只由於項羽與楚軍的英勇善戰，聲威氣勢銳不可當，亦正由於項羽的這種能急人危困，反映爲「戮力而攻秦」的行動與主張。

而項羽之進言中，最重要的更是顯現項羽原本無意斬殺宋義。正如項羽的「彼可取而代也」是在見到「秦始皇帝游會稽渡浙江」而發的當下反應，項羽的許多作爲都是一種受到情境刺激所生的當下反應，而顯然的缺乏一種處心積慮的長遠計劃。所以項羽的殘暴，甚至許多可以被視爲罪惡的行爲，固然都不能不說亦是出於他的性格的本質，亦即他性格中所特殊具有的強烈的權力的意志使然，但事實上卻更是他的意志受到挫折，受到外界明顯的挑激的結果。所以，他別攻襄城，因「襄城堅守不下」，故「已拔，皆阬之」；他向宋義進諫，但宋義不但不採納，反而「下令軍中：『猛如虎、狠如羊、貪如狼，彊不可使者，皆斬之』」，因而「斬宋義頭」；他因「糧少」而聽章邯約，卻因「秦吏卒多竊言曰：『章將軍等詐吾屬降諸侯，今能入關破秦，大善；卽不能諸侯虜吾屬而東，秦必盡誅吾父母妻子』」，擔憂「秦吏卒尚衆，其心不服，至關中不聽，事必危」而「阬秦卒二十餘萬人」；至於「項羽引兵西屠咸陽，殺秦降王子嬰，燒秦宮室，火三月不滅。收其貨寶婦女而東」，瀧川資言「考證」說得好：

> 項羽楚人，旣失其祖，又失其季父，怨秦入骨；其入咸陽，猶伍子胥入郢，殺王屠民燒宮殿，以快其心者，亦不足異，謂之無深謀遠慮可也；謂之殘虐非道者，未解重瞳子心事。又按此時沛公年已五十，思慮旣熟；項羽年二十加六，血氣方剛，彼接物周匝稹密，不敢妄動；此當事真摯勇決，任意徑行，是二人成敗之所以分也。

項羽的弑殺義帝[58]，亦因「項王使人致命懷王。懷王曰：『如約。』」，仍然要剝奪項羽已在鴻門之宴所得的戰果，遂「乃尊懷王爲義帝」而謂諸將相曰：「天下初發難時，假立諸侯後以伐秦。然身被堅執銳首事，暴露於野三年，滅秦定天下者，皆將相諸君與籍之力。義帝雖無功，故當分其地而王之。」，以「先王諸將相」的方式，奪回淪於義帝名下的項氏手定之地「自王」，因而「自立爲西楚霸王，王九郡，都彭城」，而「使人徙義帝曰：『古之帝者，地方千里，必居上游。』乃使使徙義帝長沙郴縣，趣義帝行。」其動機原或如朱東潤「史記考索」所謂：

> 項羽尊懷王為義帝，徙之於郴，猶是項梁立懷王都盱台之遺意，尊以空號，置之閒散之地，而不奉其號令，如是而已，非有意殺之也。59

但其後卻因「其羣臣稍稍背叛之」，「乃陰令衡山、臨江王擊殺之江中」。李廷機一口咬定：

> 或問項羽當滅秦之後，使項梁若在，能帝梁而為之臣乎？予竊謂羽必殺梁。何以知之？梁為章邯敗死，羽略無痛梁之心，亦無忿邯之意；分封列侯，而首建章邯為雍王，則德之也。況羽以偏裨殺主將宋義，以臣弑其君義帝，亦何有於叔！60

就是只見到項羽的權力意志的一面，而未注意到項羽的暴虐性行爲完全出現於意志受到挫折，從某方面來說正是一種被激怒狀態的報復性行爲。司馬遷很精確的掌握了項羽的這種行爲特質，因此一連串的記載了項羽的這種充滿了攻擊性的發怒：

至函谷關，有兵守關，不得入；又聞沛公已破咸陽，項羽**大怒**，使當陽君等**擊**關。沛公左司馬曹無傷，使人言於項羽曰：「沛公欲王關中，使子嬰為相，珍寶盡有之。」項羽**大怒**曰：「旦日饗士卒，為**擊**破沛公軍。」

項羽聞漢王皆已并關中且東，齊趙叛之，**大怒**。

漢使張良徇韓，乃遺項王書曰：「漢王失職，欲得關中如約，卽止不敢東。」又以齊、梁反書遺項王曰：「齊欲與趙并滅秦。」楚以此故無西意，而北**擊**齊。

項羽遂北至城陽，田榮亦將兵會戰。田榮不勝，走至平陽。平原民殺之。**遂北燒夷齊城郭室屋，皆阬田榮降卒，係虜其老弱婦女**，徇齊至北海，**多所殘滅**。

楚下滎陽城，生得周苛。項王謂周苛曰：「為我將，我以公為上將軍，封三萬戶。」周苛罵曰：「若不趣降漢，漢今虜若，若非漢敵也。」項王**怒烹周苛，并殺樅公**。

項王患之，為高俎，置太公其上，告漢王曰：「今不急下，吾烹太公。」漢王曰：「吾與項羽俱北面受命懷王，曰：「約為兄弟。」吾翁卽若翁，必欲烹而翁，則幸分我一桮羹。」項王怒欲殺之。

楚挑戰三合，樓煩輒射殺之。項王大怒，乃自被甲持戟挑戰。

漢王數之，項王怒欲一戰。漢王不聽。項王伏弩射中漢王。

乃東行，擊陳留外黃，外黃不下。數日，已降，項王怒，悉令男子年十五已上詣城東，欲阬之。

此外如因說者批評他不王關中曰：「人言楚人沐猴而冠耳，果然。」，「項王聞之烹說者」，如紀信為漢王誑楚出滎陽，「項王燒殺紀信」等，雖然文中不言怒，而其怒自見。這皆一再的強調了項羽的對敵的權力意志的一種基本型態，他不能容許別人對他的意志保有或表現為一種反抗，這種反抗立卽的促成他的憤怒，在憤怒中他永遠只有攻擊性的行為：擊、擊破、燒夷、係虜、阬、烹、殺、挑戰、戰、射、燒殺，而且這種攻擊的行為由於出自憤怒，所以往往因為遷怒而擴大其範圍與對象，如「怒烹周苛，并殺樅公」，如「大怒」「擊齊」，因殺田榮不得，「遂北燒夷齊城郭室屋，皆阬田榮降卒，係虜其老弱婦女，徇齊至海，多所殘滅」。對於沒有能力防衛自己的觸犯者，或者無辜的受遷怒者而言，項羽的這種攻擊性反應，顯然就是一種絕對的殘暴了。雖然項羽未必即是天生涼薄冷酷，質性殘忍嗜血的凶暴之徒。

至於李廷機所提到的首建章邯爲雍王一事，其實正反映了項羽這種權力意志性格的另一面。項羽極爲無法忍受他人對他的反抗，但是卻極受別人所表現的順服，依投等行爲的影響，因此往往表現爲過度的仁慈。司馬遷對立章邯爲雍王一事的前後因果有極爲細膩的描寫：

> 秦軍數卻。二世使人讓章邯。章邯恐，使長史欣請事。至咸陽留司馬門三日，趙高不見，有不信之心。長史欣恐，還走其軍，不敢出故道。趙高果使人追之，不及。欣至軍報曰：「趙高用事於中，下無可為者。今戰能勝，高必疾妬吾功；戰不能勝，不免於死。願將軍孰計之。」陳餘亦遺章邯書曰：「白起為秦將，南征鄢郢，北阬馬服，攻城略地，不可勝計，而竟賜死。……今將軍內不能直諫，外為亡國將，孤特獨立，而欲常存，豈不哀哉？將軍何不還兵與諸侯為從，約共攻秦，分王其地，南面稱孤。此孰與身伏鈇質，妻子為僇乎？」章邯狐疑，陰使候始成使項羽，欲約，約未成。項羽使蒲將軍日夜引兵渡三戶。軍漳南與秦戰，再破之。項羽悉引兵擊秦，軍汙水上，大破之。章邯使人見項羽欲約。項羽召軍吏謀曰：「糧少，欲聽其約。」軍吏皆曰：「善。」項羽乃與期洹水南殷虛上。已盟，章邯見項羽而流涕，為言趙高。項羽乃立章邯為雍王，置楚

軍中。

由遺書給章邯勸他「何不還兵與諸侯爲從，約共攻秦，分王其地，南面稱孤」的是陳餘而非項羽，以及項羽的「使蒲將軍日夜引兵渡三戶」、「悉引兵擊秦」看來，顯然項羽原來並無與章邯盟約之意。所以「聽其約」一方面是迫於「糧少」的形勢；一方面也是順從軍吏「皆曰：善」的輿情，而最重要的卻是「章邯見項羽而流涕，爲言趙高」的推心依慕，置腹投誠。終於化解了他對章邯的嫌怨，「乃立章邯爲雍王」，若據「高祖本紀」：

或說沛公曰：「秦富十倍天下，地形彊。今聞章邯降項羽，項羽乃號為雍王，王關中。今則來，沛公恐不得有此，可急使兵守函谷關，無內諸侯軍，稍徵關中兵，以自益距之。」

則項羽不但首立章邯爲雍王，而且更有王章邯關中之議，因而終於「三分關中，王秦降將以距塞漢王」：

項羽乃立章邯為雍王，王咸陽以西都廢丘。長史欣者，故為櫟陽獄掾，嘗有德於項梁。都尉董翳者，本勸章邯降楚。故立司馬欣為塞王，王咸陽以東至河，都櫟陽。立董翳為翟王，王上郡，都高奴。

章邯之於項羽，誠如朱東潤「史記考索」所論，不但「項羽王秦降將三秦，所以備漢也，而雍王章邯爲之率」，而且：

> 索須昌侯趙衍功狀：「漢王元年初起漢中，雍軍塞陳謁上，上計欲還，衍言從他道，道通。」雍軍塞陳謁上，漢表作：「塞渭上。」形近，謁字誤。是則章邯軍威赫然，故高祖狐疑，有欲還之意。又索平棘侯執功狀：「斬章邯所署蜀守。」是則邯不特能守，且有攻漢之勢也。
>
> 漢王以元年八月出漢，定三秦，都櫟陽，塞王欣翟王翳皆降，章邯獨守廢丘，其後漢王出關，下河內，虜殷王，劫五諸侯兵入彭城，而章邯猶以一隅，支持西北，處於肘腋之間，至二年六月始下，章邯自殺。假令其間項王遂得天下，則章邯之功大矣。

若再參照「項羽本紀」：

> 項王乃謂海春侯大司馬曹咎等曰：「謹守成皋。則漢欲挑戰，慎勿與戰。毋令得東而已！……」……。漢果數挑楚軍戰，楚軍不出；使人辱之，五六日，大司馬怒，渡兵汜水。士卒半渡，漢擊之，大破楚軍，盡得楚國貨賂。大司馬咎、長史（翳、塞王）欣皆自剄汜水上。大司馬咎者，故蘄獄掾；長史欣，亦故櫟陽獄吏：兩人嘗有德於項梁，

是以項王信任之。

與「高祖本紀」於楚軍大破漢軍睢水之後，所謂：「當是時，諸侯見楚彊漢敗還，皆去漢復為楚。塞王欣亡入楚。」及「漢書」「高帝紀」：「諸侯見漢敗，皆亡去。塞王欣翟王翳降楚」等等的記載，則三秦王大抵始終是傾心向楚而效忠項羽的，並不像「當陽君黥布，為楚將，常冠軍，故立布為九江王」，受了項羽之封，卻在項羽「北擊齊，徵兵九江王，布稱疾不往，使將將數千人行」之餘，彼此有隙，甚至因此倒戈相向，援投劉邦。雖然由於才力情勢所限，他們的效忠並未能達成預期或具有任何實質的功能。但能夠化敵為友，厚待歸降，酬庸有功，雖或不能免於韓信所謂「以親愛王諸侯」，「不能任屬賢將」，甚至「婦人之仁」之譏，但從純粹的人性反應看，項羽的這種作為亦自有其高貴之處。同時，若是屏除了成敗之謀、利害之見，項羽與三秦將，尤其是與章邯、長史欣之間，何嘗不是一段充滿人性光輝、人情溫暖的佳話。

其實項羽在新安與黥布、蒲將軍計曰：「秦吏卒尚衆，其心不服，至關中不聽，事必危，不如擊殺之。而獨與章邯、長史欣、都尉翳入秦。」一事，最能顯示項羽權力意志性格的特殊的兩面性。阬秦卒二十餘萬，是因「其心不服」，不殺章邯等三人，甚至王關中而不自取，正為其心已服。針對著其心已服的敵人，項羽不但顯得太過仁慈；面對著其心不服的羣衆，項羽亦顯得太缺乏深謀遠慮，以致不能保全自己人格形相的完整。也就是說，項羽基本上是個「惡負約」而不想使用詐術，甚至不會使用詐術的人，但是未能深思情勢的意義與演變的機宜，往往導致在形勢的變化之下，反而必須明顯的做出有違初衷而爲天下所指責的過錯來。「詐阬秦子弟新安二十萬，王其將」⑥就是這類過錯中的最明顯的例子。這件事情不但見於劉邦所數項羽的十大罪狀，並且顯然是絕對的缺乏政治的遠見，誠如韓信拜將的對策所云：

三秦王為秦將，將秦子弟數歲矣，所殺亡不可勝計。又欺其衆降諸侯，至新安，項王詐阬秦降卒二十餘萬，唯獨邯、欣、翳得脫。秦父兄怨此三人，痛入骨髓。今楚彊以威王此三人，秦民莫愛也。大王入武關，秋毫無所害，除秦苛法，與秦民約法三章耳。秦民無不欲得大王王秦者。於諸侯之約，大王當王關中。關中民咸知之。大王失職入漢中，秦民無不恨者。今大王舉而東，三秦可傳檄而定也。

所以項羽的「王秦降將以距塞漢王」的構想，在阬了秦降卒二十餘萬之後，簡直可以說是猶如抱薪救火，火上加油。而且就以常情而論，殺已降之卒，即使不視爲是一種罪惡，至少亦已顯示了一種人格上的明顯缺陷。司馬遷在「李將軍列傳」中，對「李廣無功緣數奇」⑫所做的一個解釋正是殺降卒：

諸廣之軍吏及士卒，或取封侯。廣嘗與望氣王朔燕語曰：「自漢擊匈奴，而廣未嘗不在其中。而諸部校尉以下，才能不及中人，然以擊胡軍功取侯者數十人。而廣不為後人，然無尺寸之功以得封邑者，何也？豈吾相不當侯邪？且固命也？」朔曰：「將軍自念，豈嘗有所恨乎？」廣曰：「吾嘗為隴西守，羌嘗反。吾誘而降，降者八百餘人。吾詐而同日殺之。至今大恨，獨此耳！」朔曰：「禍莫大於殺已降。此乃將軍所以不得侯者也。」

但是項羽的防秦卒，自然是缺乏政治上的手腕，但在當時的情勢下，或許亦有不得不然的必要。這一點只要參照劉邦張良的作爲就可以瞭解，據「高祖本紀」：

遣魏人甯昌使秦。使者未來。是時章邯已以軍降項羽於趙矣。初項羽與宋義北救趙，及項羽殺宋義，代為上將軍，諸將黥布皆屬；破秦將王離軍，降章邯，諸侯皆附。及趙高已殺二世，使人來，欲約分王關中。沛公以為詐，乃用張良計，使酈生、陸賈往說秦將，啗以利，因襲攻武關破之。又與秦軍戰於藍田南，益張疑兵旗幟。諸所過毋得掠鹵。秦人憙，秦軍解，因大破之。又戰其北，大破之。乘勝遂破之。漢元年十月，沛公兵遂先諸侯至霸上。

劉邦的平定關中，西入咸陽，實得力於遣使秦而不聽趙高約，以及「乃用張良計」。其中「遣魏人甯昌使秦」一事，亦見「秦始皇本紀」：「沛公將數萬人，已屠武關，使人私於高」。而所謂張良計，則詳見於「留侯世家」：

西入武關，沛公欲以兵二萬人擊秦嶢下軍。良說曰：「秦兵尚彊，未可輕。臣聞其將屠者子。賈豎易動以利。願沛公且留壁；使人先行，為五萬人具食，益為張旗幟諸山上，為疑兵；令酈食其持重寶啗秦將。」秦將果畔，欲連和俱西襲咸陽。沛公欲聽之。良曰：「此獨其將欲叛耳。恐士卒不從。不從必危。不如因其解擊之。」沛公乃引兵擊秦軍大破之。逮北至藍田再戰。秦兵竟敗。遂至咸陽。

其中的要點正在「此獨其將欲叛耳，恐士卒不從，不從必危」，項羽聽章邯之約的情形正是如此，而周圍沒有深謀遠慮之士，遂不能「因其解擊之」，終於必須防秦卒於已降之後，雖然都一樣的消除了敵對的戰力，一樣都包涵了欺騙或出爾反爾的行徑，但一則以此成就功業而坐收威望；一則終不免於背負惡聲，離失民心，其間的差別正在政治遠見的有無，以及價值觀的差異。

司馬遷事實上已經很清楚的詮釋了「秦吏卒尚衆，其心不服」的主因乃是：

諸侯吏卒異時故繇使屯戍過秦中，秦中吏卒遇之多無狀；及秦軍降諸侯，諸侯吏卒乘勝多奴虜使之，輕折辱秦吏卒。

因此而導致：

> 秦吏卒多竊言曰：「章將軍等詐吾屬降諸侯。今能入關破秦，大善；卽不能，諸侯虜吾屬而東，秦必盡誅吾父母妻子。」

但由秦吏卒所竊言的內涵看來，其實是驚恐憂懼多於憤懣不服。項羽在「諸將微聞其計，以告項羽」之際，只顧慮到「秦吏卒尚衆」，若「其心不服」，「至關中，不聽」所構成的嚴重的威脅：「事必危」，因而當機立斷，先發制人：「不如擊殺之」，預除後患；反應雖快，但終究只是停留在針對「知其然」而反應；並未能深一層的去思索：「其心」所以「不服」，而從「知其所以然」的根本原因來尋求解決；例如禁止諸侯吏卒奴虜折辱秦吏卒，以各種方式安定秦吏卒的憂心等。這不但是缺乏政治警覺，而且也由於聽章邯之約降，原就是出於「糧少」的無奈，並非本心初衷。更重要的是項羽在基本心態上亦與「乘勝多奴虜使之，輕折辱秦吏卒」的「諸侯吏卒」一樣，充滿了對於秦人的怨恨以及報復的心理，他的「引兵西屠咸陽；殺秦降王子嬰；燒秦宮室，火三月不滅」就是最好說明，這使他終於陷入看不見秦吏卒所以不服的盲點，而只能採取「擊殺之」的對策。而在有名有姓，可以面對面直接談心交往的少數將領，與渾沌一片，不知不識只能間接影響的廣大羣衆吏卒之間，項羽只顧慮「獨與章邯、長史欣、都尉翳入秦」，重視降將而不及降卒；劉邦雖與趙高、與秦將約，而終於皆背約襲攻，卻同時注意「諸所過毋得掠鹵」而謀使廣大羣衆的「秦人憙」，「秦軍解」。這裏正反映出他們去取的不同，項羽基本上比較重視的仍是貴族政治的人格相感的關係，因此羣衆，尤其是敵方的羣衆是不足數的；劉邦則已經體認到六國滅亡而秦的統一崩解，在陳勝吳廣揭竿而起之後，羣衆所廣泛具有的政治醒覺以及左右全局的力量，因此羣衆是他所全力爭取的，尤其是關中秦國的羣衆。所以劉邦可以「將數萬人，已屠武關」，但是一入咸陽，即「封秦重寶財物府庫，還軍覇上」，「召諸縣父老豪桀」，「與父老約法三章耳」，「餘悉除去秦法」，「諸吏人皆案堵如故」，強調「凡吾所以來，爲父老除害，非有所侵暴，無恐」，又對秦人獻饗軍士「讓不受」，一再使「秦人大喜」、「又益喜，唯恐沛公不爲秦王」。而這整個事情的關鍵，正在劉邦充分的自覺：「吾與諸侯約，先入關者王之，吾當王關中」，因此處心積慮的市恩秦民，收買拉攏關中的民心。但是項羽則起先未有自王關中的念頭，因此漫無節制的發洩了他對秦人的怨恨，既阬秦降卒於前，又燒秦宮室，殺秦降王子嬰於後。秦王子嬰是在降劉邦軹道旁：

諸將或言誅秦王。沛公曰：「始懷王遣我，固以能寬容，且人已服降，又殺之，不祥。」乃以秦王屬吏。㊸

未爲劉邦所殺害的。㊹所以在項羽「收其貨寶婦女而東」之際：

人或說項王曰：「關中阻山河四塞，地肥饒，可都以霸。」項王見秦宮室皆以燒殘破，又心懷思欲東歸曰：「富貴不歸故鄉，如衣繡夜行；誰知之者？」

項羽雖或曾經動念，但卻始終未曾深思熟慮積極爭取的，司馬遷接著旁述遊說者對於項羽的批評：

說者曰：「人言，楚人沐猴而冠耳，果然。」

其文雖不雅訓，但是「楚人」二字，其實最能反映項羽的心事。項羽始終未能一刻或忘自己是「楚人」，他想做的也只是富貴的「楚人」而不是統治天下，以天下爲家的天子。這種器字的不夠恢宏，固然反映了項羽權力意志的基本性質與限制，所以他能恤楚士卒，號召楚兵而崛起，但後來卻因不能收服秦民與齊民而種下了他的敗亡之因。但說者的批評不直稱項羽，而逕言「楚人」，顯然也強調了項羽所承襲的「楚人」的文化特質。這裏不但批評了楚人的，誠如楚武王所謂的：「我蠻夷也」㊅，有異於中原文化的民族精神；在項羽的招致如此批評的答話中，其實亦正廻響了「鍾儀幽而楚奏」㊆，或者屈原「橘頌」中所謂「受命不遷生南國兮，深固難徙更壹志兮」的，楚人所特有的「不背本」，「不忘舊」的對於鄉土地域的深切認同。這種強烈的地域與種族的認同，再加上「九歌」「國殤」中所謂的「誠既勇兮又以武，終剛強兮不可凌」的特殊的民族性格，遂使楚南公在敗亡之際而猶言：「楚雖三戶，亡秦必楚」，而終於在項羽的領導之下，發爲救趙之際：

至則圍王離，與秦軍遇，九戰，絕其甬道，大破之。……當是時，楚兵冠諸侯。諸侯軍救鉅鹿下者十餘壁，莫敢縱兵。及楚擊秦，諸將皆從壁上觀。楚戰士無不一以當十。楚兵呼聲動天，諸侯軍無不人人惴恐。

楚兵的絕異英勇的表現。這種種楚人的民族特質與歷史背景，——例如，所謂：「夫秦滅六國，楚最無罪。自懷王入秦不反，楚人憐之。」⑰——正都是項羽為楚人領袖的政治籌碼。楚兵的以一當十，能夠以寡擊衆的英勇善戰，固然是項羽的力量之所在；但是楚人，甚至六國吏卒對於秦人的深痛惡絕，誠如王世貞所云：

項氏之阬秦也，僇嬰也，天其伸六國乎？雖然不可以訓！⑱

也就同時成為項羽的權力意志之所無法擺脫的負擔。徐孚遠說得好：

漢祖以懷王之約，欲收秦父老之心，故行寬厚；項王已坑降秦卒，又從諸侯入關，欲報數世之怨，不得不行屠戮：雖仁暴不同，亦處勢然也。⑲

並且若再參照「高祖本紀」：

漢王之國，項王使卒三萬人從。楚與諸侯之慕從者數萬人。從杜南入蝕中，去輒燒絕棧道，以備諸侯盜兵襲之；亦示項羽無東意。至南鄭，諸將及士卒多道亡歸。士卒皆歌思東歸。韓信說漢王曰：「項羽王諸將之有功者，而王獨居南鄭，是遷也。軍吏士卒皆山東之人也，日夜跂而望歸，及其鋒而用之，可以有大功。天下已定，人皆自寧，不可復用，不如決策東鄉，爭權天下。」

也就是「淮陰侯列傳」中所謂的：「以義兵從思東歸之士，何所不散」，則「心懷思欲東歸」的其實並不只是項羽，而顯然就是「深固難徙」的楚軍，甚至是全體山東軍吏士卒的共同願望。因此項羽終於在「引兵西屠咸陽」之後，放棄了關中，並且在關中源源不絕的人力物力的支援劉邦下，走上了敗亡之路。

六、項羽的抉擇與其倫理品質的初現

項羽身為項燕之孫，原即與秦有世仇；而在項梁兵敗身死之餘，舊恨復加新仇，「獨項羽怨秦破項梁軍」；並且在當時，「秦兵彊，常乘勝逐北」[70]，面對著成則侯王，敗則滅亡的生死榮辱的危險關頭，誠如蒯通所謂：「當此之時，憂在亡秦而已」。就在這一點上，項羽背負的家恨國仇，以及個人的權力意志，顯然正與時代羣衆的需要配合：「天下初發難也，俊雄豪桀連號一呼，天下之士雲合霧集，魚鱗雜遝，熛至風起」[71]，加上他的英勇善戰，先是引領楚兵救趙成功，又復統帥諸侯軍打敗由章邯所率領的秦軍主力，一直到章邯投降之前，展示在項羽眼前的道路都是明顯的：領導羣衆，打敗秦軍，推翻暴秦的帝國統治。

但在章邯基於個人原因，於將欲叛而士卒未必從的情形下歸降之際，項羽遭遇到了眞正嚴重而困難的選擇：章邯與其所統率的部隊，就是大破項梁軍，導致項梁死亡，而獨使項羽怨恨的將領與軍隊。司馬遷很巧妙的大費筆墨的去描寫章邯如何在「二世使人讓章邯」，以及章邯如何「使長史欣請事」，如何受趙高猜忌，以及陳餘如何遺書等等的情形下，以致「章邯狐疑」，陷入困難的抉擇，而終於「陰使侯始成使項羽，欲約」。相反的卻隱藏了項羽面對章邯欲約時的心理掙扎，而只以短短數語直述約成的經過：

項羽召軍吏謀曰：「糧少，欲聽其約。」軍吏皆曰：「善。」項羽乃與期洹水南殷虛上。已盟。章邯見項羽而流涕，為言趙高。項羽乃立章邯為雍王。

在這個約成選擇的過程中，司馬遷很清楚的交待了章邯的動機背景，所以他的行動是很容易理解的，幾乎任何人處在章邯的情境都會做相同的選擇。但是在「項羽悉引兵擊秦軍汙水上，大破之」之餘，而項羽竟召軍吏謀曰：「欲聽其約」，甚至以陳餘遺書：「將軍何不還兵與諸侯爲從，約共攻秦，分王其地，南面稱孤」的條件，「已盟」「乃立章邯爲雍王」，其間的心理歷程，則幾乎是不加詮釋的隱晦。雖然司馬遷提供了「糧少」的客觀現實與「軍吏皆曰善」的其他立場的意見。但這些未必就構成項羽如此決定的十分充足的理由。在這種簡省所造成的隱晦裏，其實正反映了項羽的心靈深度與性格秘密。司馬遷的筆墨省略之處，正是事件的引人玩味，發人深省之處。

同樣的效果，亦見於「鴻門宴」、「垓下圍」等處的描寫。特別是「鴻門宴」，司馬遷的筆墨始終圍繞著項羽周圍的范增、項伯、劉邦、張良，甚至樊噲等人轉，但作爲中心的項羽的意向卻是隱晦的。什麼是司馬遷要讀者們從行動的結果，「如人飲水，冷暖自知」的去任人自行得之的項羽的面臨抉擇的心理的奧秘呢？是不是，正是司馬遷所想正面肯定而未必方便出口的一種倫理精神上的高貴？因爲這種高貴，顯然是可以在見仁見智的情形下，被視爲是一種功利智謀的不足，或者偏狹情志的不堅。李廷機的批評項羽「略無痛梁之心，亦無忿邯之意」就是個明顯的例子。

在「糧少，欲聽其約」短短的一句話裏，只要對照先前的「約未成，項羽使蒲將軍日夜引兵度三戶，軍漳南，與秦戰，再破之」，「項羽悉引兵擊秦軍汙水上，大破之」的「日夜引兵」、「悉引兵」積極熱切的行動，就可以意識到這種導致所有行動，在進行得最爲順利之際，竟然戛然而止的「糧少」一事的嚴重性。而此處的「糧少」，以及全篇之中，一再出現的：

章邯令王離涉閒圍鉅鹿。章邯軍其南，築甬道而輸之粟。

「今歲饑民貧，士卒食芋菽，軍無見糧。……」

項羽乃悉引兵渡河，皆沈船，破釜甑，燒廬舍，持三日糧，以示士卒必死，無一還心。於是至則圍王離，與秦軍遇，九戰，絕其甬道，大破之。

項羽大怒曰：「旦日饗士卒，為擊破沛公軍。」

漢軍滎陽，築甬道屬之河，以取敖倉粟。漢之三年，項王數侵奪漢甬道，漢王食乏，恐，請和。

紀信乘黃屋車傅左纛，曰：「城中食盡，漢王降。」

漢王得淮陰侯兵，欲渡河南。鄭忠說漢王，乃止壁河內，使劉賈將兵佐彭越，燒楚積聚。

漢王則引兵渡河，復取成皋，軍廣武，就敖倉食。

彭越數反梁地，絕楚糧食，項王患之。

是時，彭越復反，下梁地，絕楚糧。項王乃謂海春侯大司馬曹咎等曰：「謹守成皋，則漢欲挑戰，愼勿與戰，毋令得東而已。我十五日必誅彭越，定梁地，復從將軍。」乃東。

大司馬怒，渡兵汜水，士卒半渡，漢擊之，大破楚軍，盡得楚國貨賂。

是時漢兵盛食多，項王兵罷食絕。漢遣陸賈說項王，請太公。項王弗聽。漢王復使侯公往說項王。項王乃與漢約，中分天下。

張良陳平說曰：「漢有天下太平，而諸侯皆附之。楚兵罷食盡，此天亡楚之時也，不如因其饑而遂取之。……」

項王軍壁垓下，兵少食盡。漢軍及諸侯兵圍之數重。

可見糧食之有無多寡，不但影響軍隊之戰志與戰力，而且正與軍隊之衆寡一樣，是兩軍對壘之際的勝負關鍵。誠如姚祖恩在「是時，漢兵盛食多，項王兵罷食絕」下批以：「成敗大關目」[72]，或凌稚隆所謂：

按太史公敍漢，曰取敖倉粟，曰就敖倉食，曰兵盛食多；敍楚曰燒楚積聚，曰絕楚糧食，曰兵罷食絕，曰兵罷食盡，曰兵少食盡，皆紀中關鍵當玩。⑬

糧食與兵衆的多少，正都代表了英雄的才情之外，所不能變更的客觀現實。在項羽欲聽章邯所約之際，章邯顯然並不缺糧，雖然屢爲楚破，但若以新安楚軍夜擊阬秦卒二十餘萬人的記載看，實在仍爲兵盛食多。而項梁之敗，亦不僅項梁的「益輕秦，有驕色」或「今卒少惰矣」的「戰勝而將驕卒惰」而已，亦由於「秦兵日益」，「秦果悉起兵益章邯」。因此，當時項羽的軍隊，若以後文：「當是時，項羽兵四十萬，在新豐鴻門，沛公兵十萬，在霸上」參照，自當多於章邯；但章邯當時的兵衆卻也加倍於劉邦。而項羽於大怒，「爲擊破沛公軍」之際，仍需先行「且日饗士卒」，則糧食的重要可知；而面對仍有二十餘萬人的秦軍，自身卻又「糧少」的危機，亦可想見。因此，這裏的「糧少」，正如後來楚漢鬥爭之際的「食絕」、「食盡」一樣，正是項羽的主觀意志所不能違拗扭轉的命運的必然性。也就是懷海德所謂的：「事物無情活動的嚴肅性」，即是命運的律令之物理的定律，正是無情的無可逃避的「成敗興壞之理」。項羽選擇了接受他的命運，不念舊惡的接納章邯的約降。雖然茅坤以爲：

置邯楚軍中，此羽之狐疑，不足以定天下處。⑭

但卻誠如所約的立章邯爲雍王，甚至封於關中。這裏正反映項羽的作爲悲劇英雄的接納自己的命運，超越一己之愛憎的爲自己的命運負責，因此雖非出自初衷，亦終不逃避，終不反悔的誠信的精神。相同的接受這種客觀義理的約縛，把道德律視同自然律，或者命運的必然性，而加以遵循的精神，亦見於鴻門宴之際的內心掙扎。悲劇英雄之異於喜劇人物的，正在於他的缺乏喜劇人物的「人情翻覆似波瀾」⑮的出爾反爾以及基於一時方便的取巧，因而達致的一種行爲的嚴肅與人格的一貫。而從鴻門宴開始，司馬遷顯然是有意塑造劉邦爲一喜劇人物而與項羽作爲一個悲劇英雄的特質對照的。喜劇人物往往是成功者，但悲劇英雄所贏得的卻往往只是倫理精神的昂揚與自覺，正是一種「夕死可矣」的「朝聞道」⑯。

當項羽接受了章邯的約降，而沛公又已破咸陽，「行略定秦地」之際，亡秦遂不再是首要的大問題。項羽當時身爲諸侯上將軍，不僅「威震楚國，名聞諸侯」，並且事實上擁有當時最爲強大的一支武力。在秦帝國的秩序崩解之餘，事實上也只有靠武力才能重建新的社會秩序。因此，項羽所面臨的不僅是一種「舍我其誰」的情況，並且是第一次可以不受外力限制，而可以盡情實現其權力意志，因而正是只有赤裸裸的面對自我，而所做出來的必然就是自我塑形、自我創造之抉擇的關鍵時刻。在這何去何從的決定性時刻，他所面對的主要的誘惑以及抉擇，正是：他是否要任從自己的權力意志作無止境的橫決，也就是「有席卷天下，包舉宇內，囊括四海之意，并吞八荒之心」⑰；或者他要以某種原則，或某種義理做爲他的權力意志的界限？並且與此相關的是，他是否要無所不用其極的在爲了達成其權力意志之實現的過程中，不受任何限制的不擇手段，只求成功；或者他寧可維持某種基於人性價值，因而廣義來說亦是一種倫理價值的限制，甚至不惜冒犯遭致失敗的危險，因而終究說來，超越了對於權力意志的完全投注，而委身於某種更高的人性品質，一種自我抉擇的倫理價值的實踐？

但是「行略定秦地，至函谷關，有兵守關，不得入」的阻滯；「又聞沛公已破咸陽」的落後，暫時使項羽只陷入挫折的「大怒」之中：「使當陽君擊關，項羽遂入，至于戲西」，而無暇眞正的去面臨一己之抉擇。同樣的，曹無傷的傳言：「沛公欲王關中，使子嬰爲相，珍寶盡有之。」更使項羽頓時墮入心血白費，一切的奮鬥皆成落空的境地。瀧川資言的「考證」引：

梁玉繩曰：「范增曰：『沛公入關，財物無所取。』沛公謂項伯曰：『吾入關，秋毫不敢有所近，藉吏民封府庫，而待將軍。』、樊噲謂項羽曰：『沛公入咸陽，毫毛不敢有所近，封閉宮室，還軍霸上。』、又高祖紀謂：沛公『封秦重寶財物府庫』，是高祖之不取秦寶物，皆張良樊噲一諫之力，而曹無傷珍寶盡有之語，徒以媚羽求封耳。

因而辨以：

但蕭何世家云：「沛公至咸陽，諸將皆爭走金帛財物之府分之。」然則曹無傷之言，未盡虛妄。謝項羽之玉璧，與亞父之玉斗，高祖何從得之？可知非毫無所取也！

其實在曹無傷的傳語之中，眞正重要的並不在第三句的「珍寶盡有之」，因爲這本來就只是曹無傷的小人見識；事關緊要的卻是在前的兩句：「沛公欲王關中，使子嬰爲相」。誠如鯫生所言：「距關毋內諸侯，秦地可盡王也」，若沛公王關中，依據前引「高祖本紀」：「今聞章邯降項羽，項羽乃號爲雍王，王關中」，則項羽勢必失信於章邯。而若以子嬰爲相，則推倒暴秦的種種努力與奮鬥，遂成除了襄助劉邦自立爲秦王之外，別無意義。這不但牽涉到項羽權力意志之受挫，更且是與號召紛紛起義的各地諸侯，從約聯合抗秦之「弔民伐罪」、「分王其地」的意理絕不相容，因而正是諸侯與諸侯軍所絕對不能接受的結局。所以：

> 項羽大怒，曰：「旦日饗士卒，為擊破沛公軍。」

雖然言辭簡單，其實是極具深意，這不但反映了項羽當機立斷，劍及履及的行動性性格，事實上也正是項羽身爲諸侯上將軍對於背叛諸侯軍之叛徒劉邦所應有的嚴正立場。但是，范增說項羽曰：

> 「沛公居山東時，貪於財貨，好美姬。今入關，財物無所取，婦人無所幸：此其志不在小。吾令人望其氣，皆為龍虎，成五采，此天子氣也，急擊勿失。」

的一番話，卻使得項羽的嚴正立場變質，只成了項羽與劉邦兩人的權力鬥爭。整個鴻門宴的歷程，正是項羽隱涵在心的諸侯領袖的嚴正立場與純粹的權力鬥爭之誘惑的掙扎的過程。然而這一過程卻是起於一種偶然：

楚左尹項伯者，項羽季父也，素善留侯張良。張良是時從沛公。項伯乃夜馳之沛公軍，私見張良，具告以事，欲呼張良與俱去，曰：「毋從俱死也！」

因爲雖然項羽的立場或許未必同於范增，但在準備擊破沛公軍的結論上卻是一致的。在這裏司馬遷微妙的捕捉了呈現在人類歷史上命運的神秘性，彷彿充滿了偶然，但在偶然的情景之中，似又涵蘊著勢當如此的必然。項伯原來只因，誠如張良所言：

「秦時與臣游。項伯殺人，臣活之。今事有急，故幸來告。」

僅是爲了報答當年「常（嘗）殺人，從良匿」⑱的活命之恩，一心一意的在認定沛公軍必定不堪一擊的情形下，不願眼睜睜的看著張良「從俱死」，遂來「具告以事」，「欲呼張良與俱去」，原無給劉邦通風報信的意思。但是以張良和劉邦的關係，張良知道了勢必就會直達劉邦的耳裏：

張良曰：「臣爲韓王送沛公。沛公今事有急。亡去不義，不可不語。」

而以張良的足智多謀，以及劉邦的「沛公殆天授」，「良爲他人言，皆不省」，唯「沛公善之，常用其策」[79]，勢必會想到，而且緊緊抓住大好機會，利用自動送上門來的項伯，藉項伯與項羽的叔姪關係爲自己緩頰求容：

> 良乃入具告沛公。沛公大驚曰：「為之奈何？」張良曰：「誰為大王為此計者？」曰：「鯫生說我曰：『距關毋內諸侯，秦地可盡王也。』故聽之。」良曰：「料大王士卒，足以當項王乎？」沛公默然。曰：「固不如也。且為之奈何？」張良曰：「請往謂項伯，言沛公不敢背項王也。」
>
> 沛公曰：「孰與君少長？」良曰：「長於臣。」沛公曰：「君為我呼入，吾得兄事之。」張良出要項伯。項伯卽入見沛公。沛公奉巵酒為壽，約為婚姻。

在劉邦的深通項伯的人性弱點的刻意拉攏下：

所有劉邦的這些巧妙辯解的話語：

> 曰：「吾入關，秋豪不敢有所近。籍吏民封府庫，而待將軍。所以遣將守關者，備他盜之出入與非常也。日夜望將軍至，豈敢反乎？願伯具言臣之不敢倍德也。」

自然在「項伯許諾」，「復夜去至軍中，具以沛公言報項王」，傳達到了項羽耳中，並且還加上了項伯所因言：

「沛公不先破關中，公豈敢入乎？今人有大功而擊之，不義也。不如因善遇之。」

的一番說詞。而正如項羽的大怒，欲擊破沛公軍，只是依據曹無傷的一段傳言；在劉邦反形未具，叛狀未著的情形下，正是處在事未易明、理未易察的曖昧情況，因而種種的解釋似乎都是可能，亦可接受。這時候人們最容易依據自己的性情與意向而接受符合自己傾向的解釋。因此，所謂「沛公不先破關中，公豈敢入乎？」未免是強詞奪理，但是「今人有大功而擊之，不義也」，卻是隱然說中了項羽自身所採取的嚴正的道義立場。項羽終於未注意項伯私洩軍情，私會沛公內中所涵的玄機[80]，而捨棄了曹無傷所提供的基於事實的眞確情報，以及范增的出於權力鬥爭的利害之謀，而許諾了由項伯所一手促成的鴻門之會。這一方面顯示了項羽的「不能信人，其所任愛，非諸項卽妻之昆弟」[81]，過度的信賴親族故舊的弱點。另一方面劉邦透過了項伯傳達的話語中，一再強調「籍吏民封府庫而待將軍」，「日夜望將軍至」，甚至自己稱「臣」，屢言：「豈敢反乎」、「不敢倍德」，所表現出來的柔順依服，不但滿足了項羽的權力意志，而且顯然亦如章邯見項羽流涕一般的，觸動了項羽性格中「仁而愛人」[82]，「見人恭敬慈愛，言語嘔嘔；人有疾病，涕泣分食飲」[83]的溫柔慈祥的一面。但眞正重要的卻是項羽第一次面臨了選擇的自由：他可以完全不顧項伯的傳言，採取范增建議的「急擊勿失」的立場，以便更迅速而穩固的走向唯我獨尊的權力高峯；他也可以接受項伯建議的「今人有大功而擊之，不義也」的倫理性的說辭，而採取「因善遇之」的態度。他所面臨的正是：要不要把原是團結一體的反抗暴秦的諸侯軍，尤其是楚軍，爲了他個人的權力欲望，以及基於這種權力欲望所滋生的猜忌心，而導引向彼此分裂，自相殘殺的道路？他是否要視昨日一同起義的親密戰友爲「狡兔死，良狗亨；高鳥盡，良弓藏」[84]的新的權力鬥爭的對象。尤其當時劉邦先入關中破咸陽，其功勞之大，正有類陳餘遺章邯書中所謂的：

> 白起爲秦將，南征鄢郢，北阬馬服，攻城略地，不可勝計，而竟賜死。蒙恬爲秦將，北逐戎人，開榆中地數千里，竟斬陽周。何者，功多秦不能盡封，因以法誅之。

也就是蒯通說韓信的：「勇略震主者身危，而功蓋天下者不賞」[85]的情況；因而也正是「今足下戴震主之威，挾不賞之功，歸楚，楚人不信」[86]的態勢。項羽卽使要善遇之，也正是其勢不能以秦地盡封；不以秦地盡封則勢必有背「懷王與諸將約曰：『先破秦入咸陽者王之』」的約定。若以當時一般策士的眼光看，正宜以「急擊」的利劍來解決這糾纏難解的連環。這也幾乎就是范增的見解之所向，雖然范增還加上了「比其志不在小」的顧忌，以及「爲龍虎成五采」的「天子氣」的迷信。但項羽終於在項伯一番簡單的說辭下，改寫了歷史進行的軌迹。他竟然選擇了許諾，對劉邦「因善遇之」的提議。因爲他確實接受了：劉邦在反抗暴秦的戰鬥，確有大功的事實，並且更接納了「今人有大功而擊之」的行爲，誠屬「不義也」的倫理判斷。因此最重要的是，項羽在此面臨抉擇之際，展示了在其權力意志性格的底層，原自涵具的一種眞誠的倫理關切。

缺乏了這種關切，則所有的「義」或「不義」原皆是不足一論或不值一顧的；甚至爲了行事之方便，以及純粹功利目標之達成，亦不妨暫時裝作出一種關切倫理之姿態，例如劉邦在三老董公的遊說之下，「袒而大哭，爲義帝發喪」。因此這種關切的必要條件，其實是所有的行爲決定，必須是一種發自內心的眞誠，因而對自己具有一種拘束力。例如，項羽答應了章邯的盟約，即不再傷害章邯而找章邯報仇。因此我們也正在這種眞誠的倫理關切中，看到項羽性格中：「分食推飲」與「玩印不予」的有若相反相違的性格矛盾的根由。⑰幾乎所有背楚歸漢的主要人物，都以此爲項羽的根本弱點，例如韓信拜將時的獻計：

然臣嘗事之，請言項王之為人也。……項王見人恭敬慈愛，言語嘔嘔；人有疾病，涕泣分食飲。至使人有功，當封爵者，印刓敝，忍不能予：此所謂婦人之仁也。……大王誠能反其道，……以天下城邑封功臣，何所不服？⑱

如陳平答漢王策：

項王為人恭敬愛人，士之廉節好禮者多歸之。至於行功爵邑重之，士亦以此不附。今大王慢而少禮，士廉節者不來。然大王能饒人以爵邑，士之頑鈍嗜利無恥者，亦多歸漢。誠各去其兩短，襲其兩長，天下指麾則定矣。⑧⑨

而王陵論劉項得失，甚至以爲：

陛下慢而侮人；項羽仁而愛人。然陛下使人攻城略地，所降下者，因予之，與天下同利也。項羽妒賢嫉能，有功者害之，賢者疑之；戰勝而不予人功，得地而不予人利；此所以失天下也。

但是劉邦並不以爲然，反而強調：

公知其一，未知其二。夫運籌策帷帳之中，決勝於千里之外，吾不如子房。鎮國家，撫百姓，給餽饟，不絕糧道，吾不如蕭何。連百萬之軍，戰必勝，攻必取，吾不如韓信：此三者皆人傑也，吾能用之，此吾所以取天下也。項羽有一范增而不能用，此其所以為我擒也。⑨⓪

這固然確屬實情，也正是韓信批評項羽爲「然不能任屬賢將，此特匹夫之勇耳」⑨①，或陳平獻計：「顧楚有可亂者，彼項王骨鯁之臣亞父、鍾離昧、龍且、周殷之屬，不過數人耳。大王誠能出捐數萬斤金，行反閒，閒其君臣，以疑其心。項王爲人，意忌信讒，必內相誅。漢因舉兵而攻之，破楚必矣」[92]的要點。但是劉邦的強調知其二而駁斥所謂知其一，固屬棋高一著；其實亦未嘗不是因爲心裏明白：自己的「與天下同利」，誠如張良所論：

> 且天下游士，離其親戚，棄墳墓，去故舊，從陛下游者，徒欲日夜望咫尺之地。今復六國，立韓、魏、燕、趙、齊、楚之後，天下游士，各歸事其主，從其親戚，反其故舊墳墓，陛下與誰取天下乎？[93]

只是藉此驅遣諸侯將士以爲己用的權宜之計，並無眞正給予的誠意，所以亦不妨在尙須用人之際，故示大方。劉邦一再的以「漢方不利，寧能禁信（韓信）之王乎？不如因而立，善遇之，使自爲守，不然變生」，「乃遣張良往，立信爲齊王，徵其兵擊楚」[94]；以「楚兵且破，信、越未有分地，其不至固宜。君王能與共分天下，今可立致也。卽不能，事未可知也。君王能自陳以東傅海，盡與韓信；睢陽以北至穀城，以與彭越，使各自爲戰，則楚易敗」，「於是乃發使者告韓信，彭越曰：『并力擊楚。楚破，自陳以東傅海與齊王；睢陽以北至穀城，與彭相國。』」[95]，但終於在漢六年「遂械繫信，至雒陽赦信罪，以爲淮陰侯」[96]，「十一年，高后誅淮陰侯」，「夏，漢誅梁王彭越醢之，盛其醢，徧賜諸侯」[97]，就是最明顯的例子。

相反的，項羽正因受到一己的眞誠的倫理規範的約束，凡所給予卽爲眞正賜出，亦卽必須信守許諾形同捨棄，故於「行功爵邑重之」而不免「忍不能予」了。這固然可以如牟宗三先生所論：「項羽僵滯於其主觀之氣質，而不能客觀化其生命」[98]，「其病總在沾滯與吝嗇。既沾滯矣，則不能化物；既吝嗇矣，則爲物移。既爲物移，則內輕而外重。既內輕矣，其拔山氣力只是匹夫之勇，血氣也。既外重矣，則嘔嘔之仁只是婦人之仁，故吝而不捨」，因此以爲項羽「雖不可說陰險，而可說狠愎。其所以流於狠愎，總在爲物所繫，而不能化物，故流於狠愎而毀之耳。以物爲累墜，而又不能佔有之，故必毀之而後快。以物爲累墜，言其滯於物而不能化。必欲佔有之，言其私。不能佔有而毀之，言其狠。此皆示其格之不高也。故雖叱咤一世，千人披靡，終爲陰性英雄，而非陽性英雄。及至烏江自刎，亦其狠愎之自己結束耳」[99]：視爲正是項羽人格的絕對汚點。而以爲劉邦所有權宜無誠之計，皆爲「其機常活，故極靈。靈則智生」，以立韓信齊王一事爲「其機之轉如此之速，誠不可及」[100]，「其機之轉如是其速。無沾滯，無吝嗇。彼固不以韓信縈其懷也。前罵非嗇，後罵非詐。兩番嫚罵，正示其擺得開，站得住。超轉無常，而無有足以搖撼之者。此其所以不可及」。因而以爲：「劉邦極靈極活，能超脫而不滯於物，此之謂大勇。雖不能如孟子所稱之武王之大勇，而此亦可謂大勇，此種大勇以天姿靈活而規定。以其極超脫而不滯於物，故不吝嗇，亦不可說殘滅，謂之權詐陰險則更非。須知彼乃逐鹿中原之人物，非聖賢之所爲」。[101]此種論斷，自然別具隻眼，另有會心之處。但牟先生顯然忘了「不誠無物」；而一點都沒有顧慮到，後來眞正「計功割地，分土而王之，以休士卒」的乃是項羽；而始終「復興兵而東，侵人之分，奪人之地，已破三秦，引兵出關，收諸侯之兵，以東擊楚。其意非盡吞天下者不休」，因而挑起遠比推翻暴秦更加漫長的五年兵禍的正是漢王劉邦；當然更不必說他爲了誅殺功臣所引起的至死方休的戰亂了。

正因項羽未具劉邦的「其不知厭足如是甚也」的無限的權力意志[102]，而非常顯然的他是接受「今人有大功而擊之，不義也」的倫理觀念的制約，並且對於自己所允諾的盟約，一直都是誠實信守的；所以當他以諸侯上將軍的身分，作了類似晉文公所謂：「以亂易整，不武」[103]，不導引諸侯軍走向自相殘殺的權力鬥爭之路的抉擇，因此「許諾」了項伯「因善遇之」之際，事實上就已經決定了善待劉邦而了無相害之意。這一點，只要參看：

> 沛公旦日從百餘騎來見項王，至鴻門謝曰：「臣與將軍戮力而攻秦。將軍戰河北；臣戰河南。然不自意能先入關破秦，得復見將軍於此。今者有小人之言，令將軍與臣有郤。」項王曰：「此沛公左司馬曹無傷言之，不然籍何以至此。」

兩人一見面，他對於劉邦的外交辭令的回答：「此沛公左司馬曹無傷言之，不然籍何以至此」。這句話誠如姚祖恩所評：「脫口便盡，畫出直爽來」[104]，但更重要的卻是完全的流露出一片如見故人的毫無敵意，毫無戒心的親密交情來。因此「項王卽日因留沛公與飲」，就完全是一種善意與親密的表現。因而所謂危機四伏，令劉邦、張良步步為營的宴非好宴的「鴻門宴」，就只是項羽麾下僅有令劉邦忌憚而項羽並不能用的范增個人，是劉邦的威脅了。

余英時先生在「說鴻門宴的坐次」一文中，根據「項羽本紀」中：

> 項王卽日因留沛公與飲。項王、項伯東嚮坐，亞父南嚮坐。亞父者，范增也。沛公北嚮坐，張良西嚮侍。范增數目項王，擧所佩玉玦以示之者三，項王默然不應。

以爲「太史公詳述當時坐次決非泛泛之筆，其中隱藏了一項關係甚爲重大的消息」[105]，但因忽略了劉邦到鴻門，原卽是「自來謝項王」，所以強調：「蓋是時（公元前二〇六年）天下未定而劉、項也都不曾稱王，鴻門之會正所以決定領導權誰屬。劉邦不得已冒奇險來會，便是表示願意接受項羽的領導，以示無他；而項羽則是要借此機會收服劉邦。政治上尊卑的考慮，使鴻門宴不復是一個普通賓主飲宴的場合」[106]。因而認定：

> 鴻門宴中項羽東向而坐是一項有意識的行動，他並不把劉邦當作一位平等的賓客看待，而毋寧把他看成自己的部屬。項羽這樣做也是有根據的。沛公初起事時曾從屬於項羽的叔父項梁；項梁旣戰死，項羽自然繼承了他叔父的領導權。何況鴻門宴之時項羽已名正言順地是「諸侯上將軍，諸侯皆屬」呢？但在鴻門宴的坐次中，沛公的「北嚮坐」則更值得注意。依如淳「君臣位，南北面」之說，劉邦顯然是正式表示臣服於項羽之意。[107]

關於項羽視劉邦爲部屬的根據，若以「王召宋義與計事，而大說之，因置以爲上將軍；項羽爲魯公爲次將；范增爲末將救趙。諸別將皆屬宋義」，在項羽斬宋義後，當時諸將「乃相與共立羽爲假上將軍」，「使桓楚報命於懷王，懷王因使項羽爲上將軍」等記載看，則項羽既代宋義爲上將軍，「諸別將皆屬」項羽，亦早已爲理所當然之事。況且在鉅鹿戰後項羽已「爲諸侯上將軍，諸侯皆屬焉」，則除非劉邦有「距關毋內諸侯」而自立爲王，不復自視爲楚軍以及諸侯軍之一部的意思，否則劉邦見項羽亦沒有不自視爲部屬之理。因此，鴻門宴的重點，從客觀的意義上說，並不在劉邦「正式表示臣服於項羽之意」，而是誠如他託項伯傳達的話中所言，是在表示：「豈敢反乎！」以及「臣之不敢倍德也」。是以姚祖恩批以：「反字下得妙，明明以君待羽，以臣自待，其忌不煩解而自釋矣」[108]，並未眞正扣緊劉邦話語中一再稱項羽爲「將軍」而自稱爲「臣」的意義。稱項羽爲「將軍」正所以肯定他的楚之上將軍以及諸侯上將軍的地位，自己稱「臣」正所以確表自己仍爲「皆屬」的「諸別將」或「諸侯」之一，因而表明自己並未有叛楚以及背叛諸侯之意。所以，吳見思評點「項羽本紀」，在「項王、項伯東嚮坐」之下說：「是時東嚮爲尊，見項王自大」[109]，固屬苛責，余英時先生已然辯解甚詳；但是余先生以爲：

> 項羽的最大毛病是政治的器量太小，但決不致自大到不顧禮節的程度。以「見人恭敬慈愛」之語推之，他斷無自據為最尊的東向坐而同時又把劉邦安排在最卑的面北的席位之理。因此從鴻門宴的背景和全部發展過程來看，我們必須承認坐次的最後排定當以項伯在入席前的斡旋調停之力為多，而暗地裏則劉邦的陰忍和張良的智謀也都起了重要的作用。卽使認為項、劉、張三人事先對坐次的安排已有默契，也是情理中所可有之

事。針對著項羽的坦率和自負而言，這是祛其疑而息其怒的最巧妙的一著棋。項羽最後同意自己「東鄉坐」和劉邦「北鄉坐」，這說明他已把劉邦看作他的部屬，並正式接受了劉邦的臣服表示。所以當主客都入坐之時，項羽已不復有殺劉邦之心。

甚至進一步以爲范增與項羽約好的殺人計劃，竟因此一坐次的安排而「竟被對方如此不落痕跡的化解了」，而終於論斷：

鴻門宴是中國歷史上最重大而同時也是最富於戲劇性的事件之一。劉邦旣全身而遁，從此龍歸大海，項羽再也沒有翦除他的機會了。短短四年之後（公元前二〇二年）劉邦終於取得了項羽的天下。事後回顧，劉、項的成敗雖然最後決定於戰場之上，但我們也不妨說，當鴻門宴坐席旣定之際，雙方的勝負已分了。

甚至以爲：「劉邦對項羽說：『吾寧鬥智，不能鬥力』」，「劉邦的話是笑著說的，這大概是因爲心理浮起了鴻門宴坐席的一幕，而項羽則似乎一直到死都是糊塗的」，因此得到以下的結論：

如果没有司馬遷的一枝絕妙的史筆，我們今天最多祇能看到項羽在鴻門宴中所暴露的「婦人之仁」，卻無法知道劉邦、張良怎樣巧妙地利用了項羽的貴族政治的局限性，竟在觥籌交錯之間給予項羽以致命的打擊。⑩

司馬遷描寫鴻門宴，誠如劉辰翁云：

> 敍漢楚會鴻門事，歷歷如目睹。無毫滲漉，非十分筆力，模寫不出。⑪

但其所以「歷歷如目睹」，尤其整個過程中，一再的有：「范增起出召項莊」，「莊則入爲壽」，「項莊拔劍起舞」，「項伯亦拔劍起舞，常以身翼蔽沛公」，「於是張良至軍門見樊噲」，「噲卽帶劍擁盾入軍門」，「噲遂入披帷西嚮立，瞋目視項王」，「沛公起如厠，因招樊噲出」等等進進出出，甚至舞劍，嗔目立視，若不交待各人坐次，如吳見思評點：

> 蓋項王上坐，沛公客居右，亞父陪居左。是時尚右也。張良侍朝上，侍亦坐也。下噲從良坐可見。四面楚楚如畫。⑫

所謂「四面楚楚如畫」，則所有行動遂成模糊影響，不可辨識。因此，姚祖恩所批：

> 無端將坐次描出，次用「亞父」二字，一喚搖擺出「范增也」三字來，便將當日沛公、張良之刺心刺目神情一齊托出紙上。史公冥心獨造之文也。

其中「無端將坐次描出」固屬不確，但是范增、劉邦的南北對坐，「范增數目項王，舉所佩玉玦以示之者三」，必然一覽無餘，正爲後來劉邦謂張良：「玉斗一雙，欲與亞父，會其怒，不敢獻」所本，並且誠如姚祖恩所評：「『會其怒』一語，倒映出方纔席間氣色來，遂令斗酒彘肩一著分外出色」[113]，所以點明了劉、范的對坐，確實加重了不少彼此的緊張氣氛，正如項羽、張良的東西嚮，既明示了張良出入軍門的方便，亦使樊噲「遂入，披帷西嚮立，瞋目視項王，頭髮上指，目眥盡裂」，致「項王按劍而跽」，乃至以下一大段對答的情況，皆更見其劍拔弩張，針鋒相對的氣勢。所以，司馬遷不欲使鴻門宴之敍述栩栩如生則已，否則交待諸人坐次實屬必要。而余英時先生一味以方位尊卑著眼，誠如所論，其次第自當以「考證」所引黃淳耀曰：

鴻門坐次，首項王、項伯，次亞父，次沛公也。

爲近是。但顯然完全未曾顧及，項伯亦與項羽爲「東嚮坐」，如此則所有用來形容項羽與劉邦關係的話語，似亦皆可應用於項伯與劉邦之間了；並且亦顯然忽略了項伯的坐次實高於范增的意義。尤其以爲鴻門宴坐次排定，劉邦「北嚮坐」方爲表示正式臣服於項羽之意，則是完全忽略了，早在劉邦託項伯傳言之時，即已明示：「願伯具言，臣之不敢倍德也」，其臣服之心；而「至鴻門謝」項羽的話中，更是三度自稱爲「臣」，則其臣服之姿態實亦不必全賴坐次方能表達。而項羽的不殺劉邦，實更不必待「與飲」之際坐次的排定。韓信受封爲楚王，「陳兵出入」，其事小於劉邦距關不納諸侯，因「自度無罪，欲謁上，恐見禽」，遂如詔捕鍾離昧，「持其首謁高祖於陳」，未嘗不示臣服，而劉邦立即「令武士縛信載後車」，直至信曰：「果若人言：狡兔死，良狗亨；高鳥盡，良弓藏；敵國破，謀臣亡。天下已定，我固當亨」，高祖方才勉強自解曰：「人告公反」，「遂械繫信」，雖暫時赦以爲淮陰侯，終借陳豨之反，「斬之長樂鍾室」，「遂夷信三族」[114]。項羽待劉邦，若似劉邦待韓信的，原來即有圖謀對付之心，則對於只「從百餘騎來見」的劉邦，根本無需等到「因留與飲」方才動手。而司馬遷於「項羽」、「高祖」兩紀，皆載項羽曰：「此沛公左司馬曹無傷言之，不然籍何以至此」，正明顯的表示項羽並無意「督過之」。而此一決定在「會項伯欲活張良，夜往見良，因以文諭項羽，項羽乃止」[115]，也就是當項羽許諾項伯「善遇之」而「乃止」之際，即已完成。所以「高祖本紀」但記：「亞父勸項羽擊沛公」；而姚祖恩說得好：「若范增之言，本非羽心」[116]。因爲項羽不殺劉邦，其實正由性格中的倫理關切使然。連已然明說了：「懷王者，吾家項梁所立耳；非有功伐，何以得主約」[117]之餘，尚且要「又惡負約」，則自然不屑淪爲「聽細說欲誅有功之人」，所以要以「此沛公左司馬曹無傷言之，不然藉何以至此」自我辯解，正因深以「今人有大功而擊之」的「不義」爲恥。至於說：「劉邦既全身而遁，從此龍歸大海，項羽再也沒有翦除他的機會了」，更是全非事實，（詳見下文），只是純從後來項羽爲劉邦集團所滅的最後結果，反推立說而已。武涉所謂：「且漢王不可必，身居項王掌握中數矣，項王憐而活之；然得脫，輒倍約，復擊項王，其不可親信如此」[118]，方是實情。因此，若據此而竟至謂言：劉邦、張良因坐次之安排而給予項羽以致命之打擊，則不免更是推求過甚，想像過度，以致誇張失實。其錯失的情形，誠似朱自清評介姚祖恩「史記菁華錄」所謂的：

又一類也是批評事蹟，也與文章全無關係，且所評只是編者一時的興會，說不上知人論世：這一類評註於讀者無甚益處，竟可不看，卽使順便看了，也無須加以仔細研求。如「項羽本紀」，於項羽拔劍斬會稽守頭下批：「如此起局，自然只成羣雄事業」。這似說項羽不能取天下，成帝業，乃由於他起局的不正，未免把歷史大事看得太簡單太機械了。⑲

那麼，關於鴻門宴坐次的安排的一個合理的解釋爲何？一個最爲簡單而圓融的說法是，不論諸人後來在歷史上的地位如何，它反映了當時各人在楚懷王號令之下的尊卑。項羽已爲楚上將軍，又兼爲諸侯上將軍，其爲最尊自不待言。項伯，據「項羽本紀」是「楚左尹」，據「高祖功臣侯者年表」：「兵初起，與諸侯共擊秦，爲楚左令尹」，則左尹當爲左令尹之省稱。當時之令尹，雖已不如戰國之際，如「戰國策」「齊策二」中所謂：

昭陽為楚伐魏，覆軍殺將，得八城。移兵而攻齊。陳軫為齊王使見昭陽，再拜賀戰勝，起而問：「楚之法，覆軍殺將，其官爵何也？」昭陽曰：「官為上柱國，爵為上執珪。」陳軫曰：「異貴於此者何也？」曰：「唯令尹耳。」陳軫曰：「令尹貴矣。王非置兩令尹也。」

「令尹貴矣，王非置兩令尹也」時那麼尊貴，但據「陳涉世家」：「陳王使使賜田臧楚令尹印，使爲上將」，而「項羽本紀」亦記：「楚兵已破於定陶，懷王恐從盱台之彭城，幷項羽、呂臣軍自將之。以呂臣爲司徒，以其父呂青爲令尹。以沛公爲碭郡長，封爲武安侯，將碭郡兵」，則令尹似仍極貴，是以朱東潤「史記考索」「楚人建置考」以爲：

> 及項梁死，而懷王從盱台之彭城，幷項羽呂臣軍自將之，始有爭天下之志。其官則有令尹，有司徒。令尹之官且不止一人，紀稱呂青為令尹，荀悅「漢紀」亦稱宋義為故楚令尹，「黥布傳」又言滕公之客有故楚令尹薛公，宋義薛公姓名不見前史，而懷王又短祚，不得先後有令尹，蓋同時令尹不止一人，觀項羽時，項伯為左令尹，有左則有右可知，其明驗矣。令尹司徒之外，又有柱國，所謂柱國共敖是也。三官皆大位，其職權之劃分，不知何若。外官則縣令稱公，郡守稱郡長，項羽為魯公，沛公為碭郡長是也。遣將出征則有上將軍，置宋義為上將軍可證。[120]

如此則項伯雖未獨領一軍，而位尊似乎仍在范增、劉邦之上，故東嚮。范增在項梁軍破，懷王奪權之後，據「項羽本紀」：

王召宋義與計事，而大說之。因置以為上將軍，項羽為魯公為次將，范增為末將救趙。諸別將皆屬宋義。

而當時項羽言宋義云：「王坐不安席，掃境內而專屬於將軍，國家安危，在此一舉」，則范增爲楚國主力部隊的僅次宋義、項羽的第三號人物。但是若就先封呂臣父子，「以沛公爲碭郡長，封爲武安侯，將碭郡兵」，以及「高祖本紀」：

楚懷王見項梁軍破，恐徙盱台都彭城。并呂臣、項羽軍，自將之，以沛公為碭郡長，封為武安侯，將碭郡兵。封項羽為長安侯，號為魯公。呂臣為司徒，其父為令尹。趙數請救，懷王乃以宋義為上將軍，項羽為次將，范增為末將，北救趙。令沛公西略地入關。與諸將約，先入定關中者王之。當是時秦兵彊，常乘勝逐北。諸將莫利先入關。獨項羽怨秦破項梁軍，奮願與沛公西入關。

等等的記載看來，則劉邦當時的地位，雖然大抵與項羽彷彿，其實應當還在項羽之上，則范增爲末將，自當更在劉邦之下。但由懷王「與諸將約」而「諸將莫利先入關」的話看來，則除了宋義爲最高軍事統帥外，其實劉邦、項羽、范增等，皆爲略具平等機會，因此地位或爲相差不遠的諸將。至項羽斬殺宋義，「諸將皆慴服」，「乃相與共立羽爲假上將軍」，「懷王因使項羽爲上將軍」，則項羽已取宋義而代之，位自在劉邦之上。范增水漲船高，自然應具項羽所原有的次將之地位，與劉邦地位大抵相當。及鉅鹿破秦軍「項羽由是始爲諸侯上將軍。諸侯皆屬焉」，則范增亦應再有擢升，故鴻門宴畢，張良稱范增爲「大將軍」，而朱東潤「史記考索」以爲：

> 西楚諸官以大將軍、上將軍、大司馬為貴。

此時劉邦固在項羽之下，故劉邦「持白璧一雙」而稱「欲獻項王」；但范增地位與劉邦似仍相差不遠，故劉邦雖備「玉斗一雙」，而言「欲與亞父」，張良代獻亦稱：「再拜獻大王足下」與「再拜奉大將軍足下」。因此范增南嚮、劉邦北嚮，則與劉邦持禮獻項王而仍需另奉范增一樣，正表示范增地位，雖與劉邦相若，仍當稍尊於劉邦。何況劉邦正爲待罪之身，極力稱臣之際！尤其劉邦自領一軍，雖然入定關中，顯然已與主力脫節，遂或如樊噲所言：「勞苦而功高如此，未有封侯之賞」，其功績尚未得到確認，封賞尚未實行，故地位一仍舊貫，位在范增之下。至項羽主約，立諸將爲侯王，則立劉邦爲漢王，而范增僅爲歷陽侯，地位又自不同了。因此，范增北嚮，劉邦南嚮，固亦有可能爲劉邦自我貶抑，向范增故示謙退的表示，但終觀「項羽本紀」的記載，范增並不領情。

鴻門宴中項羽未存殺害劉邦之心，除了項伯所謂的：「今人有大功而擊之，不義也」的義或不義的倫理關懷之外。若就項羽對劉邦所謂：「不然籍何以至此」一語觀察，正如當時范增批評項羽：「君王爲人不忍」，或後來武涉說韓信的：「且漢王不可必，身居項王掌握中數矣，項王憐而活之」，則顯然亦有情感的因素在。項羽在殺宋義，代立爲上將軍之前，與懷王諸將的關係，實與劉邦最爲親密。從劉邦「聞項梁在薛，從騎百餘往見之。項梁益沛公卒五千人，五大夫將十人。沛公還，引兵攻豐。從項梁月餘，項羽已拔襄城還」(121)開始，在「項梁救東阿，破秦軍」後：

> 使沛公及項羽，別攻城陽屠之。西破秦軍濮陽東。秦兵收入濮陽。沛公、項羽乃攻定陶。定陶未下，去西略地至雝丘，大破秦軍，斬李由。還攻外黃，外黃未下。項梁起東阿，西北至定陶，再破秦軍。

一直到：

> 秦果悉起兵益章邯，擊楚軍，大破之定陶。項梁死。沛公、項羽去外黃攻陳留。陳留堅守，不能下。沛公、項羽相與謀曰：「今項梁軍破，士卒恐。」乃與呂臣軍俱引兵而東。

除了定陶爲項梁所破之外，楚軍的主要行動，其實都賴劉邦與項羽的聯合行動。而自劉邦歸項梁，一直到懷王「并呂臣項羽軍自將之」，劉邦幾乎始終與項羽一起行動，並肩作戰。甚至懷王「令沛公西略地入關」之際，項羽仍「奮願與沛公西入關」，這自然是「項羽怨秦破項梁軍」之故，其實亦未嘗沒有已經習慣於一起作戰的成分。所以自項羽脫離項梁而開始獨立行動之後，劉邦其實是他經常同生死共患難的親密戰友。並且若據後文：

漢王曰：「吾與項羽俱北面受命懷王，約為兄弟。」

則兩人尚且更有「兄弟之約」。因此以項羽的「仁而愛人」，他對劉邦的存有一份袍澤之情，因而不願只是基於純粹的權力欲，驟然加以殺害，其實是可以瞭解的。

雖然，所謂袍澤之情，兄弟之約，種種的念舊懷故之心，其實也可以算是某種倫理品質的表現，但畢竟都是屬於私誼或私德的表現。司馬遷在鴻門宴中，所強調的眞正決定了項羽對待劉邦的態度的主因，誠如「高祖本紀」所云：「沛公以樊噲、張良故得解歸」，卻正是樊噲的一番話：

夫秦王有虎狼之心，殺人如不能舉，刑人如恐不勝，天下皆叛之。懷王與諸將約曰：「先破秦入咸陽者王之。」今沛公先破秦入咸陽，毫毛不敢有所近；封閉宮室，還軍霸上，以待大王來，故遣將守關者，備他盜出入與非常也。勞苦而功高如此！未有封侯之賞，而聽細說欲誅有功之人：此亡秦之續耳！竊為大王不取也。

這一段話語中，有許多本非事實，如：「沛公先破秦入咸陽，毫毛不敢有所近」⑫，如：

「遺將守關者，備他盜出入與非常也」等等，但舉出「夫秦王有虎狼之心，殺人如不能舉，刑人如恐不勝，天下皆叛之」，正是肯定了項羽所以領導諸侯軍「將戮力而攻秦」的軍事行動的倫理性質，遂使原卽深具倫理關懷傾向的項羽，不願自己的奮鬥行動完全變質，而淪爲：「此亡秦之續耳」的，走向「聽細說誅有功之人」的純粹權力鬥爭。項羽的倫理關懷，或許在「范增數目項王，舉所佩玉玦以示之者三；項王默然不應」之際，因受范增的勸誘而陷入掙扎；但終於至此又得到一次喚醒而益加堅定，所以張良代劉邦獻璧，「項王則受璧，置之坐上」，「項羽亦因遂已無誅沛公之心矣」[123]。樊噲的這一番話所以能夠打動項羽，其實並不必須基於樊噲自身所具的倫理信念，以及他所表現的貌似理直氣壯的義正辭嚴，令「項王未有以應」。因爲接著樊噲在「沛公起如厠」，因而招出之際，就力勸劉邦開溜：

> 大行不顧細謹，大禮不辭小讓。如今人方為刀俎，我為魚肉；何辭為！

於是我們遂可清楚看出，不論他用了多少倫理性的修辭：「大行」、「大禮」，基本上他的整個思考的重心，仍在利害二字。是以司馬遷在「樊酈滕灌列傳」中，相同的一段說辭，就只作：

> 臣死且不辭，豈特卮酒乎！且沛公先入定咸陽，暴師霸上，以待大王。大王今日至，聽小人之言，與沛公有隙。臣恐天下解，心疑大王也。

遂致原卽具有說明「秦失其道，豪傑並擾」⑫，肯定諸侯軍起義之倫理意義的：「夫秦王有虎狼之心，殺人如不能舉，刑人如恐不勝，天下皆叛之」，就僅剩下如姚祖恩所謂的：「借秦王罵項羽，巧甚」，「以叛脇之」⑫，著重在「臣恐天下解，心疑大王也」的利害權謀的「譏讓」了。儘管樊噲的這番說詞，原卽是別有用心，但確是極爲投合了面臨權力意志之自由抉擇的項羽的心機。由於樊噲這番話，提醒了項羽回顧整個抗秦行動的原始動機，比諸侯的權力意志更重要的，其實是一種對於苦難的反抗；項羽若爲眞正諸侯軍的領袖，卽應貫徹這一反抗暴虐的立場，至少對於同一陣營的諸侯與諸侯軍，擔負起消除他們之苦難與受虐的職責。因此作爲眞實的反抗者（The Rebel），項羽必須接受滲和在反抗行動中的自己的權力意志，一定要具有一個不可逾越的限度，卡繆（Albert Camus）說得好：

因為反抗之最純的表現就在於肯定有個限度，和我們的不完整存在；在根本上，反抗不是一切存在之全面否定。相反的，反抗同時又說是，又說不。它拒絕存在中的某一面，崇拜另一面。其崇拜愈切，其拒絕愈果敢。然後，若在錯亂和瘋狂中，反抗走上全有或全無，否定一切存在和人之天性，這時它背叛了自己。全面否定只支持爭取集體性權力（totality）之企圖。但肯定人所共有的限度，高貴，美善，只產生將這價值推展到每人和一切之一切的必要，並走向個體的真正聯合（unity），而不背叛自己的根本。⑫

項羽若要相信抗秦滅秦，不純粹是一種個人仇恨與權力的追求，而要肯定其具有一種倫理上的妥當性，那麼否定秦所締造的純粹基於權力意志的世界秩序的同時，就有必要重建一個與其性質不同，而能更爲彰顯其作爲反抗者所奮力要加以肯定之倫理價值的新秩序。因此，不但成爲「亡秦之續」是絕對不足取的；在「未有封侯之賞，而聽細說欲誅有功之人」的反諷之下，當項羽決定了不邁往誅殺功臣，而導引諸侯軍步上自相殘殺之路，因而放過了劉邦，「遂已無誅沛公之心」之時，正同時是決定了「秦已破，計功割地，分土而王之，以休士卒」，作爲「天下共苦秦久矣，相與勠力擊秦」之反抗行動的最後目標，因而也就是新秩序之重建的根本原則。所以，項羽誅不誅劉邦，就當時的意義上看，並不只是事關楚漢的興衰的問題，而是在秦所締造的世界秩序崩潰之後，能不能走向新的世界秩序的建造的關鍵。在這個重要的歷史時刻，項羽並沒有辜負了歷史所給予他的重大使命與機會。

因此樊噲的提到「秦王有虎狼之心」，指責「欲誅有功之人」：「此亡秦之續耳！」可能只是一時的權謀與方便。但是這一番說辭雖然與張良所謀劃，劉邦、項伯說項羽的內容與目的多有雷同重複之處，卽康海所謂：

> 噲語卽沛公語項羽者，又卽項伯語項羽者，皆張良教之也。

但其意義，對於項羽而言，卻可以截然不同。是以淩約言曰：

未有以應，以伯言先入，而噲適投之。(127)

因爲張良與劉邦所強調的原只在：「言沛公不敢背項王也」，純粹只是解釋劉邦個人距關毋內諸侯的叛象。但項伯則更提出了「今人有大功而擊之，不義也」的普遍的倫理原則。而樊噲的上述說辭中，卻更「批大卻，導大窾」的切入了他們勠力抗秦的此一特殊歷史行動的倫理意義。不但使項羽在面臨抉擇之際，認清了自己所處的歷史情境，並且在「項羽默然」，「項王未有以應」的自然反應中，更爲清澈的自覺到了自己的人格品質(128)，終於做下了在倫理意義上的然確當，在利害權謀上實爲失策的決定。因此，司馬遷雖然在項梁初起時，強調了項梁、項羽崛起的權力意志的性質；但在項羽斬宋義而代立之際，自然仍是一種權力意志的表現，則已經包涵了若干可以號召羣衆的倫理性質；至此，由於項羽選擇了不引領諸侯軍走向自相殘殺的純粹權力鬥爭，終於顯現了項羽權力意志的倫理性格。這層意思，王鳴盛在「十七史商榷」中，雖然意在討論「漢惟利是視」，但卻是極好的反證與說明：

漢始終惟利是視，頑鈍無恥。其言曰：「吾與項羽俱北面受命懷王，約為兄弟。」羽少漢王十五歲。如其言，則漢王為兄，項王弟矣。鴻門之會，自知力弱，將為羽滅，即親赴軍門謝罪，其言至卑屈。讓項王上坐，己乃居范增之下為末坐。縱反間以去范增；用隋何以下黥布；有急則使紀信代死；不顧子女，推墮車下；鴻溝既畫，旋即背之；屢敗窮蹙，不以為辱；失信廢義，不以為媿也。若以沛公居項羽之地，在鴻門必取人於杯酒之間；在垓下必渡烏江而王江東矣！⑫⑨

因此鴻門一會，雖然未必卽爲劉項成敗的關鍵，但卻是項羽人格開展的一個重要契機，也是其性情品質的一次重要展示，雖然在整個歷程中他的活動絕少，幾乎純然只是內在的感應與被動的回應。

七、他人的活動與命運的神秘

鴻門宴正如章邯的約降一樣，雖然都展示了項羽人格的重要的品質，但整個敍述的前景卻都是他人的活動，而都在歷史變化的鉅大動向中透露著命運的神秘。長史欣的咸陽之行，固然是一趟相當遑急慌亂的危險行動，但在「長史欣恐，還走其軍，不敢出故道」，雖然「趙高果使人追之」，卻終因「不及」而不但他自己脫困，也導致了章邯與諸侯軍的脫困。因此看似緊急的行動，透露出來的卻是輕快的喜劇韻律。當項羽大怒準備且日饗士卒攻擊劉邦之際，帶著同樣的遑急心情，「項伯乃夜馳之沛公軍」，結果則是鴻門一會，而「項王、范增疑沛公之有天下，業已講解」，「乃分天下，立諸將爲侯王」，流溢於司馬遷筆端的仍是喜劇的韻律。在這裏，不只皆大歡喜的圓滿結局是喜劇情調之所寄，人物行動的虛矯作態，誇張失實，甚至全神投注，以至渾然忘形，直達荒謬可笑而全然不覺，其醜相愍態畢露而沉酣不悟，眞令人與「眼看人盡醉，豈忍獨爲醒」⑬⓪之歎。此一喜劇意態，首先見於：

項羽乃與期洹水南殷虛上。已盟。章邯見項羽而流涕，為言趙高。

章邯既已決定與諸侯從約攻秦分王稱孤，如此一件具有歷史意義的重大事件，在如此一具有歷史意義的殷虛上舉行，而章邯竟然還要念念不忘，已經事過境遷成爲過去的小小委屈，而一如孺子的「流涕，爲言趙高」，其心理的執迷與行爲的乖謬[131]，不但是令人解頤忍噤不住；同時亦無法不在章邯的這番哭泣中，深深感覺造化眞當號爲小兒！章邯之所以降，秦朝之所以滅，如此一件關係羣倫命運的重大歷史事件，竟然繫於章邯對趙高「有不信之心」的一點不免孩子氣的委屈感。人類的歷史雖然往往是後果嚴重，影響鉅大，但其發展演變的過程，何嘗不是一場兒戲！

鴻門宴的事出偶然，及其有驚無險的喜劇性，固不必論。此會的前後，各個積極活動人物所顯現的諧趣，實亦歷歷在目。項伯身爲項羽季父，原只爲「素善留侯張良」，「欲呼張良與俱去」，而「夜馳之沛公軍」；結果竟在劉邦「吾得兄事之」的一番做作：「沛公奉卮酒爲壽，約爲婚姻」之餘，渾然忘卻自己姓劉姓項，不但許諾爲說客，甚至因而對項羽強詞奪理的誇言：「沛公不先破關中，公豈敢入乎？」尤其當宴中，「項莊拔劍起舞，項伯亦拔劍起舞，常以身翼蔽沛公」，其奮不顧身，一心一意以昨夜方才初識的劉邦之危難爲危難，誠如姚祖恩所謂：「疾甚，沛公何以得此，豈非天乎？」，則不但「兄弟之益如此」[132]，而其「貴賤情何薄」[133]的乖謬荒唐，確實劉邦非常應當獎以「賜姓劉」！

張良在整個鴻門會前後歷程中，雖然穿針引線，安排若定，似乎最不具有荒誕的喜劇性。但其明明成竹在胸，卻基於他對於他人性情的瞭解，因而故作姿態，往往顧左右而言他，卻因此借勢引入他所預設的彀中，其所表現的智慧的喜劇形態，毋寧是接近於「信陵君列傳」中的侯嬴的。他們的喜劇性，正來自依附對手的喜劇性，因而表現爲對手的善「拗」的荒誕，以及他們自己的善「救」的巧妙配合，甚合「滑稽列傳」的「滑稽」原意。在項伯情急夜馳告以：「毋從俱死也」。張良相形之下，反而顯得無限從容。明明胸中早有：「請往謂項伯，言沛公不敢背項王也」的構想，卻一本正經的對項伯說：「臣爲韓王送沛公。沛公今事有急，亡去不義。不可不語」：既跟劉邦劃清界限，卻又藕斷絲連，說得無限義正辭嚴，令項伯對於軍機外洩，全然無可奈何。姚祖恩一本正經的辨以：「張良開口提韓王，所謂不義，自指韓也」(134)，實在沒有瀧川資言「考證」：「是蓋假託之言，非事實」來得通透。「良乃入，具告沛公」，沛公已經「大驚」，曰：「爲之奈何？」了，張良卻故意不答，反問：「誰爲大王爲此計者？」，又是使劉邦與爲此計者劃清界限，因而問：「料大王士卒足以當項王乎？」，使劉邦自已認清現實，然後方才在「沛公默然」，曰：「固不如也，且爲之奈何？」已經有了充分的心理準備，且在張良從容的問答中，已經自然感覺到了張良其實是成算在胸，而對其策劃，極爲渴望與信賴之際，方才徐徐說出。所以姚祖恩在這一段的描寫中，一再用：「從容得妙」，「偏從容」，「到底從容有節，琅琅可聽，只如此妙」(135)來形容張良的問答，因而總論爲：

> 以一筆夾寫兩人，一則窘迫絕人，一則從容自如，性情鬚眉，躍躍紙上，史公獨絕

之文，左國中無有此文字。⑬⑥

正是暗暗點出了整個場景的喜劇氣息。正因張良的從容，所以才顯劉邦「窘迫」的「絕人」，其「急遽」之正可不必，其「倔強」之頑愚可笑⑬⑦。當劉邦在宴中，「起如厠，因招樊噲出」，早已膽戰心驚，只想「脫身獨去」，而一點尊嚴之感，禮節之念全無。張良的一句：「大王來何操？」，遂使劉邦的落荒而逃，稍減其狼狽；而在「沛公不勝桮杓，不能辭」的「以醉爲託」⑬⑧中，稍稍挽回其早在遁逃之際盡失的顏面。到了後來，乾脆反客爲主，以「聞大王有意督過之」，把劉邦「脫身獨去」的無禮之責，完全推到項羽頭上，因而在「已至軍矣」一句裏，甚至化恥辱爲光榮的流露出勝利的得意！張良在鴻門會前後的表現，正是典型的「不流世俗，不爭勢利，上下無所凝滯，人莫之害，以道爲用」⑬⑨的滑稽精神。張良在項伯奔告之際，籌策借項伯傳言「沛公不敢背項伯」；在「項莊拔劍舞其意常在沛公」時，則出至軍門尋樊噲解圍；在劉邦決定不辭而別，於是遂去之餘，又賴張良留謝，代爲獻璧遮羞；雖然我們不必如康海所以爲的，一口咬定：噲語、沛公語、項伯語皆張良教之也，但貫穿整個鴻門宴過程的，其實正是張良的指揮提調，由劉邦、樊噲的先後精彩的演出，一直到張良的親自粉墨登場，方始戛然而止。尤其使一場劍拔弩張的宴無好宴，結束在獻璧奉玉的致幣帛，正是上乘的化干戈爲玉帛的喜劇精神的表現。假如我們超越了後來的劉項得失之見，在諸侯亡秦之際，楚軍內部若立卽陷入自相殘殺的內訌，則新秩序未興之前卽已先亂，當時局勢必然更加混雜紛歧，天下將必陷於全無曙光的昏沉黑暗；因此張良的獻璧而導致項羽受璧，不再究責討伐劉邦，則此一化干戈爲玉帛的喜劇氣息，則不只是化戾氣爲祥和的溫煦春風，甚至可以視爲是重建秩序，再造天下，亦卽是休士卒、安百姓之歷史歸趨的先聲。就以這一點而論，項羽的「爲人不忍」的「仁」，與張良的「以道爲用」的「智」，正是最主要的促成因素，不論是鴻門宴後的短暫安定；或者鴻溝約後的走向天下大勢之既定。

除了張良與項羽所達臻的最上乘的祥和的喜劇精神外，鴻門宴中的最明顯的還是范增、劉邦、樊噲等人所流溢的乖謬沉醉，誇張造作的喜劇意態。以樊噲的表示：「此迫矣！臣請入與之同命」，而爲鍾惺讚爲：

> 樊噲膽智從忠孝出，讀臣請入與之同命語，感動幽明。[140]

的赤忱之情，但「噲卽帶劍擁盾入軍門，交戟之衞士欲止不內；樊噲側其盾以撞，衞士仆地。噲遂入」；所爲的竟然就是：

> 披帷西嚮立，嗔目視項王……頭髮上指，目眥盡裂。

完完全全就是一副「忿腹若封豕，怒目猶吳蛙」[141]的形態，雖然驚動了項羽，使他「按劍而跽」，但卻在項羽一句：「壯士！賜之卮酒」聲中，溫馴如綿羊的「拜謝，起立而飲之」，眞是何前倨而後恭！然後更在項羽的「賜之彘肩」令下：

覆其盾於地，加彘肩上，拔劍切而啗之。

不但不惜畢露其粗野卑陋之態，甚至連防身的盾牌都置地取食，則其提防戒備之心，亦已全無踪影了。他的一番義正辭嚴的說詞，雖然使「項王未有以應」，但卻是在項羽一再賜酒、賜肉，甚至食竟之餘，再度稱以「壯士」而問：「能復飲乎？」，已對他大表賞愛之際，因此他的那句：

「臣死且不避，卮酒安足辭！」

中所強調的「死且不避」，就未免有點虛張聲勢，矯揉造作，充分的流露出故作姿態的滑稽了。由再度賜飲的詢問，而竟答以「死且不避」，將「卮酒安足辭」與「死且不避」相提並論，彷彿那杯酒是賜死的毒藥似的，（而他早已安然的飲了斗卮酒）則不但是有意曲解項羽的善意爲敵意，更是無意中流露出自己眞正的恐懼的情緒。因此所有的理直氣壯的話語，其實都只是把己方的憂懼，向一個原無敵意的假想敵投訴！項羽若眞有敵意，則殺劉邦原不必待與飲；而樊噲帶劍擁盾入軍門瞋目之際，則不妨更作刺客看待，逕可藉此與劉邦翻臉。因此樊噲的刻意表現，原即是一場無的放矢的喜劇演出，壯觀則壯觀矣，其實全是姿態。尤其把欲誅反叛的項羽，硬是比作酷虐天下「有虎狼之心」的秦王，由其輕重全不相稱，正見其內心的焦急憂慮。難怪接著要說：「如今人方爲刀俎，我爲魚肉」了。他與劉邦的深深憂慮著那原來已無需憂慮的情況[142]，甚至濫用「大行不顧細謹，大禮不辭小讓」的成語[143]，爲劉邦與自己解嘲，終於讓劉邦顏面全無的藉口如厠而竟遁逃，卻還揚揚自視，完全一副自以爲得計之狀：其在驚恐之餘盲目的自以爲是之處，其實正是他們頑鈍癡騃得令人解頤，因而充分的流溢著荒誕的喜劇氣息之處。

同樣的頑鈍癡騃，亦見於欲在宴中置劉邦於死地的范增。所以在他說項羽曰：

> 沛公居山東時，貪於財貨，好美姬；今入關，財物無所取，婦女無所幸：此其志不在小。吾令人望其氣，皆為龍虎，成五采：此天子氣也。急擊勿失！

倪思卽評以：

> 增旣知為天子氣，又云：急擊勿失，亦愚矣！[144]

其實范增對於劉邦的觀察始終是正確的。所以金隱星曰：

> 亞父料劉項皆切中，當時雌雄尚相反也。故沛公亦曰有一范增而不能用，則知沛公深服亞父處。[145]

但是范增知劉邦「今入關，財物無所取，婦女無所幸：此其志不在小」，卻不知勸止「居數日，項羽引兵西屠咸陽；殺秦降王子嬰；燒秦宮室，火三月不滿。收其貨寶婦女而東」。因此其見識雖然略近於諫劉邦還軍霸上的樊噲：

噲諫曰：「沛公欲有天下邪？將欲為富家翁邪？」沛公曰：「吾欲有天下。」噲曰：「今臣從入秦宮，所觀宮室帷帳珠玉重寶鐘鼓之飾，奇物不可勝極；入其後宮，美人婦女以千數，此皆秦所以亡天下也。願沛公急還霸上，無留宮中。」⑭⑥

但卻僅只用來「疑沛公之有天下」而已，既沒有樊噲的「此皆秦所以亡天下也」的反省；更缺乏張良所謂的：

夫秦為無道，故沛公得至此。夫為天下除殘賊，宜縞素為資。今始入秦，卽安其樂，此所謂助桀為虐。⑭⑦

的根本自覺。因此其乖謬正在明知其大，反用其小：只是一心一意想對付劉邦，而未曾眞正措思於替項羽安定天下。卽使是對付劉邦，先前的勸諫項羽：「急擊勿失！」固然未可厚非；但若出於一如「楚漢春秋」所云：

沛公西入武關，居于霸上，遣將軍閉函谷關，無內項羽。項羽大將亞父至關不得入，怒曰：「沛公欲反耶？」(148)

指責沛公的欲反則名正言順，卻出以「此其志不在小」與「此天子氣也」就不免顯得忌刻與迷信。而不論忌刻或迷信顯然都不是足以安定天下，號召羣衆的精神表現。所以樊噲於鴻門宴中所說的：「夫秦王有虎狼之心，……」云云的一番話，雖然是別有用心，並且有強詞奪理的成分；但卻是更要來得具有「此皆秦所以亡天下也」的反省性與啓示性。是以丘濬「擬古樂府」曰：

公莫舞，公莫舞，不必區區聽亞父。霸王百行掃地空，不殺一端差可取。咸陽宮殿成刼灰，三秦城邑衝殺機。云何居勦七十叟，不及外黃黃口兒。公莫舞，公莫舞，公舞徒為爾。天命由來歸有德，不在沛公生與死。(149)

其次則僅只要想借劉邦來謝見項王鴻門之際，加以擊殺。先是「數目項王，舉所佩玉玦以示之者三」，要項羽親自下令殺劉邦。完全不顧項羽當時作爲諸侯上將軍的身份與立場。至「項王默然不應」：

范增起出，召項莊謂曰：「君王為人不忍。若入前為壽，壽畢，請以劍舞。因擊沛公於坐殺之；不者，若屬皆且為所虜！」

其計策自然出於對項羽的效忠，但始終要假手項羽家人，項莊爲項羽從弟，則終是要作出項氏誅劉的姿態，而不免陷項羽於不義，似乎唯恐不令「天下解」不甘心，尤其身爲楚之「大將軍」，而不知調兵遣將，令武士擒殺劉邦，而竟孤擲項莊舞劍一注；並且一擊未中之餘竟亦不另設埋伏，終自功虧一簣，其智及彼，而其行僅此，眞是「此何以稱焉」⑮！而他教唆項莊刺沛之際，竟然強調：「不者，若屬皆且爲所虜！」好像項羽已經是劉邦的俎上肉，除了靠此暗算的一擊，卽無以自救似的！相應於當時的眞實情境，這樣的一句話，眞是充滿了荒謬的喜劇感！尤其當劉邦藉口如厠遁逃後，張良獻璧奉玉斗，范增好像渾然忘卻了項羽仍有四對一的優勢，且項羽之善戰實遠在劉邦之上，竟然氣急敗壞，灰心喪志到：

亞父受玉斗，置之地，拔劍撞而破之，曰：「唉！豎子不足與謀。奪項王天下者，必沛公也。吾屬今為之虜矣！」

則所謂「好奇計」的范增，竟然除了唆使項莊行刺之外，原來對付劉邦完全是一籌莫展，無計可施！由劉邦還在項羽手下苟活之際，范增卽一再宣稱：「若屬皆且爲所虜！」，「吾屬今爲之虜矣！」而完全不顧劉邦尙得驚恐遁逃的當前事實，其自身所流露的對於劉邦的超乎常情的恐懼，簡直是神秘莫測，滑稽之至。對於自己的奇妙的恐慌全不自覺；對於自己計謀的但見其小不見其大，只有其一未有其二，全無反省；而且完全不顧及自己極端恐劉的言行所可能造成的打擊已方士氣的傷害，在已當既往不咎的時刻，振振有辭的慨歎「唉！豎子不足與謀」，強調項羽天下之終將被奪，而完全諉過於項莊與項羽的無能，「不足與謀！」；身爲一個輔佐導引的謀略之士，這樣的表現，實在也眞是不足與謀了！難怪呂思勉在「秦漢史」裏要說：「七十老翁，有如是其魯莽者乎？其非實錄，不待言矣！」，甚至以爲史記鴻門宴一事，「詼詭幾類平話」[151]。董份亦以爲：

> 當時鴻門之宴，必有禁衛之士，訶訊出入，沛公恐不能輒自逃酒；且疾走二十里，亦已移時，沛公良噲三人俱出良久，羽在內何為竟不一問？而在外竟無一人為羽之耳目者，任其出入往來，而莫之誰何…恐無此理！矧范增欲擊沛公，惟恐失之，豈容在外良久而不亟召之耶？此皆可疑者。史固難盡信哉！豈天擁護真主，一時人皆迷耶？[152]

是否實錄，能否盡信，那是歷史考證的問題。而「項羽本紀」中描寫鴻門一會的「詼詭幾類平話」之處，正是它的強調喜劇精神之所在；也是它的透過喜劇精神的詼詭表現命運之詭異神秘之所在。因此，范增的「奪項王天下者，必沛公也」，「不者，若屬皆且爲所虜！」，「吾屬今爲之虜矣！」在當時而言，是誇大得可笑，緊張得毫無道理，而從後來的結果看，則「亞父料劉項皆切中」，這固然可以解釋爲范增的先見之明：「當時雌雄尚相反也」，因此正是我們可以一如「沛公深服亞父處」。但是透過范增的氣急敗壞的喜劇形態，我們所得到的始終無法像對於張良的世事洞明，析理入微，人情鍊達，指揮若定的先知先覺的心悅誠服。因此范增的「料劉項皆切中」，與其顯現了他本人所具的對於人情世事的瞭解與智慧，毋寧更近於他所謂的「吾令人望其氣，皆爲龍虎，成五采：此天子氣也」，反映了命運的神秘。

若說項羽不在鴻門宴中誅取劉邦，卽必然會導致「吾屬今爲之虜矣！」，這顯然並非事實。因爲漢之三年：

> 春，漢王部五諸侯兵，凡五十六萬人，東伐楚。項王聞之，卽令諸將擊齊，而自以精兵三萬人南從魯出胡陵。四月，漢皆已入彭城，收其貨寶美人，日置酒高會。項王乃西從蕭晨擊漢軍而東：至彭城，日中，大破漢軍。漢軍皆走，相隨入穀泗水。殺漢卒十餘萬人。漢卒皆南走山，楚又追擊至靈壁東睢水上。漢軍卻，為楚所擠。多殺漢卒十餘萬人，皆入睢水，睢水為之不流。圍漢王三匝。於是大風從西北而起，折木發屋，揚沙石，窈冥晝晦，逢迎楚軍。楚軍大亂，壞散。而漢王乃得與數十騎遁去。欲過沛收家室而西。楚亦使人追之沛取漢王家。家皆亡，不與漢王相見。漢王道逢得孝惠魯元，乃載行。楚騎追漢王。漢王急，推墮孝惠魯元車下；滕公常下收載之。如是者三。曰：「雖急，不可以驅，奈何棄之！」於是遂得脫。

這一段描寫項羽在彭城已失的情形之下，仍能以精兵三萬擊潰劉邦所部五諸侯兵五十六萬，而且先後「殺漢卒十餘萬人」，「多殺漢卒十餘萬人」，不但誠如姚祖恩所云：

漢兵五十六萬，羽以三萬人大破之，此段極寫項王善戰。為傳末「天亡我」數語伏案，看其筆墨抑揚之妙，而知史公之惋惜者深矣。⑮③

而且更重要的是顯示出項劉二人在戰場上彼此較量的眞實的才力來。這種才力的高下，曾經並肩作戰的項劉其實都是了然的。這是所以在韓信說劉邦時問：「大王自料勇悍仁彊孰與項王？」，劉邦雖「默然良久」，而終於承認：「不如也」的原因⑮④。因此，項羽對於劉邦，沒有范增的基於「望氣」所產生的恐懼是理所當然。因爲終結劉項一生遭遇，在戰場上自將相對，劉邦始終不是項羽的對手。甚至已經到了：「漢有天下太半，而諸侯皆附之。楚兵罷食盡；此天亡楚之時也」，「漢王乃追項王至陽夏南，止軍。與淮陰侯韓信、建成侯彭越期會而擊楚軍」，「至固陵」，只因「信越之兵不會」，即遭到：「楚擊漢軍，大破之。漢王復入壁，深塹而自守」的敗績。所以劉邦雖然自稱天下：「迺公居馬上而得之」，但是居馬上對抗項羽之際，劉邦常是大敗而逃的。所以范增勸項羽在鴻門會中殺劉邦，雖然完全符合：「先卽制人，後則爲人所制」的權力鬥爭的利害原則，但對於劉項之間才具的眞實差異而言，卻是不必要的舉動。使這一切「不必要」成爲事後悔之已晚的「必要」的，正是命運的神秘。這種神秘，首先出現於逢迎楚軍的「大風從西北而起，折木發屋，揚沙石，窈冥晝晦」，因此「楚軍大亂，壞散」，所以已經「圍漢王三匝」，「而漢王乃得與數十騎遁去」。

其次又見於「楚騎追漢王」，劉邦已急到只好「推墮孝惠魯元車下」，但又「不可以驅」，而竟然「於是遂得脫」。所以凌稚隆說：

按漢王睢水之遁，天實相之。淮陰謂：陛下殆天授，信哉！而羽自謂天亡我，亦不可盡非之也。⑮

而姚祖恩則評：

五十六萬人來，數十騎而去，而中間以天幸描之，漢之幸，項之惜也。⑯

不論司馬遷是否對於項羽「惋惜者深矣」，但楚漢之爭與項羽一生充滿了命運的神秘莫測的奧妙幽微的氣息，卻是事實。項羽的「非有尺寸，乘勢起隴畝之中」固不論，會稽守通召項梁起事欲任爲將，項梁的突然發難；項梁聞陳王定死，召諸別將會薛計事，原有自立之意，竟因范增一番話語，而立楚懷王；然後項梁乘勝之際的突然敗亡，懷王的藉機奪權任用宋義；宋義的滯留安陽，導致項羽的斬殺代起；項羽的救趙成功，立爲諸侯上將軍；與章邯軍對抗，原該力戰大勝，竟因糧少聽約；入關受拒，原擬擊沛，竟因項伯一行而和解；劉邦取關中，卻因「齊欲與趙幷滅楚」，而北擊齊；彭城已下，而蕭至睢水一戰，劉邦五十六萬人大潰。然後是數在項羽掌握中，而皆一一得脫。睢水與沛二次之外，滎陽、成皐、廣武各皆死裏逃生，化險爲夷：

漢之三年，項王數侵奪漢甬道，漢王食乏，恐，請和，割滎陽以西為漢。項王欲聽之，歷陽侯范增曰：「漢易與耳，今釋弗取，後必悔之。」項王乃與范增急圍滎陽。漢將紀信說漢王曰：「事已急矣，請為王誑楚為王，王可以閒出。」於是漢王夜出女子滎陽東門，被甲二千人。楚兵四面擊之。紀信乘黃屋車，傅左纛，曰：「城中食盡，漢王降。」楚軍皆呼萬歲。漢王亦與數十騎從城西門出，走成皋。

漢王之出滎陽，南走宛葉，得九江王布，行收兵，復入保成皋。漢之四年，項王進兵圍成皋。漢王逃，獨與滕公出成皋北門。

項王乃即漢王相與臨廣武閒而語。漢王數之。項王怒，欲一戰；漢王不聽。項王伏弩射中漢王。漢王傷，走入成皋。

項羽大怒，伏弩射中漢王。漢王傷匈，乃捫足曰：「虜中吾指。」漢王病創臥。張良彊請漢王起行勞軍，以安士卒。毋令楚乘勝於漢。漢王出行軍，病甚，因馳入成皋，病愈。⑮⑦

因此，雖謂：「漢與楚相距滎陽數歲，漢常困」⑱，若論項羽唯一可以置劉邦於必死的機會，竟然就是「沛公旦日從百餘騎來見項王鴻門」，一直到劉邦「脫身獨去」之間的那片段時刻。但在這可以「先卽制人，後則為人所制」的重要時刻，項羽卻終無殺害劉邦之心，甚至無形中等於決定封立劉邦為漢王的步驟：

項王范增疑沛公之有天下；業已講解，又惡負約，恐諸侯叛之，乃陰謀曰：「巴蜀道險，秦之遷人皆居蜀。」乃曰：「巴蜀亦關中地。」故立沛公為漢王，王巴蜀漢中，都南鄭。

姚祖恩因此評道：

羽以魯公終，義帝命也；劉以漢為有天下之號，羽所置也。豈非天乎！⑲

項羽心念故舊情誼與盟軍團結，不願以亂易整，因此在鴻門會中，決定了論功行賞，因善遇之，因而捨棄了「先卽制人，後則為人所制」的利害權謀；而劉邦卻沒有放棄這一原則，先則是掌握了「還定三秦」的先機，終於在項羽北擊齊之際，先發制人，「東伐楚」而挑起了長達五年的漢楚之爭。其型態與意義，則誠如王鳴盛「十七史商榷」中所謂：「劉藉項噬項」：

兩敵相爭，此與彼敗，恆有之事。從無藉彼之力以起事，後又步步資彼，乃反噬之，如劉之於項者。項起吳中，以精兵八千人渡江，幷陳嬰數千人。黥布、蒲將軍亦以兵屬，凡六七萬人。又幷秦嘉軍，其勢強盛。項梁聞陳王死，召諸別將會薛計事，沛公亦起沛往焉。此時沛公甚弱，未能成軍。項梁益沛公卒五千人，五大夫將十人，始得攻豐，拔之。此後凡所攻伐，史每以沛公、項羽並稱，兩人相倚如左右手。非項籍劉，乃劉依項。項氏之失策，在立楚懷王而聽命焉。羽欲西入關，懷王不許，而以命沛公；乃使羽北救趙。約先入關者王也；其後羽乃得負約名：此項之失策也。然當日若非羽破秦兵於鉅鹿，虜王離，殺涉閒，使章邯震恐乞降，沛公安能入關乎？羽不救趙破秦兵，秦得舉趙，則關中聲勢轉壯。沛公入秦，何如此之易乎？沛公始終藉項之力以成事，而反噬項者也。故曰：吾能鬥智不鬥力，其自道如此。若使夫子評之，必曰：譎而不正。[160]

項羽在鴻門，不殺劉邦，以啓諸侯自相殘殺之端；其自然之下一步驟，即爲：「項王欲自王，先王諸將相」：

謂曰：「天下初發難時，假立諸侯後以伐秦。然身被堅執銳首事，暴露於野三年，滅秦定天下者，皆將相諸君與籍之力也。義帝雖無功，故當分其地而王之。」諸將皆曰：「善。」乃分天下，立諸將為侯王。

當時情勢，誠如呂思勉「秦漢史」所言：

既以秦滅六國為無道而亡之，自無一人可專有天下者。當分王者誰乎？一六國之後，一亡秦有功之人。其如何分剖，則決之以公議：此不易之理也。當時分封，就「史記」所言功狀，所以遷徙或不封之故觀之，實頗公平。封定而後各罷兵，則其事實非出項羽一人，「自序」所以稱為「諸侯之相王」也。「高祖本紀」曰：「項羽使人還報懷王。懷王曰：『如約。』項羽怨懷王不肯令與沛公俱西入關而北救趙，後天下約，乃曰：『懷王者，吾家項梁所立耳。非有功伐，何得主約？本定天下，諸將及籍也。』此實極公平之言。且懷王特楚王，卽謂項王、沛公當聽其命，諸侯何緣聽之？此理所不可，亦勢所不行，其不得不出於相王者勢也。漢高之為義帝發喪也，告諸侯曰：「天下共立義帝，北面事之。」此乃誣罔之辭。南面而政諸侯，當有實力，義帝豈足以堪之？三代之王，固嘗號令天下矣，及其後，政由五霸。然則義帝擁帝名，而政由羽出，亦可云前有所承。旣不襲秦郡縣之制，不得謂稱帝者實權皆當如秦之皇帝也。立章邯在羽入關前，當時形勢，安知沛公能先入關？且秦吏卒尚衆，非此無以鎭之，此亦事勢使然也。敗軍之將，不可以言勇，亡國之大夫，不足與圖存，韓信之說漢王曰：「三秦王為秦將，將秦子弟數歲矣，所殺亡不可勝計。又欺其衆降諸侯，至新安，項王詐阬秦降卒二十餘萬，唯獨邯、欣、翳得脫。秦父兄怨此三人，痛入骨髓。今楚彊以威王此三人，秦民莫服也。」此豈項羽所不知，而謂王此三人，可距塞漢路乎？此時漢王之可畏，豈能甚於田榮而距之也？長史欣首告章邯：「趙高用事於中，事無可為者」，豈不與董翳同功，而曰：以其有德項梁而立之乎？

關於項羽負約以蜀亦關中地，立沛公爲漢王，而三分關中王秦降將，其原因固已如前引王鳴盛與呂思勉所論。王世貞所謂：「耕於齊之野者，地墳，得大篆竹册一袠曰短長。……因錄之以佐稗官」，更假借亞父而論：

> 君王非倍約也。以程功也。當是時救河北難，入關易。支秦之勁難，乘秦之隙易。籍令漢王與卿子偕而北也；我君王之入關也。我入關秦且折而楚。漢王與卿子敗，敗而彭城繼之，楚亦折而秦。且漢王不待報而遽有秦，閉關以扞我，是漢先倍約也，非君王也。曰：然則君王胡以不遂都關中？曰：以存約也。示與漢兩置之。且君王綱紀之僕靡一西人焉，而皆楚卒也，誰能無楚思！[162]

以上諸說固然皆按之最據，言之成理；但是項羽由「使人致命懷王」而終於認定「義帝雖無功」，「非有功伐，何以得主約」[163]，則「懷王曰：『如約。』」的回答，正是所以「乃佯尊懷王爲義帝，實不用其命。」[164]的根由。而不用懷王：「如約」之命，亦卽是不甘心將關中拱手復交還劉邦之意。所以「章邯降項羽，項羽乃號爲雍王，王關中」[165]，項羽固然原卽有王章邯關中之約，但三分關中王秦降將，而全不及劉邦。而要與范增陰謀曰：「巴蜀道險，秦之遷人皆居蜀」，乃曰：「巴蜀亦關中地也」，正是深深恨「怨懷王不肯令與沛公俱西入關，而北救趙，後天下約」(166)心理所反應出來的有意對於劉邦功績加以貶抑的表現。所以，韓信說漢王曰：「項羽王諸將之有功者，而王獨居南鄭，是遷也」(167)，確是實情。因此，凌稚隆以爲：

> 按項羽分王天下，一任愛憎。故太史公敘次諸將功與定封處，連用故字，因字模寫之。(168)

固然言過其實，但以爲分王完全「程功」，「實頗公平」，則亦未必。這裏正有項羽自身的權力意志的因素在。劉邦廣武之間數項羽十大罪狀，首先即是：「始與項羽俱受命懷王，曰：『先入定關中者王之。』項羽負約，王我於蜀漢，罪一。」(169)可見正是劉邦所念念不忘而憤憤不平之處。「漢還定三秦」，則「遺項王書曰：『漢王失職，欲得關中。如約，即止不敢東。』」，又以齊梁反書遺項王，曰：『齊欲與趙幷滅楚。』楚以此故無西意而北擊齊。」，其原因固然由於「漢入關，未能遽搖動大局，齊摟梁、趙以叛則不然，釋漢而擊齊，亦用兵形勢當爾」(170)，但亦未嘗沒有心裏默認劉邦實當「如約」得關中的成分在。是以惲敬以爲：

> 九郡者，項王所手定也。軍於手定之地，不患其不安，民於手定之地，不患其不

習，國於手定之地，則諸侯不得以地大而指為不均。據天下三分之一，以爭中原於腹心之間，此三代以來未有之勢也。彭城者，居九郡之中，舉天下南北之脊，關外之形勝必爭之地也。故曰：都彭城者，項王不得不然之計也。雖然，項王之不取關中何也？曰：項王非不取關中也。乃者漢王先入關，義帝之約固宜王者也。項王聽韓生之說而都之，關中之人，安乎？不安乎？關外諸侯無異議乎？項王所手定之九郡，將以之分王乎？抑自制乎？度其勢，必自制之矣。自制之，而一旦有警，其將去關中自將而東乎？關中者，固漢王所手定也。舍己所手定之九郡，而奪他人所手定之關中；既奪他人所手定之關中，又不分己所手定之九郡，一旦自將而東，天下之人安乎？不安乎？是故關中者，項王所必取之地也。取之而名不順，勢不便，則緩取之；取之而名不順，勢不便，且召天下之兵，則以棄之者取之。[171]

因此以爲項羽三分關中王秦降將，固然由於「乃者陳涉首難，諸侯各收其地而王之矣。三王，秦之人也。以秦之地付三王，此秦漢之際諸侯之法也」，但其實是「陽示天下以大公，而陰利三王之易取」，因而認爲：「是故三秦者項王之寄地也。」[172]。上述的說法中，所謂：「陽示天下以大公，而陰利三王之易取」，顯然是推測之辭，於史實未必符合；但對於項羽之未能完全忘情關中，卻「又惡負約，恐諸侯叛之」的矛盾情況，這卻是一番很好的說明。當項羽決定了捨棄關中，而「自立爲西楚霸王，王九郡，都彭城」，而又不願劉邦王關中，因而遂三分關中王秦降將之際，項羽不但替劉邦製造了攻擊自己的動機與口實，而且無形中亦喪失了宰制：「阻山河，四塞，地肥饒，可都以霸」的關中與「富十倍天下，地形彊」(173)的秦地的先機。因而終於讓劉邦先行取得三秦，而在後來的楚漢之爭中，雖然「楚起於彭城，常乘勝逐北」，但由於「至滎陽，諸敗軍皆會。蕭何亦發關中老弱未傅悉詣滎陽。復大振。」；因此「與漢戰滎陽南京索間，漢敗楚，楚以故不能過滎陽而西」。劉邦「既殺項羽定天下，論功行封」，而「以蕭何功最盛」，「至位次」亦以蕭何爲第一(174)，誠如鄂君所論：

> 夫上與楚相距五歲，常失軍亡衆，逃身遁者數矣。然蕭何常從關中遣軍補其處。非上所詔令召，而數萬衆，會上之乏絕者數矣，夫漢與楚相守滎陽數年，軍無見糧。蕭何轉漕關中，給食不乏。陛下雖數亡山東，蕭何常全關中以待陛下：此萬世之功也。(175)

固然由於蕭何不僅是「徒能得走獸耳」的被動的「功狗」；而更是「非上所詔令召」即可「會上之乏絕」的能「發蹤指示」的「功人」(176)。但是蕭何的功業之所在，正是劉邦先得關中的利益之所在。項羽之敗亡，司馬遷一再強調其「兵罷食盡」、「兵少食盡」，則韓信論「項王雖霸天下而臣諸侯，不居關中而都彭城」(177)，太史公論贊，亦強調其「背關懷楚」，實在關中得失正是劉項成敗的關鍵。關於「背關懷楚」之利弊，朱東潤「史記考索」論之甚詳：

> 楚人敗亡之餘，然而陳涉一用之而天下亂，項羽再用之而滅秦，乃其後卒不能定天下，而為漢高所亡者何也？曰：項王之所以亡秦者率天下而亡秦也。及劉項相峙而楚勢

中分。項羽所有，梁楚之九郡耳。始終忠於項氏者，獨臨江王共敖父子，臨江小國，不足為羽聲援。乃漢之王巴蜀也，始則厚遺項伯，使請漢中地，項王許之，則其地廣；漢王之在霸上，有兵十萬，及之國，項王使卒三萬人從，與諸侯之慕從者數萬，則其兵衆。其後還定三秦，盡有內史隴西上郡北地，此皆六國之時秦之故地也。除去苛政，約法三章，復召故秦祝官如其故儀禮，因令縣為公社，下詔曰：「吾甚重祠而敬祭」，則秦之民附。然後用秦之衆以東征。故「高祖本紀」，一則曰：「興關中卒乘塞」，再則曰：「稍徵關中兵以自益」，三則曰：「諸將及關中卒益出」。蕭何為丞相，亦以興關中卒，轉漕給軍，功居諸將上。遂以是東征，南連南越，北拊齊趙，而項氏亡矣。故項氏之興，以全楚率天下而亡秦，及其敗也。漢高以全秦之衆，撫有九江淮南衡山豫章之地，重之以諸侯之師，而羽以楚之半當之，罷疲困頓，其不能濟，勢也。[178]

所以，當項羽「分裂天下而封王侯，政由羽出」之際，固然是項羽的權力的顛峯。但在「諸侯罷戲下，各就國」之際，正是項羽「攻守之勢異」，「成敗異變」[179]之時，這裏並不特別由於「放逐義帝而自立」或「誅嬰背懷，天下非之」，或者韓信所謂：「以親愛王諸侯，不平」[180]，陳餘所謂：「項羽爲天下宰，不平。今盡王故王於醜地，而王其羣臣諸將善地」；而是誠如張良勸止劉邦「立六國後世」，以「撓楚權」所謂的：

且天下游士，離其親戚，弃墳墓，去故舊，從陛下游者，徒欲日夜望咫尺之地。今

> 復六國，立韓、魏、燕、趙、齊、楚之後，天下游士，各歸事其主，從其親戚，反其故舊墳墓，陛下與誰取天下乎？[181]

當分封既定，諸侯各就國，「天下游士，各歸事出主」，項羽遂無人可與取天下。受其封賜，如九江王布，既已得其所欲封地，則：「徵兵九江王布，布稱疾不往，使將將數千人行」。至如「田榮者，數負項梁，又不肯將兵從楚擊秦；以故不封」，自然怨怒反抗：

> 田榮聞項羽徙齊王市膠東，而立齊將田都為齊王，乃大怒，不肯遣齊王之膠東，因以齊反，迎擊田都，田都走楚。齊王市畏項王，乃亡之膠東就國；田榮怒，追擊殺之卽墨。榮因自立為齊王，而西擊殺濟北王田安，并王三齊。榮與彭越將軍印，令反梁地。

而且更在「陳餘陰使張同夏說，說齊王田榮：「……聞大王起兵，且不聽不義。願大王資餘兵，請以擊常山以復趙。請以國爲扞蔽」：

> 因遣兵之趙。陳餘悉發三縣兵，與齊并力擊常山，大破之。張耳走歸漢。陳餘迎故趙王歇於代，反之趙。趙王因立陳餘為代王。

形成「齊欲與趙並滅楚」的態勢。

同時，有如「臣事項王，官不過郎中，位不過執戟」，然而「雖爲布衣時，其志與衆異」[182]的韓信者流，亦以「徒欲日夜望咫尺之地」而蠢蠢欲動。因而韓信說漢王曰：

> 項羽王諸將之有功者，而王獨居南鄭，是遷也。軍吏士卒，皆山東之人也。日夜跂而望歸。及其鋒而用之，可以有大功。天下已定，人皆自寧，不可復用。不如決策東鄉，爭權天下。[183]

正因「天下銳精持鋒，欲爲陛下所爲者甚衆」[184]，所以當項羽的權力意志受其倫理關懷的制約，在「秦已破，計功割地，分土而王之，以休士卒」[185]，希望重建一個列國分封的新秩序時，他不但失去了「先卽制人」的「爭權天下」的機會；而且他所締造的新秩序，正是所有尚未得咫尺之地的天下銳精所必然要聯合攻破的障礙；卽使是他所締造的新秩序的得益者，其利益既已確定，除了自利其利，實亦無可奢望於項羽：於是在分封之餘，項羽突然類似分國予二女的李爾王（King Lear）[186]，不但喪失了他對於羣衆的號召力與權力的主動性，因而在諸侯罷戲下各就國之際，不僅原來具有絕對優勢的武力，剎那之間遽而散失；而且更加致命的正成爲俊雄豪傑們追求一己之權力與利益之所在的衆矢之的。因此，楚漢之爭，始終不僅是項羽與劉邦之間的鬥爭，而更是項羽「懷璧其罪」的以高材疾足先得秦鹿者，反而淪爲英俊烏集，天下共逐的對象的一場艱苦的奮鬥。因此項羽的渴望「以休士卒」，因而締造一個「計功割地」的新秩序，只以「霸王」爲滿足的權力意志的有限制性，正是他所以淪爲「

後則為人所制」的被動性的根由。因此，陸瑞家，針對項羽的「心懷思欲東歸」評曰：

功名纔立，便思首丘，豈帝王之度哉！羽所以敗也。⑱⑦

而淩稚隆則更明白指出：

按項王非特暴虐，人心不歸；亦從來無統一天下之志。迹其旣滅咸陽而都彭城；旣復彭城而割滎陽；旣割鴻溝而思東歸；殊欲按甲休兵，宛然圖伯籌畫耳。豈知高祖規模宏遠，天下不歸于一不止哉！⑱⑧

鍾惺亦以為：

帝王有帝王之分，羣雄有羣雄之分，項梁之分，止於破秦濮陽；項羽之分，止於西入關。梁濮陽以後，羽入關以後，着着皆錯，分止于此，而不能過也，使其過之，梁可為羽，而羽可為沛公矣！⑱⑨

是以所以「天下非之」，「王侯叛己」，實在未必如陳餘說田榮：「聞大王起兵，且不聽不義」，而是項羽的具有倫理制約的有限的權力意志與天下英豪的追求功利的無限的權力意志衝突。即使陳平建議劉邦行反間，間其君臣，利用的也還是這種衝突：

> 陳平既多以金縱反間於楚軍。宣言諸將鍾離昧等，為項王將，功多矣，然而終不得裂地而王。欲與漢為一，以滅項氏而分王其地。項羽果意不信鍾離昧等。(190)

因此，項羽雖「士之廉節好禮者多歸之」，但所有「骨鯁之臣：亞父，鍾離昧、龍且、周殷之屬，不過數人耳」(191)，但透過這種衝突意識的深入項羽君臣，尤其有了九江王布引兵歸漢的事例，加以：

> 漢之三年，項王數侵奪漢甬道，漢王食乏，恐，請和，割滎陽以西為漢。項王欲聽之，歷陽侯范增曰：「漢易與耳，今釋弗取，後必悔之。」項王乃與范增急圍滎陽。漢王患之，乃用陳平計閒項王。項王使者來，為太牢具，舉欲進之。見使者，詳驚愕，曰：「吾以為亞父使者；乃反項王使者！」更持去，以惡食食項王使者。使者歸報項王。項王乃疑范增與漢有私，稍奪之權。范增大怒曰：「天下事大定矣；君王自為之！願賜骸骨歸卒伍。」項王許之。行未至彭城，疽發背而死。
>
> 項王聞淮陰侯已舉河北，破齊趙，且欲擊楚，乃使龍且往擊之。淮陰侯與戰，騎將灌嬰擊之，大破楚軍，殺龍且。

范增的以反間離去病死；龍且雖能使「九江王布與龍且戰不勝」且「數月，龍且擊淮南，破布軍。」(192)，但卻在救齊之役，以「吾平生知韓信爲人：易與耳！」的輕敵，而散失「號稱二十萬」的楚軍戰死(193)。項羽幾乎是完全孤立了，後來「大司馬周殷叛楚，以舒屠六，舉九江兵隨劉賈彭越。皆會垓下，詣項王」。僅只鍾離昧在「項王死後亡歸（楚王韓）信」，因「漢王怨昧；聞其在楚；詔楚捕昧」，終因韓信逼迫自剄(194)。並且：

當是時，項王在睢陽，聞海春侯軍敗，則引兵還。漢軍方圍鍾離昧於滎陽東。

曾經爲項羽穩住楚軍的頹勢。由於王侯的紛紛叛己，骨鯁之臣數人又不可盡信，於是項羽所能任愛的就僅只諸項與舊恩了。但所謂諸項，如桃侯襄「以客從漢王，二年從起定陶，以大謁者擊布，侯千戶，爲淮陰守，項氏親也，賜姓」固不論矣。如項伯：「漢王與項羽有卻於鴻門，項伯纏解難，以破羽，纏嘗有功，封射陽」(195)，不但於鴻門爲劉邦解難，並在項羽封王時，爲劉邦請漢中地(196)，尤其更在項羽欲殺太公時，力救得免：

當此時，彭越數反梁地，絕楚糧食。項王患之。為高俎，置太公其上；告漢王曰：「今不急下，吾烹太公。」漢王曰：「吾與項羽俱北面受命懷王，約為兄弟。吾翁卽若翁；必欲烹而翁，則幸分我一桮羹！」項王怒，欲殺之。項伯曰：「天下事未可知。且為天下者不顧家。雖殺之，無益，祇益禍耳。」項王從之。

幾乎就是楚之「漢奸」！其實比異姓更不可信賴。而舊恩，誠如唐順之所論：「徒以舊恩任，不必賢」[197]：

> 是時彭越復反，下梁地，絶楚糧。項王乃謂海春侯大司馬曹咎等曰：「謹守成皋。則漢欲挑戰，愼勿與戰。毋令得東而已！我十五日必誅彭越，定梁地，復從將軍。」乃東行，擊陳留外黃。
>
> 漢果數挑楚軍戰，楚軍不出；使人辱之，五六日，大司馬怒，渡兵汜水。士卒半渡，漢擊之，大破楚軍，盡得楚國貨賂。大司馬咎長史欣（翳塞王）皆自剄汜水上。大司馬咎者，故蘄獄掾；長史欣，亦故櫟陽獄吏：兩人嘗有德於項梁，是以項王信任之。

因此舊恩或者忠誠，雖能自剄以殉，但若才智不副所任，適足以敗事；實在遠不如「士之頑鈍嗜利無恥」[198]而能「自爲守」[199]，或能「與共分天下」而「可與共功者」[200]爲可用。是以：

> 絳侯、灌嬰等咸讒陳平曰：「平雖美丈夫，如冠玉耳，其中未必有也。臣聞平居家時，盜其嫂；事魏不容，亡歸楚；歸楚不中，又亡歸漢。今日大王尊官之，令護軍。臣聞平受諸將軍金，金多者得善處，金少者得惡處。平，反覆亂臣也。願王察之。」漢王疑之，召讓魏無知。

而無知曰：

臣所言者，能也；陛下所問者，行也。今有尾生、孝己之行而無益於勝負之數，陛下何暇用之乎？楚漢相距，臣進奇謀之士，顧其計誠足以利國家不耳。且盜嫂受金，又何足疑乎？(201)

因此司馬遷於「項羽本紀」記劉邦「推墮孝惠魯元車下」，欲分太公一桮羹，從倫理的「行」而論，誠如王楙所謂：

高祖與項羽戰於彭城，為羽大敗，勢甚急迫，魯元公主惠帝弃之，夏侯嬰為收載行，高祖怒欲斬嬰者十餘，借謂吾力不能存二子不得已弃之可也，他人為收，豈不甚幸！何齗齗然欲斬之？其天性殘忍如此！高祖豈特忍於二子？於父亦然！當項羽置太公於俎上，赫啖可畏，無地措身，而分羹之言，優游暇豫，出於其口，恬不知愧！幸而項羽聽項伯之言而赦之。萬一激其憤怒，果就鼎鑊，高祖將何以處？後人見項羽不烹太公，遂以為高祖之神，不知亦幸耳！(202)

姚祖恩亦以為：

> 先儒多謂分羹之語為英雄作略，太公全虧此語因得不烹；吾謂父子之間，分雖殊而理則一，當其推墮子女時，忍心固已畢現，豈得謂孝惠、魯元亦虧其推墮因得不死耶？此只是隆準翁頑鈍處，不必曲為之說。[203]

這兩個事件，固然充分的反映了劉邦的「天性殘忍」而事急「頑鈍」的荒誕乖謬的喜劇性，亦同時反映了劉邦遇事屢得人助，逢凶化吉的幸運的喜劇性。但是安置在描寫項羽敗亡的悲劇篇章，正所以反襯出，一如陳平盜嫂受金的不礙於其計的誠足於利國家，而有益於勝負。劉邦不論所作所爲多麼違背倫理的原則，例如已割鴻溝，約中分天下，「項王已約，乃引兵解而東歸」，漢遂違約，「因其機而遂取之」，卽使李光縉評以：

> 項羽之待漢王，猶夫差之待勾踐。夫差之仇怨也恕；勾踐之仇怨也酷。項羽之負約也小；漢王之負約也大。[204]

仍然無益且無改於彼此的所以導致勝負的形勢之必然。就在這種種成敗利害的必然形勢上，例如：攻守異勢，分王軍散，背關懷楚，兵盛食多與兵罷食盡，（誠如姚祖恩所評：「楚之敗也以乏食，看其隱隱隆隆，由漸寫來。此燒積聚，彼食敖倉，成敗之機，已伏於此。」[205]），能暫「與共分天下」，與「至於行功爵邑，重之」[206]，「能用人」[207]「任天下武勇」[208]與「不能信人，其所任愛，非諸項卽妻之昆弟」[209]，「喑噁叱咤，千人皆廢」與「不能任屬賢將」㉑⑩，不論項羽的種種錯失，原具有多少倫理的品質與關懷，劉邦的表現反映了多少倫理性質上的缺陷，但這些成敗之機正是完全超乎我們的倫理感受之外的無可動搖的客觀形勢，於是就在「先卽制人，後則爲人所制」的不變的律則上，我們正如從最後：

項王至陰陵迷失道；問一田父，田父紿曰：「左。」左，乃陷大澤中，以故漢追及之。

的偶然性看到命運的神秘；在這種種客觀形勢的必然性上，我們亦看到了命運的奧義。一些類似懷海德所謂物理定律的命運的律令！所以陳仁錫說得好：

滎陽之圍何異垓下之困，而漢竟能轉弱爲強者，雖繇天命，人謀亦多矣！㉑①

影響人類前途的種種偶然性事件，固是「天命」之所在；而把握種種的客觀形勢的必然性，正是「人謀」的目標，就在這種天人之際，偶然性與必然性交織，人類的命運於是展現了它的獨自風姿！或許在史記的衆多篇章中，再沒有一篇像「項羽本紀」那樣有著如許豐富的必然與偶然的波瀾蕩漾，那樣的透露著命運的神秘與可能，抉擇的必然與奧義，那樣的引領我們沉思、心誦、默念人類在成敗利害與倫理道義之間抉擇與摸索的意義了。

八、項羽倫理醒覺的歷程與其最後的殉難

雖然項羽在鴻門會做了具有倫理性質的抉擇，但是這種倫理性質只是約束了他的權力意志，使他的權力意志受到倫理關切的限制，而未曾表現爲無所不用其極的權力追求；但是這種倫理關懷並未取代或轉化了項羽的以其權力意志爲本質的性格特徵。因此這種權力意志的性格特徵，很自然的就流溢爲「項王欲自王，先王諸將相」。在這裏項羽的倫理特質只反映在「計功割地」立場的堅持上：劉邦確實是滅秦有功，因此遂不「聽細說欲誅有功之人」，所以雖然「疑沛公之有天下」，但在「業已講解」的情況下，則「立沛公爲漢王」；其他諸將相皆等此。因爲項羽所要肯定的正是「身被堅執銳首事，暴露於野三年，滅秦定天下者，皆將相諸君與籍之力也」。在這個肯定背後，也正是同時強調著：「天下初發難時，假立諸侯後以伐秦」，因此立諸侯後只是一種方便措施的「假立」。而諸侯後本身一如「義帝雖無功」，雖然有其名位，其實並無實功，「故當分其地而王之」。其基本精神正是分已立之諸侯後的諸王之地而封諸將相爲王；並且是強調諸王無功，諸將相有功，因此「計功割地」的結果，必然是「今盡王故王於醜地，而王其羣臣諸將善地」。這種安排的背後，原來正有項羽「使人還報懷王。懷王曰：『如約。』」，所導致的「項羽怨懷王不肯令與沛公俱西入關，而北救趙，後天下約」的一番怨恨在。所以，「項王出之國」，不但「使人徙義帝」，「曰：『古之帝者，地方千里，必居上游。』乃使使徙義帝長沙郴縣，趣義帝行」，不論名

目理由爲何，正如韓信說劉邦所謂的「是遷也」。而且更在「其羣臣稍稍背叛之；乃陰令衡山臨江王擊殺之江中」。同樣的，韓王成，原係項梁所立：

及沛公之薛見項梁，項梁立楚懷王。良乃說項梁曰：「君已立楚後；而韓諸公子橫陽君成賢，可立為王，益樹黨。項梁使良求韓成，立以為韓王。以良為韓申徒。與韓王將千餘人，西略韓地，得數城。秦輒復取之。往來游兵潁川。沛公之從雒陽南出轘轅，良引兵從沛公，下韓十餘城，擊破楊熊軍。沛公乃令韓王成留守陽翟；與良俱南攻下宛，西入武關。㉑②

其無功而假立的情形，其實與楚懷王的情形是如出一轍，因此項羽雖然原先安排「韓王成因故都，都陽翟」，而終於以：

韓王成無軍功，項王不使之國；與俱至彭城，廢以為侯；已又殺之。

這件事情，雖然呂思勉「秦漢史」以爲：

案旣封之，不得無故復廢殺之，此亦必有其由，特今不可知耳。㉑③

但其實並非絕對無法理解。同時關於擊殺義帝一事，朱東潤「史記考索」亦以爲可疑：

義帝之死，「項羽本紀」「高祖本紀」皆謂羽陰令衡山臨江王擊殺之江中；「黥布傳」則謂羽陰令九江王布等行擊之，其八月布使將擊義帝，追殺之郴縣。布傳又載隨何說布曰：「夫楚兵雖彊，天下負之以不義之名，以其背盟約而殺義帝也。」大抵義帝之不終，固為實事，至於擊殺之主名，則漢人之說，如轉輪，如刺蜚，其言不可究詰，而歸咎於項王者則一，曰陰令，則昌言之者必有其人，羽不宜自言之；臨江王始終為楚，亦不宜自言之；衡山王始終為漢，自言之亦不足信；至英布者，果身與其事，隨何宜為之諱，不應言之以犯其忌。至「漢書」「高帝紀」「項籍傳」「英布傳」則皆以為羽陰令布擊殺義帝，其言又異。漢高方言願從諸侯王擊楚之殺義帝者，旋卽與黥布為伍，不亦傎乎！由今言之，此尤頑鈍無恥者也。(214)

呂思勉「秦漢史」論此事，亦以爲：

「高祖本紀」云：殺義帝江南。「黥布列傳」曰：「項氏立懷王為義帝，徙都長沙，乃陰令九江王布等行擊之。其八月，布使將擊義帝，追殺之郴縣。」「漢書」「高帝紀」則云：「二年，冬，十月，項羽使九江王布殺義帝於郴。」郴在楚極南，項羽卽欲放逐義帝，亦不得至此，然則「黥布傳」云都長沙者是也。「項羽本紀」之郴縣二字，蓋後人側注，誤入本文。義帝殆見迫逐，自長沙南走至而郴死也。義帝在當時，既無足忌，項羽殺之何為？衡山、臨江、九江；主名尚無一定，則義帝死事，實已不傳，史之所書，皆傳聞誣妄之說耳。㉑⑤

而司馬遷「太史公自序」亦僅作：「誅嬰背懷，天下非之」，論贊亦但云：「及羽背關懷楚，放逐義帝而自立」，顯然與「殺慶」、「誅嬰」的確指大有逕庭。但是誠如錢鍾書「管錐編」論「鴻門宴紀事」所云：

錢謙益「牧齋初學集」卷八三「書史記項羽高祖本紀後」兩首推馬之史筆勝班遠甚；如寫鴻門之事，馬備載沛公、張良、項羽、樊噲等對答之「家人絮語」、「娓娓情語」、「謹諉相屬語」、「惶駭偶語」之類，班胥略去，遂爾「不逮」。其論文筆之繪聲傳神，是也；苟衡量史筆之足徵可信，則尚未探本。此類語皆如見象骨而想生象，古史記言，太半出於想當然。馬善設身處地，代作喉舌而已，即劉知幾恐亦不敢遽謂當時有左、右史珥筆備錄，供馬依據。然則班書刪削，或識記言之為增飾，不妨略馬所詳；謂之謹嚴，亦無傷耳。馬能曲傳口角，而記事破綻，為董氏所糾，正如小說戲曲有對話栩栩欲活而情節布局未始盛水不漏。李漁「笠翁偶集」卷一「密針線」條嘗評元人院本作曲甚工而關目殊疏，即其類也。㉑⑥

這種「蓋非記言也，乃代言也」，「設身處地，依傍性格身分，假之喉舌，想當然耳」(217)的情形，其實不僅只錢氏所欲申論的：

「文心雕龍」「史傳篇」僅知追述遠代而欲「偉其事」、「詳其跡」之「譌」，不知言語之無徵難稽，更逾於事跡也；「史通」「言語篇」僅知「今語依仿舊詞」之失實，不知舊詞之或亦出於虛託也。(218)

只有史文中的對話獨白如此。其實史文中有關人物的行爲動機，心理狀態，如：「項羽怨懷王不肯令與沛公俱西入關，而北救趙，後天下約」等等的描寫，原皆出於「設身處地」的「想當然耳」的歷史想像，以及史家對於歷史人物「性格身分」的詮釋。甚至全篇「傳」「紀」皆視爲是對所以稱名的歷史人物的「性格身分」的詮釋亦無不可。(219)因此在這裏特別重要的是歷史作者對於歷史人物的詮釋。司馬遷在「高祖本紀」中，一再明言：「項羽怨懷王不肯令與沛公俱西入關」、「項羽怨田榮，立齊將田都爲齊王」，項羽的「怨」，在「項羽本紀」則皆未曾提及，但云：「項王使人致命懷王，懷王曰：如約。乃尊懷王爲義帝」，以及「田榮者，數負項梁，又不肯將兵從楚擊秦，以故不封」；而「齊將田都，從共救趙，因從入關，故立爲齊王」，實與「趙相張耳素賢，又從入關，故立耳爲常山王，王趙地」，「燕將臧荼，從楚救趙，因從入關，故立荼爲燕王」如出一轍。則「立齊將田都爲齊王」未必僅以「怨田榮」之故。同樣的「乃尊懷王爲義帝」，亦不僅由於「怨懷王不肯令與沛公俱西入關」，「後天下約」，而當更在「項王欲自王」。項羽不但自王，而且在「先王諸將相」的安排區處中，非常明顯更有強調自己救趙入關之功業的現象。是以趙、燕、齊皆以「從入關」的將相立王。既然以「滅秦定天下」爲唯一功業的衡量，而又有意無意要貶抑劉邦的重要性，因此，若張良從項羽而非從劉邦入關，則援例似當徙韓王成，而立張良爲韓王。但因張良係從劉邦入武關，未便遽封，故「韓王成因故都，都陽翟」，而未如：「徙魏王豹爲西魏王」、「徙趙王歇爲代王」、「徙燕王韓廣爲遼東王」，「徙齊王田市爲膠東王」等，遭到遷徙。但這顯然並非項羽之所願，「韓王成無軍功，項王不使之國」；尤其韓王成有異於上述諸王，與楚懷王心，原皆爲項梁所立，遂遭遇懷王同一命運。司馬遷在「項羽本紀」中將二事連接敍述，正有相提並論，互爲補充，互相闡發之意。因此，項羽的分王諸將相，固然不僅出於怨懷王，而殺義帝遂及韓王成，正所以顯示項羽對於懷王的深怨與鄙視。因此，項羽或許不是一個大殺功臣的領袖；但他卻是一位對於無功受祿，尸位素餐的傀儡，甚加厭憎的人，尤其這樣的傀儡竟得使居南面而臣事之，這是連秦始皇都覺得可以「取而代之」的項羽所不能忍受的。「大丈夫定諸侯，卽爲眞王耳，何以假爲！」㉒⓪，生當戰國之後的項羽，顯然不會具有生於漢末的曹操，所具有的名敎觀念；天下「迺公居馬上而得之」，故不屑於惺惺作態，「挾天子以令諸侯」。所以，鍾惺以爲：

> 三代以後取天下，自不免有暗昧處，如羽之陰遣人擊殺義帝，暗昧得拙而淺。㉒①

顯然是以後世的名教繩範，焚書坑儒之後的暴秦遺民。當項羽先王諸將相而自王之際，早已「放逐義帝而自立」，明明白白的「政由羽出」。因此項羽的「殺」義帝，其實正如他的「殺」韓王成一樣，是殺得理直氣壯的。是以司馬遷但云「擊殺」，而不言「弒」，更談不上「篡弒」。正因爲項羽心目中的尊卑上下，一概當以軍功爲準，就未免只注意軍事行動的「戰」；而完全忽略了在羣衆運動中，政治號召，以及作爲政治號召象徵人物，在心理象徵上的重要性。而這種政治號召，不論眞假，仍然必須是一種倫理價值的肯定。這是所以劉邦說了：「迺公居馬上而得之，安事詩書？」之後，陸賈要回答：「居馬上得之，寧可以馬上治之乎？」的緣故[222]。當項羽自以爲「假立諸侯後以伐秦」，「懷王者，吾家項梁所立耳，非有功伐」之際，他顯然忽略了一旦立諸侯後或懷王爲君，則諸將相的所有的功伐，都在象徵上亦歸屬於所立之君主的功伐。當他以懷王將的身分，放逐義帝而自立之際，亦即是在倫理上認可而且鼓勵了，他所分封諸侯中的力之所能者取他而代興。是以司馬遷在論贊中特別批評他：「及羽背關懷楚，放逐義帝而自立，怨王侯叛己：難矣」，因而更深一層的分析其原因，正是「迺公居馬上而得之，安事詩書」的「自矜功伐，奮其私智而不師古」的心態使然。這種心態終於導致諸侯羣起效尤，紛紛「逐其故主」自立，使項羽在「秦已破，計功割地，分土而王之，以休士卒」的企劃中所想重新建立的世界秩序，由於這種不當的安排治絲愈紛，遂使「天下」又再淪入以「力征經營」的混亂之中。在這裏項羽是不能辭其「始作俑者」的咎責的，而終致得到了「其無後乎」的命運。因此，李塗曰：

太史公項籍傳最好，立義帝以前，一日氣魄一日；殺義帝以後，一日衰颯一日，是一篇大綱領主意。至其開闔馳驟處，真有暗嗚叱咤之風。㉓

而劉辰翁則曰：

一田榮不封，遂生此故；固知立功易，為宰難。㉔

但是天下的復亂，實並不由於「一田榮不封」，而是來自基於項羽與懷王之矛盾所架構起來的「計功割地，分土而王」的企劃。當項羽爲了使自己的封王善地，逐義帝醜地的措施合理化；正如他的「先王諸將相」，亦在使自己的「欲自王」顯得順理成章；他採取了以諸侯將相的從入關者，代原來的諸侯後的諸王，立爲趙地、燕、齊諸國之王，無形中正使他與懷王之間的矛盾普遍化了。其結果正使諸侯原有的君王與將相之間，形成了勢必互相攻伐的態勢，這不但破壞舊有倫理的上下關係，更且使他們之間由於「勢不兩立」而陷入尖銳的對敵。因此，不是如新任燕王的：

臧荼之國，因逐韓廣之遼東；廣弗聽，荼擊殺廣無終，幷王其地。

卽是如田榮的「乃大怒，不肯遣齊王之膠東，因以齊反，迎擊田都，田都走楚」。而劉邦的依約當王關中；而竟遷爲漢王，其態勢正有類於爲項羽所徙之諸王，終於「還定三秦」。雖然呂思勉「秦漢史」以爲：

> 荼擊殺廣無終，并王其地：此則行諸侯之約，非壞諸侯之約也。其壞諸侯之約者，則爲田榮與漢王。㉕

但其爲舊王與新王的互不相容，終致相攻互殺則其實並無二致。而其結果則臧荼并有燕地，田榮并王三齊，「陳餘迎故趙王歇於代，反之趙。趙王因立陳餘爲代王」，而劉邦亦奄有全秦。則諸侯對於戰國故地的完整性觀念根深砥固，並不容項羽輕易分割。這正顯示項羽「爲天下宰」的權力意志，旣與固有的倫理觀念衝突，亦與先秦的列國觀念衝突。義與利皆無法饜足羣雄，其必然顯爲「不平」而無法致天下於太平，自無庸贅言。因此，項羽的計功割地的政由己出，顯示的主要的還是權力的意志，雖然不能說全無倫理的意涵；但其倫理關懷，則「見牛未見羊」㉖的僅及於他以爲有功的諸將相，而從更普遍的君臣關係而論，則無寧當說是，對於通行之倫理原則的悍然以威彊加以公開破壞。是以司馬遷也在「自序」中以倫理的角度，論斷爲：「誅嬰背懷，天下非之」。在司馬遷的論斷中，其實正有：「以臣弑君，可謂仁乎？」；「以暴易暴兮，不知其非矣」㉗的來自「伯夷之義」㉘的倫理精神在焉。這豈非正是司馬遷責備項羽的「自矜功伐，奮其私智而不師古」的「古道」之所在？但是作爲反抗者的項羽，他的倫理精神卻另有所寄。誠如卡繆（Albert Camus）在「反抗者」（The

Rebel）一書中所指出的：

既然有反抗，那就等於說，謊言、不義、和暴力，構成反抗者之處境的一部分。所以他不能妄想絕不殺人，絕不說謊，否則他得放棄反抗，把凶殺和惡一下都承受下來。[229]

所以在「秦王有虎狼之心，殺人如不能舉，刑人如恐不勝，天下皆叛之」的情形下，由於「在反抗中，人超越自己而與他人連爲一體」[230]，項羽不能不呼籲「將戮力而攻秦」，一如項梁的「數使使趣齊兵，欲與俱西」，同樣的亦爲了相同的理由，不能不接受項梁「求楚懷王孫心」，「立以爲楚懷王，從民所望」的「假立諸侯後以伐秦」的「假立」的「謊言」。而既然反抗，則攻伐與殺人就是不可免的，因此「以暴易暴」的批評就根本不在話下；而不論「攻秦」或「伐秦」的行動，在秦的統一已有十餘年之後，根本就已經是「以臣弒君」的行動。司馬遷「自序」中：「誅嬰背懷，天下非之」的子嬰與懷王的相提並論，正因他們都是「君」，而且都是「諸侯後」，並非基於抗暴的功績，而是僅憑血緣，就得推立而加在衆人頭上的「君」，是一種近乎神權的崇拜；而「反抗者是在神權世界之前或之後的人，致力於建立人間秩序，要一切答案都是人間的，即按理性提出的」[231]。因此陳勝初起即「卜之鬼」，「乃丹書帛曰：『陳勝王』，置人所罾魚腹中。卒買魚烹食，得魚腹中書，固以怪之矣」；「又閒令吳廣之次近所旁叢祠中，夜篝火，狐鳴呼曰：『大楚興，陳勝王。』」，藉此以「先威衆」，在基本的心理上乃與立諸侯後爲王一樣，都是不問人間性來由的神權心理。雖然陳勝的起兵，原卽包涵一種「王侯將相，寧有種乎？」的平等的自覺，但其「今亡亦死，舉大計亦死，等死，死國可乎？」[232]的權力意志太濃，以致同樣墮入根基於神權的非理性思想。也因此，陳勝在攻下大澤鄉、蘄、銍、酇、苦、柘、譙，收兵入陳，卽立爲王。因爲「立王」卽是他原先起的宗旨。但項羽的「殺慶救趙」，則不但皆完全從理性與人間性出發，前者如「夫以秦之彊，攻新造之趙，其勢必舉趙」；後者如：「今不恤士卒而徇其私，非社稷之臣」，而且在奪得軍權之後，始終先「憂在亡秦」，既沒有回兵與懷王爭楚，在救趙成功，「諸侯立之」，亦僅任「諸侯上將軍」，寧可爲了滅秦先「立章邯爲雍王」，並未先行追求「自王」，直到入關滅秦之後，方始「計功割地」而於「先王諸將相」後「自立爲西楚霸王」。是以項羽的自立，確有其「計功割地」的人間性與理性基礎，亦不可說是完全只是權力意志的表現。所以，項羽的「先王諸將相」後的「自王」，亦自有其倫理立場，雖然那絕非「伯夷之義」。而他「從來無統一天下之志」，始終願意割地分王，不僅是「豈知高祖規模宏遠，天下不歸于一不止哉」，更重要的這其間正有反抗者所抱持的：「爲能存在，人應反抗，但他的反抗應尊重在其自身所發現的界限，應使大家能攜起手來，共謀生存」[233]的基本情操。也就是「既以秦滅六國爲無道而亡之」，「自無一人可專有天下」之理。力能取天下而不措意於取天下，項羽的「規模」不「宏遠」處，正有他作爲反抗者的本色在，也就是他在倫理精神上亦不同於「父死不葬，爰及干戈」而受到伯夷「以暴易暴兮，不知其非矣！」非難的周武王之處。因爲周武王，正是於「西伯卒」，卽自立爲王，然後「載木主號爲文王，東伐紂」㉞的。

項羽的這種反抗者的本色，亦見於他的未殺太公以及「願與漢王挑戰決雌雄」二事：

項王已定東海，來西與漢俱臨廣武而軍；相守數月。當此時，彭越數反梁地，絕楚糧食。項王患之。為高俎，置太公其上；告漢王曰：「今不急下，吾烹太公。」漢王曰：「吾與項羽俱北面受命懷王，約為兄弟。吾翁卽若翁；必欲烹而翁，則幸分我一桮羹！」項王怒，欲殺之。項伯曰：「天下事未可知。且為天下者不顧家。雖殺之，無益，祇益禍耳。」項王從之。

項羽原來並不是一個深具喜劇性的形相。但在楚漢俱臨廣武相持數月，由於「彭越數反梁地，絕楚糧食」的困境，卻使項羽做出一連串具有喜劇意味，卻又富饒倫理意義的事跡。以劉邦親人的性命威脅劉邦投降，這雖然不是什麼高明的計策，但這至少是一個入情合理的行爲，本來談不上滑稽的。但「爲高俎，置太公其上」就顯得有一點頑笑嬉戲的意味，而使得它的威脅的嚴重性大減。因而那很明顯的是一種恐嚇的「姿態」而已，若蓄意必殺，根本無需多費此一道「表演」性的手續。尤其所告漢王的乃是：「今不急下，吾烹太公」，只強調「今不急下」，而未及任何具體的時限與辦法，更使這件事的表情性重於現實性。所以在劉邦純然撒賴式的回答：「必欲烹而翁，則幸分我一桮羹！」之後，項羽雖然「怒，欲殺之」，卻輕而易舉的爲項伯所勸解，正因項羽原就無意眞正殺害原本無辜的太公。他的「欲殺之」，純粹來自被劉邦的矯作言辭所激怒。因此，這裏劉項的性行之分，其間所涵具的倫理意義，實可引用歐地耳（Nodier）對查德（Sade）所堅持立場的簡述：

在感情激動時殺一個人，是可瞭解的。在冷靜的考慮下，以高尚的職權為藉口，而讓別人去殺人，是不可理解的。[235]

來加以闡釋。卡繆因此在「反抗者」一書中，評論道：

在這裏還暗含着撒德將來要發揮的一個觀念：誰殺人，要自己負責行動。可見撒德的道德比起現代人還算高尚。[236]

因為撒德：

首先是痛恨那些自命不凡，或太相信自己所從事之工作，竟敢處罰他人的人，其實他們本人卻是罪人。不能只准自己犯罪，而把處罰留給他人。[237]

司馬遷接著「烹太公」之議，所描寫的項羽的「挑戰」之議，正是最能反映這種精神與立場：

楚漢久相持，未決，丁壯苦軍旅，老弱罷轉漕。項王謂漢王曰：「天下匈匈數歲者，徒以吾兩人耳。願與漢王挑戰決雌雄，毋徒苦天下之民父子為也。」漢王笑謝曰：「吾寧鬥智；不能鬥力。」

錢鍾書「管錐編」申論此處的「挑戰」云：

「集解」：「李奇曰：『挑身獨戰，不復須衆也』」；「考證」：「李說是。」按杜甫「寄張山人彪」云：「蕭索論兵地，蒼茫鬥將辰」；「挑身獨戰」即「鬥將」，章回小說中之兩馬相交，厮殺若干「回合」是也。趙翼「陔餘叢考」卷四。嘗補「池北偶談」引「劇談錄」，援徵史傳中鬥將事。余觀「穀梁傳」僖公元年：「公子友謂莒挐曰：「吾二人不相說，士卒何罪！屏去左右而相搏。」竊謂記鬥將事莫先於此，其言正與項羽同；後世如「隋書」「史萬歲傳」竇榮定謂突厥曰：「士卒何罪過，令殺之？但當遣一壯士決勝負耳」，莫非此意。西方中世紀，兩國攻伐，亦每由君若帥「挑戰」「鬥將」(Single Combat)，以判勝負，常曰：「寧亡一人，毋覆全師」，「免兆民流血喪生」(Beiter for one to fall than the whole army; pour éviter effusion de sang chrestien et la dertruction du peuple)，即所謂「士卒何罪」，「毋徒苦天下之民父子為也」。士卒則私言曰：「吾曹蚩蚩，捨生冒鋒鏑，真何苦來？在上者欲一尊獨霸，則亦當匹馬單槍自決輸贏」(Pugnent singulariter qui regnare student singulariter)

第一次世界大戰時，英國民間語曰：「捉德國之君王將帥及英國之宰執，各置一戰壕中，使雙方對擲炸彈，則三分鐘內兩國必議和」，其遺意也。[238]

最能闡揚項羽挑戰之議的倫理意義。但是誠如吳梅村「下相懷古詩」所論：

憶者楚項王，拔山氣何壯。太息取祖龍，大言竟非妄。破釜救邯鄲，功居入關上。殺降復父讎，不比諸侯將。杯酒釋沛公，殊有君人量。胡為去咸陽，遣人扼其吭。亞父無諍言，奇計非所望！重瞳顧柔仁，隆準至暴抗。脫之掌握中，骨肉俱無恙；所以哭魯公，乃以威儀葬。

項羽的不殺劉邦的家人，固然來自他的「柔仁」，不願殺害無辜；而「挑戰」一議，實在就是這種不願殺害無辜的心理的擴展，因此而達致「毋徒苦天下之民父子為也」的對於「丁壯苦軍旅，老弱罷轉漕」的民眾痛苦的深切同情。但是這裏更重要的卻是由此而表現的對於「天下匈匈數歲者」的楚漢相爭，從倫理的角度，體認到它的純然沒有意義：「徒以吾兩人耳」，而自己正與劉邦是導致「天下匈匈」的原因的自覺，已使項羽無法只是沉溺在一己權力意志的追求。在抗暴伐秦一役中，項羽的權力意志雖然多少受到倫理關懷的約束，但至少抗暴的「反抗」行動本身的倫理意義，卻可以並行不悖的加強了他的權力追求。但在這裏，權力意志終於和倫理關懷完全分道揚鑣而互相對立。他的挑戰決雌雄之議，正是權力意志仍未消失，而倫理關懷卻已擡頭之際，所作的二者的交互妥協。因此雖然開始了倫理醒覺的端倪，但卻是絕不純粹，極不完全的。因此他的提議，仍不免顯得極爲天眞；尤其項羽「力能扛鼎」，「籍所擊殺數十百人；一府中皆慴伏，莫敢起」：

項王大怒，乃自被甲持戟挑戰。樓煩欲射之，項王瞋目叱之。樓煩目不敢視，手不敢發，遂還入壁，不敢復出。

「挑身獨戰」亦是項羽所擅長，必然穩操勝卷的活動，因此項羽的眞摯而誠意的對「民父子」之「徒苦」的憐憫與關懷，就與純粹異想天開的意圖佔盡便宜的無賴想法交織糾纏而難分難辨了。遂不免流露爲荒誕的滑稽感，所以結果只換來劉邦的一場好笑：「漢王笑謝：『吾寧鬥智；不能鬥力』。「鬥力」一語，正是對於項羽此一提議之天眞愚昧的「不智」，所作的嘲諷譏刺。而項羽在「令壯士出挑戰；漢有善騎射者樓煩，楚挑戰三合，樓煩輒射殺之」之餘，竟親自「被甲持戟挑戰」，雖然其勇猛，足使「漢王大驚」，但其因「大怒」而如此降貴紆尊，小題大作，其所呈現的喜劇性的荒誕意味，正是坐實了前面劉邦的譏嘲：眞是只能「鬥力」的角色而已！

項羽除了他的衝動易怒的性格，是其顯然的悲劇性缺陷（tragic flaw）之外，在上述的情景中，這種躁急易怒的反應，似乎又構成了他的荒誕的喜劇性表現的泉源。但項羽自然不是一個只能鬥力的人物：

> 項王聞淮陰侯已舉河北，破齊趙，且欲擊楚，乃使龍且往擊之。

項羽的派遣曾經力敵九江王黥布的龍且，且率領號稱二十萬大軍救齊，本來不算是一個錯誤的行動。尤其分遣大軍往擊韓信，正顯示他對整個大局關鍵的正確認識與他對韓信的重視，不敢輕敵。但龍且因爲自以爲「吾平生知韓信爲人；易與耳」輕敵於先，又以爲「且夫救齊，不戰而降之。吾何功？今戰而勝之，齊之半可得」貪功於後，終於犯了陳餘的同樣錯誤，軍破被殺。正因項羽深知「天下權在韓信」[239]，所以「項王聞龍且軍破，則恐，使盱台人武涉往說淮陰侯」，但因韓信怨曾「事項王，官不過郎中，位不過執戟，言不聽，畫不用」[240]，結果「淮陰侯弗聽」。以上二事雖皆失敗，但項羽的反應與處置，其實皆非「鬥力」而亦有其「鬥智」的合宜性。同樣的是：

> 是時彭越復反，下梁地，絕楚糧。項王乃謂海春侯大司馬曹咎等曰：「謹守成皋。漢欲挑戰，愼勿與戰。毋令得東而已！我十五日必誅彭越，定梁地，復從將軍。」乃東行，擊陳留外黃。

誠如吳齊賢所謂：「凡三提彭越，以見楚項之病根。」[241]所以項羽的措施，亦可如陸瑞家所論：

項王此計雖當，至於聽外黃之言，則誤矣！㉑㉒

顯然是一個合宜的措施。雖然我們以爲「聽外黃之言」，其實另有深遠的意義，並不錯誤。但是卻由於：

漢果數挑楚軍戰，楚軍不出；使人辱之，五六日，大司馬怒，渡兵氾水，士卒半渡，漢擊之，大破楚軍，盡得楚國貨賂。

不但沒有達成預期結果，反而導致情勢的急轉直下。曹咎等人力足以「謹守成皐」，「毋令得東而已」；項羽亦事先警告：「漢欲挑戰，愼勿與戰」，但終於在漢方「辱之，五六日」，「大司馬怒」之餘一敗塗地。這裏正反映了項羽手下諸將相的共同性格缺點：「楚人沐猴而冠耳！」，顯然他們大多皆有著類似項羽的急躁易怒的衝動性格，不但大司馬曹咎的軍隊是在「渡兵氾水，士卒半渡」，遭漢擊破。龍且之敗亡，亦由於：

與信夾濰水陳。韓信乃夜令人為萬餘囊，滿盛沙，壅水上流。引軍半渡擊龍且。詳不勝，還走。龍且果喜曰：「固知信怯也。」遂追信渡水。信使人決壅囊，水大至，龍且軍大半不得渡；卽急擊殺龍且。㉑㉓

則其躁急可見。將領如此，即使謀臣如范增，亦因：

> 項王乃疑范增與漢有私，稍奪之權。范增大怒曰：「天下事大定矣；君王自為之！願賜骸骨歸卒伍。」項王許之。行未至彭城，疽發背而死。

並未因其「年七十」，「好奇計」而稍有不同。同時，項羽在九江王布封王，而至袖手觀看「漢之敗楚彭城，布又稱病不佐楚」[244]之餘，前後曾「以故吳令鄭昌為韓王以距漢，令蕭公角等擊彭越」，但終以「彭越敗蕭公角等。漢使張良徇韓」，而皆告失敗。加上龍且、曹咎等人的敗績，則在分封諸將相之後，項羽手下實在缺乏獨當一面而勝任愉快的將才。因此，項羽雖不欲事事「身負板築，以為士卒先」[245]的躬親指揮實亦不可能。即使希望鬥智不鬥力，亦終無所用智之方。雖然聽外黃一事，正是項羽鬥智不鬥力的一個重要的轉捩點，終因曹咎未能謹守成皋而成效盡失為時已晚，因此並不能具有多少現實的作用，但卻是對於項羽而言，仍然是一個深具倫理啓示性的重要經驗，對於他最後的醒覺，饒有意義：

> 擊陳留外黃，外黃不下。數日，已降，項王怒，悉令男子十五已上詣城東，欲阬之。外黃令舍人兒，年十三，往說項王曰：「彭越彊劫外黃，外黃恐，故且降待大王。大王至，又皆阬之，百姓豈有歸心？從此以東，梁地十餘城皆恐，莫肯下矣。」項王然其言，乃赦外黃當阬者。東至睢陽，聞之，皆爭下項王。

外黃舍人兒的一番話，雖然原是爲了拯救被阬的男子而說的，但事實上卻道盡了項羽平生失敗的主因，也就是他的作爲一個「反抗者」，而竟未曾「忠於起初之情操」，因而「相反地，因了疲倦和瘋狂而忘形於暴虐或自棄」(216)的最大的病痛。這自然由於項羽在項梁引領之下，初起時原是出於權力意志，「乘勢起隴畝之中」，加上他的對敵易怒，「雖吳中子弟，皆已憚籍矣」的性格，使得他在斬宋義崛起的「反抗者」的同情與愛心，始終未能普及於天下百姓。所以「項王所過，無不殘滅者，天下多怨，百姓不親附」(217)，既先「擊阬秦卒二十餘萬人」，「引兵西屠咸陽」，「收其貨寶婦女而東」於前；復又「北燒夷齊城郭室屋，皆阬田榮降卒，係虜其老弱婦女。徇齊至北海，多所殘滅」於後。終於導致雍王、塞王、翟王雖立而「秦父兄怨此三人，痛入骨髓」，劉邦雖遷漢王，而「秦民無不恨者」(218)，以致劉邦舉而東，三秦遂傳檄而定；並且齊國亦在「田榮不勝，走至平原，平原民殺之」之餘，終因項羽的「多所殘滅」，「齊人相聚而叛之。於是田榮弟田橫，收齊亡卒得數萬人，反城陽。項王因留，連戰未能下」，而導致漢軍的輕易進入彭城。因此，整個項羽的失敗都在他「怨秦破項梁軍」，「怨王侯叛己」之際，完全忽略了「秦吏卒」、秦民；以及「田榮降卒」、齊人，事實上正如外黃之民衆爲彭越所「彊劫」一樣，爲秦室、爲田榮所「彊劫」，他們本身也是相當無辜的受害者，雖然他們曾經站在敵對的立場，而形成了敵對的力量。「大王至，又皆阬之，百姓豈有歸心？」項羽最大的錯失，正在雖然他的倫理意識能夠體認到：「天下匈匈數歲者，徒以吾兩人耳」而會抽象的希望「毋徒苦天下之民父子爲也」；但卻一直未曾具體的關注使天下百姓歸心之道。所以，「項羽爲天下宰，不平」，不僅在計功割地之際，令諸侯不平，更在未能眞正安定百姓，多所「徒苦天下之民父子爲也」。在聽了外黃舍人兒的一番話後，「項王然其言」之餘，若項羽對於先前的作爲眞有所反省，勢必要有多少的悔恨！尤其它的效果那麼顯明：「東至睢陽聞之，皆爭下項王」，卻偏偏已是時不我與了：「項王在睢陽，聞海春侯軍敗，則引兵還」。

雖然因爲海春侯軍敗，漢軍盡得楚國貨賂，「是時，漢兵盛食多，項王兵罷食絕」，但是「項王至，漢軍畏楚，盡走險阻」，雙方情勢仍未完全一面倒。於是：

漢遣陸賈說項王，請太公；項王弗聽。漢王復使侯公往說項王。項王乃與漢約，中分天下；割鴻溝以西者為漢，鴻溝而東者為楚；項羽許之，卽歸漢王父母妻子。軍皆呼萬歲。

當時的情勢，若據「高祖本紀」則爲：

漢王出行軍，病甚。因馳入成皋。病愈，西入關至櫟陽，存問父老，置酒。梟故塞王欣頭櫟陽市。留四日，復如軍，軍廣武。關中兵益出。當此時，彭越將兵居梁地，往來苦楚兵，絕其糧食。田橫往從之。項羽數擊彭越等，齊王信又進擊楚。項羽恐，乃與漢王約，中分天下，割鴻溝而西者為漢；鴻溝而東者為楚。項王歸漢王父母妻子。軍中皆呼萬歲。

瀧川資言「考證」引全祖望曰：

鴻溝之約，因項王兵少食盡；韓信又進兵擊之。項羽之兵少，由龍且二十萬衆之敗，而食盡，則以彭越絕其糧道，皆有可考，韓信進兵，獨不詳其始末。

而加以說明曰：

蓋項羽與漢爭於滎陽敖倉之間，雖兵少食盡，尚可支持；而韓信已王齊，故自淮北擣其國都，觀灌嬰傳，則其兵攻彭城，又越彭城而南，直渡廣陵，縱橫蹂躪，項王安得不議和乎？

但是在這一約和的過程中，最值得注意的卻是兩紀皆加記載的：「軍皆呼萬歲」與「軍中皆呼萬歲」。而這裏的「皆呼萬歲」，看來略似紀信誑楚，曰：「城中食盡，漢王降」時的「楚軍皆呼萬歲」，而意義迥然不同。「楚軍皆呼萬歲」是勝利的歡呼；至中分約成的歡呼，則是兩軍皆呼萬歲，正是「丁壯苦軍旅，老弱罷轉漕」，「天下之民父子」於「徒苦」的解脫後的歡呼！這裏正再一次肯定了項羽所謂：「天下匈匈數歲者，徒以吾兩人耳」的倫理自覺。是以「項王已約，乃引兵解而東歸」。

雖然司馬遷在兩紀中皆敍述「漢欲西歸」，「用留侯陳平計，乃進兵追項羽」，似乎劉邦眞有中分天下約和的誠意。但是在「項王已約，乃引兵解而東歸」前的一段文字：

> 漢王乃封侯公爲平國君，曰：「此天下辯士，所居傾國，故號爲平國君。」匿，弗肯復見。

卻正暗示了，劉邦與侯公皆完全明白所謂約和，實在正是所以傾覆平定楚國的一種瓦解楚軍與項羽鬥志的手段。其意義還不僅是：「侯公往，直請太公耳」，所以姚祖恩接著評道：「故作抑揚，當時必無欲西歸之事」，並在張良陳平的「此天亡楚之時也，不如因其饑而遂取之」之下，批以「狠辣，視約誓如兒戲，千古此類至多」，而就侯公的「匿，弗肯復見」，讚以「千古高見，眞有英雄作略」。[249] 因此：

> 漢王乃追項王至陽夏南，止軍，與淮陰侯韓信建成侯彭越期會而擊楚軍。至固陵，而信越之兵不會。楚擊漢軍，大破之。漢王復入壁，深塹而自守。

終於在張良的「共分天下」，「使各自爲戰，則楚易敗」，也就是鍾惺所謂：「使自爲戰，一生學問只在用人」與茅坤論爲：「按此一策，遂定楚漢興亡之略」的策略下：

> 韓信乃從齊往；彭越乃從魏往；劉賈軍自壽春迎黥布，竝行屠城父；大司馬周殷叛

楚，以舒屠六，舉九江兵，隨劉賈黥布皆會垓下。㉕

完成了對於項羽的致命性的包圍：

項王軍壁垓下，兵少食盡。漢軍及諸侯兵圍之數重。

這裏，誠如中井積德的疑問：

據高祖紀，圍之以前有垓下一大戰，此何以略之？㉕

此一大戰，「高祖本紀」作：

五年，高祖與諸侯兵共擊楚軍，與項羽決勝垓下。淮陰侯將三十萬自當之，孔將軍居左，費將軍居右，皇帝在後。絳侯、柴將軍在皇帝後。項羽之卒，可十萬。淮陰先合，不利，卻。孔將軍，費將軍縱，楚兵不利，淮陰侯復乘之，大敗垓下。

這一戰雖然楚兵大敗，但是顯然並沒有潰散，在項羽的領導下，依然能夠守住陣腳，只是陷入重重的包圍之中。但是項羽的陷入重重包圍的態勢，早在韓信、彭越、劉賈、黥布、周殷、隨何，「齊梁諸侯，皆大會垓下」[252]之際，即已完成，所以這一戰只是情勢的自然惡化，並未就是決定性的轉變。故此，「高祖本紀」乃曰：

> 項羽卒聞漢軍楚歌，以為漢盡得楚地。項羽乃敗而走，是以兵大敗。使騎將灌嬰追殺項羽東城。斬首八萬，遂略定楚地。

由「斬首八萬」的記載看，則所謂垓下大戰，項羽的可十萬之卒，至多損失兩萬，因此致命的實在重重被圍，而不是僅因會戰失利。中井積德，對此斬首八萬之數，亦推疑以爲：

> 項羽出走，而餘軍猶在原處。諸紀傳皆不記其戰。然此斬首八萬，倂餘軍戰死者數之也，不然，從項王出者，唯八百騎已，焉得八萬首。[253]

事實上是所有的「突圍」行動，都是未能全軍而出，永遠是只有部分的小部隊能突破重圍，而大部隊則在突圍的行動中潰散被殲。司馬遷在「項羽本紀」中不記與韓信等人之戰，一則或是爲了形相的統一，保持項羽在突圍之後奮戰且又善戰的形相的完整；再則則是項羽的敗亡，確在被圍無援，突圍潰散所致。所以特別，在「圍之數重」之餘，特別強調：

> 夜聞漢軍四面皆楚歌，項王乃大驚，曰：「漢皆已得楚乎？是何楚人之多也！」

在被圍的情形下，四面楚歌的意義，正是在現實上，「漢皆已得楚乎？」，項羽已完全陷入孤軍無援的絕境，所以司馬遷在諸侯圍垓下，特以：

大司馬周殷叛楚，以舒屠六，舉九江兵隨劉賈彭越。

作結。並且在倫理上，也正是項羽自覺爲楚人所厭棄，終至反爲楚人所困的「衆叛」「反噬」的境地。這對一向安楚重楚，唯以楚人自視，特以楚人的領袖自居的項羽來說，這不能不說是大出意料之外的逆轉，因此在「項羽本紀」的全篇描寫中，項羽一直是「大怒」，劉邦一直是「大驚」，甚至在「聞龍且軍破」，項羽可以清楚明白的「則恐」，皆未曾「大驚」的，終於「乃大驚」了！這裏不但很清楚的反映了項羽內心的震動，並且也暗示了其內心深處原有自我形相的破滅！「乃大驚」，正是他的面臨此一新的自我形相與人性眞理的時刻！原來現實上他並沒有帶給楚人幸福與安寧，他既不能保全楚不爲漢所得，自亦不能免於遭受楚人的厭棄，因而反受楚人的攻擊與圍困。所以，他不但在現實上是失敗的；在倫理上也是負債，因爲楚人已經不再擁戴他了。就在他生平作爲奮鬥的所欲：「富貴不歸故鄉，如衣繡夜行」與所得：「四面皆楚歌」之間，他深深的體會到了命運之無常，造化之弄人：

項王則夜起飲帳中。有美人名虞，常幸從；駿馬名騅，常騎之。於是項王乃悲歌忼慨，自為詩曰：「力拔山兮氣蓋世，時不利兮騅不逝。騅不逝兮可奈何！虞兮虞兮奈若何！」歌數闋，美人和之。項王泣數行下。左右皆泣，莫能仰視。

歷來評者多對項羽的悲歌忼慨，寄予無限同情，如朱熹曰：

> 忼慨激烈，有千載不平之餘憤。[254]

如王世貞曰：

> 垓下歌正不必以虞兮為嫌，悲壯烏咽，與大風：各自描畫帝王興衰氣象。千載而下，惟曹公山不厭高，老驥伏櫪，司馬仲達天地開闢日月重光語，差可嗣響。[255]

如吳齊賢曰：

> 可奈何，奈若何，若無意義，乃一腔怨憤，萬種低徊，地厚天高，托身無所，寫英雄失路之悲，至此極矣！
>
> 歌詞清新儁逸，不作粗鹵倔強語妙。

如鍾惺曰：

寫項王如許風流，絕不是暗啞叱咤氣質。㉖

可奈何，奈若何，眞情深，眞不負心，人妾與馬俱舍不得，便是鴻門不殺漢王之根。㉗

如姚祖恩曰：

英雄氣短，兒女情深，千苦有心人莫不下涕。

但是總在體認詩中的「不平」、「悲壯」、「失路之悲」的情緒，以及強調歌中針對虞姬所反映的「兒女情深」，「如許風流」，「眞不負心」的性情。項羽的悲歌中，一方面是極為清晰的命運的意識：「時不利兮騅不逝」；一方面則是其所具的性格的兩面性的自然流露：「力拔山兮氣蓋世」正是「項王暗噁叱咤，千人皆廢」的「勇悍彊」的自負性的表達；而「虞兮虞兮奈若何」則是「項王見人，恭敬慈愛，言語嘔嘔，人有疾病，涕泣分食飲」的「仁」的性情的自然流露。當他在能夠充分實現其「勇悍彊」時：

籍遂拔劍斬守頭。……籍所擊殺數十百人；一府中皆慴伏，莫敢起。

項羽晨朝上將軍宋義，卽其帳中斬宋義頭。……當是時，諸將皆慴服，莫敢枝梧。

於是已破秦軍，項羽召見諸侯將。入轅門，無不膝行而前，莫敢仰視。

他只表現爲一種兇猛威武，令「人人惴恐」，令吳中子弟「憚」忌。他的「仁而愛人」的性情的另一面遂被掩沒，尤其他的一再「怒」、「大怒」，更使他的「恭敬愛人」的「爲人」，蕩然無存，黯然不彰。因爲那正是爲支配的意志所完全蒙蔽的時刻。而「力拔山兮氣蓋世」正與一再的「怒」與「大怒」都同時亦是一種盲目的權力意志的表現。其所呈露的妄想激動猶如「鞭打海水，那是野人的瘋狂」，顯然正是喪失了倫理的「節度」的作爲。但是在「乃大驚」的直接面對了人性的現實與眞理之餘，「時不利兮騅不逝，騅不逝兮可奈何」就不僅是對命運的認識，而且更是一種對於命運，一如對於自然之限度的接納。「時」原來就是一個自然的觀念，雖然也一直是個命運的觀念；而「騅不逝」的自然限制的現象，更是顯然的「用違其時，事易盡也」㉕所導致的「不利」。項羽遂在深深意識到自己的幸運，一如跨下之騅，終究不是取之不盡，用之不竭的可以任意取用的無盡藏，由於過度的支使終於耗竭了。因而在幸運轉變爲惡運之際，在他心裏油然而生的，遂不是怨天尤人，自我蒙昧的憤怒或激狂，而是他的「仁而愛人」的溫柔天性的顯現，以及出自這種天性的對於所愛者渾然忘我的關懷：「虞兮虞兮奈若何！」因此這裏所流露的正是在一已命運之前無可奈何的悲哀。一種連「常幸從」的美人都無法保護的令人慚愧的悲哀。於是所謂的「力拔山兮氣蓋世」，遂都成爲往日已逝的茫昧與狂癡。因此這首悲歌，正是項羽的另一重要醒覺的時刻，由非倫理性的自大的權力意志，而俯首於命運的知覺，而體認人類在自然命運之前的渺小，而歸結專注到倫理性的對於所愛者的關懷，因而正是愛的投注，以及對於此一愛的未能達成其理當達成的保護與成全之功的慚愧。因此，「美人和之，項王泣數行下」，不僅是悲哀的眼淚，也是懺悔與慚愧的眼淚。偉大的人物犯偉大的錯誤，但是當他一旦醒覺與懺悔，也是一個偉大的醒覺與懺悔。就在這種倫理性，而不復是暴力性的偉大中：「左右皆泣，莫能仰視」。當「於是項王乃上馬騎」之際，經歷了衆叛與親離的苦果的項羽，引領著他的遂已不再是權力的意志，而是另外一種淨化了的倫理意志。這一意志，一方面是「知者不惑」㉖⓪的「知命」：

麾下壯士騎從者八百餘人。直夜潰圍南出馳走。平明，漢軍乃覺之。令騎將灌嬰以五千騎追之。項王渡淮，騎能屬者百餘人耳。項王至陰陵迷失道；問一田父，田父紿曰：「左。」左，乃陷大澤中。以故漢追及之。項王乃復引兵而東；至東城，乃有二十八騎，漢騎追者數千人。

由於情勢與運氣的繼續惡化，所達至的「自度不得脫」，以及在這種「自度不得脫」的「知止」中所達成的「有定」。因而反映的就不僅是破釜沉舟之際的「白刃交於前，視死若生者，烈士之勇也」，而是一種「知窮之有命，知通之有時，臨大難而不懼者」的「聖人之勇也」㉖①，完全反映爲眞正的「勇者不懼」了！既然曾子亦說：「戰陣無勇，不孝也」㉖②，則面臨戰陣的唯一適宜的行動，顯然正當是勇戰，因此遂又將這「臨大難而不懼」的勇者情懷，具體的表現爲「白刃交於前，視死若生」的奮戰的行動，因而流露出來的就是一種善戰的英勇！同時，這一倫理意志的另外一面，正是超越自我中心的對於他人的關懷；尤其是對於他所領導者的關懷的意志。項羽是楚軍的領袖，理當引領他們，保護他們，所謂：「今置將不善，壹敗塗地，吾非敢自愛，恐能薄不能完父兄子弟」㉖③的「完父兄子弟」，而項羽的領導，現在正是走向了令楚軍被「斬首八萬」，全軍覆沒的路途。他遂必須對始終追隨的二十八騎的耿耿忠心有所交待，讓他們的忠勇赴死，能有意義，感覺値得而自豪。所以項羽不再是要楚騎爲他而戰；而是他要爲他們而戰，要令他們知道：「我們失敗了，但不可以成敗論英雄，我們盡過力」㉖④，我們在戰場上的表現並沒有什麼好慚愧的；因爲不止早已「所殺過當」，「事已無可奈何，其所摧敗，功亦足以暴於天下」㉖⑤，而且率領你們的領袖，卽使命運不好，但卻絕對是一個英雄人物：

項王自度不得脫。謂其騎曰：「吾起兵至今八歲矣。身七十餘戰，所當者破，所擊者服，未嘗敗北。遂霸有天下。然今卒困於此。此天之亡我，非戰之罪也。今日固決死。願為諸君快戰，必三勝之。為諸君潰圍，斬將刈旗。令諸君知天亡我，非戰之罪也。」

因而終於表現爲類似楚人典範的「國殤」中：

操吳戈兮被犀甲，車錯轂兮短兵接。旌蔽日兮敵若雲，矢交墜兮士爭先。凌余陣兮躐余行，左驂殪兮右刃傷。霾兩輪兮縶四馬，援玉枹兮擊鳴鼓。天時墜兮威靈怒，嚴殺盡兮棄原壄。

出不入兮往不反，平原忽兮路超遠。帶長劍兮挾秦弓，首身離兮心不懲。誠既勇兮又以武，終剛強兮不可凌。身既死兮神以靈，子魂魄兮為鬼雄。㉓⑥

面對「旌蔽日兮敵若雲」的絕對劣勢，以及「天時墜兮威靈怒，嚴殺盡兮棄原壄」的惡運，卻臨難毋苟免，臨危授命的奮戰不懈，拚鬥到底；而表現爲命運之前決不屈服的絕對的自我肯定的「誠既勇兮又以武，終剛強兮不可凌」：

乃分其騎以為四隊，四嚮。漢軍圍之數重。項王謂其騎曰：「吾為公取彼一將。」令四面騎馳下，期山東為三處。於是項王大呼馳下，漢軍皆披靡，遂斬漢一將。是時赤泉侯為騎將，追項王。項王瞋目而叱之。赤泉侯人馬俱驚，辟易數里。與其騎會為三處。漢軍不知項王所在，乃分軍為三，復圍之。項王乃馳，復斬漢一都尉，殺數十百人，復聚其騎，亡其兩騎耳。乃謂其騎曰：「何如？」騎皆伏曰：「如大王言。」

這一段寫項羽的臨危不亂，雖寡不潰，誠如徐孚遠曰：

項王止二十八騎，能分四隊，期為三處，用少如用衆，其兵法亦略可見矣。㉖㉗

而其勇猛則如凌約言所謂：

羽叱樓煩，樓煩目不能視，手不能發；羽叱楊喜，楊喜人馬俱驚，辟易數里，羽之威猛可想像於千百世之下。㉖㉘

其意氣自如，泰然自若，正見於「何如？」一語，所以，吳齊賢曰：

只兩字，反寫得意之語，極寫項羽豪邁。㉖㉙

而在「騎皆伏曰：『如大王言。』」的「皆伏」中，項羽的「勇悍彊」的一面，他的「力能扛鼎，才氣過人」的禀賦，又以倫理性的意義重新再被肯定。但是項羽最後奮鬥的意義，最後達成的醒覺，還不僅止於此。當項羽一再的謂其騎曰：「此天之亡我，非戰之罪也」，「令諸君知天亡我，非戰之罪也」之際，項羽對於命運的體認，已經由不具倫理意義的「自然性」的「時」，而轉移到了具有獎善罰惡，所謂「天道無親，常與善人」㉗⓪的倫理性質的「

天」了。而且在這轉移中，遂不復如：

漢王數項羽曰：「始與項羽俱受命懷王，曰：『先入定關中者王之。』項羽負約，王我於蜀漢，罪一。項羽矯殺卿子冠軍，而自尊，罪二。項羽已救趙，當還報，而擅刼諸侯兵入關，罪三。懷王約入秦無暴掠。項羽燒秦宮室，掘始皇帝冢，私收其財物，罪四。又彊殺秦降王子嬰，罪五。詐阬秦子弟新安二十萬，王其將，罪六。項羽皆王諸將善地，而徙逐故主，令臣下爭叛逆，罪七。項羽出逐義帝彭城，自都之，奪韓王地，并王梁楚，多自予，罪八。項羽使人陰弒義帝江南，罪九。夫為人臣而弒其主，殺已降，為政不平，主約不信，天下所不容，大逆無道，罪十也。㉗①

之際，項羽只是「怒，欲一戰；漢王不聽。項王伏弩射中漢王」，只是以憤怒與攻擊去反應，而拒絕去意識到：「天下匈匈數歲者，徒以吾兩人耳」，則「苦天下之民父子爲」正是「吾兩人耳」之罪。當項羽由「時不利」的自然的命運意識轉換爲「天亡我」的倫理的命運意識之際，雖然他爲了其騎，強調「非戰」之失，而他的使用「非戰之罪」，用倫理性的「罪」，而不用現實性或自然性的失或誤，正是一種對於一己深具「罪惡」的自覺。當一個人深切而眞摯的意識到自已是「罪惡」的之際，也正是一個人由罪惡中躍昇而步向「懺悔」的「洗罪」行動之時；也就是士季所謂：「人誰無過，過而能改，善莫大焉」之逐步開展的起始的俄頃。所以，當項羽基於自然的求生本能，「於是項王乃東渡烏江」，卻因：

烏江亭長檥船待，謂項王曰：「江東雖小，地方千里，衆數十萬人，亦足王也。願大王急渡！今獨臣有船；漢軍至，無以渡。」

烏江亭長的一番話，使他認識了「天下匈匈數歲」，「徒苦天下之民父子爲」的正是自己的「欲自王」的權力意志，而渡江而東的行爲，不過是這一罪惡的延續，令「天下」再「匈匈數歲」，且又再「徒苦天下之民父子爲」而已。這種醒覺，終於使得始終在發怒，而至「則恐」，「乃大驚」的項羽「笑」了。一種基於倫理與命運的徹悟，所達到的「悟已往之不諫，知來者之可追。實迷途其未遠，覺今是而昨非」(272)的，以一種全新的自由心靈來觀看剎那之前仍是的執迷：「願大王急渡！今獨臣有船；漢軍至，無以渡」的可笑。烏江亭長的這一番急渡的話語，或許曾是項羽在剎那之前的渴望，但卻在它呈現爲客觀化的外在形相之餘，項羽完全體認了它的荒誕的喜劇性。就在這一體認裏，爭權者的遑急的醜態盡現於項羽的心眼。於是項羽終於達到了他精神的最後的轉化：項羽就在那一笑中，遂不復是權力意志化身的「欲自王」的爭權者項羽；而是倫理自覺所完全再造的新人，悔罪者項羽了：

項王笑曰：「天之亡我，我何渡為！」

因此終於達到蒯通說韓信時，以「智勇俱困」來形容劉邦與項羽，因此也就是當時一般人對項羽的基本認識：一個「勇者」，所可能具有的另一個最高的意義：「知恥近乎勇！」㉗③：

且籍與江東子弟八千人渡江而西，今無一人還；縱江東父兄憐而王我，我何面目見之。縱彼不言，籍獨不愧於心乎！

這裏項羽的生命情懷，正接近葉烈柏夫（Jeliabov）一類的反抗者：

對葉烈伯夫而言，和弟兄一齊死就等於證明他無罪。殺人者，若仍立意生存，或為生存而出賣弟兄，那才是罪人。相反地，死亡取消罪狀，以及罪行本身。㉗④

誠如卡繆所形容的：

這是一種人性價值之突然而痛心的揭曉，這價值位於清白和罪狀，有理和無理，歷史和永恒之中途。在此項發現之一刹，只在這一刹，有一種奇妙的安詳，最後勝利的安詳，降在這些絕望者的心中。㉗⑤

項羽的念念不忘「籍與江東子弟八千人渡江而西，今無一人還」，正因他回首平生，其畢生事業之意義正在應召平：「江東已定；急引兵西擊！」的召喚，「與江東子弟八千人渡江而西」而成爲一位暴秦的反抗者：「起兵至今八歲矣。身七十餘戰，所當者破，所擊者服，未嘗敗北。遂霸有天下。然今卒困於此」，作爲一個反抗者，他無法純粹如耶穌的：

> 基督是來解答兩個問題，惡與死亡，這也正是反抗者的問題。他的解答首先在於自己承當了惡和死亡：[276]

相反的，他選擇了「起兵」，並且在「身七十餘戰」，盡情的對於「所當」的敵對者，尋求「擊」與「破」的征服，因此他遂由反抗者而轉化爲征服者、支配者：「遂霸有天下」，他的權力意志的功罪，正如卡繆在「反抗者」論「限度」的結論中所謂的：

> 最後，人並非全身是罪，因為不是他開創的歷史；也不完全無辜，因為歷史是由他繼續。[277]

因而在歷史的歷程中，項羽所最後成就的，亦一如「忠於其根本的反抗者」：

> 用其自我之犧牲使人知道，他要的真正自由不在於殺人，而在於處置自己之生命的自由。[278]

以及：

在他們所否定的，和拒絕他們的世界中，像所有的偉大心靈一樣，他們企圖一個人一個人地，重新建立博愛。㉗⑨

因此，項羽：

乃謂亭長曰：「吾知公長者！吾騎此馬五歲，所當無敵，嘗一日行千里，不忍殺之。以賜公。」乃令騎皆下馬步行，持短兵接戰。獨籍所殺漢軍數百人。項王身亦被十餘創。顧見漢騎司馬呂馬童，曰：「若非吾故人乎？」馬童面之，指王翳曰：「此項王也。」項羽乃曰：「吾聞漢購我頭千金，邑萬戶；吾為若德。」乃自刎而死。

在窮途末路之際，於千軍萬馬之中，在砍殺不已的時刻，項羽保持了自己的心靈的自由，沒有憂愁、憤怒、怨恨或激狂與自憐，相反的他仍流露爲對於騅馬的關懷：「不忍殺之」，對於烏江亭長的友愛，「吾知公長者！」「以賜公」，在「持短兵接戰」，表現爲拚鬥的無盡英勇：「獨籍所殺漢軍數百人」，並已「身亦被十餘創」的破敗痛苦中，仍然保有心理餘裕的流露出他「企圖一個人一個人地，重新建立博愛」的對於曾有眞正的個人接觸的呂馬童，強調彼此的故舊之情，「若非吾故人乎？」，「吾爲若德」，而終於在自由的處置自己之生命的「自刎」中，結束了他的在這個充滿了他所否定，並且又一直拒絕著他的世界之旅：

王翳取其頭。餘騎相蹂踐爭項王，相殺者數十人。最其後，郎中騎楊喜，騎司馬呂馬童，郎中呂勝，楊武，各得其一體。五人共會其體，皆是，故分其地為五。封呂馬童為中水侯，封王翳為杜衍侯，封楊喜為赤泉侯，封楊武為吳防侯，封呂勝為涅陽侯。

這種「餘騎相蹂踐」，爲了一個屍體而竟「相殺者數十人」的利欲薰心，充滿爾虞我詐——這一點特別明顯的見於「至固陵，信越之兵不會」：

漢王復入壁，深塹而自守。謂張子房曰：「諸侯不從約，為之奈何？」對曰：「楚兵且破，信越未有分地，其不至固宜。君王能與共分天下，今可立致也；卽不能，事未可知也。君王能自陳以東傅海盡與韓信，睢陽以北至穀城以與彭越，使各自為戰，則楚易敗也。」漢王曰：「善。」於是乃發使者告韓信彭越曰：「幷力擊楚。楚破：自陳以東傅海與齊王，睢陽以北至穀城與彭相國。」使者至，韓信彭越皆報曰：「請今進兵。」

的世界，正是項羽所要否定，也是所以拒絕項羽的世界。「餘騎相蹂踐爭項王」，正與劉邦、韓信、彭越、劉賈、黥布、周殷等「皆會垓下，詣項王」如出一轍，誠如「五人共會其體，皆是，故分其地為五」，所謂「君王能與共分天下」，則正意味著：天下不但是項王的天下，而且項王即是天下，天下即是項王。諸侯的從約，不過共分其地。但其種種約定不過玩弄與詐欺，如夏寅所謂：

高祖之量，兼韓信彭越者八九，故三分關中地與之而不疑。當是時玩信等，如股掌上一土丸耳。㉚

而「餘騎相蹂踐」，「最其後」，五人「各得一體」，「故分其地為五」，誠似陳子龍所論：

項王自殺，而諸將以攘奪得其一體，無爭功之誅，而皆以封，稍為濫矣！㉛

其實還不只「稍為濫矣！」，而這正是項羽死後的新世界秩序的本質，這與項羽計功割地原想建立的世界秩序，正是不僅現實上而且也在倫理精神上為互相排斥的。所以吳齊賢，在封侯之下，即批以：

詳序，作分王一段餘波，可為三歎！㉜

當項羽笑曰：「天之亡我，我何渡爲！」，深切的意識到自己正是使「天下匈匈數歲」，「徒苦天下之民父子」的罪魁禍首，因而寧可以「朕躬有罪，無以萬方；萬方有罪，罪在朕躬」㉘的情懷，選擇自己的死亡，以止息這場禍災；而不在「今獨臣有船；漢軍至，無以渡」的情形下，急渡烏江，自王江東，甚至捲土重來。正是項羽由「遂霸有天下」的世界的征服者，透過自經常的大怒，而轉爲「乃大驚」，而轉爲「笑」，因而轉變爲自我的征服者，最後遂成爲擔負世間苦難，爲人間的苦難而自願犧牲的救世主的倫理轉化的完成。項羽的一生因此，正是一場由力的崇拜到愛的醒覺的戲劇。而他最後所達到的天下即他，他即天下的救世主的形相，雖然經由劉邦刻意貶抑而縮減爲區區的魯公。但魯地的不下與乃降，正再一次的強調了項羽最後所達臻的倫理精神與救世性質：

> 項王已死，楚地皆降漢，獨魯不下。漢乃引天下兵欲屠之。爲其守禮義，爲主死節，乃持項王頭視魯。魯父兄乃降。始，楚懷王初封項籍爲魯公，及其死，魯最後下，故以魯公禮葬項王穀城。漢王爲發哀，泣之而去。諸項氏枝屬，漢王皆不誅。乃封項伯爲射陽侯；桃侯，平皐侯，玄武侯，皆項氏，賜姓劉。

項羽死了，帶給與他有關的人各式各樣的好處，尤其是一種倫理精神的啓迪，不論是對「爲其守禮義」，打算「爲主死節」的魯地居民，或者原先打算「引天下兵欲屠之」，結果卻終「以魯公禮葬項王」，「爲發哀，泣之而去」的漢王，因而楚漢之爭終於結束在爲這一倫理精神所感召的劉氏與項氏的重歸和諧的結合中：「諸項氏枝屬，漢王皆不誅」，「桃侯，平臯侯，玄武侯，皆項氏，賜姓劉」。司馬遷就在這一繞樑的餘音中完成了項羽平生奮鬥與轉化的圖象。以最少的篇幅，驚心動魄的這八年之間起伏曲折的興衰。透過動作與事件的敍述，他很成功的表現了現實利害所代表的自然性命運的幽微莫測：「夫功者難成而易散，時者難得而易失也。時乎！時不再來！」㉞以及倫理自覺所顯現的人性光輝：「子曰：『道不同，不相爲謀。』亦各從其志也」，以及爲這光輝所照耀的缺憾的宇宙：「若至近世，操行不軌，專犯忌諱，而終身逸樂，富厚累世不絕；或擇地而蹈之，時然後出言，行不由徑，非公正不發憤，而遇禍災者：不可勝數也」；因而經由項羽的悲劇形相，啓示給我們：一切悲慘的命運，透過人類的倫理醒覺，如何可以再生、轉化，成爲一種完整而眞切的人性化了的命運的意識：「儻所謂『天道』，是邪非邪？」㉟。在這一人性化的命運中，也許人類在其自我抉擇之際，實現了多少的人性與倫理性質的高貴才是最重要的。劉邦「孰與仲多？」「今某之業所就」㊱的產業而今安在？李淸照說得好㊲：

生當作人傑，死亦為鬼雄。
于今思項羽，不肯過江東。

附註

①上段引文，以及此句，俱見「史記」「太史公公自序」。

②以上引句俱見「漢書」「司馬遷傳」「報任安書」。

③見「後漢書」「班彪列傳」。

④見班固「典引」序。

⑤見「後漢書」「蔡邕列傳」。

⑥司馬遷好奇，除了此處的「倜儻非常」之語外，請參見揚雄「法言」「君子篇」：「多愛不忍，子長也！仲尼多愛，愛義也。子長多愛，愛奇也。」與司馬貞「史記索隱後序」：「其人好奇而詞省，故事覈而文微。」

⑦「天人之際」或專指「天官書」或者亦兼涵括八書，一方面可以因爲標點斷句的不同，一方面亦可以因爲理解的不同而有異解。這種情形正如底下接著的「承敝通變」可以專指「平準書」，亦可涵括八書而言。

⑧見同②。

⑨司馬遷在「伯夷列傳」中，先引「孔子曰：『伯夷叔齊，不念舊惡，怨是用希。』『求仁得仁，又何怨乎！』」然後說：「余悲伯夷之意，睹軼詩可異焉」，接著述「其傳曰」而歸結到：「由此觀之，怨邪非邪？」在伯夷的事跡上，一再的只關心其怨與否的問題，正有著司馬遷內心的掙扎與呼號。所以在接著的對於「天道」的質疑中，提到「若至近世」，「或擇地而蹈之，時然後出言，行不由徑，非公正不發憤，而遇禍災者：不可勝數也」，正有著司馬遷自身遭遇的影射在。

因此接下去的「余甚惑焉」，就不是一種置身事外的旁觀者的疑惑，而是當局者所發的切身痛楚的呻吟與哀號了。

⑩ 見「刺客列傳」贊。

⑪ 見「滑稽列傳」敍論，太史公曰。

⑫ 見「太史公自序」「滑稽列傳」小序。

⑬ 以上引句俱見「莊子」「天下篇」。司馬遷謂莊周爲滑稽，語見「孟子荀卿列傳」。

⑭ 請參閱杜斯妥也夫斯基「卡拉馬助夫兄弟們」。

⑮ 引句見「楚辭」「漁父」；「史記」「屈原列傳」作「舉世混濁，何不隨其流而揚其波」略異以外，其餘皆同。

⑯ 見「老子」第五章：「天地不仁，以萬物爲芻狗。」

⑰ 其原文如下："Let me here remind you that the essence of dramatic tragedy is not unhappiness. It resides in solemnity of the remorseless working of things. This inevitableness of destiny can only be illustrated in terms of human life by incidents which in fact involve unhappiness. For it is only by them that the futility of escape can be made evident in the drama. This remorseless inevitableness is what pervades scientific thought. The laws of physics are the decrees of fate." 見 Science and the Modern World. 中譯引自傅佩榮譯「科學與現代世界」頁一二，黎明文化事業公司，七十年八月初版。

⑱ "Fate in Greek Tragedy becomes the order of nature in modern thought." 見同⑰。

⑲ 見「史記」「太史公自序」論陰陽家。

⑳ 這種觀念屢屢在「史記」中出現，最好的例子，如「淮陰侯列傳」中蒯通勸韓信背漢自立所說：

「時乎！時不再來！」在「伯夷列傳」中伯夷叔齊及餓且死作歌中，所謂：「神農虞夏，忽焉沒兮；我安適歸矣？于嗟徂兮，命之衰矣！」則把「時」「世」與「命」的觀念結合起來，而表現為一種完整的命運的自覺。

㉑ 見「太史公自序」。

㉒ 以上引句見「漢書」「司馬遷傳贊」。

㉓ 以上關於亞理士多德的引句，俱見亞理士多德著姚一葦譯註「詩學箋註」第九章，頁八六～八七。臺灣中華書局，民國五十八年四月二版。

㉔ 參見「史記會註考證」引茅坤曰：「信陵君，是太史公胸中得意人，故本傳亦太史公得意文」。顧璘曰：「孟嘗、平原、春申皆以封邑系，此獨曰公子者，蓋尊之，以國系也」，陳仁錫曰：「一篇中凡言公子者一百四十七，大奇、大奇」。

㉕ 見「太史公自序」序「魏公子列傳」。

㉖ 參閱吳汝綸評點「史記集評」「魏世家」云：「末載信陵君諫書關謀國存亡」，及：「某案此篇以用人為主：文侯得人而秦不敢伐；惠王卑禮招賢，雖敗不亡；哀昭不得人而國弱；安釐有信陵，忌而不用，而國亡矣！」等，見該書頁六四八、六五〇，臺灣中華書局，民國五十九年臺一版。

㉗ 亞理士多德以為：「悲劇在本質上非模擬人物，而是模擬動作和人生，幸福與不幸。」請參閱其「詩學」第六章。引文見同㉓，頁六八。

㉘ 見王維詩「老將行」。

㉙ 見「史記」「陳涉世家」。

㉚ 見「史記」「項羽本紀」會稽守通與項梁謀反語。

㉛ 上述引文，直至「何興之暴也」俱見「史記」「項羽本紀」論贊。

㉜見吳汝綸評點「史記集評」，頁九十三下，臺灣中華書局，民國五十九年臺一版。
㉝見「史記」「秦楚之際月表」。
㉞以上二引句，俱見「太史公自序」關於「項羽本紀」的小序。
㉟同㉞。
㊱見「陳涉世家」。
㊲見「項羽本紀」太史公論贊。
㊳見「留侯世家」。
㊴見同㊲。
㊵見「史記」「酈生陸賈列傳」。
㊶這裏暫取會注中所引雨森精翁曰：「考東方朔傳，書，即文史，言識古人姓名而已」的解釋。這種說法，雖未必能切合「學書不成」的原意，但與項羽的「奮其私智而不師古」卻有相通之意。
㊷請參閱「老子」第三十三章：「知人者智，自知者明；勝人者有力，自勝者強。知足者富，強行者有志；不失其所者久，死而不亡者壽。」
㊸見「淮陰侯列傳」韓信拜大將後的評論。
㊹見「陳丞相世家」陳平之言。
㊺見同㊸。
㊻事見「史記」「留侯世家」。
㊼見「補標史記評林」卷七「項羽本紀」，頁三，臺北蘭臺書局影印本。
㊽洪邁此言與前面的批評俱見「補標史記評林」，頁十五。
㊾以上三段俱見「補標史記評林」，頁三，首段爲淩稚隆原輯，次段見有井範平補標，末段則爲李

光緒增補。

㊿ 以上引句俱見「高祖本紀」。

51 這種說辭的荒謬，可以參看姚祖恩「史記菁華錄」中的評語：「出兵以救趙而乃以趙委之，以試其鋒，豈理也哉？謬甚。」

52 見「史記」「孫子吳起列傳」。

53 見「史記」「張釋之馮唐列傳」。

54 見「史記」「李將軍列傳」。

55 見同52。

56 見「淮陰侯列傳」蒯通語。

57 見「補標史記評林」卷七「項羽本紀」，卷七，頁六。

58 關於此事，亦有頗持懷疑者，如朱東潤「史記考索」以為：「大抵義帝之不終，固為實事，至於擊殺之主名，則漢人之說，如轉輪，如刺豰，其言不可究詰，而歸咎於項王者則一。」見該書「楚人建置考」一文，頁四四，臺灣開明書店，民國四十六年三月臺一版。

59 同58。

60 見「補標史記評林」，卷七，頁七。

61 見「高祖本紀」劉邦所數項羽罪狀之六。

62 見王維詩「老將行」。

63 以上諸段引文，除「將數萬人，已屠武關」見「秦始皇本紀」之外，俱見「高祖本紀」。

64 劉邦的不殺子嬰，自然亦有政治上的作用，例如：曹無傷使人言於項羽曰：「沛公欲王關中，使子嬰為相，珍寶盡有之。」這也是項羽所以非殺子嬰不可的原因之一。但若以「太史公自序」：

「誅嬰背懷，天下非之」數語看來，誅嬰一事，似爲項羽失天下民心的關鍵與開始。

(65) 見「楚世家」。

(66) 語見王粲「登樓賦」，事見「左傳」「成公九年」：「晉侯觀于軍府，見鍾儀。問之曰：『南冠而縶者，誰也？』有司對曰：『鄭人所獻楚囚也。』使稅之，召而弔之。再拜稽首。問其族。對曰：『泠人也。』公曰：『能樂乎？』對曰：『先人之職官也，敢有二事？』公曰：『君王何如？』對曰：『非小人之所得知也。』固問之。對曰：『其爲大子也，師、保奉之，以朝于嬰齊而夕于側也。不知其他。』公語范文子。文子曰：『楚囚，君子也。言稱先職，不背本也；樂操土風，不忘舊也；稱大子，抑無私也；名其二卿，尊君也。不背本，仁也；不忘舊，信也；無私，忠也；尊君，敏也。仁以接事，信以守成，忠以成之，敏以行之。事雖大，必濟。君盍歸之，使合晉、楚之成？』公從之，重爲之禮，使歸求成。」

(67) 語見范增說項梁。「楚世家」亦載楚人有好以弱弓微繳加歸雁之上者說頃襄王：「夫先王爲秦所欺而客死於外，怨莫大焉。今以匹夫有怨，尙有報萬乘，白公子胥是也。今楚之地方五千里，帶甲百萬，猶足以踴躍中野，而坐受困；臣竊爲大王弗取也。」

(68) 見「補標史記評林」，卷七，頁八。

(69) 見同(68)。

(70) 兩引句俱見「高祖本紀」。

(71) 兩引句俱見「淮陰侯列傳」。

(72) 見「史記菁華錄」頁一四，聯經出版事業公司，民六十六年初版。

(73) 見同(68)。

(74) 見同(68)。

㊺ 見王維詩「酌酒與裴迪」。
㊻ 見「論語」「里仁」：「子曰：『朝聞道，夕死可矣』。」，這裏的取義與一般舊注不同。
㊼ 見賈誼「過秦論」對秦孝公的形容。
㊽ 見「留侯世家」。
㊾ 以上引句，俱見「留侯世家」。
㊿ 這一點「考證」引梁玉繩曰：「項伯之招子房，非奉羽之命也，何以言報？且私良會沛，伯負漏師之重罪，尙能告羽乎？使羽詰曰：『公安與沛公語？』則伯將奚對？史果可盡信哉？」似乎說得理直氣壯，但顯然忽略了設非如此，則項羽早已揮軍擊沛，何來鴻門之會？
81 見「陳丞相世家」中陳平語。
82 見「高祖本紀」王陵語。
83 見「淮陰侯列傳」韓信語。
84 參見「淮陰侯列傳」：「上令武士縛信載後車。信曰：『果若人言：狡兔死，良狗亨；高鳥盡，良弓藏；敵國破，謀臣亡。天下已定，我固當亨。」
85 見「淮陰侯列傳」。
86 見同85，原爲形容韓信語，此處借以說明劉邦身處情勢在一般策士心目中應有的意義。
87 參見錢鍾書「管錐編」頁二七五，論「項羽性格」一節。
88 見「淮陰侯列傳」。
89 見「陳丞相世家」。
90 以上兩段俱見「高祖本紀」。
91 見同88。

㉒ 見同㊾。
㉓ 見「留侯世家」。
㉔ 見同㊽。
㉕ 見「項羽本紀」。
㉖ 見同㊽。
㉗ 見「黥布列傳」。
㉘ 見牟宗三著「歷史哲學」，頁一五五，九龍人生出版社，民國五十九年六月再版。
㉙ 以上二段引文見同㉘，頁一五九。
⑽ 見同㉘，頁一五四。
⑽ 前面「其機常活……」一句，及此段俱見同㉘，頁一五九。
⑽ 以上三段引文，俱見「淮陰侯列傳」武涉語。
⑽ 見「左傳」「僖公三十年」。
⑽ 見「史記菁華錄」，頁九，同㉒。
⑽ 見余英時著「史學與傳統」，臺北時報出版公司，民國七十一年一月初版，頁一八五。
⑽ 見同⑽，頁一八七。
⑽ 見同⑽，頁一九〇至一九一。
⑽ 見同⑽。
⑽ 見吳見思評點「史記論文」，臺灣中華書局，民國五十六年影印本，第一冊頁五八。
⑽ 見同⑽，以上諸段引文，俱見頁一九四至一九五。
⑾ 見「補標史記評林」，卷七，頁九。

(112) 見同(109)。

(113) 見同(72)，頁一一。

(114) 以上所寫諸事及引文俱見「淮陰侯列傳」。

(115) 見「高祖本紀」。

(116) 見同(104)，爲「項羽本紀」中的批語。

(117) 見同(115)。

(118) 見「淮陰侯列傳」。

(119) 見朱自清「史記菁華錄讀法指導大概」。

(120) 見同(58)，頁四二。

(121) 見「高祖本紀」。

(122) 參見「留侯世家」：「沛公入秦宮，宮室帷帳，狗馬重寶、婦女以千數。意欲留居之。樊噲諫沛公出舍。沛公不聽。良曰：『夫秦爲無道，故沛公得至此。夫爲天下除殘賊，宜縞素爲資。今始入秦，卽安其樂，此所謂助桀爲虐。且忠言逆耳利於行，毒藥苦口利於病。願沛公聽樊噲言。』沛公乃還軍覇上。」

(123) 見「樊酈滕灌列傳」。

(124) 見「太史公自序」，序項羽本紀語。

(125) 見同(104)，頁一〇。

(126) 見劉俊餘譯卡繆著：「反抗者」，頁二六五，臺北三民書局，民國六十一年初版。唯該譯本中，totality 全譯爲「中庸」，unity 則譯爲「中和」，與一般習慣甚不相合，因此將此處的 totality 改譯爲「集體性權力」，而以「個體的眞正聯合」意譯 unity。所引譯文之英譯作："At this

exact point, the limit is exceeded, rebellion is first betrayed and then logically assassinated for it has never affirmed—in its purest form—anything but the existence of a limit and the divided existence that we represent: it is not, originally, the total negation of all existence. Quite the contrary, it says yes and no simultaneously. It is the rejection of one part of existence in the name of another part which it exalts. The more deeply felt the exaltation, the more implacable is the rejection. Then, when rebellion, in rage or intoxication, adopts the attitude of 'all or nothing' and the negation of all existence and all human nature, it is at this point that it denies itself completely. Total negation only justifies the concept of a totality that must be conquered. But the affirmation of a limit, a dignity, and a beauty common to all men only entails the necessity of extending this value to embrace everything and everyone and of advancing towards unity without denying the origins of rebellion. 見 Allert Camus: The Rebel, Translated by Anthony Bower p. 216-217, Penguin Books, Reprinted 1969.

⑫⑦ 康海與淩約言的引言，俱見「補標史記評林」，卷七，頁十。

⑫⑧ 這裏項羽的「默然」、「未有以應」，正可與劉邦在陳令武士縛信，信曰：果若人言：狡兔死，走狗亨……云云之後的能夠強辭奪理的說：「人告公反」對看。

⑫⑨ 見清王鳴盛撰「點校本十七史商榷」臺北大化書局，民國六十六年景印初版頁一八。

⑬⓪ 見王績「過酒家」詩。

⑬① 吳見思「史記論文」評曰：「流涕二字，寫羞慚在此，駑鈍亦在此」，甚是。但不論羞慚或駑鈍都不免是一種執迷與乖謬。

(132) 見同(104)。

(133) 見「古詩爲焦仲卿妻作」。

(134) 見同(104)，頁八。

(135) 見同(104)，頁八——九。

(136) 見同(104)。

(137) 見同(104)，姚祖恩評「沛公默然，曰：『固不如也，且爲之奈何？』」曰：「又倔強，又急遽，傳神之筆。」

(138) 見同(104)，頁一一。

(139) 見「太史公自序」，對「滑稽列傳」所作的序論。

(140) 見「補標史記評林」，卷七，頁十。

(141) 見梅堯臣「范饒州坐客語食河豚魚」詩，原爲形容河豚，此處以其形態略近，故借用。

(142) 關於這一點可以與「商君列傳」：「公叔痤召鞅謝曰：『今者王問可以爲相者，我言若。王色不許我。我方先君後臣，因謂王：即弗用鞅，當殺之。王許我。汝可疾去矣！且見禽！』鞅曰：『彼王不能用君之言任臣，又安能用君之言殺臣乎？』卒不去。」對看。商鞅的「卒不去」所表現的對於客觀情境的認識與篤定，正可說明劉邦樊噲的逃遁所缺欠的理智與鎮定。

(143) 瀧川資言「考證」於「李斯列傳」，趙高語：「夫大行不小謹，盛德不辭讓」下云：「項羽本紀，樊噲云：『大行不顧細謹，大禮不辭小讓。』酈生傳：酈食其云：『舉大事不細謹，盛德不辭讓。』；蓋當時有此語。」

(144) 見「補標史記評林」，卷七，頁八。

(145) 見同(144)。

⒁⑹ 見「留侯世家」，徐廣所謂別本。
⒁⑺ 見「留侯世家」。
⒁⑻ 見「補標史記評林」，卷七，頁八所引。
⒁⑼ 見同⒁⑻。
⒂⓪ 引句見「伯夷列傳」。
⒂⑴ 見呂思勉「秦漢史」，臺灣開明書店，民國五十八年臺一版，頁三七。
⒂⑵ 見「補標史記評林」，卷七，頁十。
⒂⑶ 見「史記菁華錄」，頁一二，同⑺⑵。
⒂⑷ 事見「淮陰侯列傳」。
⒂⑸ 見同⒂⑵。
⒂⑹ 見同⒂⑶。
⒂⑺ 以上前四段引文俱見「項羽本紀」，而此段則見「高祖本紀」。
⒂⑻ 見「高祖本紀」袁生說漢王語。
⒂⑼ 見同⒂⑶。
⒃⓪ 見同⒀⑼，頁一七——一八。
⒃⑴ 見同⒂⑴，頁三八、三九、四〇。
⒃⑵ 見「補標史記評林」卷首，頁六九。
⒃⑶ 此一引句見「高祖本紀」。
⒃⑷ 同⒃⑶。
⒃⑸ 同⒃⑶。

(166) 同(163)。

(167) 同(163)。

(168) 見「補標史記評林」卷七，頁一一。

(169) 同(163)。

(170) 見呂思勉「秦漢史」，頁四二，同(151)。

(171) 見「史記會注考證」。卷七，頁四三。

(172) 以上引句，俱見同(171)。

(173) 前一引句，見「項羽本紀」；此一引句見「高祖本紀」。此外「留侯世家」亦載張良諫劉邦都關中語，如下：「夫關中，左殽、函；右隴、蜀，沃野千里。南有巴、蜀之饒；北有胡、苑之利。阻三面而守，獨以一面東制諸侯。諸侯安定，河、渭漕輓天下，西給京師；諸侯有變，順流而下，足以委輸：此所謂金城千里，天府之國也」可參看。

(174) 以上引句，由「論功行封」以下，俱見「蕭相國世家」。

(175) 見同(174)。

(176) 見同(174)。

(177) 此一引句，「淮陰侯列傳」。

(178) 見朱東潤「史記考索」，「楚人建置考」，頁三八——三九。

(179) 此二引句，原見「賈誼過秦論」，原指秦之興亡，此處借以說明項羽興亡之機。

(180) 見「淮陰侯列傳」。

(181) 此段引文，與前文二引句，俱見「留侯世家」。

(182) 以上二引句，見同(180)。

(183) 見「高祖本紀」。

(184) 見同(180)，爲蒯通對劉邦辯語。

(185) 見同(180)，爲武涉說韓信語。

(186) 爲莎士比亞悲劇：The Tragedy of King Lear 的主角。

(187) 見「補標史記評林」卷七頁一一。

(188) 見同(187)，頁一八。

(189) 見同(187)，頁二一。

(190) 見「陳丞相世家」。

(191) 以上引句，見同(190)。

(192) 見「高祖本紀」。

(193) 事語俱詳見「淮陰侯列傳」。

(194) 見同(193)。

(195) 以上二段引句，俱見「高祖功臣侯者年表」。

(196) 請漢中地，事見「留侯世家」。

(197) 見同(187)，頁一七。

(198) 見「陳丞相世家」，陳平論歸劉邦之士語。

(199) 此爲韓信欲立爲假齊王時，張良勸劉邦，見「淮陰侯列傳」。

(200) 以上二引句，上句爲張良說劉邦，以招韓信彭越語，見「項羽本紀」；下句爲劉邦在彭城大敗後，問張良：「吾欲捐關以東等弃之，誰可與共功者？」的話語，見「留侯世家」。

(201) 二段引文，俱見「陳丞相世家」。

(202) 見「補標史記評林」，卷七頁一四。

(203) 見「史記菁華錄」頁一四。

(204) 見同(202)，卷七頁一七——一八。

(205) 見同(203)，頁一三。

(206) 此一句引文，見「陳丞相世家」爲陳平批評項羽語。

(207) 此一句引文，見同(206)爲陳平論劉邦語。

(208) 此一句爲韓信勸劉邦，對項羽反其道而行的建議之一，見「淮陰侯列傳」。

(209) 此句見同(206)，爲陳平批評項羽之語。

(210) 此二句爲韓信評項羽長短，以爲匹夫之勇的依據，見同(208)。

(211) 見同(202)，卷七頁二一。

(212) 見「留侯世家」。

(213) 見呂思勉「秦漢史」，頁四一。

(214) 見朱東潤「史記考索」，頁四四。

(215) 見同(213)，頁四〇——四一。

(216) 見錢鍾書「管錐編」，頁二七六。

(217) 見同(216)，論杜預序，頁一六五。

(218) 見同(217)。

(219) 錢鍾書「管錐篇」左傳卷，論杜預序，更云：「史家追敍眞人眞事，每須遙體人情，懸想事勢，設身局中，潛心腔內，忖之度之，以揣以摩，庶幾入情合理。蓋與小說，院本之臆造人物、虛構境地，不盡同而可相通；記言特其一端。『韓非子』『解老』曰：『人希見生象也，而得死象之骨，案其圖以想其生也；故諸人之所以意想者，皆謂之象也。』斯言雖未盡想象之靈奇酣放，然以喻作史者據往跡，按陳編而補闕申隱，如肉死象之白骨，俾首尾完足，則至當不可易矣。」

(220) 此語原爲劉邦答韓信請立爲假齊王之說辭，見「淮陰侯列傳」，此處借用以表示當時英雄人物的信念。

(221) 見「補標史記評林」，卷七頁二一。

(222) 事見「酈生陸賈列傳」。

(223) 見同(221)，卷七頁三——四。

(224) 見同(221)，卷七頁一二。

(225) 見呂思勉「秦漢史」頁四一。

(226) 見「孟子」「梁惠王上」。

(227) 見「伯夷列傳」，前句爲伯夷諫武王伐紂語，後句則爲臨終軼詩。

(228) 語見「莊子」「秋水篇」。

(229) 見卡繆「反抗者」，頁三〇〇，劉俊餘譯。Anthony Bower 的英譯作：“If rebellion exists, it is because falsehood, injustice, and violence are part of the rebel's condition. He cannot, therefore, absolutely claim not to kill or lie, without renouncing his rebellion and accepting, once for all, evil and murder.” 見 The Rebel, 頁二四九。

(230) 見同(229)，頁三七。Anthony Bower 的英譯作：“When he rebels, a man identifies himself with other man,” 見 The Rebel，頁二二——二三。

(231) 見同(229)，頁四一。Anthony Bower 英譯作：“The rebel is a man who is on the point of accepting or rejecting the sacrosanct and determined on creating a human situation

where all the answers are human or, rather, formulated interms of reason." 見 The Rebel 頁二六，劉譯 sacrosanct，原作神聖世界，此處爲使意義顯豁，改譯爲「神權世界」。

(232) 以上引句俱見「陳涉世家」。

(233) 見同(229)，頁四一——四二。Anthony Bower 英譯作：In order to exist, man must rebel, but rebellion must respect the limits that it discovers in itself-limits where minds meet and, in meeting, begin to exist. 見 The Rebel 頁二七。

(234) 以上兩句俱見「伯夷列傳」。

(235) 見同(229)，頁六〇，Anthony Bower 英譯作："To kill a man in a paroxysm of passion is understanbable. To have him killed by someone else after serious meditation and on the pretext of a duty honourably discharged is incomprehensiable." 見 The Rebel 頁三六。

(236) 見同(235)，Anthony Bower 英譯作："Here we find the germ of an idea which will be further developed by Sade: he who kills must pay in kind. Sade is more moral, we see, than our contemporaries." 劉譯「負責」底下沒有「行動」一字爲使意義顯豁補上。

(237) 見同(235)，Anthony Bower 英譯作："But his hatred for the death penalty is at first no more than a hatred for the men who sufficiently convinced of their own virtue to dare to inflict capital punishment, when they themselves are criminals. You cannot simultaneously choose crime for yourself and punishment for others." 見 The Rebel 頁三六。

(238) 見錢鍾書「管錐編」，頁二七七——八。

(239) 以上三引句，俱見「淮陰侯列傳」。

(240) 見同(239)。

(241) 見「補標史記評林」卷七，頁一七。

(242) 見同(241)。

(243) 見同(239)。

(244) 見「黥布列傳」。

(245) 見同(244)，爲隨何形容項羽語。

(246) 見卡繆「反抗者」，劉俊餘譯，頁四二，其原句作：「反抗性思想不能忘記：它是個長期緊張局面。隨時查看它的成績及行動，每次我們要指出它是否會忠於起初之情操，或相反地，因了疲倦和瘋狂而忘形於暴虐或自棄。」Anthony Bower 的英譯作："Revolutionary thought, therefore, cannot dispense with memory: it is in a perpetual state of tension. In contemplating the results of an act of rebellion, we shall have to say, each time, wether it remains faithful to its first noble promise or wether, throught lassitude or folly, it forgets its purpose and plunges into a mire of tyranny or servitude." 見 The Rebel，頁二七——八。

(247) 見同(239)。

(248) 見同(239)，爲韓信語。

(249) 以上諸引句，俱見「史記菁華錄」頁一四——一五。

(250) 此段爲梁玉繩以爲「頗有缺語」所作的「補足」之「當云」，以其最能說明當時情勢，故引用。見「考證」引。

(251) 見「史記會注考證」引。
(252) 見「高祖本紀」。
(253) 見同(251)。
(254) 見同(251)。
(255) 見「補標史記評林」卷七，頁一九。
(256) 見同(255)。
(257) 見同(255)。
(258) 見「史記菁華錄」頁一六。
(259) 見「貫華堂古本水滸傳序」。
(260) 見「論語」「子罕篇」。
(261) 以上「烈士之勇」「聖人之勇」俱見「莊子」「秋水篇」。
(262) 見「禮記」「祭義篇」。
(263) 語見「高祖本紀」。
(264) 爲 Robert B. Robeson「退休老兵的回憶」一文中論越戰經驗之語，見民國七十二年，三月號「讀者文摘」，頁八八。
(265) 見司馬遷「報任安書」爲司馬遷論李陵之敗語。
(266) 見「楚辭」「九歌」。
(267) 見「補標史記評林」卷七頁一九。
(268) 見同(267)。
(269) 見吳見思「史記論文」頁六六。

㉗⓪ 見「伯夷列傳」。

㉗① 見「高祖本紀」。

㉗② 見陶潛「歸去來辭」。

㉗③ 見「禮記」「中庸」。

㉗④ 見卡繆「反抗者」，劉俊餘譯，頁一九〇，Anthony Bower 英譯作："For Jeliabov, death in the midst of his comrades coincided with his justification. He who kills is only guilty if he consents to go on living or if, to remain alive, he betrays his comrades." "To die, however, cancels out both the guilt and the crime itself." 見 The Rebel 頁一四〇。

㉗⑤ 見同㉗④，Anthony Bower 英譯作："It is the agonizing and fugitive discovery of a human value which stands half-way between innocence and guilt, between reason and irrationality, between history and eternity. At the moment of this discovery, but only then, these desperate people experienced a strange feeling of peace, the peace of final victory.

㉗⑥ 見卡繆「反抗者」，劉俊餘譯，頁五二。

㉗⑦ 見卡繆「反抗者」，劉俊餘譯，頁三一一，Anthony Bower 英譯作：Finally, man is not enticely to blame, it was not he who started history; nor is he entirely innocent since he continues it." 見 The Rebel 頁二六〇。

㉗⑧ 見卡繆「反抗者」，劉俊餘譯，頁三〇〇，Anthony Bower 英譯作："Faithful to his origins, the rebel demonstrates by sacrifice that his real freedom is not fredoom from murder but freedom from his own death." 見 The Rebel，頁二五〇。

㉙ 卡繆「反抗者」，劉俊餘譯，頁一八九，Anthony Bower 英譯作："In the midst of a world which they deny and which rejects them, they try, one after another, like all courageous men, to reconstruct a brotherhood of man." 見 The Rebel 頁一三九。

㉚ 見「補標史記評林」卷七，頁一八。

㉛ 見同㉚，頁二〇。

㉜ 見吳見思「史記論文」，頁六六。

㉝ 見「論語」「堯曰篇」原爲商湯之語。

㉞ 見「淮陰侯列傳」蒯通語。

㉟ 以上引句，俱見「伯夷列傳」。

㊱ 見「高祖本紀」劉邦語。

㊲ 見李清照詩「烏江」。

試論王維詩中的世界

沒有一個作者的創作不是以自己的生活體驗爲其素材的。因此廣義地說每一件文學作品都是「自傳的」，一如佛洛貝爾所謂的：「包法利夫人就是我。」但是假如我們換一種觀點，從作者轉化其經驗組合成作品的過程中應用想像虛構程度的深淺上來分別，我們必然發現有些作者的作品比另一些作者的作品更接近作者自身的生活世界。通常抒情詩的作者總比劇作家或者小說家更容易在作品中接近自己的生活世界。他的想像世界與生活世界是合一，或者至少是有著較大的接觸面。這種表現在作品中想像世界與自身生活世界的接觸假如到達了一種相當大的程度，使我們很清楚地在作品中看到作者的生活，或者看到作者生活對作品內涵具有一種顯著的影響，那麼我們也不妨就此說：這是一位「自傳性」的寫作者。王維大致說來還得算是這樣的一位詩人。這種現象王靜安先生在寫「人間詞話」時也注意到了，只不過他採取的是另一種說法：

> 客觀之詩人不可不多閱世，閱世愈深則材料愈豐富，愈變化，「水滸傳」，「紅樓

夢」之作者是也。主觀之詩人不必多閱世，閱世愈淺則性情愈真，李後主是也。

王維並不是不曾閱世，至少我們知道他在二十一歲以後曾有一度謫濟州司倉參軍，三十七歲前後又有一度爲監察御史在涼州河西節度幕中①，一在山東省長淸縣，一在甘肅省武威縣和他早年成長的山西省永濟縣②，主要爲官的長安，晚年居遊的陝西省藍田縣③形成一個橫跨五省④近於等邊的三角形。但是王維表現在詩中，他的同情心是受限制的，他始終未能掙脫他自己的生活方式，除了對於自然景象的刻畫，他幾乎沒有離開過他的社會階層。他身歷開元天寶的盛世與唐世盛衰關鍵的安史之亂，但除了一些他個人親預的皇室與官僚們的宴遊，還有那首後來替他開脫滅罪的「菩提寺禁裴迪來相看說逆賊等凝碧池上作音樂供奉人等舉聲便一時淚下私成口號誦示裴迪」：

萬戶傷心生野煙，百官何日再朝天。秋槐葉落空宮裏，凝碧池頭奏管絃。

之外，就沒有再留下什麼社會描寫給我們。可注意的是卽使是這一首顯然與安史之亂有關的詩作，他所感喟的重點還是在「百『官』何日再朝天」。同時他詩中虛構的想像也侷限於書籍內的記載⑤。但是我們也無需苛求王維沒有給我們留下李白「古風」「羽檄如流星」或者杜甫「兵車行」一類的作品。因爲作爲一個詩人重要的是必須「有境界」，「能寫眞景物眞感情」⑥；他的使命正如王靜安先生所說的：

> 世無詩人，卽無此種境界。夫境界之呈於吾心而見於外物者，皆須臾之物；惟詩人以此須臾之物，鐫諸不朽之文字，使讀者自得之。⑦

，並不必須限定他的筆觸於某一題材、某一範疇，或者某種境界；而王維自有形成他詩中世界的焦點。

展現在王維詩中的根本問題是一個士子如何去完成他的人生實踐。尤其是一個生長在開元天寶的那一類盛世的。這種問題在開始的時候似乎是很簡單的，國力的強盛國勢的擴張提供了一種追求立功揚名的理想：

> 出身仕漢羽林郎，初隨驃騎戰漁陽。孰知不向邊庭苦，縱死猶聞俠骨香。
>
> 一身能擘兩彫弧，虜騎千重只似無。偏坐金鞍調白羽，紛紛射殺五單于。
>
> 漢家君臣歡宴終，高議雲臺論戰功。天子臨軒賜侯印，將軍佩出明光宮。

上面三首「少年行」就是個例子。在這裏人生所追求的最終目標就是這一刹那了：「天子臨軒賜侯印，將軍佩出明光宮」。同樣重要的時刻是「初隨驃騎戰漁陽」，那種渴求能發揮「一身能擘兩彫弧」的勇武而「偏坐金鞍調白羽，紛紛射殺五單于」的興奮幾乎掩蓋了一切苦楚，使人完全沉醉在一種意氣的豪情裏：「孰知不向邊庭苦，縱死猶聞俠骨香」。這兩句由於前一句的句法相當濃縮，原是具有兩重意思組合而成的複雜句，在趙注裏就誤解爲：

成按：詩意謂死于邊庭者反不如俠少之死而得名，蓋傷之也。與太白：「縱死俠骨香，不慚世上英。」同用張華「遊俠曲」中語而命意不同矣。

其實這兩句的命意正與太白相似，就是「不向邊庭無人知，出征縱死亦聞名」的意思。邊庭的軍旅生活雖苦，且有死亡的危險，但對於表現一種英勇，藉此博得他人聞知美名的渴望超過了這一切，在王維的邊塞詩中就成了實踐人生的根本追求。因此這種遊俠精神再三的在詩中出現：

行當封侯歸，肯訪南山翁。（送陸員外）

少年十五二十時，步行奪取胡馬騎，射殺山中白額虎，肯數鄴下黃鬚兒。……誓令疏勒出飛泉，不似潁川空使酒。……願得燕弓射大將，恥令越甲鳴吾君。莫嫌舊日雲中守，猶堪一戰立功勳。（老將行）

趙魏燕韓多勁卒，關西俠少何咆勃。報讎只是聞嘗膽，飲酒不曾妨刮骨。畫戟雕戈

白日寒，連旗大旆黃塵沒。（燕支行）

忘身辭鳳闕，報國取龍庭。豈學書生輩，牕間老一經。（送趙都督赴代州得青字）

居延城外獵天驕，白草連天野火燒。暮雲空磧時驅馬，秋日平原好射雕。（出塞作）

從這些詩句中我們都可以感覺得到那種馳騁縱橫束縛不住的豪氣。這種豪氣揉合著邊塞蒼涼的景象生死旦夕的戰事就形成了一種特殊迷人的浪漫情調；一種煙雲縹渺的狂喜與哀愁：

十里一走馬，五里一揚鞭。都護軍書至，匈奴圍酒泉。關山正飛雪，烽戍斷無烟。（隴西行）

吹角動行人，喧喧行人起。笳悲馬嘶亂，爭渡金河水。日暮沙漠垂，戰聲烟塵裏。盡係名王頸，歸來報天子。（隴頭吟）

山頭松柏林，山下泉聲傷客心。千里萬里春草色，黃河東流流不息。黃龍戍上游俠兒，愁逢漢使不相識。（榆林郡歌）

凝結在這種狂喜與哀愁之上便是一種遇合不定、聚散無常的悲劇意識與寂寞：

一身轉戰三千里，一劍曾當百萬師。漢兵奮迅如霹靂，虜騎崩騰畏蒺藜。衞青不敗由天幸，李廣無功緣數奇。自從棄置便衰朽，世事蹉跎成白首。（老將行）

長城少年遊俠客，夜上戍樓看太白。隴頭明月迥臨關，隴上行人吹夜笛。關西老將不勝愁，駐馬聽之雙淚流。身經大小百餘戰，麾下偏裨萬戶侯。蘇武纔為典屬國，節旄空盡海西頭。（隴頭吟）

不得已兮忍分飛，家在玉京朝紫微，主人臨水送將歸。悲笳嘹唳垂舞衣，賓欲散兮復相依。幾往返兮極浦，尚徘徊兮落暉。岸上火兮相迎，將夜入兮邊城。鞍馬歸兮佳人散，悵離憂兮獨含情。（雙黃鵠歌送別）

在「老將行」中這種命運感被「老驥伏櫪，志在千里；烈士暮年，壯心不已。」⑧一類的情懷所抵消了，留給人對於命運的更深一層存疑。「隴頭吟」中「長城少年游俠客，夜上戍樓看太白」與「關西老將不勝愁，駐馬聽之雙淚流」的對比則強調了功名未卜中這種豪情渴望的繼續與失落的悲哀。而在「雙黃鵠歌送別」中的「悲笳嘹唳垂舞衣，賓欲散兮復相依」，這種混雜著少年的豪情與無常的哀感爲一體，屬於邊塞的浪漫情調的描寫，可以說是到達了極點。

雖然這類詩在王維集中也有二十二首⑨之多，但這種選擇，這類悲劇感卻不是王維詩中的主要衝突。從王維詩中我們可以很清楚的看到連續在人世之追求與自然之嚮往兩極間的一條長長的橫線，然後各種程度不同的掙扎，各種解決不同的矛盾綴繫於其上。從我們目前所知道的王維最早的詩作之一「過秦皇墓」⑩：

古墓成蒼嶺，幽宮象紫臺。星辰七曜隔，河漢九泉開。有海寧人渡，無春鴈不迴。
更聞松韻切，疑是大夫哀。

我們就已經可以看見這種衝突的影子：人間的帝王可以憑藉其權柄在修築陵寢時做到「星辰七曜隔，河漢九泉開」卻是無可奈何於「有海寧人渡，無春鴈不迴」的死亡。在死亡的陰影下人間富貴的價值就不再是絕對的了。其實這種對於死亡的意識因而渴望超越，遂形成一種與企求人世成功的欲求相抗衡的價值，結果陷於自我矛盾的心理，在唐代的詩人中是很常見的。王勃「述懷擬古」的：「僕生二十祀，有志十數年。下策圖富貴，上策懷神仙。」李白「長歌行」的「富貴與神仙，蹉跎成兩失。」都是很明白的供狀。但是王維卻把這種渴望和接近自然、對隱居生活的嚮往溶合在一起，而我們明顯在詩中看到的就是他的對於自然的刻劃和隱居生活的描繪了。這種溶合的最清楚的表現則可以在「年十九赴京兆府試舉解頭」⑪的同年所作的「桃源行」中很明晰的看到：

漁舟逐水愛山春，兩岸桃花夾去津。坐看紅樹不知遠，行盡青溪不見人。山口潛行始隈隩，山開曠望旋平陸。遙看一處攢雲樹，近入千家散花竹。樵客初傳漢姓名，居人未改秦衣服。居人共住武陵源，還從物外起田園。月明松下房櫳靜，日出雲中雞犬喧。驚聞俗客爭來集，競引還家問都邑。平明閭巷掃花開，薄暮漁樵乘水入。初因避地去人間，更問成仙遂不還。峽裏誰知有人事，世上遙望空雲山。不疑靈境難聞見，塵心未盡思鄉縣。出洞無論隔山水，辭家終擬長游衍。自謂經過舊不迷，安知峯壑今來變。當時只記入山深，青溪幾度到雲林。春來遍是桃花水，不辨仙源何處尋。

趙殿成注解這首詩一時無法接受這種溶混，就在詩後特別引了蘇軾「桃花源引」中所謂：「世傳桃源事，多過其實。考淵明所記，止言先世避秦亂來此；則漁人所見，似是其子孫，非秦人不死者也。……」等的一大段辨正，然後加按語說：

其說甚是。乃後之詩人文士往往以為神蹤仙境；如韓退之詩云：「神仙有無何渺茫，桃源之說尤荒唐。」，劉禹錫云：「仙家一出尋無蹤，至今流水山重重。」，皆失之矣。右丞此詩亦未能免俗。

我們只要注意一下這段按語中人物的時代，就可以明白不但王維此詩不能算「未能先俗」，可能就是「桃源——仙境」的始作俑者⑫。更進一步說，一個詩人表現在其詩中的觀點可能是同於流俗的看法，但並不因此就不是他的觀點了。所以趙殿成的這段按語不論是對王維的批評或者是替他辯護都是不必要的。因爲王維並不是在抄「桃花源記」而是在創作他自己的「桃源行」，雖然他重述了「桃花源記」中的情節。這種情形只要聯想一下白居易「長恨歌」、陳鴻「長恨歌傳」以及後來白樸「梧桐雨」與洪昇「長生殿」之間的關係就很清楚了。這首詩裏和「桃花源記」不同的，除了確指桃花源爲「靈境」以及轉化「桃花源記」中事件的敍述爲經歷事件的感受描寫如：「漁舟逐水愛山春，兩岸桃花夾去津。坐看紅樹不知遠，行盡青溪不見人。」等之外，就是對於桃花源中生活的刻劃：「居人共住武陵源，還從物外起田園。月明松下房櫳靜，日出雲中雞犬喧。……平明閭巷掃花開，薄暮漁樵乘水入。」；這與「桃源記」中的描寫：

土地平曠，屋舍儼然。有良田、美池、桑竹之屬。阡陌交通，雞犬相聞。其中往來種作，男女衣着，悉如外人；黃髮、垂髫，並怡然自樂。

最爲歧異的一點是時間意識的強調與增加：「月明」、「日出」、「平明」、「薄暮」等等意象的再三出現。這類意象的楔入，當然可以視爲是「擊壤歌」：

日出而作，日入而息。鑿井而飲，耕田而食。帝力于我何有哉！

一類的無政府之自然生活的暗示。但是假如我們根據前面那首「過秦皇墓」：「無春鴈不迴」的以與自然時間脫離來代表死亡的觀點，那麼這裏的夜以繼日日以繼夜連綿不斷的時間意象不正是永生的象徵嗎？最值得注意的一點倒不是王維把桃花源描寫成一個仙境，而是他把這種永生的意涵和無政府的自然生活，尤其是田園生活視爲一體；「居人共住武陵源，還從物外起田園。」⑬，因而形成一種與在人世中成功仕宦的追求相對的返回自然的隱居生活的嚮往。「桃源」這個辭語一再的在王維詩中出現，我們只要再注意一下「藍田山石門精舍」裏他對一個「老僧四五人，逍遙蔭松柏」的地方說：「笑謝桃源人，花紅復來覿。」；與「田園樂七首之三」中他用「杏樹壇邊漁父，桃花源裏人家」來形容，就可明白「桃源」一辭在他的詩中，具有何等廣泛的象徵意涵，而他所嚮往的隱居生活又具何種的內容了。

但是正如他「送錢少府還藍田」中所說的：「草色好日向，桃源人去稀」，王維雖然晚年「得宋之問藍田別墅在輞口，輞水周于舍下，別漲竹洲花塢，與道友裴迪浮舟往來，彈琴賦詩，嘯詠終日。」⑭；然而事實上他卻一直不曾離開仕宦之途直到死亡爲止⑮。當然表現在詩中或者較熱中、或者較淡漠是顯而易見的。從他十六歲⑯所作的「洛陽女兒行」看來：

洛陽女兒對門居，纔可顏容十五餘。良人玉勒乘驄馬，侍女金盤膾鯉魚。畫閣朱樓盡相望，紅桃綠柳垂簷向。羅帷送上七香車，寶扇迎歸九華帳。狂夫富貴在青春，意氣驕奢劇季倫；自憐碧玉親教舞，不惜珊瑚持與人。春牕曙滅九微火，九微片片飛花璅。戲罷曾無理曲時，妝成祇是薰香坐。城中相識盡繁華，日夜經過趙李家。誰憐越女顏如玉？貧賤江頭自浣紗！

王維早年對於「富貴」的生活是很敏感的。在這首詩中最強烈的對比是「戲罷曾無理曲時，妝成祇是薰香坐。」的「洛陽女兒」只是「纔可顏容」而已；「貧賤江頭自浣紗」的「越女」卻是「顏如玉」。這裏「顏容」的美麗與否就成了一種象徵。在「西施詠」中這種象徵的使用與王維心目中所謂富貴的適當的享有者的關係就有了更明確的表現：

豔色天下重，西施寧久微。朝為越溪女，暮作吳宮妃。賤日豈殊衆，貴來方悟稀。
邀人傅脂粉，不自著羅衣。君寵益驕態，君憐無是非。當時浣紗伴，莫得同車歸。持謝
鄰家子，效顰安可希。

從「效顰安可希」與「西施寧久微」看，王維正用「豔色」來象徵一種資質的美好。一方面他瞭解「先據要路津」⑰在世俗世界中成功的意義：「賤日豈殊衆，貴來方悟稀。」；甚至不只是「邀人傅脂粉，不自著羅衣」重要到有人服侍而已，還能「君寵益驕態，君憐無是非」的決定了其他人情事務的重要與否。其實整首「洛陽女兒行」對於對門洛陽女兒生活的描寫也都是集中在這種意識上的。另一方面他卻強調這種「富貴」的生活地位是資質美好者所應該享有的。西施因此可以「持謝鄰家子，效顰安可希。」；而針對著洛陽女兒的享有就發出「誰憐越女顏如玉，貧賤江頭自浣紗」的慨歎。在這兩首詩中他還只是有距離的慨歎；

到了下面幾首他簡直是當面斥責了起來：

翩翩繁華子，多出金張門。幸有先人業，早蒙明主恩。童年且未學，肉食鶩華軒。豈乏中林士，無人獻至尊。鄭公老泉石，霍子安邱樊。賣藥不二價，著書盈萬言。息陰無惡木，飲水必清源。吾賤不及議，斯人竟誰論。（鄭霍二山人）

趙女彈箜篌，復能邯鄲舞。夫壻輕薄兒，鬥雞事齊主。黃金買歌笑，用錢不復數。許史相經過，高門盈四牡。客舍有儒生，昂藏出鄒魯。讀書三十年，腰下無尺組。被服聖人教，一生自窮苦。（偶然作六首之五）

朱紱誰家子，無乃金張孫。驪駒從白馬，出入銅龍門。問爾何功德，多承明主恩？鬥雞平樂館，射雉上林園。曲陌車騎盛，高堂珠翠繁。奈何軒冕貴，不與布衣言！

君家御溝上，垂柳夾朱門。列鼎會中貴，鳴珂朝至尊。生死在八議，窮達由一言。須識苦寒士，莫矜狐白溫。（寓言二首）

前兩首直是杜甫「紈袴不餓死，儒冠多誤身。」⑱的憤慨。到了「寓言二首」憤慨到極點了簡直悲哀：「奈何軒冕貴，不與布衣言！」，「生死在八議，窮達由一言。」貫穿在這些憤慨之中的是一分對功名的熱中。王維詩裏的世界中，人物對於功名的熱切，最後竟然達到視「窮達」等「死生」的境地了。那種壓制在社會風氣下士人階級心靈之窄狹也於此可見了。王維詩中世界的偏狹性顯然也是因爲跳不開這種階層意識影響的緣故。

這種熱中表現在王維自身的經歷上，譬如「被出濟州」：

> 微官易得罪，謫去濟川陰。執政方持法，明君無此心。閭閻河潤上，井邑海雲深。縱有歸來日，多愁年鬢侵。

雖然牢騷一大堆，但事實上並沒有死心：「縱有歸來日，多愁年鬢侵。」並且在兩首給張九齡請求擢用的詩中他顯然頗有自認資質美好的一分自負：

> ……賈生非不遇，汲黯自堪疎。學易思求我，言詩或起予。（上張令公）

> 寧棲野樹林，寧飲澗水流；不用食粱肉，崎嶇見王侯。鄙哉匹夫節，布褐將白頭。任智誠則短，守仁固其優。側聞大君子，安問黨與讎；所不賣公器，動為蒼生謀。賤子跪自陳，可為帳下不？感激有公議，曲私非所求。（獻始興公）

經歷安祿山之亂，雖然當時有「口號又示裴迪」⑲：

安得捨塵網，拂衣辭世喧。悠然策藜杖，歸向桃花源。

的出世的渴望。但「既蒙宥罪旋復拜官伏感聖恩竊書鄙意兼奉簡新除使君等諸公」：

忽蒙漢詔還冠冕，始覺殷王解網羅。日比皇明猶自暗，天齊聖壽未云多。花迎喜氣皆知笑，鳥識歡心亦解歌。聞道百城新佩印，還來雙闕共鳴珂。

一詩中卻顯然並未「領悟到富貴功名的無味」⑳；相反的在最後兩句中表現的是一派有味極了的樣子。「鳴珂」這一意象在王維詩中代表著何種重要的意義，只要參照前引「寓言」二首中的「列鼎會中貴，鳴珂朝至尊」的羨極之情也就清楚了，那麼前面這一類主題的，主體並不介入而呈現爲描繪模擬性質的「標題歌詠」之類的詩作㉑，也就不純是「客觀」的刻劃了。

王維以女性爲題材的詩作也並不太少，共有二十三首㉒比以邊塞爲題材的還多一首。但有趣的是它們幾乎都籠罩在富貴之追求的基本主題內，前面提到的「洛陽女兒行」、「西施詠」就是顯明的例子；根本上缺乏異性戀的情感表現。僅有的一首略具「浪漫愛」(Romantic Love) 意味的「雜詩」：

朝因折楊柳，相見洛城隅。楚國無如妾，秦家自有夫。對人傳玉腕，映燭解羅襦

㉓。人見東方騎，皆言夫壻殊。持謝金吾子，煩君提玉壺。

也只是隱栝「陌上桑」古辭與辛延年「羽林郎」而已。在另一首「雜詩」中：

雙燕初命子，五桃初作花。王昌是東舍，宋玉次西家。小小能織綺，時時出浣紗。親勞使君問，南陌駐香車。

所表現的也是雖有「浪漫愛」的可能：「王昌是東舍，宋玉次西家」，終於還是追求富貴：「親勞使君問，南陌駐香車」的心理。正如居浩然「談愛情」㉔一文中所謂：

遠從離騷開始，詩人就自比淑女，用賦來打動君王的心意，盼望君王回心轉意，再「御」用被遺棄的侍妾。換句話說，仍然是以身相許的佈局㉕。這在詩的全盛時代底唐朝，亦復如此，無論對君王，對朋友，一動感情，詩人就化身為淑女㉖。

王維女性題材詩歌表現的焦點，除了資質的美好，就是被「寵幸」與渴望被「寵幸」了。前者如「扶南曲歌詞五首」：

翠羽流蘇帳，春眠曙不開。羞從面色起，嬌逐語聲來。早向昭陽殿，君王使催。（

其(一)

「洛陽女兒行」的「自憐碧玉親教舞」、「西施詠」的「君寵益驕態，君憐無是非。」等等。後者如「班婕妤三首」：

宮殿生秋草，君王恩幸疏。那堪聞鳳吹，門外度金輿。(其二)

「早春行」的「憶君長入夢，歸晚更生疑：不及紅簷燕，雙棲綠草時。」、「羽林騎閨人」的「行人過欲盡，狂夫終不至。左右寂無言，相看共垂泪。」等等。能夠跳開這種佈局的詩作也不過下列三首：

新妝可憐色，落日卷羅帷。鑪氣清珍簟，牆陰上玉墀。春蟲飛網戶，暮雀隱花枝。向晚多愁思，閑牕桃李時。(晚春閨思)

君自故鄉來，應知故鄉事。來日綺牕前，寒梅著花未？(雜詩)

已見寒梅發，復聞啼鳥聲。愁心視春草，畏向玉階生。(雜詩)

三首寫那種融和在時間意識中青春女性所特有的莫名的惆悵，無論在意象的貼切、情趣的把握、或者表現的經濟上都已達到「情景交融」的極致，足可與王維的許多山水，送別佳作媲美；而它們的內容更與邊塞一類的豪情相映成趣。其中「君自故鄉來」一首㉗表現那種「女子有行，遠父母兄弟」㉘宿命下的對於已然失去的少女生活之懷念與惆悵，眞是「只爲短句，一吟一詠，更有悠揚不盡之致；欲於此下復贅一語不得」㉙。劉大杰「中國文學發達史」針對著這一首詩說：

> 最後一首，是可以作為抒情詩的。他抒的情，是那麼恬淡，那種超然，真有一種特妙的理趣。見了鄉人，不問民生的疾苦，不問親友的狀況，只關心到窗前的梅花，可知這派詩人，除了他個人以外，對於現實的社會，是完全閉住眼了。

顯然是忽略了詩中「綺窗」㉚對於性別的暗示；還有對於能夠知道「綺窗前，寒梅著花未」的「君」在於詩中第一人稱心目中的重要性；因爲詩中所問的不只是「綺窗前，寒梅著花未？」，而是「君自故鄉**來**」的「**來日**綺窗前」。在這首詩中「君自故鄉來」與「寒梅著花未」在於第一人稱的發問裏是一樣的重要的，而且彼此之間具有一種微妙的矛盾與相生相成的關係。當我們從類似李白「長干行」：「郎騎竹馬來，繞牀弄青梅」的觀點來看「寒梅」，配合了「故鄉」、「故鄉事」、「綺窗前」等語句，這首詩顯然就已經具有了對於童年或者少女時代生活的懷念與已然喪失的惆悵之感；若是從另一首「雜詩」：「已見寒梅發，復聞啼鳥聲」的觀點來看「寒梅」，則「寒梅著花未」就成了一種時間的暗示，問話的重心也就在「君」的什麼時候「來」了。問「君」的何時起程「歸來」其中的「思君」之情也就不言而喻了。這首詩的成功之處就在於它表現得很含蓄，也很曖昧，因此它就具有了容許讀者做多種猜測的耐人尋味的性質。卽使前面的兩種解釋也一樣只是它所涵孕著的無數可能中的兩種而已㉛；事實上揉合這兩種解釋來欣賞時它又呈現著完全不同的遠較微妙複雜的心理描寫了。前面說過王維詩中的同情心是受限制的，未能超越他自己的社會階層，就從他的以女性爲題材的詩歌看來也是如此；或者隱栝前人的詩作外，就只描寫宮庭豪貴人家的婦女生活；但值得重視的卻是在這類超乎男性自我的同情中，他所表現的觀察之入微，刻劃之細膩與技巧之渾成。明白這一點就能瞭解王維之能在李、杜之外擁有一代盛名並不是一件偶然的事了。至於劉大杰對於所謂這派詩人的批評是根本不值一辯的：只有主張普羅文學等的文學研究者才會以爲僅只描寫下層社會的生活，尤其是他們所遭受的迫害的文學，方才算是正視「社會」「現實」的！

在上述的這種富貴的追求主題中，這首相傳有一段故事㉜的「息夫人」：

莫以今時寵，能忘舊日恩。看花滿眼淚，不共楚王言。

則表現了一分人性的軟弱。我們只要拿它和杜牧的「題桃花夫人廟」：

細腰宮裏露桃新，脈脈無言幾度春。至竟息亡緣底事，可憐金谷墜樓人。

比較，就可以看出彼此對於世界的要求與瞭解之不同。王維並沒有杜牧的那種嚴苛的道德感，相反的他所瞭解的是一分無法與命運抗衡的凡人的軟弱。對於息夫人的既未能拒絕「今時寵」於前，又不能忘卻「舊日恩」於後的矛盾，有一分深切的同情；在王維的詩中息夫人的「一婦人而事二夫，縱弗能死，其又奚言？」㉝是一分不能自已屈服於命運的悲哀的自然流露：「看花滿眼淚，不共楚王言。」；在杜牧嚴苛的道德感中，這種「脈脈無言」就成了一種可被指摘的惺惺作態了。對於這一種在富貴的獲有與死亡的虛無之間抉擇，所表現出來的屬於人性的一時的軟弱；除了女性題材的「息夫人」之外，王維還有一首邊塞性質的「李陵詠」：

漢家李將軍，三代將門子。結髮有奇策，少年成壯士。長驅塞上兒，深入單于壘。旌旗列相向，簫鼓悲何已。日暮沙漠陲，戰聲烟塵裏。將令驕虜滅，豈獨名王侍。既失大軍援，遂嬰穹廬恥。小小蒙漢恩，何堪坐思此：深衷欲有報，投軀未能死！引領望子卿：非君誰相理？

從這裏我們就更可以看出來王維的邊塞詩與閨閣詩雖然在情調上，在性別背景的安排上是分屬於截然不同的兩個世界，但是他所企圖表現的人性卻是同一種類的，都是不能自已於渴求在俗世中的成功，也就是說，富貴的擁有。在於這兩首詩的主題中還有一個重要的共同點：就是軟弱之後的寂寞。在我們的傳統社會之中，他們的軟弱是被杜牧「息夫人」詩中所表現的那類嚴苛的道德感所包圍的。「息夫人」的「不共楚王言」對於「左傳」：「其又奚言！」記載的寂寞感，還表現得比較含蓄；「李陵詠」中的「少小蒙漢恩，何堪坐思此：深衷欲有報，投軀未能死！引領望子卿：非君誰相理？」，尤其是「引領望子卿：非君誰相理？」則更明白的表現了那種軟弱之後所遭受被世界遺棄的寂寞。而這種寂寞的最難堪的一部分正是世人的根本不理會李陵一類人在內心裏爲了那一時軟弱所償付的長期折磨：「少小蒙漢恩，何堪坐思此：深衷欲有報，投軀未能死！」。王維不但在詩裏面對於這種「不夠英雄的英雄」或「不夠節婦的節婦」表現了一種深切的同情，在「引領望子卿：非君誰相理？」的質問中，他更批評了包圍在這種人性的軟弱四周的嚴苛的道德要求。蘇武是個羈胡十九年全節而歸的人。但是能夠理會李陵這種「不夠英雄的英雄」的，卻反而是這種「眞正的英雄」。因爲只有經過考驗的人才能眞正的瞭解：恐懼是什麼？誘惑是什麼？還有，人性的軟弱是什麼？因此他們反而能夠同情。「引領望子卿：非君誰相理？」王維在這一首詩中顯示了和司馬遷一樣的對人性的理解，「時年十九」㉞！

命運弄人，三十七年後王維自身卻也遭逢了這種考驗，結果也表現了同樣的軟弱：

天寶末，為給事中。祿山陷兩都，玄宗出幸。維扈從不及，為賊所得。維服藥取痾，僞稱瘖疾。祿山素憐之，遣人迎置洛陽。拘于普施寺，迫以僞署㉟。

關於這段經歷的感受，除了兩首「口號示裴迪」㊱，他沒在詩中多所表現㊲，但從他的「謝除太子中允表」中：

臣聞食君之祿，死君之難。當逆胡干紀，上皇出宮，臣進不得從行，退不能自殺。情雖可察，罪不容誅。……仍開祝網之恩，免臣釁鼓之戮。投書削罪，端衽立朝。穢汗殘骸，死滅餘氣。伏謁明主，豈不自愧于心？仰廁羣臣，亦復何施其面？跼天內省，無地自容。

與「爲薛使君謝婺州刺史表」中：

臣素書生，少為文吏。折衝禦侮幾何不亡奉法守文一日之長？當賊逼溫洛，兵接河潼；拜臣陜州，催臣上道。驅馬才至，長圍已合。未暇施力，旋復陷城。戟枝叉頭，刀環築口。身關木索，縛就虎狼。臣實驚狂；自恨駑怯！脫身雖則無計，自刃有何不可？而折節兇頑，偷生廁溷；縱齒盤水之劍未消臣惡，空題墓門之石豈解臣悲！

的這些話看來也就略可想見一斑了㊳。安祿山陷潼關玄宗出幸蜀以及安祿山兵入長安都在天寶十五載也就是肅宗的至德元載，這一年王維五十六歲。責授太子中允遷太子中庶子中書舍人復拜給事中則在至德三載後改元乾元元年，王維五十八歲。距王維的去世不過五——三年。據宋祁「新唐書」本傳：「九歲知屬辭」，以及集中的作品：如「過秦皇墓」十五歲作；「洛陽女兒行」十六歲作；「九月九日憶山東兄弟」十七歲作；「哭祖六自虛」十八歲作；「桃源行」、「李陵詠」十九歲作；「息夫人」二十歲作等等的記載，我們可以說王維從事他的詩人生涯開始得很早；並且就他的這些早年作品看來也都已經相當成熟了㊴。所以就以有詩作留存的十五歲算起，在他的四十七年的寫詩生涯中，這段遭遇了祿山之難後的時日實在不能算是具有決定性的重要的；這顯然與庾信的羈留北朝是不能相提並論的㊵。因此，在我們企圖說明這次事件對王維詩所產生的影響時，就不能不謹愼而有所限制。

我們所可以「確知」王維在五十八歲以後的詩作只有八首。其中涉及他自身的只「送韋大夫東京留守」：

人外遺世慮，空端結遐心。曾是巢許淺，始知堯舜深。蒼生詎有物，黃屋如喬林。上德撫神運，沖和穆宸襟。雲雷康屯難，江海遂飛沉。天工寄人英，龍袞瞻君臨，名器苟不假，保釐固其任。素資貫方領，清景照華簪。慷慨念王室，從容獻官箴。雲旗蔽三川，晝角發龍唫。晨揚天漢聲，夕捲大河陰。窮人業已寧，逆虜遺之擒。然後解金組，拂衣東山岑。給事黃門省，秋光正沉沉。功名與身退，老病隨年侵。君子從相訪，重玄其可尋。

這一首詩嚴格的說來並不是什麼好詩，平鋪直敍而已；但是卻充分說明了王維這時期的某些思維，這顯然對於我們瞭解他的某些「可能」是這幾年的詩作有相當的幫助。在這首詩的一開始：「人外遺世慮，空端結遐心。」兩句就已經說明了王維的「晚年惟好靜，萬事不關心。」㊶。但是「曾是巢許淺，始知堯舜深。」二句卻把前兩句的心情推到過去。據劉昫「唐書」：「乾元二年秋七月乙丑朔以禮部尚書韋陟充東京留守。」㊷，則這首詩正作於王維五十九歲那年的七月左右。那麼從我們所能把握的資料推測：「始知堯舜深」的原因可能就是「既蒙有罪，旋復拜官，伏感聖恩」㊸的結果，所以接下去馬上就說「蒼生詎有物，黃屋如喬林。」在這兩句中有一點很可注意的是連接「蒼生」與「有物」的是「詎」。詎：「猶苟也。」㊹，是一種假定的語氣，並沒有對於「蒼生」的「有物」完全肯定。在詩中他所承認的則只有「天子車以黃繒爲蓋裏」㊺的「黃屋」；同樣的態度也見於這兩句：「名器『苟』不假，保釐固其任。」仍然保持相當的「曾是巢許淺」。也就是說對於功名不再是持著完全肯定的態度，但也並沒就放棄或輕鄙，而是較爲成熟兼顧的保持一種中立的看法。「王縉進右丞集表」的：

> 臣兄文詞，立身行之餘力。當官堅正，秉操孤直。縱居要劇，不忘清淨。實見時輩，許以高流。至于晚年，彌加進道；端坐虛室，念茲無生。

給了我們一個很清楚的寫照。在這首詩裏政治對於王維不再是富貴的追求了。比起「少年行」的「天子臨軒賜侯印，將軍佩出明光宮。」大不相同的，現在最怦然心動的則是「窮人業已寧，逆虜遺之擒。然後解金組，拂衣東山岑。」的一刻了。我們可以看得出這和左思「詠史詩」：

弱冠弄柔翰，卓犖觀羣書；著論準過秦，作賦擬子虛。邊城苦鳴鏑，羽檄飛京都。雖非甲冑士，疇昔覽穰苴。長嘯激清風，志若無東吳。鉛刀貴一割，夢想騁良圖，左眄澄江湘，右盼定羌胡。功成不受爵，長揖歸田廬。

中的夢想非常相像。只是王維更成熟更冷靜，此時在他看來，士子的出仕用世只是他對自己的資質與作爲社會一分子因此資質而具有的責任的踐履；所謂的「天工寄人英……保釐固其任。」都是這個意思。他達到了一種傳統社會士大夫階級的一種典型的調和：在社會活動上保持著儒家的觀點；在人生理想上卻採取了道家思想㊻，(他的信佛只是這種思想的一種變象而已㊼。)所以雖然「始知堯舜深」了，送韋陡東京留守的結論卻是：「君子從相訪，重玄其可尋。」「重玄」就是「老子道德經」首章：

道可道，非常道。名可名，非常名。無名天地之始，有名萬物之母。故常無欲以觀其妙，常有欲以觀其徼。此兩者同出而異名，同謂之玄；玄之又玄，衆妙之門。

中的「玄之又玄」㊽。那麼「重玄其可尋」的孕意也不言可喻了。這種心境達成的原因他自己的提示是「功名與身退，老病隨年侵。」的緣故；而我們相信這兩樁都與祿山之亂所蒙受的恥辱有相當的關連。假如「功名與身退」的寓意不就是指的陷賊獲罪這件事的話；至少這種「年壽有時而盡；榮樂止乎其身。」㊾的意識的形成也該多少受到它的影響的。至於「老病隨年侵」固然是正常的生理現象。但在這次亂事中「維服藥取痢，僞稱瘖疾。……拘于普施寺。」的經歷無疑也該對他的健康有相當的影響。有許多晚年的詩作，雖然我們無法「確定」它們是否作於受辱之後，但非常顯然的是對於自己的仕進卻多少有著慚愧的感覺，而詩中「假定」爲應該慚愧的理由則是「老病」、「衰朽」、或者「不才」。早年的以資質美好自許之情則不復可見；代之而起的則是更深更濃的對自然的嚮往了：

山寂寂兮無人，又蒼蒼兮多木。羣龍兮滿朝，君何為兮空谷。文寡和兮思深，道難知兮行獨。悦石上兮流泉，與松間兮草屋。入雲中兮養雞，上山頭兮抱犢。神與棗兮如瓜。虎賣杏兮收穀。愧不才兮妨賢，嫌既老兮貪祿。誓解印兮相從，何詹尹兮可卜。（送友人歸山歌之一）

步出城東門，試騁千里目。青山橫蒼林，赤日團平陸。渭北走邯鄲，關東出函谷。秦地萬方會，來朝九州牧。雞鳴咸陽中，冠蓋相追逐。丞相過列侯，羣公餞光祿。相如方老病，獨歸茂陵宿。（冬日游覽）

冬宵寒且永，夜漏宮中發。草白靄繁霜，木衰澄清月。麗服映頹顏，朱澄照華髮。漢家方尚少，顧影慚朝謁。（冬夜書懷）

建禮高秋夜，承明候曉過。九門寒漏徹，萬井曙鐘多。月迥藏珠斗，雲消出絳河。更慚衰朽質，南陌共鳴珂。（同崔員外秋宵寓直）

晚年惟好靜，萬事不關心。自顧無長策，空知返舊林。松風吹解帶，山月照彈琴。君問窮通理，漁歌入浦深。（酬張少府）

洞門高閣靄餘暉，桃李陰陰柳絮飛。禁裏疎鐘官舍晚，省中啼鳥吏人稀。晨搖玉佩趨金殿，夕奉天書拜瑣闈。強欲從君無那老，將因臥病解朝衣。（酬郭給事）

無才不敢累明時，思向東溪守故籬。不厭尚平婚嫁早，卻嫌陶令去官遲。草堂蛩響臨秋急，山裏蟬聲薄暮悲。寂寞柴門人不到，空林獨與白雲期。（早秋山中作）

在上列七首詩中，不論他所描寫的情境是什麼，所發生的感觸卻都是自慚老病無才而渴望致仕隱居，渴望孤獨與靜，並且企圖在接近自然的清靜中把握所剩無多了的生命。這種心情我們可以在「早秋山中作」看得很清楚。那種「譬如朝露，去日苦多」㊿的時間意識在這首詩中有著非常生動的象徵的表現：「草堂蛩響臨秋急，山裏蟬聲薄暮悲。」相同的心情我們也一樣可以在「晚春嚴少尹與諸公見過」一詩中得到他的直陳的告白：

> 松菊荒三徑，圖書共五車。烹葵邀上客，看竹到貧家。鵲乳先春草，鶯啼過落花。
> 自憐黃髮暮，一倍惜年華。

葉慶炳先生在他的「中國文學史」中[51]以為：

> 王維身經安、史之亂，而其詩歌中不見此動亂時代之影子。此中原因，可於其酬張少府詩見之，卽所謂「晚年惟好靜，萬事不關心。」故王維對世事如此淡漠，當亦信佛之故。[52]

但是我們只要再仔細玩味王維該詩中說明這兩句的「自顧無長策，空知返舊林。」就可以明白這種心境的形成主要的倒不因爲信佛的結果[53]。從他的這些可以確定或者可能是作於安史亂後的詩文看來，陷賊受僞署這件事對王維所發生的影響，倒未必使他「領悟到富貴功名的無味」[54]，（這裏對這一句話是採的一種「扣緊」的討論態度。）但是使他內愧卻是眞的[55]。這種內愧使他在仕途上採取一種退縮的態度：表現在詩中是「無才不敢累明時，思向東溪守故籬。」、「強欲從君無那老，將因臥病解朝衣。」、「更慚衰朽質，南陌共鳴珂」等一類情思的反覆出現；表現在行爲上最顯著的則是責躬薦弟：

賊平皆下獄。或以詩聞行在；時縉位已顯，請削官贖維罪；肅宗亦自憐之：下遷太子中允。久之遷中庶子。三遷尚書右丞。縉為蜀州刺史，未還。維自表：己有五短，縉五長；臣在省戶，縉遠方：願歸所任官，放田里，使縉得還。京師議者不之罪；久，乃召縉為左散騎常侍。㊱

我們再看他的「責躬薦弟表」中的這些表白：

臣年老力衰，心昏眼暗，自料涯分，其能幾何？久竊天官，每慙尸素。頃又没于逆賊，不能殺身，負國偷生，以至今日。陛下矜其愚弱，託病被囚，不賜疵瑕，累遷省閣，昭洗罪累，免負惡名。在于微臣，百生萬足。

昔在賊地，泣血自思，一日得見聖朝，卽願出家修道。及奉明主，伏戀仁恩，貪冒官榮，荏苒歲月，不知止足，尚忝簪裾。始願屢違，私心自咎。

……臣弟蜀州刺史縉，太原五年撫養百姓，盡心為國竭力守城；臣卽陷在賊中，苟且延命：臣忠不如弟一也。……臣頃負累繫在三司，縉上表祈哀，請代臣罪；臣之于縉，一無憂憐：臣義不如弟三也。……臣之五短，弟之五長，加以有功，又能為政；顧臣謬官華省，而弟遠守方州：外媿妨賢，內慙比義，痛心疾首，以日為年。……伏乞盡削臣官，放歸田里；賜弟散職，令在朝廷。臣當苦行齋心；弟自竭誠盡節：並願肝腦塗地，隕越為期。……

就可以明白，王維並沒有否定富貴功名的價值，只是被一種犯罪意識所縈繞，使他無法容許自己繼續追求；並且年華老大存世不久的意識也使得許多事務的意義改觀了：

臣又逼近懸車，朝暮入地。闃然孤獨，迥無子孫。弟之與臣，更相為命。兩人又俱白首，一別恐隔黃泉。儻得同居，相視而沒；泯滅之際，魂魄有依。[57]

假如這種說法可以成立的話，那麼非常可能「王維身經安史之亂，而其詩歌中不見此動亂時代之影子。」實在就是息夫人一樣地「縱弗能死，其又奚言？」，受他在這次動亂中一已遭遇影響的結果[58]。並且在這種心情下確實也只有「自顧無長策，空知返舊林。」而「晚年惟好靜，萬事不關心」了。

「縱居要劇，不忘清淨。……至于晚年，彌加進道；端坐虛室，念茲無生。」王縉的素描提供了我們一絲劃定陷賊受辱對王維心理上影響限制的線索。事實上我們可以在王維詩中再三的看到嚮往返回自然的隱居生活的主題而與內愧無關的。這類嚮往或者神往的詩單是以送別的風貌出現的就有二十首；顯而可見的贈答，二十二首⑲。那麼這種嚮往在於王維中詩世界的重要也就隱約可見了。這種嚮往往往是伴同在一種矛盾的掙扎中出現的：

夜靜羣動息，時聞隔林犬。卻憶山中時，人家澗西遠。羨君明發去，采蕨輕軒冕。（春夜竹亭贈錢少府歸藍田）

明時久不達，棄置與君同。天命無怨色，人生有素風。念君拂衣去，四海將安窮。秋天萬里淨，日暮澄江空。清夜何悠悠，扣舷明月中。和光魚鳥際，澹爾蒹葭叢。無庸客昭世，衰鬢日如蓬。頑疎暗人事，僻陋遠天聰。微物縱可採，其誰為至公。余亦從此去，歸耕為老農。（送綦母校書棄官還江東）

伯舅吏淮泗，卓魯方喟然。悠哉自不競，退耕東皋田。條桑臘月下，種杏春風前。酌醴賦歸去，共知陶令賢。（送六舅歸陸渾）

送君盡惆悵，復送何人歸。幾日同攜手，一朝先拂衣。東山有茅屋，幸為掃荊扉。

當亦謝官去，豈令心事違。（送張五歸山）

在右列四首中我們可以清晰的看到這種在「采蕨」與「軒冕」中掙扎程度的減輕。非常顯明的這兩種生活都給予王維某些需要的滿足，當「明時久不達，棄置與君同」時，「余亦從此去，歸耕爲老農」的呼聲就高了；於是「酌醴賦歸去，共知陶令賢」；於是「當亦謝官去，豈令心事違。」這種嚮往就成爲一種「心事」了。但是最能表明這種嚮往意義的還是下列四首：

希世無高節，絕跡有卑棲。君徒視人文，吾固和天倪。緬然萬物始，及與羣物齊。分地依后稷，用天信重黎。春風何豫人，令我思東谿。草色有佳意，花枝稍含荑。更待風景好，與君藉萋萋。（座上走筆贈薛璩慕容損）

田舍有老翁，垂白衡門裏。有時農事閑，斗酒呼鄰里；喧聒茅簷下，或坐或復起。短褐不為薄，園葵固足美。動則長子孫，不曾向城市。五帝與三王，古來稱天子。干戈將揖讓，畢竟何者是？得意苟為樂，野田安足鄙。且當放懷去，行行沒餘齒。（偶然作之二）

設罝守毚兎，垂釣伺游鱗。此是安口腹，非關慕隱淪。吾生好清靜，蔬食去情塵。

今子方豪蕩，思爲鼎食人。我家南山下，動息自遺身。入鳥不相亂，見獸皆相親。雲霞成伴侶，虛白侍衣巾。何事須夫子？邀予谷口真！（戲贈張五弟諲之三）

山林吾喪我，冠帶爾成人。莫學嵇康懶，且安原憲貧。山陰多北戶，泉水在東隣。緣合妄相有，性空無所親。安知廣成子，不是老夫身。（山中示弟等）

從這些詩看，首先隱居，鄙棄隨世的追逐軒冕這一件事本身在王維心目中就具有一種倫理的意義，乃是一種「絕跡」[60]的「高節」。所以對「今子方豪蕩，思爲鼎食人」的假隱士張諲就不免戲語「何事須夫子，邀予谷口眞？」[61]了。另外接近自然：一則可以賞玩風景的美好，如「春風何豫人，……更待風景好，與君藉萋萋。」與「贈裴十迪」：「風景日夕佳，與君賦新詩。……請君理還策，敢告將農時。」都是表現的這個主題；另一則可以「遂性」[62]、「和天倪」而達到物我合一，渾然交融於大化之中：「緬然萬物始，及與羣物齊。」由這裏延伸就可以因而達到「虛其心以生於道」[63]的「虛白侍衣巾」；「道性無欲」而「動息自遺身」。再自這種「山林吾喪我」推引就是「安知廣成子，不是老夫身？」的希冀了。另一方面就是不往深遠的超自然的嚮往講，田園生活也是閑適可愛的：「有時農事閑，斗酒呼隣里；喧聒茅簷下，或坐或復起」而且是大可「得意苟爲樂」的。同時這種生活摒棄了人間的紛紛擾擾是是非非：「干戈將揖讓，畢竟何者是？」「任處名愚谷，何煩問是非？」[64]也是老子小國寡民無政府自然生活理想的實現。從這些想法中我們就可以明白王維的嚮往自然是如何以道家思想爲基礎而漸漸滲和了佛家的解釋：「緣合妄相有；性空無所親。」終於甚至成爲一種永生渴望的尋求。這種嚮往隨著年華的老去而加強，但是家庭的責任，生活水準的希求保存，以及另外一種領悟卻制壓了它，於是在時間意識的壓迫下就達到衝突的頂點：

> 日夕見太行，沉吟未能去。問君何以然，世網嬰我故。小妹日成長，兄弟未有娶。家貧祿旣薄，儲蓄非有素。幾迴欲奮飛，踟躕復相顧。孫登長嘯臺，松竹有遺處。相去詎幾許，故人在中路。愛染日已薄，禪寂日已固。忍乎吾將行，寧俟歲云暮！（偶然作之三）

> 達人無不可，忘己愛蒼生。豈復小千室，絃歌在兩楹。浮人日已歸，但坐事農畊。桑榆鬱相望，邑里多雞鳴。秋山一何淨，蒼翠臨寒城。視事兼偃臥，對書不簪纓。蕭條人吏稀，鳥雀下空庭。鄙夫心所向，晚節異平生。將從海嶽居，守靜解天刑。或可累安邑，茅茨君試營。（贈房盧氏琯）

「贈房盧氏琯」一詩中王維以「達人無不可，忘己愛蒼生。」的思想來解除這種嚮往所造成的壓迫與衝突；「洛陽鄭少府與兩省遺補宴韋司戶南亭序」一文中也說：

> 夫含德之厚，與時偕化：拂衣為放，則野人于小隱之中；束帶而朝，則君子于大夫

之後。何軌轍一境，是非外物哉？

在「與魏居士書」裏，他更用這種思想來勸人家出仕：

……朝廷所以超拜右史，思其入踐赤墀，執牘珥筆，羽儀當朝，為天子文明；且又祿及其室，養昆弟免于負薪樵蘇，晚爨柴門，藜牀穿而未起。若有稱職，上有致君之盛，下有厚俗之化，亦何顧影跼步，行歌采薇？是懷寶迷邦，愛身賤物也！豈謂足下利鐘釜之祿，榮數尺之綬？雖方丈盈前而蔬食菜羹，雖高門甲第而畢竟空寂；人莫不相愛而觀身如聚沫，人莫不自厚而視財若浮雲：于足下實何有哉！

聖人知身不足有也，故曰：欲潔其身而亂大倫；知名無所着，故曰：欲使如來名聲普聞。故離身而返屈其身；知名空而返不避其名也。古之高者曰許由：挂瓢于樹，風吹瓢，惡而去之；聞堯讓，臨水而洗其耳。耳非駐聲之地，聲無染耳之跡。惡外者垢內，病物者自我。此尚不能至于曠士，豈入道者之門歟？降及嵇康亦云頓纓狂顧，逾思長林而憶豐草。頓纓狂顧豈與俛受維縶有異乎？長林豐草豈與官署門闌有異乎？異見起而正性隱，色事礙而慧甲微。豈等同虛空無所不遍，光明遍照知見獨存之旨邪？此又足下之所知也。

近有陶潛，不肯把板屈腰見督郵，解印綬棄官去。後貧，乞食詩云：「叩門拙言辭」，是屢乞而多慙也。嘗一見督郵，安食公田數頃。一慙之不忍而終身慙乎？此亦人我攻中，忘大守小，不□其後之累也。孔宣父云：我則異于是，無可無不可。可者適意，不可者不適意。君子以布仁施義，活國濟仁為適意。縱其道不行亦無意為不適也。苟身心相離，理事俱如，則何往而不適？此近于不易；願足下思可不可之旨，以種類俱生無行作以為大依，無守默以為絕塵不動出世。」

在同書中王維說：「僕年且六十」，顯然已經是晚年之後的想法了。但是他自己卻還忍不住在「愛染日已薄，禪寂日已固。」中歎息：「忽乎吾將行，寧俟歲云暮！」而有「鄙夫心所向，晚節異平生。將從海嶽居，守靜解天刑。」的表示。相同的對於時間與死亡的意識也驅迫他「晚年彌加進道，端坐虛室，念玆無生」！

獨坐悲雙鬢，空堂欲二更。雨中山果落，燈下草蟲鳴。白髮終難變，黃金不可成。
欲知除老病，惟有學無生。（秋夜獨坐）

宿昔朱顏成暮齒，須臾白髮變垂髫。一生幾許傷心事，不向空門何處銷！（歎白髮）

「歎白髮」詩中的「一生幾許傷心事」，當然也必包含陷賊一事在其中的；因此王維晚年的「奉佛修心」，「焚香獨坐以禪誦爲事」[65]，事實上確也當多少是受了那次事件影響的。王維對於自然的嚮往根本上是一種道家思想，但表現在實踐上卻是傾向於佛教的；這卽使是撇開了家庭的影響[66]不談也還是可以瞭解的，和「一生幾許傷心事」與那份內愧的犯罪意識最有關係的一點則是，佛教並不像道家思想只是提供一種順於自然生活的觀點而已，它有著道家所沒有的救贖的信仰；也就是說，罪雖在這裏被肯定了[67]，卻也應許了信仰中救贖的成分，於是信仰者就可以在這種信仰中獲得一切罪惡感的解脫；因而得到心靈上的安寧，一種能夠面對死亡與虛無的寧靜。這也就難怪王維在傷心之餘長歎：「不向空門何處銷！」了。[68]但是這個事件的影響恐怕也只是這樣而已了。任何企求以單一因素來解決問題的意圖無疑的都會忽略了人生所包容的多面性與人類心靈的繁複多姿而遠離事實的。

王維在「請施莊爲寺表」中說他的母親：「褐衣蔬食，持戒安禪，樂住山林，志求寂靜。」這些話他原來是用來形容他的母親的奉佛的；但卻也正好說明了佛教信仰與山林隱居的關係。王維與佛教有關係的詩作有二十首[69]。其中除了「胡居士臥病遺米因贈」、「與胡居士皆病寄此詩兼示學人二首」三首主題在於討論佛理之外，事實上都是可以作特殊對象的山水詩或者居隱詩看的。譬如下列兩首：

山中燕子龕，路劇羊腸惡。裂地競盤屈，插天多峭崿。瀑泉吼而噴，怪石看欲落。伯禹訪未知，五丁愁不鑿。上人無生緣，生長居紫閣。六時自搥磬，一飲尚帶索。種田燒白雲，所漆響丹壑。行隨拾栗猿，歸對巢松鶴。時許山神請，偶逢洞仙博。救世多慈悲，即心無行作。周商倦積阻，蜀物多淹泊。巖腹乍旁穿，澗脣時外拓。橋因倒樹架，柵值垂藤縛。鳥道悉已平，龍宮為之涸。跳波誰揭厲，絕壁免捫摸。山木日陰陰，結跏歸舊林。一向石門裏，任君春草深。（燕子龕禪師）

崇梵僧，崇梵僧，秋歸覆釜春不還。落花啼鳥紛紛亂，澗戶山牕寂寂閑。峽裏誰知有人事，郡中遙望空雲山。（寄崇梵僧）

「燕子龕禪師」中燕子龕的刻劃幾乎要比禪師重要；「寄崇梵僧」一首假如去掉前面的兩句「崇梵僧」，我們幾乎無法自其中的描寫分辨出與一個隱者有什麼差異來。佛教信仰在這類詩中的主要作用，還在於提供隱居生活一種特殊的想像世界；還有就是與其他對自然嚮往的詩作一樣的，另外一種生活，可能就是永生的獲得：

翡翠香烟合，瑠璃寶地平。龍宮連棟宇，虎穴傍簷楹。谷靜惟松響，山深無鳥聲。瓊峯當戶拆，金澗透林鳴。郢路雲端迥，秦川雨外晴。雁王銜果獻，鹿女踏花行。抖擻辭貧里，歸依宿化城。繞籬生野蕨，空館發山櫻。香飯青菰米，嘉蔬綠芋羹。誓陪清梵末，端坐學無生。（遊感化寺）

像這首詩中的「雁王銜果獻，鹿女踏花行。」⑳無疑的就和「送友人歸山歌」的「神與棗兮如瓜，虎賣杏兮收穀」一樣都使自然的山林染上超自然的神秘色彩，而擴展了王維山水田園的詩歌至於想像的神話世界。而這首詩的結句：「誓陪清梵末，端坐學無生。」也恰是王維佛教信仰的寫照，這種信仰對於王維而言，除了是一種變象的居隱，接近自然：「繞籬生野蕨，空館發山櫻。香飯青菰米，嘉蔬綠芋羹。」的生活趣味外，就只有個人的解脫了；籠罩攀緣在佛法所傳的梵音中，端坐獲得一己的救贖而已。這和「竹里館」中所描寫的生活：

獨坐幽篁裏，彈琴復長嘯。深林人不知，明月來相照。

其實是沒有太大的不同的。在王維的這類遊覽寺院描寫山居僧人生活的詩中，「過香積寺」是很特別的一首，它把遊覽的過程變成了一種精神上的發現與轉變的象徵：

不知香積寺，數里入雲峯。古木無人徑，深山何處鐘？泉聲咽危石，日色冷青松。薄暮空潭曲，安禪制毒龍。

趙殿成注本在這首詩後附了按語說：

成按：此篇起句極超忽，謂初不知山中有寺也。迨深入雲峯於古木森叢，人蹤罕到之區，忽聞鐘聲而始知之。四句一氣盤旋，滅盡針線之跡；非自盛唐高手，未易多覯。泉聲二句，深山恆境每每如此。下一咽字則幽靜之狀恍然；著一冷字則深僻之景若見：昔人所謂詩眼是也。或謂上一句喻心境之空靈動宕；下一句喻心境之恬憺清涼：則未免深求反謬耳。毒龍宜作妄心譬喻，猶所謂心馬情猴者。若會意作降龍實事，用失其解矣。

其中有許多意見都是很可取的。但是假如我們確定毒龍是所謂妄心的話，那麼當泉聲二句只是寫景時，「安禪制毒龍」的心情豈不出現得太突然，而與整首詩無所銜接？而整首詩也不再是一首完整的詩了，不過是一次遊歷的片斷景象的描寫，然後結束時隨便因爲遊歷的對象是一座寺院勉強按上「安禪」等等的字樣來敷衍罷了。事實上這首詩是非常顯然的分爲兩部分的；前四句是一部分，後四句是一部分。前四句正如趙殿成所解說的是香積寺的發現；這首詩題爲「過香積寺」，後四句難道不正是過香積寺，抵達香積寺的描寫嗎？尤其「薄暮空潭曲」的意象，事實上是「泉聲」與「日色」的延長與發展；那麼泉聲兩句，甚至香積寺的發現顯然都具有某種象徵意涵，其結果遂導致詩中人（也就是作者）的「安禪制毒龍」，這樣子解說豈不更爲順理成章嗎？其實我們只要注意這首詩中某些意象在王維詩裏經常出現的象徵意涵，所有的問題也就迎刃而解了。泉聲與日色作爲時間的象徵是非常顯明的。至於危石和青松，只要看這兩種意象在那些詩中的再三出現：

悅石上兮流泉；與松間兮草屋。（送友人歸歌之一）

猶羨松下客，石上聞清猿。（瓜園詩）

青苔石上淨，細草松下軟。牕外鳥聲閑，階前虎心善。（戲贈張五弟諲之一）

聲喧亂石中，色靜深松裏。……請留盤石上，垂釣將巳矣。（青溪）

豈惟山中人，兼負松上月。……好依盤石飯，屢對瀑泉歇。（留別山中溫古上人兄並示舍弟縉）

颯颯松上雨，潺潺石中流。（自大散以往……見黃花川）

明月松間照，清泉石上流。（山居秋暝）

水穿盤石透，藤繫古松生。（春過賀遂員外藥園）

偃臥盤石上，翻濤沃微躬。（納涼）

瀑泉吼而噴，怪石看欲落。（燕子龕禪師）

可憐盤石臨泉水，復有垂楊拂酒杯。若道春風不解意，何因吹送落花來。（戲題盤石）

老僧四五人，逍遙蔭松柏。（藍田精舍）

夜坐空林寂，松風直似秋。（過感化寺曇興上人山院）

輭草承趺坐，長松響梵聲。（登辨覺寺）

深洞長松何所有，儼然天竺古先生。（過乘如禪師蕭居士嵩邱蘭若）

谷靜惟松響，山深無鳥聲。（遊感化寺）

草色搖霞上，松聲汎月邊。（遊悟真寺）

我們就可以斷定，這些意象不僅僅是詩中的裝飾，並且已經發展成爲一種特定的象徵。王維詩中有許多這類具有特定象徵的意象，我們將在下文討論⑫。這些非常顯明的松石被用來代

表一種隱居山中的特殊生活。在這種接近自然的山居生活中，松石事實上是被王維當作一種與自然中所具有的節奏相抗衡的靜止的安定的力量使用。一切自然中的節奏表現，譬如：瀑泉流水、風雨明月根本上都是時間的暗示。那麼蔭松依石的行爲顯而可見的就都喻示著對於流動的時間與生活的掌握或超脫。「盤石」臨「泉水」之所以「可憐」[73]，就因爲它能夠承住「春風」之中的「落花」；而人們的「酒杯」卻也和「垂楊」一樣是飄「拂」於「春風」之中的，另外可能因爲松濤確實類似梵聲吧！非常明顯的，王維是有意以松來暗示佛教信仰，雖然並不是每一首詩中的松都是這種暗示。前文中「與盧員外過崔處士興宗林亭」的「科頭箕踞長松下」顯當也具有這種出世的象徵，所以才能理直氣壯的「白眼看他世上人」。「過香積寺」中的泉、石、日、松等意象表現出來仍然具有上述的象徵意涵。但是句中的結構與辭語序列卻在意義的曖昧中達到一種特殊的效果。在「泉聲」、「危石」與「日色」、「青松」之間，王維使用了詞性很不明朗，既像形容詞，又像動名詞，事實上卻又必須是動詞的「咽」與「冷」來銜接。所以我們初看幾乎不清楚是泉聲咽了危石，或者是危石咽了泉聲；是日色冷了青松，還是青松冷了日色。事實上我們也無法就確定何是何非，假如我們承認詩歌所表現的乃是想像與感覺之眞實，並不必須在表現上拘執於物理與事件之眞實的話。因此正因爲兩句在表現上之曖昧，它反而形成我們一種彷彿泉聲與危石，日色與青松在彼此相抗衡的感覺。但是這種感覺的說明還是不夠眞切與扣緊；因爲它顯然還是忽略了語辭序列所造成的效果。我們所必須注意的是在「咽」與「冷」的銜接之上的是「泉聲」與「日色」而不是「危石」與「青松」。這刺激我們感覺的是：先是響度很大，包籠廣遠的「泉聲」之

潺潺，然後突然響度減低：「咽」，就在響度減低的同時，狹小的「危石」的形象出現了。同樣的情形則是光度暖度大而範圍及於我們的感官極限的「日色」先襲來，接著這個暖度突然降低：「冷」，也就在暖度降低的同時，一個暗色而有限的形像出現了。梅祖麟先生以爲這兩句詩中的「咽」和「冷」是兼作形容詞用的動詞，但是整個句式是個被動式，也就是說乃是「危石阻水使泉聲咽；青松蔽空使日色冷」的被動[74]。但是我們又爲什麼不能認這兩句根本就是主動式，乃指的是：泉聲的嘈雜吞咽了無聲的危石，雖然危石由於它的「危」好像是要出聲，或者是有聲；與日色的溫暖寒冷了青松，雖然青松的「青」也可以算是一種溫暖？但不論是那種解釋我們從語辭次序上來感受，泉聲、危石、日色、青松都是一種對比，在這種對比中，泉聲與日色都是廣泛的背景而危石與青松則在這種對比中凸現了出來。在這首詩中，危石與青松的凸現正是用來刻劃「香積寺」這個世界的凸現，它對於流動喧嚷的時間與生命是一個雖然受包圍卻是無法抹滅的存在。它是一個有時間、喧嚷熱烈的有生世界中的另一個無時間、沉默冷靜的無生世界。王維在於追求山林的寂靜中：「數里入雲峯；古木無人徑」，因了它所發出的召喚：「深山何處鐘？」而發現了這樣一個世界的存在，而被這個世界所吸引，因此在「薄暮空潭曲」：生命時間將盡的晚歲，「誓陪清梵末，端坐學無生」；安於禪定而制止一切妄心，所以「晚年惟好靜，萬事不關心。」他在「飯覆釜山僧」中也說：「晚知清淨理，日與人羣疏。……已悟寂爲樂，此生閒有餘。思歸何必深，身世猶空虛。」王維就這樣的在他自身的遊玩山林中，又給我們創造了另一種意義上的「桃花源記」；只是這首詩裏我們就看不到這個漁人的回來，像那一位怕老婆而失蹤的李伯·凡·溫可（Rip Van Winkle）[75]的鄉隣一樣，我們這些凡夫俗子就只有「春來徧是桃花水」的一分遐想與悵惘了。

徘徊於仕進與居隱之間，王維就在他的詩裏給了我們很豐富的這兩種生活的描寫[76]。這些描寫大都能夠深入經驗給我們生動眞切的感受，卽使是在這兩種生活都已經成爲過去了的現今：

皎潔明星高，蒼茫遠天曙。槐霧暗不開，城鴉鳴稍去。始聞高閣聲，莫辨更衣處。銀燭已成行，金門儼騶馭。（早朝）

積雨空林烟火遲，蒸藜炊黍餉東菑。漠漠水田飛白鷺，陰陰夏木囀黃鸝。山中習靜觀朝槿，松下淸齋折露葵。野老與人爭席罷！海鷗何事更相疑？（積雨輞川莊作）

這些兩類生活的描寫並不全都是以王維自身爲中心的，除了「少年行」、「老將行」等一類的虛構之外就是對於同時代人的寫實了：

芙蓉闕下會千官，紫禁朱櫻出上蘭。總是寢園春薦後，非關御苑鳥銜殘。歸鞍競帶青絲籠，中使頻傾赤玉盤。飽食不須愁內熱，大官還有蔗漿寒。（勅賜百官櫻桃）

閒門秋草色，終日無車馬。客來深巷中，犬吠寒林下。散髮時未簪，道書行尚把。與我同心人，樂道安貧者。一罷宜城酌，還歸洛陽社。（過李揖宅）

承明少休沐，建禮省文書。夜漏行人息，歸鞍落日餘。豈知三五夕，萬戶千門闢。夜出曙翻歸，傾城滿南陌。陌頭馳騁盡繁華，王孫公子五侯家。由來月明如白日，共道春燈勝百花。聊看侍中千寶騎，強識小婦七香車。香車寶馬共喧闐，箇裏多情俠少年。競向長楊柳市北，肯過精舍竹林前。獨有仙郎心寂寞，卻將宴坐為行樂。倘覓忘懷共往來，幸霑同舍甘藜藿。（同比部楊員外十五夜游有懷靜者季）

「同比部楊員外十五夜游有懷靜者季」是王維少有的以都會繁華的景況爲對象的描寫；通常表現在王維詩中的仕宦生活除了「春日直門下省早朝」、「同崔員外秋宵寓直」一類的題材之外，還是環繞在帝王權貴的遊宴與「與君離別意，同是宦遊人」⑰這兩個題材上。並且這類詩作的數量還不算少，屬於前者的有三十二首⑱，屬於後者的則在三十三首之上⑲。其中應制詩⑳舖陳排比往往帶有「賦」的味道；重點在歌功頌德或者所謂「將以風也」㉑：

故事修春禊，新宮展豫游。明君移鳳輦，太子出龍樓。賦掩陳王作，杯如洛水流。金人來捧劍，畫鷁去迴舟。苑樹浮宮闕，天地照冕旒。宸章在雲漢，垂象滿皇州。（奉和聖製與太子諸王三月三日龍池春禊應制）

複道通長樂，青門臨上洛。遙聞鳳吹喧，闇識龍輿度。褰旒明四目，伏檻紆三顧。小苑接侯家，飛甍暎宮樹。遙水林端素，銀漢下天章。瓊筵承湛露。將非富民寵，信以平戎故。從來簡帝心，詎得迴天步。（奉和聖製御春明樓臨右相園亭賦樂賢詩應制）

「唐書」「文藝傳序」說：「若侍從酬奉則：李嶠、宋之問、沈佺期、王維。」把王維和沈、宋等人相提並論，顯然是針對著這類作品而發的。至於刻劃遊宴的作品確有不少是能把握那種官僚生活另一面的情致的：

楊子談經所，淮王載酒過。興闌啼鳥換，坐久落花多。逕轉迴銀燭，林開散玉珂。嚴城時未啓，前路擁笙歌。（從岐王過楊氏別業應教）

高樓月似霜，秋夜鬱金堂。對坐彈盧女，同看舞鳳凰。少兒多送酒，小玉更焚香。結束平陽騎，明朝入建章。（奉和楊駙馬六郎秋夜即事）

屬於這類送別的詩作，王維往往將它們轉化成對於地域的描繪，行旅的摹寫：

長安廐吏來到門，朱文露網動行軒。黃花縣西九折坂，玉樹宮南五丈原。褒斜谷中不容幰，惟有白雲當露冕。子午山裏杜鵑啼，嘉陵水頭行客飯。劍門忽斷蜀川開，萬井雙流滿眼來。霧中遠樹刀州出，天際澄江巴字回。使君年幾三十餘[82]，少年白皙專城居。欲持畫省郎官筆，迴與臨邛父老書。（送崔五太守）

商山包楚鄧，積翠藹沉沉。驛路飛泉灑，關門落照深。野花開古戍，行客響空林。板屋春多雨，山城晝欲陰。丹泉通虢略，白羽抵荆岑。若見西山爽，應知黃綺心。（送李太守赴上洛）

東郊春草色，驅馬去悠悠。況復鄉山外，猿啼湘水流。島夷傳露版，江館候鳴騶。冉服為諸吏，珠官拜本州。孤鶯吟遠墅，野杏發山郵。早晚方歸奏，南中絕忌秋。（送徐郎中）

萬壑樹參天，千山響杜鵑。山中一半雨，樹杪百重泉。漢女輸橦布，巴人訟芋田。文翁翻教授，不敢倚先賢。[83]（送梓州李使君）

這些詩我們都可以說它是理智的、客觀的、主知的，它們提供感受，提供意見，卻並不抒發感情，但是屬於居隱一類的生活描寫則不然了：

……山鳥群飛，日隱輕霞。登車上馬，倏忽雨散。雀噪荒村，鷄鳴空館。還復幽

獨，重欷累歎。（酬諸公見過）

……清冬見遠山，積雪凝蒼翠。皓然出東林，發我遺世意。惠連素清賞，夙語塵外事。欲緩攜手期，流年一何駛。（贈從弟司庫員外絿）

寓目一蕭散，消憂冀俄頃，青草肅澄波，白雲移翠嶺。後浦通河渭，前山包鄢郢。松含風裏聲，花對池中影。地多齊后痁，人帶荊州癭。徒思赤筆書，詎有丹砂井。心悲常欲絕，髮亂不能整。青簟日何長，閑門晝方靜。頹思茅簷下，彌傷好風景。（林園卽事寄舍弟紞）

中歲頗好道，晚家南山陲。興來每獨往，勝事空自知。行到水窮處，坐看雲起時。偶然值林叟，談笑無還期。（終南別業）

不到東山向一年，歸來纔及種春田。雨中草色綠堪染，水上桃花紅欲然。優婁比邱經論學，傴僂丈人鄉里賢。披衣倒屣且相見，相歡語笑衡門前。（輞川別業）

我們發現乃是被引導到一個情感豐富的世界。王維嚮往於接近自然的生活，他渴望拾棄是是非非的人羣，但並不意圖與人遠離，相反的倒是非常的企求在這種清淨的居處能有可以破除寂寞的友朋：不論是見過的諸公，是偶值的林叟，是比邱，是丈人，或者是知心的親友，都是令他歡欣情不自禁的。他有許多詩再三的表現著這種期待：

儂家真箇去，公定隨儂否。着處是蓮花，無心變楊柳。松龕藏藥裹，石唇安茶臼。氣味當共知，那能不攜手。（酬黎居士淅川作）

……秋風日蕭索，五柳高且疎。望此去人世，渡水向吾廬。歲晏同攜手，只應君與予。（戲贈張五弟諲之二）

……吾生將白首，歲晏思滄洲。高足在旦暮，肯為南畝儔？（秋夜獨座懷內弟崔興宗）

終南有茅屋，前對終南山。終年無客長閉關，終日無心長自閒。不妨飲酒復垂釣，君但能來相往還？（答張五弟）

野巾傳惠好，玆貺重兼金。嘉此幽棲物，能齊隱吏心。早朝方暫掛，晚沐復來簪。坐覺囂塵遠，思君共入林。（酬賀四贈葛巾之作）

淼淼寒流廣，蒼蒼秋雨晦。間君終南山，心知白雲外。（答裴迪）

與君青眼客，共有白雲心。不向東山去，日令春草深。（贈韋穆十八）

表現在詩中，王維對朋友顯然很情深；有的時候甚至是熱烈：

不相見，不相見來久。日日泉水頭，常憶同攜手。攜手本同心，復歎忽分衿。相憶今如此！相思深不深？（贈裴迪）

荒城自蕭索，萬里山河空。天高秋日迥，嘹唳聞歸鴻。寒塘映衰草，高館落踈桐。臨此歲方晏，顧景詠悲翁，故人不可見，寂寞平林東。（奉寄韋太守陟）

所思竟何在？悵望深荆門！舉世無相識，終身思舊恩。方將與農圃，藝植老邱園。目盡南飛鳥，何由寄一言。（寄荆州張丞相）

重門朝已啓，起坐聽車聲。要欲聞清佩，方將出戶迎。曉鐘鳴上苑，踈雨過春城。了自不相顧，臨堂空復情。（待儲光義不至）

與君相見卽相親。聞道君家在孟津，為見行舟試借問；客中時有洛陽人。（寄河上段十六）

這種情感的熱烈在送別的時候表現得最清楚：

相逢方一笑，相送還成泣。祖帳已離傷，荒城復愁入。天寒遠山淨，日暮長河急。解纜君已遙，望君猶佇立。（齊州送祖三）[84]

送君從此去，轉覺故人稀。徒御猶回首，田園方掩扉。出門當旅食，中路授寒衣。江漢風流地，遊人何處歸？（送崔九興宗遊蜀）

送君南浦淚如絲，君向東州使我悲。為報故人顦顇盡，如今不似洛陽時。（送別[85]）

別離實在是王維詩中一個很重要的題材，單是與人生離的詩作就六十九首之多，加上死別的弔挽二十二首，還有下文卽將提到的其他兩首，僅是數量就已經相當可觀了。這種題材提供了他另一種的山水景物描寫的機會；他在一首行旅的詩：「曉行巴峽」說：「賴諳山水趣，稍解別離情。」其實這兩類的詩在事件的性質上是相通的，都是環境的變換，另一種生活的經驗或者開始，因此他也「別輞川別業」：

依遲動車馬，惆悵出松蘿。忍別青山去，其如綠水何？

當然造成最大的不同的是聯帶在離別時所發生的情緒激盪；在他極少的對於不相識時人爲主要對象的描寫中，這首「觀別者」無疑顯示此一主題的重要：

青青楊柳陌，陌上別離人。愛子游燕趙，高堂有老親。不行無可養，行去百憂新。切切委兄弟，依依向四鄰。都門帳飲畢，從此謝賓親。揮淚逐前侶，含悽動征輪。車從望不見，時時起行塵。余亦辭家久，看之淚滿巾。

「不行無可養，行去百憂新。」確實把握了王維詩中「與君離別意，同是宦遊人」的根本情感衝突。「別弟縉後登青龍寺望藍田山」：

陌上新別離，蒼茫四郊晦。登高不見君，故山復雲外。遠樹蔽行人，長天隱秋塞。心悲宦游子，何處飛征蓋！

除了表現著這個主題之外，「故山復雲外」則也顯出王維對於非人事物的深情。這裏因爲是

「山」所以還不特別醒目，「新秦郡松樹歌」中：

青青山上松，數里不見今更逢。不見君，心相憶，此心向君君應識。為君顏色高且閑，亭亭迥出浮雲間。

「不見君，心相憶」簡直就像對待他的朋友一樣。王維的詠物之作也大多用來作爲一種清高的美好資質的象徵：

青雀翅羽短，未能遠食玉山禾。猶勝黃雀爭上下，唧唧空倉復若何！（青雀歌）

君家雲母障，持向野庭開。自有山泉入，非因彩畫來。（題友人雲母障子）

綠豔閑且靜，紅衣淺復深。花心愁欲斷，春色豈知心。（紅牡丹）

朱實山下開，清香寒更發。幸有叢桂花，牕前向秋月。（山茱萸）

難怪杜甫「解悶」要像「實見時輩，許以高流」的說：「不見高人王右丞」。但是生動豐富了王維大多數詩作的，卻是其中孕藏在詩中景色塑造裏的時間意識。譬如這首「哭孟浩然」：

故人不可見，漢水日東流。借問襄陽老，江山空蔡洲。

其中的「漢水日東流」。就在我們所能確定是作於他過去那年僅有的一首詩：「送邢桂州」中，他寫下了「時與潮不待人」[86]的這兩句：

日落江湖白，潮來天地青。

附註

① 見趙殿成右丞年譜。

② 劉昫唐書本傳：「太原祁人。父處廉，終汾州司馬，徙家于蒲，遂爲河東人。」辭海巳集頁三九河東條：「晉移治蒲城，在今山西省永濟縣東南」。

③ 劉昫唐書本傳：「晚年長齋不衣文綵。得宋之問藍田別墅在輞口。輞水周于舍下別漲竹洲花塢。與道友裴迪浮舟往來，彈琴賦詩，嘯詠終日。」辭海酉集頁一六一輞川條：「在陝西省藍田縣南，自輞谷出，亦曰輞谷水，唐王維有別業在此。」

④ 山東、河南、山西、陝西、甘肅五省。關於王維在河南的行踪有顯明記載的爲劉昫唐書本傳：「祿山素憐之，遣人迎置洛陽，拘于普施寺，迫以僞署。」

⑤ 也就是說王維詩中凡是較有「虛構性」的作品，如「老將行」、「燕支行」等，主要的都是綜輯史書的典故加以構組而成的，並未能像許多「敍事詩」的作者一樣，創始某一獨特的情節結構。

⑥ 見王靜安先生「人間詞話」。

⑦ 見「清眞先生遺事尙論三」。

⑧ 見曹操「步出東西門行」。

⑨ 屬於標題歌詠的有十三首，送別的有八首，贈答一首。按本文原爲拙作「論王維詩」一文的第三部分；其第二部分則爲「王維詩的性質與分類」：除基本上分王維詩爲模擬性的「標題歌詠」，交際性的「贈答送悼」，與自傳性的「生活描寫」三類外，並附有「王維詩性質分類」一表，將王維所有的作品，分別歸納表出，在「標題歌詠」中更分：1.人事，2.自然，3.其他，分別將1.再分爲：A邊塞，B詠史，C時人，D閨閣。2.再分爲：E山水，F田園。3.再分爲：G神仙，H詠物等類。在「贈答送悼」中則分：1.送別，2.贈答，3.弔挽三項，並將1.再分爲：A邊塞，B宦遊，C隱歸，D離情。2.再分爲：E時人，F仕情，G隱意，H思懷，I仙心，J佛談等類。在「生活描寫」中則分：1.仕宦，2.遊宴，3.居隱，4.慨敘等項，並將2.再分：A豪遊，B逸訪，C方外，D山水，將3.再分：A見過，B獨往等類。由此分類可以略見王維詩的內容與性質之一斑。該表與「論王維詩」的第二部分，俱見附錄。

⑩ 須谿本注時年十五。文苑英華作時年二十。

⑪ 見趙殿成右丞年譜。

⑫ 雖然僞傳陶潛撰「搜神後記」中已記入桃花源一事，但全錄本集所載詩序，惟增註「漁人姓黃名道眞」七字。所以桃花源的仙境化，在今日可見的資料中，當以王維爲最早。

⑬ 王維詩每以流水象徵時間，即如此詩中的「春來徧是桃花水」亦有這種意涵。因此這處的「居人共住武陵源」就不只是「桃花源記」中所謂「武陵人，捕魚爲業」的照應，而具有脫離時間威脅的仙境的意涵，所以下句乃有「還從物外」之語。

⑭ 見劉昫唐書本傳。

⑮ 據趙殿成右丞年譜，王維轉尙書右丞是在乾元二年七月以後事。而上元二年五月四日維猶有「謝弟縉新授左散騎常侍狀」署名「通議大夫守尙書右丞臣王維狀進」，維卒於是年七月！則王維至死未曾致仕。

⑯ 趙注：一作十八。

⑰ 見古詩「今日良宴會」。

⑱ 見「奉贈韋左丞丈二十二韻」。

⑲ 趙注：七絕內有私成口號誦示迪一首故此云又云也。萬首唐人絕句作「菩提寺禁示裴迪」。

⑳ 見劉大杰「中國文學發展史」上卷頁三三四。

㉑ 參見註⑨。

㉒ 參見附錄「王維性質分類表」：閨閣十四首，詠史五首，弔挽四首，共二十三首。

㉓ 「燭」，須谿本作「竹」，趙注：竹諸本皆作燭。疑此處「解羅襦」當卽史記：「羅襦襟解，微聞薌澤」之意，旣云「煩君提玉壺」，則此「對人傳玉腕，映……解羅襦」當在室內爲宜。

㉔ 見居浩然「十論」頁三三，民國四十八年，臺北，中西出版社初版。

㉕ 「談愛情」一文是從社會制度化了的行爲規範來分析中國傳統社會的選偶方式與浪漫愛的關係；因而獲得社會學的論斷說：「中國社會格局中不容許漫愛，反映在文化遺產方面乃是文學作品的貧乏，尤其是小說和戲劇」。「以身相許的佈局」是該文中的重要論點之一：「中國舊小說或劇本在涉及男女愛情的佈局上，變化之少，極爲顯著。除了少數公子少爺能與丫環或妓女週旋外，一般男女都很少異性底接觸。於是初次見面，一經相視而笑，接着就寬衣解帶。女的視以身相許爲愛情的唯一可能表現，男的則目標原只在此，無所謂愛情不愛情，假使女的要求先有愛情才肯

上床，則亦不妨『假』愛情一番。實際社會格局如此，小說和劇本又無非是社會事實的投影。社會格局中既不容許感情表現，文學作品焉得不貧乏。」

㉖ 該文附註：「Thorstein Veblen: The Theory of the Leisure Class 裏面對於男性中心社會中婦女的地位有精闢底見解。婦女的地位與奴隸或牛馬相等，所以不能發生「愛情」。詩人化身爲「妾」，也有表示願供驅使的意思。」

㉗ 所以將「君自故鄉來」一首列入，是因爲該詩在最早的劉須谿本中原屬「雜詩五首」之四，而其餘四首，皆爲豔體之樂府詩。各首除第五首「已見寒梅發」已見前引，玆附錄如下：

其一

朝因折楊柳，相見洛城隅。楚國無如妾，秦家自有夫。對人傳玉腕，映竹解羅襦。人見東方騎，皆言夫壻殊。持謝金吾子，煩君提玉壺。

其二

雙燕初命子，五桃初作花。王昌是東舍，宋玉次西家。小小能織綺，時時出浣沙。親勞使君問，南陌駐香車。

其三

家住孟津河，門對孟津口。常有江南舡，寄書家中否？

五首中前二首爲豔體之樂府詩，不言而喻。其三若參照崔顥「長干曲」（一作江南曲）的第一、二首：

其一

君家住何處？妾住在橫塘。停船暫借問，或恐是同鄉？

其二

家臨九江水，來去九江側。同是長干人，生小不相識！

亦可知其必屬豔體無疑。至於第五首，則可參考李白詩集中列入樂府的「玉階怨」：

玉階生白露，夜久侵羅襪。卻下水精簾，玲瓏望秋月。

與崔國輔的樂府詩「長信宮」（一作「長信草」，一作「婕妤怨」）：

長信宮中草，年年愁處生。故侵珠履跡，不使玉階行。

而斷定必爲豔體的樂府詩無疑。五首雜詩中，前兩首漢樂府皆自「陌上桑」蛻化而出。後三首若仔細玩味則似原屬一組而具有類似崔顥「長干曲」四首之連續發展性質的組詩。在集中所以題爲「雜詩」正可以證明其原爲樂府詩，因而無須擬題，後人不察，遂以「雜詩」命之。三、四、五三首，第三首問「寄書家中否？」，第四首則回答：「君自故鄉來，應知故鄉事。」反問：「來日綺窗前，寒梅着花未？」第五首遂答：「已見寒梅發」。文義一貫，正與崔顥「長干曲」類似。在明顧起經編注的「類箋唐王右丞詩集」中亦將這三首詩編於第九卷五言絕句的「宮閨」一類中，包涵在這一類的除了這三首詩之外，他還列入了「息夫人」、「班婕妤三首」、與「閨人贈遠五首」。清趙殿成注「王右丞集箋注」亦仍將三首編在一起，錄爲「雜詩三首」、惟在這首詩後加按語云：「陶淵明詩云：『爾從山中來，早晚發天目。我居南窻下，今生幾叢菊。』王介甫詩云：『道人北山來，問松我東岡。舉手指屋脊，云今如許長。』與右丞此章同一杼軸，皆情到之辭，不假修飾而自工者也。……」可能形成一種此詩並非豔體的指引效果。若不只限於劉須谿本；顧元緯本、凌本則皆錄有較多的宮體之作，如前所謂「閨人贈遠五首」等，而其情緒亦往往有近於此詩所表現，例如這首「贈遠」：

當年只自守空帷，夢見關山覺別離。不見鄉書傳雁足，惟看新月吐蛾眉。

㉘ 見「詩經」「邶風」「泉水」。

㉙ 見趙注此詩後之按語。

㉚ 「綺窗」這一語彙與意象，顯然是出於古詩十九首「西北有高樓」中形容佳人所居的「交疏綺結窗」的，並且在王維自己的豔體樂府詩「扶南曲歌詞」的第五首中，亦有重用梁武帝子夜歌「朝日照綺窗，光風動紈羅」的「朝日照綺窗，佳人坐臨鏡」之句。假如我們可以根據李白「玉階怨」等，而視「愁心視春草，畏向玉階生」一詩中的「玉階」的意象，爲此詩原是一首宮體的徵象；那麼此處的「綺窗」是否亦可視爲是一種宮體的徵象？關於這一點請參照註㉗與㉛。並且，另外一個可注意的現象是在王維詩中「窗」字的意象都只出現在豔體的詩作，如「晚春閨思」的「向晚多愁思，閒窗桃李時」，班婕妤的「玉窗螢影度，金殿人聲絕」等，正都用來象徵閨閣生活的幽閉隔絕，以及在這種幽絕狀態中對於時間的意識。此詩亦不列外。

㉛ 中國詩歌中的人稱不但往往曖昧，性別有時候更是含混，除了「當君懷歸日，是妾斷腸時」之類明白以「君」、「妾」表出者外，通常只能自詩中的情調去加以把握。例如：古詩十九首「行行重行行」中的這位「與君生別離」、「思君令人老」的第一人稱，到底是「男」是「女」，就只能由全詩的感情形態上加以擬測爲「女」性，但我們在本文中是「找不到證據」的。「君自故鄉來」一詩，因爲許多讀者習慣的視「王維自己」爲詩中的第一人稱，並不接受詩人的可以「模擬」，特別在「樂府詩」之類的作品爲然，因此都視爲只是懷鄉之作。但是詩中的第一人稱一定就是原作者自身，只以酬答贈送之類的交際性作品爲然。這類作品通常有很清楚、特殊的詩題。若詩人都必須是詩作中的第一人稱，則「春思」之中的李白如何能是「妾」！王維的豔體樂府詩如「班婕妤」三首亦如李白「玉階怨」，基本上也都是第一人稱敍述的情境描寫，而其第一人稱亦必須視爲女性，並且必須視爲班婕妤等方能欣賞瞭解。我在此並未堅持此詩必不是遊子懷鄉之

作。只是想提出，這首詩裏的情感型態，與邊塞一類的詩作相比，無寧是更接近於女性型態的。在唐人詩中凡是描寫女性情態的感情，一向好用屋室庭院以及室內的擺設與院內的植物等等意象，（古詩十九首中「西北有高樓」、「庭中有奇樹」等亦然），並且特別加以華美化，如用：「玉階」、「水精簾」、「桂殿」、「珠簾」、「珠樓」、「金爐」、「羅帷」、「玉枕」、「繡戶」、「錦燈」、「朱鳥窗」等等，王維「班婕妤」第一首即以：「玉窗螢影度，金殿人聲絕。秋夜守羅幃，孤燈耿不滅。」以「玉窗」、「羅幃」的意象來象徵其中的女性情調。這種情形自然與「宮體」詩或豔體詩的傳統有關，至於植物，時序的運用，自然不只限於豔體，在山水隱逸或田園等等的詩中亦是常用，如王維「歸輞川作」的：「菱蔓弱難定，楊花輕易飛」或「送錢少府還藍田」的：「每候山櫻發，時同海燕歸」等，但絕少與居室，尤其華美的居室之類的意象連用的。所以我不只基於這首詩在劉本中和其他二詩的關係，也基於此詩正與下一首的雜詩，都以植物和居室：寒梅、春草、玉階；綺窗、寒梅等意象組合而成，並且樂府詩中好用「君」字，特別由女性的第一人稱來稱呼男性的第二人稱的，直接對話的口吻與呼稱的習慣等現象，（雖然非樂府詩中男性彼此也用「君」相稱），來疑測這首詩或許正是一首豔體的樂府詩。因此，此處整段的論述只是基於一個「假如」：假如那個詩中的第一人稱是一位女性呢？或許整首詩的意味便讀來完全不同了。關於這首詩上述本文中的詮釋，我的指導老師臺靜農教授的批語是：「此詩如何算作青春女性？顯是遊子思鄉口吻。」，「綺窗未必就是女性閨房」以及「穿鑿」，我想他的意見要更爲平實穩當，也更沒有爭論，所以在四年後撰寫「試論幾首唐人絕句裏的時空意識與表現」（發表於「中外文學」，後收入「境界的再生」一書）一文，重新討論此詩即採另一種角度，而大體上還是「遊子思鄉」的看法來立論。八年後重新整理此文，覺得既不堅持原來此處的說法，但亦不妨姑存「有此一想」，是以未加刪去，亦是不悔少作之意耳！

㉜本事詩：「寧王憲貴盛。寵妓數十人，皆絕藝上色。宅左有賣餅者妻，纖白明媚。王一見屬目。厚遺其夫取之。寵惜逾等。環歲因問之：『汝復憶餅師否？』默然不對。王召餅師使見之。其妻注視雙淚垂頰，若不勝情。時王座客十餘人，皆當時文士，無不悽異。王命賦詩。王右丞維詩先成云云。坐客莫敢繼者，王乃歸餅師以終其志。」：見趙注。

㉝見左傳。

㉞見原註。

㉟見劉昫唐書本傳。

㊱俱見前引。

㊲另一個可能是在王縉編錄文集時刪落了。

㊳「爲薛使君謝婺州刺史表」所描寫的雖然是薛使君的事蹟，但那分同情卻是王維的。從對他人的描寫中多少我們也能看出他身陷祿山軍中的感受。

㊴其中「洛陽女兒行」、「九月九日憶山東兄弟」、「桃源行」都收入「唐詩三百首」。「唐宋詩舉要」則於上列三首外更選了「息夫人」。戴君仁先生「詩選」也選錄了這四首。

㊵庾信在梁元帝承聖三年（五五四）四十二歲時出使西魏，後羈留北朝二十八年，卒於長安。後期作品一變早年綺豔淫靡爲清貞剛健。杜甫「戲爲六絕句」云：「庾信文章老更成，凌雲健筆意縱橫。」「詠懷古跡五首」亦云：「庾信生平最蕭瑟，暮年詩賦動江關。」

㊶見「酬張少府」。

㊷見趙注。

㊸見前引詩題。

㊹見辭海酉集頁二七。

㊺ 見趙注引漢書李斐註。

㊻ 錢穆先生在臺大的一次演講中會經提到這種儒道混合的現象。

㊼ 王維好以佛老並論，他的對自然與田園的無政府自然生活的欣賞與嚮往都是典型的道家思想。王維雖然再三被人提到他的精於禪理，但是他始終只保持是一個「居士」而已，並沒有像他的宗兄一樣的出家。並且就從他的詩作看來，他和道士一樣地交往，而眞正親密的倒不是僧人而是裴迪一類的「道友」。則他所謂的「中歲頗好道，晚家南山陲。」（終南別業）的「道」似可不必拘拘於必是「禪理」了。

㊽ 參見趙注。

㊾ 見曹丕「典論」「論文」。

㊿ 見曹操「短歌行」。

(51) 見該書上卷頁一九五，五十四年十一月初版自印本。

(52) 劉大杰「中國文學發展史」上卷頁三三七則說：「……除了他個人以外，對於現實的社會，是完全閉住眼了。他自己說：『晚年惟好靜，萬事不關心。』（酬張少府）所謂萬事不關心，是自然詩人對於現實社會的共同態度。安史之亂的社會影子，不能在這位詩人的筆下露出面來，在這裏正好得到一個解答。」

(53) 並不是信佛就一無影響，只是筆者以爲另有更重要的因素。信佛的影響詳見後文。

(54) 見劉大杰「中國文學發展史」上卷頁三三四。

(55) 這種「內愧」的觀點乃是臺靜農先生指點的。

(56) 見宋祁「新唐書」本傳。

(57) 見「責躬薦弟表」。

(58) 或者因此影響而發生了㊲的情形。

(59) 參見附錄「王維詩性質分類表」：1C類與二2G類。

(60) 「曹植與楊德祖書」：「然此數子，猶復不能飛騫絕跡一舉千里也。」；見趙注。

(61) 趙注：谷口眞：「高士傳」：「鄭樸字子眞谷口人也。……」疑王維因居輞口故以自比，與鄭樸不屈王鳳禮聘事無關。

(62) 「贈從弟司庫員外絿」：「既寡遂性歡，恐招負時累。清冬見遠山，積雪凝蒼翠。皓然出東林，發我遺世意。」

(63) 與下句「道性無欲」皆見淮南子。虛白一語則出自莊子的「虛室生白」：見趙注。

(64) 見「田家」。王維另有「愚公谷」三首。

(65) 見宋祁「新唐書」本傳。

(66) 王維王縉兄弟俱信佛，很顯然的是受母親的影響。他在「請施莊爲寺表」中說：「臣亡母故博陵縣君崔氏，師事大照禪師三十餘歲，褐衣蔬食，持戒安禪；樂住山林，志求寂靜。」

(67) 道家一反儒家的是非觀，根本否定了是非善惡的絕對性，因此罪也就被否定了。儒家雖然講是非，講天命，但卻始終沒有形成一種救贖的觀念，於是罪也就只能防患於未然，無法補償於既生。這就是中國人無法用儒道思想來抗拒佛教入侵的緣故。

(68) 這種投入空門以求救贖的觀感在王維的「請施莊爲寺表」中有更清楚的表白：「臣聞罔極之恩，豈有能報；終天不返，何堪永思。然要欲強有所爲，自寬其痛：釋教有崇樹功德，宏濟幽冥。……又屬元聖中興，羣生受福。臣至庸朽，得備周行。無以謝生，將何答施？願獻如天之壽，長爲率土之君：惟佛之力可憑；施寺之心轉切。効微塵于天地，固先國而後家，敢以鳥鼠私情冒觸天聽。伏乞施此莊爲一小寺，……上報聖恩，下酬慈愛，無任懇款之至。」

⑲ 參見附錄「王維詩性質分類表」：一1C首，二1C一首，二2E三首，二2J四首，三2C十一首。

⑳ 這兩句各隱括了一則佛教故事，俱出報恩經：見趙注。

㉑ 棗如瓜，典出史記；虎賣杏，出自葛洪神仙傳：見趙注。

㉒ 此處所謂下文，指「論王維詩」一文的第四部分：「王維詩中常見的一些技巧和象徵」，見「臺靜農先生八十壽慶論文集」，臺北聯經出版事業公司，民國七十年出版，頁七八三——八二〇。

㉓ 這裏的「憐」當是「愛憐」之意，不是「憫憐」的「憐」。

㉔ 見「文法與詩中的模稜」。但是筆者在撰寫本文時未能及時親見，只據葉嘉瑩先生來信言及的引句加以推論，或恐梅先生並非如此解說。

㉕ 見華盛頓·歐文：「李伯大夢」。

㉖ 參見附錄「王維詩性質分類表」：一1A十三首、一1C十一首、一2E三十四首、一2F十二首、二1A八首、二1B二十五首、二1C二十四首、二1D十二首、二2E十四首、二2F二十四首、二2G二十二首、二2H十三首、二2I二首、二2J四首、三1七首、三2A十三首、三2B五首、三2C十一首、三2D七首、三3A十二首、三3B十六首、三4八首：計二八七首。

㉗ 見王勃詩「杜少府之任蜀州」。

㉘ 參見附錄「王維詩性質分類表」：二2F十九首，三2A十三首。

㉙ 參見附錄「王維詩性質分類表」：二1A八首，二1B二十五首，及二1D十二首等。

㉚ 王維有十六首是應制之作。

㉛ 漢書楊雄傳：「雄以爲賦者，將以風也。」

⑻ 「幾」唐詩正音作「紀」：見趙注。

⑻ 趙注疑「不敢當是敢不之訛」；詩中既云「翻」教授，正是「不敢」倚先賢，故不從所疑。

⑻ 此詩「河嶽靈集、文苑英華、唐文粹、唐詩紀事，並作淇上送趙仙舟，國秀集作河上送趙仙舟」：見趙注。

⑻ 「萬首唐人絕句題作齊州送祖三」：見趙注。

⑻ 英諺：「Time and tide wait for no man.」

附錄二：王維詩的性質與分類

一、前言：分類研究法

文學研究和歷史學一樣，它的任務在於現象的記述和解釋；所不同的是，文學研究不可避免的，必須是批評的。當我們選取一個研究的題目或者範疇，而捨棄其他；或者分析現象記述其特徵而加以種種的解釋時，我們已經在批評，並且就爲了達成某種批評的目標，這些事情的進行才是成爲可能的。因此文學研究必須是批評的，尤其必須是文學批評的，假如我們承認文學研究有它特殊的領域和範疇的話。

當我們選定一個作家作爲我們研究的對象時，那即意謂著我們把所要討論的範疇畫定爲他的全部作品。其他的傳記上或時代上的事實，除非它們能夠有效的幫助我們認識那些作品、瞭解那些作品、還有批評那些作品，否則都應該視爲不相干而應儘量避免在討論中提及。因爲我們所要研究的是文學，而不是作家們的家史、趣聞、或者怪癖。同時既然我們是以一個作家的全部作品爲研究範疇，而我們的研究又驅使我們不能不從事一種批評的努力時，那麼顯然，我們必須把這些作品視爲一個完整的整體，我們必須批評它的全部，而不是它的部分，更不能以偏蓋全。基於這一點，歸納與分類就成了這類研究中不可或缺的一種方法，假如這些作品具有相當的數量的話。歸納與分類的方法在這一類研究中通常有兩種應用的方式：一是把整個作品的全體當作一個繼續發展的心靈在時間縱線上所留下的表現痕跡看待，以時間做爲分類歸納的主要因素，然後來考察、記述、解釋在各個不同的階段它們有了怎麼樣的發展和形成這些發展的可能原因，並且加以評論。另一則是把整個作品的全體當作一個已經完成的建構看待，以不同的風格做爲分類歸納所要處理的對象，俾能藉對各部分的理解達成對整體的認識。爲了敍述的方便，我們或者可以稱前者爲分期的研究法；後者，分類的研究法。一般而論，通常分期的研究法要比分類的研究法方便，因爲它使我們更易於看出作品與作品、還有作品與生涯之間的關係，並且這也比較更接近生命的事實。只是這種方法的應用，必須以具有豐富的關於作品的著成年代與作者生活的詳確資料爲成提。否則採用分類的方法可能反而較易有堅實的論斷。不過，無論應用的是分期的研究法或者是分類的研究法，它們的目標都只在於一點，就是幫助我們作爲一個整體的認識那些我們所要研究的作品。

二、王維「詩」的性質

一個作者的文學觀念，無疑的必然影響其作品的形成。作爲一個詩人，王維比起同時代的李、杜，顯然在詩中就少了「大雅久不作，吾衰竟誰陳」、「聖代復元古，垂衣貴清眞」①或「不薄今人愛古人，清詞麗句必爲鄰」②、「陶冶性靈存底物，新詩改罷自長吟」③等的自覺與明白主張。只在「偶然作」的第六首中他提到：

> 老來懶賦詩，惟有老相隨。宿世謬詞客；前身應畫師。不能捨餘習，偶被世人知。名字本皆是，此心還不知。④

假如這首詩中的「餘習」，確如趙殿成注指的是「維摩詰經」中「深入緣起，斷諸邪見；有無二邊，無復餘習。」的意思⑤，那麼似乎王維到了晚年根據他的佛教信仰已經認爲「賦詩」是一件無所謂⑥而可以「懶」的事情，甚且對於自己的不能早些捨棄多少有些自我解嘲的意味。當然，這種解嘲式的慚愧反過來說也正顯示王維對於賦詩的愛好已經到達了具有一種宿命感的程度。雖然除了這種對於賦詩的愛好之外，王維就沒有再涉及任何屬於「詩」的問題，但是從他的三百六十八首詩⑦中考察，我們還是可以看得出他對於「詩」的瞭解，以及更重要的它們具有何種性質。

在王維詩中，意象的表現總是不缺乏的。通常，無論在字句的鍛鍊、對仗的安排、比喻與典故的應用上，它們也確實都符合「綜輯辭采，錯比文華」、「事出於沈思，義歸乎翰藻」⑧的標準。但是決定王維詩創作的，主要地似乎還是形式，而不是「詩言念」或「詩者，持也」⑨等類的觀念。這一點可以從他詩作的至少有百分之五十五以上是作人際交往應用的現象見出端倪⑩假如我們承認「詩」在基本上仍然是一種說話，詩人就是向「人們」說話的人⑪；那麼這種作人際交往應用的結果無疑的必然限定了這種說話本身的接受對象。當詩人捨棄了沒有對象限制的「內在的獨語」，除了美感之外還追求語言的實用時，往往就會淪於普通的宣傳⑫而減弱了語言表達經驗素質的「詩」的成分⑬。但一般來說，王維採用了兩種手法來克服這種「實用」的影響，使它們依然保持著相當純粹的詩質。一種是他把這種具有實用目的的作品轉化成爲接受對象的情境的描寫。藉此想像與同情得以配合，不但使得王維在這一類詩內依然保持了表現經驗素質的詩質，也大大地擴展了他詩中的世界。例如下面這首「送錢少府還藍田」：

草色日向好；桃源人去稀。手持平子賦，目送老萊衣。每候山櫻發，時同海燕歸。今年寒食酒，應得返柴扉。

除了三四句兼寫了作者送別的情形，整篇都在描寫錢起的還歸藍田，並且是深入經驗內涵地藉用意象象徵描繪。在頭兩句裏暗示了一種衝突和驅迫。首句在象徵意涵上有一種曖昧(ambiguity)的效果的效果，「日」字既可指自然的太陽也可喻人間的君王。用在前者時首句除了是景色的描寫，季候的暗示，與次句連接時更有一種「田園將蕪，胡不歸？」⑭的召喚意味⑮；用於後者時則是一分「聖代無隱者」⑯的瞭解，與次句的「桃源」形成一種嚮往的衝突。就在這種時代風氣形成的矛盾中，春日遲遲綠草搖搖的自然景象召喚著，錢少府的形像凸出了：「手持平子賦，目送老萊衣」，錢起終於掙破凡俗用世的風氣，作了張衡「歸田賦」一類的決定與表白，還歸藍田以求老萊子一般「行年七十嬰兒自娛著五色采衣」地「孝養二親」⑰去了。然後再更進一步倒敘錢起往日介乎「日向」與「桃源」和介乎「功名」與「親養」之間矛盾的陷溺不能自拔：「每候山櫻發；時同海燕歸」，前句用了一個雙關語「發」，既是「花發」也喻「出發」。「山櫻」這個意象不僅用來表現春日的到來，事實上暗示著一種火一樣熾烈的渴望。沈約的「山櫻火欲然」就是最好的註腳。這種渴望除了用雙關語的「發」字來暗示，在下一句的「海燕歸」就進一步予以確指了。「海燕」亦提供了一種非常耐咀嚼的譬喻。燕子這種鳥是「春向北來，秋復返南。營泥巢於屋樑上，隔年復能認明舊巢。」⑱的；而「海燕」與「燕」的一個很大的不同是「營巢於懸崖絕壁間」⑲。詩人揉合了這兩種意象來象徵錢起的一種基於本性的歸往自然之渴望。「山櫻」的「山」字與「海燕」的「海」字，適巧能作爲大自然的意象。但「每候」與「時同」卻強調了這種渴望的長期受阻，當然也就暗示著上述的矛盾掙扎的長期繼續、長久煎熬。現在錢起終於從那種矛盾中解脫而決定還歸了。王維就很快慰地替錢起設意：「今年寒食酒，應得返柴扉。」說「寒食酒」而不說「寒食節」，除了音韻上屬於上聲的「有」韻，可以有一種悠長中有轉折而顯得舒緩沉著的效果，適足以表現出一種放逸自得的情調外；「酒」的意象確實也充實了「柴扉」的內涵，與「柴扉」共同喻示了隱居生活的兩面性——簡陋的外表與豐盛的內在。就在這種對錢少府行蹤的預期中，王維更刻劃了錢起的未來。

上面簡單加以解析的這首詩可能是這一類作品中較爲成功的例子。但是這種成功在王維的贈酬性作品中卻並非絕無僅有；事實上王維的許多送別詩就和他的自然詩一樣地膾炙人口。這可以由許多選本的再三選取這類作品上得到證明⑳。清王士禎「唐人萬首絕句選凡例」甚至以為王維的「送元二使安西」「渭城朝雨」㉑一首與李白「早發白帝城」「朝辭白帝」，王昌齡「長信秋詞」「奉帚平明」，王之渙「涼州詞」「黃河遠上」為七絕的壓卷之作，說：「而終唐之世，絕句亦無出四章之右者矣。」另一種王維用來克服詩的「實用目的」之影響的方法，是王維仍然保持著相當成分的敍述，使讀者得以瞭解事情的本末背景，然後再讓自己所要說給特殊對象的話語在說出來時，不但不妨礙讀者的瞭解，而且讓讀者幾乎像欣賞戲劇一樣地來欣賞他與朋友交往時所作的單方面之「對白」，使讀者得以獲致一種類似通常自小說戲劇中所可以得到的，玩賞「人物」遭遇「情境」後所反應行為的趣味與好奇心之滿足。這類作品中，「崔興宗寫真」：

畫君少年時，如今君已老。今時新識人，知君舊時好。

四句之中連用三「君」字，本文中屬於「對」特殊對象所作的說「白」之性質非常顯明而且純粹。但一般而論還是像「酬嚴少尹徐舍人見過不遇」：

公門暇日少；窮巷故人稀。偶值乘籃輿，非關避白衣。不知炊黍否，誰解掃荊扉。
君但傾茶椀，無妨騎馬歸。

有著較多經過提鍊已經具有了相當的「內在的獨語」成分的敍述，而往往只有一兩句像「君但傾茶椀，無妨騎馬歸」是顯明的「對白」的情形居多。不論如何，它們都在應酬的作用下，保持了相當的文學趣味。這一點是我們在討論王維詩所不能忽略的，否則我們勢必一筆抹殺了王維一大半詩作的存在價值。

除了上述具有人際交往作用的詩作，王維詩顯然還有一大類可以倣照「標題音樂」（Program Music）的稱呼，用「標題歌詠」四個字來說明它們的性質的作品。這類作品約佔王維詩的百分之四十[22]。在說明這類作品的性質時，我想借用與英美近代批評家艾略特（T.S. Eliot）[23]「傳統和個人的才具」（Traditon and Individual Talant）[24]一文中的某些觀點和瞭解。在該文中與我國「詩者，志之所以也」[25]的傳統觀點很不相同地，艾略特認爲：

> 詩人並沒有任何「個性」可供表達，他並不是一個「個性」，他祇是一個特殊的媒介；賴此媒介，印象和經驗得以用特殊而且預料所未及的方式結合起來。對於詩人本身甚為重要的印象和經驗，在詩裏面或許並不佔有什麼地位；同樣地，在詩裏面重要的東西，卻對於詩人和其個性漠不相關。

他以一條白金絲放進一隻含有氧與二氧化碳的瓶中，當這兩種氣體在白金絲周圍混合時就成爲硫酸，而白金本身卻絲毫不受影響來譬喻詩人的心靈活動。認爲詩人的心靈就像那一條白金絲：

事實上是一個用來掌握和貯藏無數感情、片語和圖像的庫房，一直等到所有的因素會合時，就集合起來形成一種新的組合。

，而「偉大的詩篇有時僅由感覺所組成，並不要直接的運用任何情緒」。因此，他主張「重要的並非情緒等因素的是否『偉大』或是否強烈，把各種因素熔合時的藝術手段的強度，或者不妨說，熔合時的壓力才是眞正重要的。」王維的這一部分詩作顯然就具有某程度的這種性質。著名的「輞川集」就是最好的代表：

颯颯秋雨中，淺淺石溜瀉，跳波自相濺，白鷺驚復下。（欒家瀨）

清淺白石灘，綠蒲向堪把。家住水東西，浣紗明月下。（白石灘）

在上引這兩首詩中我們就可以很清楚地看出這種「印象輻輳」的現象。所以用「標題歌詠」來形容這類詩作的性質，主要地就因爲這種印象與事件的組合乃是以其所「標題」的對象爲中心而輻射發展成形的，並不只是因爲它們有著一個比較「純粹」而與作者生活無顯著關係的「題目」而已。

王維詩中的「標題歌詠」並不只限於山水自然的描寫，事實它們的包涵相當廣泛，人事方面的有屬於邊塞的，有詠史的，有刻畫時人的，有描摹閭閻的，人事以外的更及於田園、神仙和一般所謂詠物的作品㉖。茲引「夷門歌」與「少年行」一首以見王維詩再現與塑造人物的一斑：

> 七雄雄雌猶未分，攻城殺將何紛紛。秦兵益圍邯鄲急，魏王不救平原君。公子為嬴停駟馬，執轡逾恭意逾下。亥為屠肆鼓刀人，嬴乃夷門抱關者。非但慷慨獻奇謀，意氣兼將身命酬。向風刎頸送公子，七十老翁何所求。（夷門歌）
>
> 新豐美酒斗十千，咸陽遊俠多少年。相逢意氣為君飲，繫馬高樓垂柳邊。（少年行）

前一首全敘「史記」「信陵君列傳」中事，後一首無論就內容，就詩中表現的情感皆毫無「崇高」「偉大」可言，但卻都對讀者有一種直接的震撼力，令讀者有一種喜悅和有所發現的笑在心中產生㉗。欣賞這種詩確實其「藝術手段的強度」才是最重要的。

除了上述兩大類之外，王維詩中的一部分詩㉘顯然具有是王維自身生活的描寫的性質。嚴格地說來這種性質或者並不完全與前面兩類屬於同一邏輯層面，因為它們有許多是或者可以歸入前兩類的任何一類的。譬如「輞川閒居贈裴秀才迪」：

> 寒山轉蒼翠，秋水日潺湲。倚杖柴門外，臨風聽暮蟬。渡頭餘落日，墟里上孤烟。

復值接輿醉，狂歌五柳前。

從題目上聯想顯而易見的詩中的「接輿」指的當是裴迪。這確是一首贈酬作人際交往用的詩歌，但也正是王維隱居生活的最好寫照。而「青溪」一首：

言入黃花川，每逐青溪水。隨山將萬轉，趣途無百里。聲喧亂石中，色靜深松裏。漾漾汎菱荇，澄澄映葭葦。我心素已閒，清川澹如此。請留盤石上，垂釣將已矣。

從第三句起至第八句確是「標題歌詠」的性質，顯然都是由「青溪」此一標題所放散出來的描寫。但是「言入黃花川，每逐青溪水」兩句已見王維行蹤，至「我心素已閒」則更是王維一已的寫照。但是詩的「性質」事實上是與其「內容」息息相關的。討論王維詩的性質其用意原來也在於增進對於王維詩作的瞭解，而這些詩作的內容正是我們所亟欲瞭解的對象。因此站在王維詩內容的探討立場上，雖然這一類作品從數量上、從邏輯層面上看或者都不太足與前兩類相提並論，爲了強調這些作品的「言志」性質與它們和王維自身生活距離的切近，在所附的「王維詩性質分類表」中還是把它們獨立爲一類，把一切顯明具有這種性質的作品（雖然有不少也同時具有前兩類性質的（都歸入這一類。其中並特別分一小類爲「慨敍」專收王維表現在詩中的感慨與自敍之作。前者如「歎白髮」：

我年一何長，鬢髮日已白。俛仰天地間，能為幾時客。悵惆故山雲，徘徊空日夕。何事與時人，東城復南陌。

後者如「與盧員外象過崔處士興宗林亭」與盧象、王縉、裴迪、崔興宗等齊作的自我人格寫照的一首：

綠樹重陰蓋四隣，青苔日厚自無塵。科頭箕踞長松下，白眼看他世上人。

這些詩中不再令人注意王維與他人的交際，注意藝術手段的強度，展現無遺的作者，他的「個性」、他的「情感」立即吸引了我們的注意力，我們所感覺到的是一個特殊的人格，其他的一切在這人格的輝光中都顯得次要。王靜安先生「清眞先生遺事尙論三」所謂的：

境界有二：有詩人之境界，有常人之境界。詩人之境界，惟詩人能感之而能寫之。故讀其詩者亦高舉遠慕，有遺世之意。

大概就是這種情形吧！對王維詩的性質有了上述的簡單瞭解後，那麼我們就可以更進一步的依據王維詩的性質分類來探討表現在王維詩中的生活世界與寫作技巧了。

附註

①見李白「古風」其一。
②見杜甫「戲爲六絕句」。
③見杜甫「解悶」十二首。
④「萬首唐人絕句」採宿世謬詞客四句作一絕題曰「題輞川圖」。「宿世」「唐詩紀事」作「當代」。「世人」「萬首唐人絕句」「唐詩紀事」俱作「時人」：見趙殿成注。（以下稱趙注）
⑤見「維摩詰所說經」「佛國品第一」。姚秦僧肇註曰：「深入，謂智深解也。解法從緣起，則邪見無由生。有無二見，羣迷多惑；大士久盡，故無餘習也。」
⑥此詩末句：「此心還不知」故云。然趙注以爲：「疊用二知字疑誤。」
⑦本文的討論以趙殿成「王右丞集箋注」的校注爲本。趙注係據須谿本，「雖頗亦間雜他人之作，然槩不敢損益，其別本所增及他籍互見者，另爲外編一卷」。本文因爲時間迫促不遑考訂眞僞，暫將討論範圍限在須谿本上所有的作品內，但其中「別弟妹二首」，「休假還舊業便使」爲盧象詩，「留別錢起」、「留別崔興宗」則各爲錢起與崔興宗的作品，趙注已然辨明也一併剔除，共得三百六十八首。
⑧見蕭統「昭明文選序」。
⑨「詩言志」始見於「尙書」「堯典」，「詩序」、「文心雕龍」「明詩篇」等多緣用之。「詩者，持也」見「文心雕龍」「明詩篇」。
⑩參見後文王維詩性質分類表，其內容確屬於人際交往應用的已獨自歸爲一類——贈答送悼，計一百七十一首。歸爲生活描寫中的詩作，亦往往都爲贈答之用，從題目上可以確定的至少亦在三十

二首以上，二百零三首正佔三百六十八首的百分之五十五點一強。

⑪ "that the poet is a man speaking to men." 參見 Understanding Poetry by Cleanth Brooks and Robert Penn Warren 敦煌版二三頁。

⑫ 關於「內在的獨語」以及宣傳與文學的關係請參閱余光中「鳳、鴉、鶉」，「逍遙遊」，文星版五二頁。

⑬ Federick A. Pottle 以爲：詩的語言所表達者，乃經驗的素質，不是經驗的用途。凡是語言，或多或少都有此表達力，所以嚴格說來，任何語言都是詩，只是程度上有所不同而已。一般說來，在詩的語言中，經驗素質的描寫，佔絕對主要地位，經驗用途的敍述，不能望其項背。參見樂靈譯博氏所作：「什麼是詩」(What Is Poetry)，「美國文學批評選」，今日世界版六〇頁。

⑭ 見陶潛「歸去來辭」。

⑮ 王維另有一首送別詩：「山中相送罷，日暮掩柴扉。春草明年綠，王孫歸不歸？」也一樣是以「草色」來象徵自然的召喚。按：「明年」又作「年年」。

⑯ 見王維「送別」。「河嶽英靈集」、「文苑英華」、「唐文粹」並作「送綦毋潛落第還鄉」：見趙注。

⑰ 見「高士傳」。

⑱ 見辭海巳集二二二頁燕條。

⑲ 見辭海巳集八八頁海燕條。

⑳ 沈德潛「唐詩別裁」選了五十六首王維的酬送詩，「唐詩三百首」選了八首，高步瀛「唐宋詩舉要」選了十五首，戴君仁先生「詩選」選十一首。

㉑ 渭城朝雨浥輕塵，客舍青青柳色新。勸君更進一杯酒，西出陽關無故人。

㉒ 共一一四首，佔三六八首的百分之三九・七八強。

㉓ 艾略特美人後入英籍。

三、王維詩性質分類表

一、標題歌詠 114

1 人事 51

A 邊塞 13

1 b：雙黃鵠歌送別

2 c：從軍行 隴西行

3 d：隴頭吟 老將行 燕支行

1 e：榆林郡歌

1 f：使至塞上

1 g：出塞作

4 j：少年行四首

B 詠史 13

5 c：偶然作六首之一 之四 之五 西施詠 李陵詠

1d：夷門歌

1f：過秦皇墓

6i：息夫人　班婕妤三首　皇甫岳雲谿雜題：上平田　輞川集：漆園

C時人11

1b：登樓歌

8c：濟上四賢詠三首：崔錄事　成文學　鄭霍二山人　偶然作六首之二　燕子龕禪師　寓言二首　觀別者

1d：不遇詠

1f：千塔主人

D閨閫14

8c：扶南曲歌詞五首　早春行　羽林騎閨人　雜詩

1d：洛陽女兒行

2f：晚春閨思　雜詩

3i：雜詩三首

2自然46

E山水34

1b：白黿渦

5c：華嶽　李處士山居　新晴野望　苦熱　納涼

1d：寒食城東卽事

5f：山居秋暝　終南山　漢江臨眺　登河北城樓作　登裴迪秀才小臺作

21i：皇甫岳雲谿雜題：鳥鳴磵　蓮花塢　鸕鶿堰　萍池　輞川集：孟城坳　華子岡　文杏館　斤竹嶺　鹿柴　木蘭柴　茱萸沜　官槐陌　臨湖亭　南垞　欹湖　柳浪　欒家瀨　白石灘　北垞　竹里館　辛夷塢

1j：戲題輞川別業

F田園12

2c：渭川田家　春中田園作

1d：桃源行

1f：淇上卽事田園

1h：田家

7k：田園樂七首

3其他17

G 神仙6

2b：魚山神女祠歌二首：迎神曲　送神曲

1f：涼州郊外遊望

2i：金屑泉　椒園

1j：涼州賽神

H 詠物11

3e：新秦郡松樹歌　青雀歌　黃雀癡

1f：聽宮鶯

1g：聽百舌鳥

1h：賦得清如玉壺冰

4i：題友人雲母障　紅牡丹　左掖梨花　山茱萸

1j：戲題磐石

二、贈答送悼 171

1 送別69

A邊塞8

1c：送陸員外

5f：送平淡然判官　送劉司直赴安西　送宇文三赴河西充行軍司馬　送趙都督赴代州得青字　送張判官赴河西

2j：送元二使安西　送韋評事

B宦遊25

8c：送魏郡李太守赴任　送康太守　送宇文太守赴宣城　送縉雲苗太守　送從弟蕃遊淮南　送權二　送張舍人佐江州同薛據十韻　送韋大夫東京留守

1d：送崔五太守

1e：送李睢陽

11f：送李判官赴江東　送邱爲往唐州　送方城韋明府　送李員外賢郎　送梓州李使君　送楊長史赴果州　送邢桂州　送崔二往密州覲省　送封太守　送岐州源長史歸　送元中丞轉運江淮

1g：送楊少府貶郴州

3h：送徐郎中　送熊九赴任安陽　送李太守赴上洛

C隱歸24

2b：送友人歸山歌二首

9c：春夜竹亭贈錢少府歸藍田　送綦母校書棄官還江東　送六舅歸陸渾　送別　送張五歸山　送高道弟耽歸臨淮作　送綦母潛落第還鄉　別綦母潛

8f：送張道士歸山　同崔興宗送瑗公　送錢少府還藍田　送張五諲歸宣城　送友人南歸　送邱爲落第歸江東　送嚴秀才還蜀　送孫秀才

1g：送方尊師歸嵩山

1h：送秘書晁監還日本國

1i：崔九弟欲往南山馬上口號與別

2j：送王尊師歸蜀中拜掃　送沈子福歸江東

D離情12

4c：留別邱爲　資聖寺送廿二　別弟縉後登青龍寺望藍田山　齊州送祖三

4f：送崔九興宗遊蜀　送崔興宗　送賀遂員外外甥　送孫二

2i：臨高臺送黎拾遺　送別

2j：送別　靈雲池送從弟

2贈答80

E 時人14

3 d：同崔傅答賢弟　故人張諲工詩善易卜兼能丹青草隸頃以詩見贈聊獲酬之　贈吳官

1 e：寄崇梵僧

1 f：戲題示蕭氏外甥

1 g：范舍人能書兼達梵音皆曲盡其妙爲之贈

4 h：和宋中丞夏日遊福賢觀天長寺之作　贈東嶽焦鍊師　贈焦道士　過盧員外宅看飯僧共題

2 i：聞裴秀才迪吟詩因戲贈　崔興宗寫眞

2 j：贈裴旻將軍　劇嘲史寰

F 仕情24

1 b：奉和聖製天長節賜宰臣歌應制

1 c：獻始興公

2 f：奉和聖製賜史供奉曲江宴應制　和尹諫議史舘山池

6 g：奉和聖製從蓬萊向興慶閣道中留春雨中春望之作應制　大同殿生玉芝龍池上有慶雲百官共覩聖恩便賜宴樂敢書卽事　既蒙宥罪旋復拜官伏感聖恩竊書鄙意兼奉簡新除使君等諸公　和太常韋主簿五郎溫湯寓目　重酬范郎中　酬郭給事

14 h：奉和聖製慶玄元皇帝玉像之作應制　奉和聖製與太子諸王三月三日龍池春禊應制　奉和聖製上巳于望春亭觀禊飯應制　奉和聖製登降聖觀與宰臣等同望應制　奉和聖製御

春明樓臨右相園亭賦樂賢詩應制　奉和聖製暮春送朝集使歸郡應制　奉和聖製送不蒙都護兼鴻臚卿歸安西應制　三月三日曲江侍宴應制　奉和聖製幸玉眞公主山莊因題石壁十韻之作應制　奉和聖製十五夜燃燈繼以酺宴應制　奉和聖製重陽節宰臣及羣臣上壽應制　三月三日勤政樓侍宴應制　和僕射晉公扈從溫湯　上張令公

G 隱意22

1b：贈徐中書望終南山歌

10c：酬黎居士淅川作　贈從弟司庫員外絿　座上走筆贈薛璩慕容損　贈房盧氏琯　戲贈張五弟諲三首　秋夜獨坐懷內弟崔興宗　贈裴十迪　丁寓田家有贈

2e：問寇校書雙溪　答張五弟

6f：愚公谷三首　韋給事山居　酬比部楊員外暮春琴台朝躋書閣率爾見贈之作　冬晚對雪憶胡居士家

3i：答裴迪　贈韋穆十八　口號又示裴迪

H 思懷13

4c：和使君五郎西樓望遠思歸　奉寄韋太守涉　贈祖三詠　至滑州隔河望黎陽憶丁三寓

3e：贈裴迪　同比部楊員外十五夜游有懷靜者季　雪中憶李揖

3f：酬賀四贈葛巾之作　寄荊州張丞相　待儲光羲不至

1i：山中寄諸弟妹

2j：九月九日憶山東兄弟　寄河上段十六

I仙心3

1c：贈李頎

2h：沈十四拾遺新竹生讀經處同諸公之作　山中示弟等

J佛談4

4c：胡居士臥病遺米因贈　與胡居士皆病寄此詩兼示學人二首　謁璿上人

3弔挽22

1c：哭殷遙

16f：故太子太師徐公輓歌四首　故西河郡杜太守輓歌三首　故南陽夫人樊氏輓歌二首　達奚侍郎夫人寇氏輓歌二首　恭懿太子輓歌五首

3h：哭褚司馬　過沈居士山居哭之　哭祖六自虛

1i：哭孟浩然

1j：哭殷遙

三、生活描寫83

1仕宦7

2c：冬夜書懷　早朝

2f：同崔員外秋宵寓直　早朝

2g：敕賜百官櫻桃　和賈舍人早朝大明宮之作

1h：春日直門下省早朝

2遊宴36

A豪遊13

6c：同盧拾遺韋給事東山別業二十韻給事首春休沐維已陪遊及乎是行亦預聞命會無車馬不果斯諾　韋侍郎山居　晦日游大理韋卿城南別業四首

6f：從岐王過楊氏別業應教　從岐王夜讌衞家山池應教　奉和楊駙馬六郎秋夜即事　與盧象集朱家　過崔駙馬山池　觀獵

1g：敕借岐王九成宮避暑應教

B逸訪5

1c：過李揖宅

1f：遊李山人所居因題屋壁

1g：春日與裴迪過新昌里訪呂逸人不遇

2h：濟州過趙叟家宴　春過賀遂員外藥園

C方外11

6f：過福禪師蘭若　過感化寺曇興上人山院　夏日過青龍寺謁操禪師　過香積寺　登辨覺寺　投道一師蘭若宿

1g：過乘如禪師蕭居士嵩邱蘭若

4h：青龍寺曇壁上人兄院集　遊感化寺　遊悟眞寺　與蘇盧二員外期遊方丈寺而蘇不至因有是作

D山水7

6c：藍田山石門精舍　青溪　自大散以往深林密竹蹬道盤曲四五十里至黃牛嶺見黃花川　早入滎陽界　宿鄭州　渡河到清河

1h：曉行巴峽

3 居隱28

A見過12

1a：酬諸公見過

2c：瓜園詩　飯覆釜金僧

8f：酬虞部蘇員外過藍田別業不見留之作　酬嚴少尹徐舍人見過不遇　慕容承攜素饌見過
酬慕容上　喜祖三至留宿　黎拾遺昕裴迪見過秋夜對雨之作　晚春嚴少尹與諸公見過
鄭果州相過

1h：河南嚴尹弟見宿弊廬訪別人賦十韻

B獨往16

4c：林園即事寄舍弟紞　終南別業　冬日游覽　贈劉藍田

9f：酬張少府　輞川閑居贈裴秀才迪　歸嵩山作　歸輞川作　山居即事　輞川閑居　春園
即事　春日上方即事　汎前陂

3g：輞川別業　早秋山中作　積雨輞川莊作

4 概敘12

5c：崔濮陽兄季重前山興　留別山中溫古上人兄並示舍弟縉　偶然作六首之三　之六　歎白髮

1f：被出濟州

1g：酌酒與裴迪

1i：別輞川別業

4j：與盧員外象過崔處士興宗林亭　寒食汜上作　菩提寺禁裴迪來相看說逆賊等凝碧池上作音樂供奉人等舉聲一時淚下私成口號誦示裴迪　歎白髮

附註：上表中，各項類上下的阿拉伯數字代表首數，而分類所用之小寫字母則各代表詩體如下：

a：四言1　b：騷體9　c：五古99

d：七古12　e：雜言11　f：五律102

g：七律20　h：五排38　i：五絕47

j：七絕22　k：六言7

大安圖書目錄 2000年8月修訂

書碼	書名 (有"*"標記者,書封面底已有條碼)	出版年 採西元後二碼	著/編/譯者
	※ 現代文學叢書 ※		
MA001*	林語堂、瘂弦和簡媜筆下的男性與女性	(98.12)平裝	黎活仁
	魯迅、阿城和馬原的敘事技巧	(00.09)平裝	黎活仁等主編
	※ 學術論叢 ※		
KB001*	漢魏六朝文學論集	(97.12)平裝	廖蔚卿
KB002*	文學批評的視野	(98.04)平裝	龔鵬程
KB003*	唐宋古文新探	(98.04)平裝	何寄澎
KB004*	易學乾坤	(98.08)平裝	黃沛榮
KA005*	石學論叢	(99.02)平裝	程章燦
KA006*	石學續探	(99.05)平裝	葉國良
KB007*	晚明學術與知識分子論叢	(99.03)平裝	周志文
KB008*	晚清小說理論研究	(99.11)平裝	康來新
KA009*	發跡變泰--宋人小說學論稿	(00.09)平裝	康來新
KB010*	文學美綜論 (編排中)	(00.09)平裝	柯慶明
KA011*	敘事論集—傳記、故事與兒童文學	(00.08)平裝	廖卓成
	慕廬雜稿 (王叔岷先生論文集)	編輯中	王叔岷
	※ 古典新刊 ※		
DC001*	四書章句集注(朱熹集注)	(99.12)平裝	宋.朱熹
DC002*	楚辭補注(王逸注.洪興祖補注)	(99.11)平裝	宋.洪興祖
DC003*	文體序說三種(文章辨體序說等)	(98.05)平裝	明.吳訥等
DC004*	老子四種(王弼注.河上公注.馬王堆本.郭店本)	(99.02)平裝	王弼.河上公
DC005*	周易二種(王韓注,朱熹本義)	(99.07)平裝	王弼等
DC006*	周易王韓注	(99.06)平裝	王弼.韓康伯
DC007*	周易本義	(99.07)平裝	宋.朱熹
	莊子合璧	編輯中	
	※ 界國別史叢書 ※		
AB004*	英國史	(96.09)平裝	陳炯彰
AB011*	美國史	(97.12)平裝	張四德
AB022	俄國史	(94.02)平裝	段昌國

大安圖書目錄 2000年8月修訂

書碼	書名(有"*"標記者,書封面底已有條碼)	版年採西元後二碼	著/編/譯者
※ 學術 ※			
AC001*	聲韻學中的觀念和方法	(98.10)平裝	何大安
AA002	葉水心先生年譜	(88.03)平裝	周學武
AA003	中國海洋發展關鍵時地個案研究	(90.05)平裝	李東華
AA005	保守與進取：十九世紀俄國思想與政治變動之關係	(91.03)平裝	段昌國
AB006	石學蠡探	(89.05)平裝	葉國良
AB007	李覯與王安石研究	(89.05)平裝	夏長樸
AA008	明代理學論文集	(90.05)平裝	古清美
AB009	焦循研究	(90.05)平裝	何澤恆
AB010	王國維著述編年提要	(89.08)平裝	洪國樑
AB012	詩經的歷史公案	(90.11)平裝	李家樹
AA013	許崇智與民國政局	(91.03)平裝	關玲玲
AB014*	台灣閩南語語法稿	(00.09)平裝	楊秀芳
AA015	西漢前期思想與法家的關係	(91.04)平裝	林聰舜
AA016	中古學術論略	(91.05)平裝	張蓓蓓
AB017	視覺語言學	(91.09)平裝	游順釗
AB018	龍淵述學	(92.12)平裝	鄭　騫
AA021	王安石論稿	(93.11)平裝	王晉光
AC023	中國學術研討會論文集紀念高明先生八秩晉六冥誕	(94.03)平裝	中央中文系所
AB024	經學史論集	(95.06)平裝	湯志鈞
AA025	王叔岷先生八十壽慶論文集	(93.06)精裝	論文編委會
※ 文學 ※			
BB001	清晝堂詩集	(88.12)平裝	鄭　騫
BC002	性靈書簡—古典篇	(86.10)平裝	李偉泰等編著
BB003	抒情傳統與政治現實	(89.09)平裝	呂正惠
BC004*	詩詞曲格律淺說	(98.11)平裝	呂正惠
BB006	比興、物色與情景交融	(95.03)平裝	蔡英俊
BB007	中古文學論叢	(89.06)平裝	林文月
BB009	杜甫與六朝詩人	(89.05)平裝	呂正惠
BB010*	中國詞學的現代觀	(99.07)平裝	葉嘉瑩
	唐宋名家詞欣賞(可分售)	四冊平裝	葉嘉瑩
BB011*	唐宋名家詞欣賞一、溫、韋、馮、李	(99.05)平裝	葉嘉瑩
BB012*	唐宋名家詞欣賞二、晏、歐、秦	(99.07)平裝	葉嘉瑩
BB013*	唐宋名家詞欣賞三、柳永、周邦彥	(00.04)平裝	葉嘉瑩

大安圖書目錄 2000年8月修訂

書碼	書名(有"*"標記者,書封面底已有條碼)	版年採西元後二碼	著/編/譯者
BB014*	唐宋名家詞欣賞四、蘇軾	(00.10)平裝	葉嘉瑩
BB015	元雜劇中的愛情與社會	(91.11)平裝	張淑香
BA017	明代戲曲五論—附明傳奇鈎沈集目	(90.05)平裝	王安祈
BC018*	歷代短篇小說選	(99.09)平裝	陳萬益等編
BB019*	晚明小品與明季文人生活	(97.10)平裝	陳萬益
BB021	現代中國文學批評述論	(92.03)平裝	柯慶明
BB022*	現代散文縱橫論	(97.11)平裝	鄭明娳
BB023*	現代散文類型論	(99.07)平裝	鄭明娳
BB024*	現代散文構成論	(00.04)平裝	鄭明娳
BB025	中國古典小說美學資料匯粹	(91.01)平裝	孫遜、孫菊園
BB026	崑曲清唱研究	(91.03)平裝	朱昆槐
BB027	紅樓夢探究	(91.11)平裝	孫　遜
BA028	李白詩的藝術成就	(92.02)平裝	施逢雨
BB029	抒情傳統的省思與探索	(92.03)平裝	張淑香
BB030	意志與命運--中國古典小說世界觀綜論	(92.04)平裝	樂蘅軍
BC031	倚紅小詠 (王叔岷先生詩文集)	(92.04)平裝	王叔岷
BB032	現代散文現象論	(00.11)平裝	鄭明娳
BA033	中國當代朦朧詩研究	(93.05)平裝	莊柔玉
BB034*	中國文學縱橫論	(97.10)平裝	王　瑤
BB035	話本與才子佳人小說之研究	(94.02)平裝	胡萬川
BB037	清末小說與社會政治變遷 (1895-1911)	(94.09)平裝	賴芳伶
BB038*	晚鳴軒論文集	(96.01)平裝	葉慶炳
BB039*	文學典範的反思	(96.09)平裝	林明德
BB040*	小說入門	(98.10)平裝	李　喬
BB041*	沈三白和他的浮生六記	(96.11)平裝	陳毓羆
BC042*	古典小說精華選析	(96.07)平裝	孫遜、孫菊園
BB045*	與爾同銷萬古愁--中國古典詩詞欣賞	(98.04)平裝	王保珍
BC046	史記會注考證--附錄〈太史公行年考〉	(98.09)精16開	日.瀧川龜太郎
	慕廬餘詠 (王叔岷先生詩文集)	編輯中	王叔岷

※ 世界文學名著譯叢 ※

CC001	感情裝飾:川端康成掌之小說精選	(90.05)平裝	日.川端康成

文 學 美 綜 論 ／ 柯慶明 著 -- 第一版.
-- 台北市：大安，2000〔民89〕
面；　公分. --（學術論叢：10）

ISBN 957-9233-45-4（平裝）

1. 中國文學 - 論文, 講詞等

820.7　　　　　　　　89011904